新潮文庫

ピンチランナー調書

大江健三郎著

新潮社版

2834

目次

解説　中野孝次

ピンチランナー調書

第一章　戦後草野球の黄金時代

1

他人の言葉にちがいなく、それを他人が発した情況も覚えているのに、あれこそは自分の魂の深奥《しんおう》から出た言葉だと感じられる言葉。もっとも言葉がふたりの人間の関係の場に成立する以上、自分の存在こそ、他人の言葉の真の源泉たることを主張しえぬはずはない。ある時、原子力発電所のもと技師で、僕とは反撥《はんぱつ》しあっていたひとりの男が、僕に聞かせることをもくろんで、ひとりごとのようにこういった。

——ピンチランナーに選ばれるほど恐ろしく、また胸が野望に湧《わ》きたつことはなかった！　あれは草野球の受難だ。いまあの子供らは、ピンチランナーに呼びかけないが、たとえこのような場合にもおそらく……

——そうだ、**リー**、**リー**という声でけしかけられない場合にも！

僕は相槌《あいづち》をうった。そしてそれは、相槌以上のものであった。もと技師によってその言葉が発せられ、僕がそれに応《こた》えた瞬間われわれの間には、かならずしも共感と単純化するわけにはゆかぬが、肉親のきずなのようにねじれてやっかいな熱いパイプがとおったのだ。まず具体的にわれわれは、お互いが同年あるいは一、二年の差の真の同世代であることを認知しあったわけだった。それまで互いにあきらかであったのは、年齢のわかりにくいかれと僕とが、東京大学の理学部と文学部をそれぞれ卒業したということのみで、それはむしろさきにいった漠然たる反撥の種子だった。

なぜ同世代か？　**リー、リー**の声という僕の応答がかれにすぐさま理解され、僕にはピンチランナーの受難という言葉が、魂の声として自覚されたからだ。そのままわれわれは春の終りの陽ざしのなかで沈黙し、内臓の奥を鞭《むち》うって鳴りわたる**リー、リー、リー**の声に聞きいった。

正午近くのグラウンドでは、われわれの子供らとはちがう子供らが、まったく声をあげずに野球をしていた。グラウンドを囲む校舎で授業を受けている者たちのことを配慮して。かれらは体育の授業など真の授業とみなしていない、エリート志願の小秀才たちなのだ。かれらはすでに肉体の内部からつきあげてくる運動の喜びなど声にあらわす者らではない。原始的な肉体感情、どうしてそうしたものを制禦《せいぎょ》することもできずにキャーキャー騒いでいられよう？　かれらは外部に管理され、内部を管理しうる者となるべき小秀才なのに。突然の奇声は、われわれの子供らの教室からやってくる。僕もあの男も、グラウンドの静粛な子供らの、しかも運動機能にすぐれた見まがいえぬ知的敏捷《びんしょう》を、われわれの子供らがいまにも叫びたてぬかと惧《おそ》れつつ遺恨の心で見まもっていたのだ。

——もともとおれなどは、ピンチランナーとして試合に出るよりほかはなかったんだがな。おれにはグローヴがなかったから。

——わかった、と僕は答えた。戦後草野球の黄金時代、ブームの過熱と裏腹に、地方の子供らでグローヴを持っている者は数少なかった。僕の集落の場合、僥倖《ぎょうこう》にもグローヴとミットで九箇そろっていたが、それらのいちいちは正選手の個人的所有であった。闇ルートでグローヴを工面してもらった子供のみが、正選手の資格をかちとった。僕は布で造ったグローヴを恥かしげに隠しつつ外野を走り、正選手の後逸する球を拾った。やはり正選手の個人的所有であるボールを紛失からまもるためにのみ、練習に参加させてもらったのである。

——おれはいまでもな、隣りの新制中学チームが来た試合での昂奮《こうふん》と恐怖を忘れないよ。結局はひとりで生きてゆかねばならぬ現実世界への、そもそもの決意もな。脂肪なんかすこしもない臍《へそ》のまわりから、痛い震えが湧きおこる具合まで覚えているよ。そして頭の芯《しん》には、リー、リー、リーさ。それもはじめのうちから大差がつけば、ピンチランナー待機の苦しみはない。しかしそれは勝っていても負けていても、ベンチのおれに無味乾燥のゲームでね。むしろゲームでもなんでもなかった。一点差の九回裏、あるいはおなじく一点差の延長戦の裏、そんな危機をはらんでいるのこそ、本当のゲームだろう？　九回裏、一点差で正選手がヒットを打つ、そしてベンチ要員の受難だ。監督は復員してきたままブラブラしている素封家の次男だったがね、そいつは相手チームの監督に野球知識をひけらかそうと、それもあいつは理論《セオリー》といったがね、ha、ha、すぐさま小手先の技巧をこらしてみせる。ピンチランナーの起用。おれの登場さ。もしおれが膂力《りょりょく》すぐれた名手なら、当の打席でピンチヒッターに起用されていたはずだろう？　おれはただずっとベンチに、教師に内緒で教室から運び出した二人掛けの木椅子《きいす》に坐っていただけの、凡庸な補欠なんだよ。足はつかれていないにしてもさ。そのおれが、なにはともあれ元気をだしてファースト・ベースへ駈《か》けて行く。足が早いやつだと思わせようと腿《もも》を高くあげたりしてさ。おれと交替するやつは、もう三角眼をしている。なぜだ？　やっとのことでヒットを打ったそいつが、鈍足のおれに檜《ひの》舞台をとってかわられてしまうから。おれが盗塁に失敗すれば、自分のヒットを台なしにされたといって、そいつはいつまでも厭味《いやみ》をいうよ、アア、アーと嘆息しては！　逆に盗塁に成功し、ヒット・エンド・ランまでうまく行って、おれが同点ランナーになる。そのまま試合が延長されるということになるとするね？　わずかな間にしろ、おれはヒーローになるわけだし、延長戦のつづく間、そいつはおれにグローヴを貸さねばならない。あらかじめの三角眼も当然だよ。しかもなおおれは、ピンチランナーとして塁に立つ。そのとたんにな、味方チームの全員が、あの三角眼のやつまでもが、**リー**、**リー**、**リー**の大喚声だ。リードせよ、もっとリードせよ、そして果敢に盗塁せよ！　と叫んでいるわけね。塁から二メートル離れ、ピッチャーを見張っているだけでは裏切りだと告発するように。**リー**、**リー**、**リー**という叫び声のシャワーをあびて、熱い頭はジンジン鳴ってる。自分の脚力と決意の問題、ピッチャーの動きにあわせて、そいつをはっきりさせねばならぬが、眼が廻りそうでまったくそれどころの話じゃないんだよ。ピッチャーは狡《ずる》がしこそうだし、キャッチャーはいかにも強い肩のようだし、『野球少年』のグラヴィアの土井垣武そっくりにかまえてさ！　ふだんならそいつの気どりを笑っただろう、時にはいかなる都会っ子よりもすれっからしの村のガキらしく。しかしいまやおれは単純に威嚇《いかく》されているだけなのさ。駈けだすか、じっとしているか、それにしてもいくらかのリードは？　猶予《ゆうよ》もあらばこそ、熱い頭と縮んだ手足を、リー、リー、リーの催促の嵐。恐怖しているそのおれに、盗塁をうまくやりたいという、うら悲しい野望もあってさ……

　かれが実際このように多くの言葉を発したのだったか？　ピンチランナーほど苦しく、また野望に湧きたつ切ない立場はなかったな、といったのみであったかもしれない。しかしかれの魂が表現をもとめて身もだえしていた内容は、確かにこのとおりであったと思う。僕の魂がまるごとそれを聴きとったのである。そのあげくわれわれは沈黙し、戦後すぐの新制中学のとは似ても似つかぬ、立派なグラウンドの隅に立って、ああすでに四半世紀前、火照《ほて》りに火照った頭の熱の照りかえしにおそわれていたわけだ。励ましとも呪咀《じゅそ》ともつかぬ、あのリー、リー、リーという声を幻に聞きながら。

　その時、われわれの脇《わき》には、おなじくわれわれの子供らを待っている母親たちが幾人かいた。そのなかのまた幾たりかは酒場やキャバレーに仕事をしにゆく人びとで、朝になっても彼女らが酒臭いこともあった。その結婚生活を破壊し、かならずしもその年齢が適当というのではない職種につくことを、余儀なくさせた事情。そこにはやはりわれわれの子供らの、ということがあるはずだった故《ゆえ》に、われわれはあまり会話をかわさず、相手の視線をとらえるような、とらえぬようなあいまいさで会釈《えしゃく》をかわし、そしてたいていは沈黙して、われわれの子供らとはちがう子供らをグラウンドに眺めて時をすごしたのであった。

そしてついにわれわれの子供らが教室から現われて、こちらへ進んでくる。教室から遠くグラウンドの反対側で、われわれ父母たちが待つ規則である。一列になったわれわれの子供らは、まことにゆっくりと進んでくる。われわれの子供らとはちがう子供らが野球をつづけるグラウンドの端をたどりつつ、頭部をまもる両手をかざしてやってくる。それは幼い投降者たちのようだ。もともと頭部をまもるためのその動作は、ともに、頭蓋骨《ずがいこつ》の欠損をプラスチックで覆《おお》っている僕の子供と、いましがた僕と話したもと技師の子供と二人のために教師が指示したのである。ところがそれはダウン症や脳性小児麻痺《まひ》の子供たちにもまた、必要な指示と受けとめられた。両手を不揃《ふぞろ》いにかざしつつ、われわれの子供らはなおもゆっくりとやってくる。待ち受けているわれわれの所へついにかれらがたどりつく時には、さきほどまで野球をしていたわれわれの子供らとはちがう子供らは、グラウンドを竹帚《たけぼうき》で掃いている。その濛々《もうもう》たる砂埃《すなぼこり》のなかを、たいていは弱視の眼を半眼にひらき、懸命に前を見つめ歩幅の狭い内股《うちまた》で、われわれの子供らがやってくる。

　子供らの胸の、住所・電話番号を書いた名札には、その保護者の名も書きつけてあるのだが、逆にわれわれ父母たちは子供らの名前を認識の手だてとした。たとえば僕が、光・父であり、原子力発電所のもと技師が森・父であるというように。はじめから僕は森・父のその息子の名前に、気がかりなものを感じとっていたのだが、ついにその名の由来をたずねることはなかった。森・父が、僕の息子の光という名の由来を、たずねなかったのと同様に。

しかし森・父は、教師たちとの話合いの席で、自分の息子の出生の際にインターンの若僧が、この子供に視力はありえぬと保障したと、いつまでも新しい遺恨をこめていったことがあった。それなら、まったく同じ部位に頭蓋骨欠損があった僕の息子の、その命名に際しての心理構造を見抜かなかったことはあるまい。僕は誕生と緊急手術の騒動の間に出生届を遅らせて、始末書をもってでかけて行った区役所での、ラテン語の死・白痴と音でつながる森《モリ》という名を思いついた退廃の一瞬を思い出していたのだが……

われわれの子供らは、われわれの待ちうけている場所まで辿《たど》りつくと、それまで一隊を組んでいたお互いの存在をたちまち忘れ去ったし、われわれもまた、父母同士への関心を一挙に失ってしまう。そしてわれわれは自分の子供をのみ意識した堅固な二人組となり、グラウンドの隅の待機場所を離れるのだ。それは僕と森・父とが、ピンチランナーについてそれぞれの赤裸の魂がはなつ微光を見たようであった日にもまたかわることはなかった。

2

はじめ森・父は、僕と共感の道を開くよりは、明確な敵意の印象をあらわすためにのみ話しかけてきたのである。その前の学期から息子を迎えに行っていた僕に、森・父としてははじめてその息子を迎えにきたのであった四月のある朝、かれは無闇《むやみ》に挑戦的なふうでこういった。

――おれは外国の研究所にいたことがあるけれどもな、きみのような歯をしている人間は、それだけで、ある出身階層を示したね。

そして森・父は自分のくっきりしすぎているほどの歯ならびを剥《む》きだすと、かたちの良いことには疑いないが幼なすぎる脣《くちびる》を両端にひきつけて、いやが上にもその歯の見事さを強調した。

――確かに僕の歯は僕の階層を示しているよ、とくに時間にかかわって。それは戦中・戦後の食糧難の時期に少年だった者の階層をあらわしているのさ。それはわれわれの年代の全体を覆っているのじゃないか？

森・父はやはり大人になった者には幼なすぎる、つぶらで湿っている眼を斜視にして、ちょっとの間考え込んでいた。それからあっさり挑戦を中止すると、

——そうだね、そういえば、といったのであった。

森・父が僕に挑戦したのは、その朝かれがグラウンドに作戦を指揮する将軍のように立っているのを見かねて、特殊学級の子供らの父母待機所を教えてやった僕へ報復しようとしたのだ。僕は寛大な人間でないが、その朝は腹を立てることもなかった。いいかい、われわれの子供らのひとりをつれて通勤ラッシュのバスに乗り歩道橋の段々を昇り下りし、やっと小学校までたどりつく。そして不安のなかの子供を他人にゆだねねばならない。はじめてその経験をした父親が他者の世界すべてにむけて攻撃的になることは、自然な現象だったから。しかも僕がその経験をかさねたヴェテランである以上……

僕はとくに理由もなく森・父を前衛音楽家ではないかと考えた。オリヴィエ・メシアンをひけば世界一のピアニストであり、その当時わが国で「ハップニング」などという見世物を企画・上演する常連でもあった高橋悠治に、森・父は実際よく似ていたから。もちろん僕は森・父を高橋悠治から区別していたにもかかわらず、やはりかれをもまた前衛音楽家であるように感じていたのだ。

その翌日は森・父のかわりに母親が、すなわち森・母が来た。朝の子供の受け渡しの時、彼女は教師に事情を説明していた。くすんだ黒のワンピースを着て、インディオのように見える小柄な森・母は、すべての送り迎えの母親が教師と話す順番を待っているにもかかわらず、自分にはとくにいわねばならぬことがあり、それは決して他人に機会をゆずっていわずにすますことのできるものではなく、それもそのまるごと全体をいわねばならぬのだと思いつめているようだった。じつはそれもあらゆる母親がここで示す態度だったのだが。しかしこの黒眼がちの小柄な女には、その態度をほとんど美しく感じさせる迫力があったのだ。その日も夫が送り迎えするはずで子供はそれを期待していたから、かならずしも母親を忌避しているのではないけれども、期待にしたがって展開される心の動きをさえぎられてかれは不安にちがいない。迎えの時間までに期待のむきをかえてやることはできないだろうか？　夫は歯槽膿漏《しそうのうろう》の前歯をいま治療しているが、仮の義歯を壊してしまって、今朝はひとまえに出たがらない……

そのまた翌朝、応急処置の間にあった義歯をつけてきた森・父は、僕を見かけると悪びれずに歯の治療について話した。

――歯を抜かれると、具体的に進行している死の所在がよくわかるよ。プラスチックでできた歯、プラス歯茎をしょっちゅう舌でさわっては、おれは死をあじわうんだ。森も、頭蓋骨にプラスチックを縫いこんでいるから、同じ感触をあじわっているだろうと思うよ、内的に。

そこで僕は森・父の息子の出生時の異常の症例が、自分の息子の症例に似たものであることを認めた。僕の経験ではトルストイのいうところとちがって、幸福な生活が似ていると同様、不幸なアクシデントもたいてい似かよっているものだ。

――義歯がそのうちには慣れてくると、いつも死の味をあじわっているわけにもゆかなくなるのじゃないか？

――きみも義歯かね？

――いや、僕はこのとおり、出身階層を広告する自前の歯のままだ。

――ともかく即物的に死を感じとるレッスンなら、歯の治療ほど適当なものはないよ。

僕が歯石をとってもらうかかりつけの歯医者は、じつに陽気な人物だった。しかもかれが示すもうひとつの顔つきには、鬱《うつ》病の底の底まで降りてしまって、一分あたり五十万回転のエアタービンをかれ自身の頭蓋に押しあてそうな気配があった。わが陽気な歯医者が、憂鬱への底無し沼へ沈みこみそうな自分を励ましていたのか、高い治療費をむしろ愉快なもののように告知する準備をしていたのか僕にはよくわからない。しかし表面的なものにしてもかれの陽気さはありがたい演出だったのだ。

歯茎にプスプス麻酔注射をうけ、それが僕の肉体の一属性である頑強な歯石をこじりとられながら、僕は衰退しつづける歯の運命を思わずにはいられなかった。また歯をただ所有しているだけで半年ごとに経験せねばならぬ、歯石とりの苦難を思わずにはいられなかった。そのようにして僕は臭《にお》いのする死のカケラを他人の眼にさらし、大口あけて涙ぐんでいたのだ。待合室にはテレヴィがつけっぱなしになっていたので、僕はこういう歯みがきコマーシャルを聴き、なおさらぐったりしたりもした。愉快な力強い声で、**近ごろ歯が伸びてきた、とおっしゃる方がいられます。しかし大人になってからの歯は伸びるものではありません。歯茎がおとろえたのです！**

——僕が歯医者に行くのは歯石をとるだけにすぎないけれども、そのたびに『往生要集』を思いだすよ。

——『往生要集』ねえ。

——『往生要集』で、肉体の細部についてのべるところだがな、歯医者でそこを思い出すと、恐怖心ぐるみ納得するよ、と僕はいった。その時にはもちろん引用できなかったのだが、あらためて本にあたって書きうつすと、こんな箇所だ。《〔身体は〕三百六十の骨があつまって、朽ちくずれた家のように、できあがっているもので、〔それは〕さまざまな節でささえられ、四本の細い血管が身体中をくまなくめぐりおおっている。五百の断片からなる筋肉は壁土のようであるが、〔この〕五百の筋肉を六本の血管が連結し、〔そしてさらに〕七百の細い血管がまつわりつき、編みからまり、〔また〕十六本の太い血管がめぐりめぐってたがいにつながっている。実際このような構造によってなりたつ人間の肉体に苦痛がないということがありえようか？　胎内を出て七日たつと、もう八万の穴にすむ虫が躰《からだ》から生まれそこらを縦横に喰いあらすというのに。》それにしても大読書家の源信が、歯石の附着についてのべる一節を、経典の大海から掘りださなかったのは不思議だ。

——『往生要集』などといいだすようでは、きみは死後の世界があった方がいいというタイプか？

——死後のことはいつも考えるよ。それをヴィジョンとして見るんだ。僕の見る死後のヴィジョンというのは、この僕なしで、また僕についての記憶さえさだかにはなくて、この世界に生き残る息子による、僕の死後のヴィジョンなんだがな。僕が死ねば、息子はすぐに僕の記憶をうしなってしまうと思うんだよ。記憶の断片がかれの頭にプカプカ浮んでも、かれにはそれを再構成して、かれ自身にまた他人に、死んだ父親たる僕の像を表現することはできないからね。そこで僕の死後は、息子の肉体と意識のなかで、あらためて絶対的な無であるほかにない。まだ生きているこの僕がそれをなまなましいヴィジョンとして見るのさ。

――その感じならおれにもあるよ。おれの死後のヴィジョンがこうのしかかってくるように思うことがあるから。とくに新聞記事をキッカケにしてそういうことがおこるんだ。……たとえば、きみは三宅島山中で暮していた男の記事を読んだか？

――読んだ、読んだ！　と僕もまたその記事が自分に喚起したところの再現に息がつまる思いをあじわっていったのである。

そこでまたわれわれは、黙りこむほかなかった。われわれの子供らの父母たちが決して読みおとさぬ種類の新聞記事がある。森・父も僕も読んだ新聞記事は、こういう内容のものだった。聴覚と言語能力に障害があるために、松沢病院で十八年間「庭師」として放置された男がいた。三歳で小児麻痺にかかったかれは、家族と三宅島の洞穴で暮していたのだが、その家族が島を離れることになった二十七歳の年からは、ひとりで山にこもっていた。山火事がおこり、あるいは実際に火事が発生したのではなく、かれの調理が山火事をおこすやもしれぬということで、かれは山狩りで狩り出され、精神病院におくられた。そしてかれは十八年間、忘れられていたのである。十九年目に発見され、国立聴力言語障害センターにおくられたかれは、神奈川に住んでいる姉と十八年ぶりに再会した。自室に戻ってからひとりかれは泣いていた。そのあとかれは、それまで引き受けていた小鳥の世話を放棄すると、突然姿を消したのである。姉の話、《あの時、私たちはもう以前にいた三宅島にはいないよ、とひとことあの子にいっておけば》。身長一五九センチ、体重六〇キロ、眼鏡、左足不自由、黄色いジャンパーに運動靴。四十八歳、山中生活をしていたころ下腹部に負った傷が、きわめてめずらしい症例として医学雑誌に紹介されたことがある。下腹部のめずらしい傷！　十八年間の、じつは忘れさられていた監禁生活のあいだに、他人がかれから読みとりえた唯一の言語作用、下腹部のめずらしい傷。しかしそのような十八年の後、姉と再会して、それまで精神病院でいちどたりとも不機嫌になったことがないかれに、なにものかが突然覚醒《かくせい》する。かれは立ちさってゆく、「山狩り」の向うへ帰還するために……

――あの新聞記事がおれにひきおこした息子のヴィジョンというのが、まったく具体的・即物的でね、おれはうんざりしたよ、と永い時をおいて森・父はいった。決して不機嫌になることのない精神病院の庭師として、おれの息子の姿が見えるんだ、それもその十八年間の全体が。そして突然かれの情動が昂揚《こうよう》して、それまで誰の眼にも見えなかったかれ自身の本質が覚醒するんだな。もっともおれの死後、まともにおれの息子の全体を見ようとする眼などあるはずはないがね、妻の眼はまあそれとして。そして、息子は出発するんだ、山狩り以前へ、かれの三宅島へ。しかし四十八歳の息子がかれの情動のみちびく目的地へついに帰還する日はおとずれないよ。目的地は、すでに死んでいるおれのところでしかありえないんだから。かれは行方不明になるだけだ。しかし雄々しい出発じゃないか？　おれの息子には頭にプラスチック板を縫いつけているハンディまであるんだからな、冒険行に出発するには。しかしおれはこの死後のヴィジョンを見るたびに、なんとかその構造をひっくりかえしてやりたいと……

い、い、い、い、い、われわれの子供らが両手を頭の脇《わき》にかざし、内股でゆっくりやってくる。それでいかなる会話もまた、宙ぶらりんのまま断ち切られてしまう。しかしわれわれの間にそれまで会話がおこなわれていたのは、もともと子供を待つ時間潰《つぶ》しのためだけのものだ。

3

しかしいったん会話がひきおこした動揺は、まるっきりなかったと同じ、というわけにはゆかない。息子の熱い躰を迎えいれ、ある狭い範囲の薄暗さをクルクル廻るかれの心を庇護《ひご》する気持に燃えたって家に戻る間に、動揺は冬芽めいてちぢこまる。しかしその夜の夢のなかで冬芽は開花してしまうのだ。そのころ僕は現実生活をそのまなぞりながら、細部において惨《みじ》めに強調されている夢をよく見た。そのような眠りからさめる時には、夢の残滓《ざんし》そのものの不幸な感情とともにある上に、これから起きだして引きうけねばならぬ現実の酷《むご》たらしさ、いま苦しい眠りを眠っていた間も歯石はなおも頑強にこびりついたのだ、というような現実の酷たらしさにすぐ眼がいって、気が滅入った。

三宅島に帰還した男のことを森・父と話した後に見た夢は、夢のまた夢のあいまいさで、眼ざめた後の記憶なども、ごくわずかなものだった。しかし厭《いや》な気分の実体はいつまでも消えてゆかない。三宅島にたどりつきはしたものの、どのようにして洞穴に戻ればいいかわからなくて、船着き場でウロウロしているあの男＝僕の息子＝僕自身が、結局パンツの紐《ひも》をほどいて、下腹部の傷を覗《のぞ》きこもうとする、それだけが頼りの地図を調べるように。

息子を学校に送って行ってもなお、夢の残滓から自由でない僕を、むっとするほど無遠慮に躰ぜんたい見廻すように見て森・父は、

――二日酔かね？　ｈａ、ｈａ、と笑ったものだった。

――つまらぬ夢を見てね、とそれでも僕は怒らず答えたが、夢の内容についてうちあける意志はなかった。眠ることが厄介な問題になる年齢になってきたのかね。若い時分には不眠症とはいっても、その性格がちがっていたと思うよ。

――おれにも眠ることは厄介な問題さ、この年齢ではみんなそうなのかね？　眠りの間に自分をとらえにくる、微調整的異常が厄介だね。単一の方向性をもった異常じゃないから、新しいのに会うたびに不意をつかれるよ。そして眼がさめてみると、まるでクモにつかまって血を吸われた羽虫だね。精神は脱力状態にあるし、それとシンクロナイズして肉体はグッタリしているしさ。……なにか起ろうとしていることの予兆じゃないかと疑うよ。

森・父と自分との間に、僕はあらためて近いものの所在を感じとった、喜びとともにというのではないが。

――中年はじめのポックリ病というのがあるだろ？　はじめその予兆を、ああいう

死の前兆かと思ったがな、そうじゃないようだよ。一時期おれは、死ぬことが恐くて、アルコールですっかり麻痺《まひ》させなければ眠れなかったからね。三十過ぎての話だよ、ｈａ、ｈａ。死についてはまったくいろんなことを考えたものさ。それが夜のあいだのおれの精神活動のすべてでね。だから他人でも、死について考えている人間のことは、すぐに感づくようになったね。街なかで出会う小学生にたいしても、あ、こいつは死について考えてるな、と見つけてしまうんだ。本を読んでいてもそうだね。ベルグソンは想像力を《死の不可避であることを知性が表象することに対しての自然の防衛的反作用》と定義しているんだがな、それを読むおれは、真夜中に眼をひらいて暗闇のなかの赤い筋を見ている男を想像するわけさ、ｈａ、ｈａ。そのベルグソンの研究を、母親が死んだ日に踵《かかと》にまといつくようにして飛んだ大きいホタルの話から、小林秀雄が始めていたろう？　おれはかれのこともそのような人間として考えないではいられないよ。おれは子供の時分からな、この批評家が原子物理学もわかるというので傾倒してきたんだけれども。しかも小林秀雄が、いったんベルグソンの仕事を中絶して、本居宣長を始めるだろう？　それも宣長がつくったふたつの墓の、簡素なほうの本当の墓の、土饅頭《どまんじゅう》に植えてある桜のことから書き始めただろう？　それを見ると、おれの夢想は固定観念にかわったね。しかしどうして小林秀雄に救援をもとめることができるだろう？　大量殺戮《さつりく》の犠牲になるのでなければ、われわれはひとりずつ死ぬ仕組なのに？　ところがそのうちに、死は解決しないまま背景にしりぞいて、新しい問題が出てきたんだよ。それは研究所の同僚から、アルコールより合理的だといってもらった黄色の睡眠剤に始まるんだ。そいつを飲んで眠った翌朝、眼がさめると、枕は涙と鼻水とヨダレで濡雑巾《ぬれぞうきん》のようで、おれはそこに顔を突っこんで窒息しそうな状態なのに、まったく甘美に昂揚しているのさ。そして無際限の、直接いかがわしいほどの幸福感だ。

おれがそのように涙を流し鼻水とヨダレをたらす逆上ぶりで、しかも至福感の余韻を残して、眼ざめているのである以上、記憶に残ってはいないんだが、その眠りの夢のなかで錠剤からあたえられた経験は、猛烈だったにちがいないだろう？　その至福感の世界からこちらへ戻ってくることを嫌がってむなしく抵抗してさ、それで涙を流したんだろうじゃないか？　それからおれはこの記憶にない夢を新しい問題として考えてきたんだが、カスタネダという南米人の書いた本を読んで、大体おなじ経験が書かれているのを見つけたよ。

カスタネダはメキシコのヤキ族にサボテンの花の幻覚効果を教えられて、まあ精神的に広大な奥行きの経験をした、ということなんだね。かれの場合、その夢を見ているかれの周りに、ヤキ族たちが集って見まもっていたわけなのさ。眠りの終りにね、嘔《は》き気はするし頭痛はひどいし心臓は爆発しそうでね、眠ったままキリキリ舞いして、家の前の溝《みぞ》に這《は》いこんだあげくやっと正気に戻るんだが、それは、夢の世界から現実世界に戻ってくるのがそれほど嫌悪《けんお》すべきことだったからだ。眠っていた間のおれの行動に証人はないが、おれもまたこの種の夢を経験したのであって、その夢の世界では、おれは死の恐怖から解き放たれていたのじゃないだろうか？　おれはこんな仮説をたてたが、二度とその錠剤をもらいには行かなかったよ。カスタネダもヤキ族のところから逃げだしたんだが、おれもその夢を見つづけていれば、錠剤をくれる同僚に支配される、と考えたのでね。

森・父はその年齢不相応に愛らしい口もとをぎゅっとひきしめると、僕をためしているようにジロジロ見た。ほかならぬ僕もまたその黄色の錠剤をひとつぶ切望していると先刻見ぬいており、嘘《うそ》か本当かわからぬその長話に、このようにオチをつけてがっかりさせたことに満足しているようなのだ。しかし森・父も、僕がはっきり失望をあらわしたのに辟易《へきえき》したのだろう、こういう助言をしてくれたのである。

――しかし、たいていの夢の問題は、ユングの『自伝』を読むと結着がつくぜ！

僕はすでに森・父が、確実な専門分野を持っている人間であり、多読家としての意見にも確かなものがあることを認めていた。そこで僕はかれのすすめるままユングを読み、そして深い解放感をあじわったのである。ユングの『自伝』は、僕の意識と無意識との、肉体のなかでの共同生活に、ひとつの和解を見出させた。ユングの『自伝』を読むうちに、僕はすくなくとも夢の不幸によって現実生活の惨めさを倍加されることがなくなった。それからの僕は眼ざめるとすぐ、夢と現実生活との間にクサビを打ちこむことができた。ベッドから起きあがろうとする自分の視界に、夢と現実生活とがかさなって見えるということがなくなった。なお気分的には夢の残滓のうちにあるとはいえ、現実の方に足を伸ばして床におりたつようになったのだ。

　加えて僕に喜びをあたえたのは、ユング自身が夢のなかで出会ったヨガ行者の、「無意識の出生前の全体性」の考えだった。「あちら側」の無意識のうちに、全体性がある。そこから、全体性を欠いたものとしての、「こちら側」の意識が出てきている。もうひとつのユングの夢、魔法の幻燈の、レンズをそなえた箱としての空とぶ円盤、《われわれは空とぶ円盤がわれわれの投影であるといつも考えている。しかし、今や、われわれが彼らの投影となったのだ。私は魔法の幻燈から、C・G・ユングとして投影されている。しかし、誰がその機械を操作しているのか》。

　僕自身は、誰がその機械を操作しているのか、という問いかけを解こうとは思わなかった。そのままで喜びがあったから。ユングは、《私の存在の意味は、生命が問いを私に投げかけてきたことにある。あるいは、逆に、私自身が世界に向って投げかけられた問いそのものなのだ。そして、私はその答を伝えねばならない》と断乎《だんこ》としていうのだったけれども。

濃密な喜びとともに僕が夢想したのは、こういうことだ。ＵＦＯが地上に投影している、その映像としての僕と息子。僕の映像から光源へさかのぼる点線を、高校の物理で習ったシステムで描き、息子の映像の投影からもさかのぼれば、そこにはただひとつの光源しかない。「無意識の出生前の全体性」として、僕と息子をくるみこむ、その全体的なもの。

僕はまったく胸をおどらせてその全体性を信じた。つねに信じきっているというわけにはゆかなかったが。また、ひとつの光源から発したものにせよ、この地上で枝別れしたふたつの投影である事実はかわらず、僕と息子は枝別れしたまま個々に死ぬのだと自覚されてはいたが。

僕がユングに喚起されて新しい経験をしていた一週間ほど、たまたま森・父は息子を迎えにくることがなかった。そのかわりにあの黒い服から細い脚を突きだしてインディオのようである、思いつめた伏し眼の森・母が学校に通ってきた。その彼女と僕

は一度だけ言葉をかわしたが、それは奇妙なもので、

——あなたは麻生野《オウノ》という、テレヴィに出てくるタレントを知りませんか？　あの女は、うちの主人と関係している悪い女ですよ！　お会いになったら、もうそんなことはするな、といってください！　と大きい白眼の拡《ひろ》がりに褐色の点のような瞳《ひとみ》をまっすぐすえていうのだ。

——麻生野《オウノ》桜麻《サクラオ》という名前だけは知っているけれども、と僕が言葉をにごしている間に、森・母は小さく堅固な背をふりたて、われわれの子供らを待つかたまりの隅へさっさと入りこんだ。

　漆黒のまっすぐな髪を卵型の頭に引っつめている森・母は、いわばわれわれの母の世代のスタイルなのだが、頸《くび》をわずかに前へつきだし、斜め下をまばたかぬ眼で見つめ、ひとり鳥肌だっている浅黒い顔には、そこで待っている母親たちの誰にも似ていない、異様にモダーンな感じがあった。もっとも森・母が、われわれの子供らの母親に共通したあれを、あの不幸な驚きの経験をへてきた人間としての性格を、やはりその小柄な全身に担《にな》っているのはあきらかであった。森・母は病気の小鳥のようにも始終身震いして、他の母親から話しかけられるのを拒んでいるのであったが。

4

——ユングはどうだった？　と再び顔を出した朝、森・父は例の挑発的に無遠慮な、こちらを見すえて反応を読みとる眼つきでいったものだ。面白かっただろう？　きみに合うだろう？

——面白かったよ。ユング自身の夢に、僕はまったく興味をひかれた、むしろ情動を刺戟《しげき》された。ＵＦＯの夢。

——魔法の幻燈のやつな、と森・父は優越感だけでなりたっている微笑のカケラを高い頬骨のあたりにちりばめていった。しかも自分の内側へふと沈みこんでいく眼になって……

——きみは心理学か、哲学の講義にも出たのかい？　理学部を出たのだろう？

——職業としてなら、おれはもと原子物理学者。もっとも、原子力発電所の職員だった、というほうが拡大解釈されなくていいか？　そのたぐいの原子物理学者。原子力発電所のもと技師。きみの素姓なら、おれはよく知っているよ、当のきみに手紙を書いたことさえあるからね。返事はもらわなかったが。もっとも抗議状を送ったんだから、返事がこなくて不愉快というのじゃなかったがな。逆にいえば、いったん抗議状をつきつけた以上、自分の不愉快さ、自分と一緒に仕事している仲間の不愉快さが帳消しになる、というのでもなかったが。

——え！　そうかい、そういうことがあったのか？　そういえば確かに原子力発電所の研究者から、手紙を受けとったことがあるなあ。返事を出さなかったのも確かだ。三、四年前のことだろう？　しかしあの手紙は、僕に返事の書きようがある種類の内容ではなかったと思うがね。漠然としか覚えていないが……

——いまあらためてきみに抗議しているのじゃないよ。あの種の抗議状はいろいろくるのかい？

——来るんだよ。単純に返事を書けるものと、きみの手紙のようにあらかじめ先方で返事を書きえないと知っていて、そのとおりであるのと、大体二種の抗議状がくるね。しかし、いっとう気が滅入るのは、もうひとつ別の種類の手紙でね。それはもう具体的にその手紙について話すほかにわかってもらいようがないが……

——どういう手紙なの？

——実際、最低の話なんだがな、と僕は話した。

僕は自分がその顔も見たことのない青年に、まる六年間以上心理的につきまとわれる経験をした。青年の声は聴いたことがある、惨めにも酔っぱらってハーハー息をつきながら、電話線にこんな言葉をのせる微弱な電流を送ってきたから。

——殺してやるよ！　おれは「死んだ猿」だよ。どうしてこのおれだけが、五年も六年も苦しまなければならないんだよ？　おまえを殺してやるよ。

また一日に十二回電話をかけてきて、こちらが受話器をとりあげると黙って切るということを続けた後、十三回めに、

——オマエガ精神病院ニ行ケ、と蚊の鳴くような声でいったこともあった。

しかし「死んだ猿」の中心の武器は手紙で、僕はそいつにつきまとわれたのだ。ルーズリーフを破りとった紙に硬い鉛筆で書いてあるために、斜めにすかして光をあてなければ読めぬ手紙に、《お前たち夫婦の血が汚れているために白痴の子供が生まれてきたのだ、ということをお伝えする。私の手によってお前たちを撲滅することはおそらく必要でないのだろう。私の告知が、お前たちの胸裡《きょうり》に浸透すれば、お前たちはそのうち一家心中するほかないのだから》というような言葉を伝達してきたのである。手紙は週に三度から五度の頻度であることもあった。

「死んだ猿」はその父親が、《お前たちの家系とちがって、日本最大の製鉄会社のエリート・サラリーマン》だと誇って書いてくる「良家の子弟」で、精神科の医師に毎週ちゃんと見てもらっている。写経をしているという母親は、この手紙ゆえのノイロ

ーゼになった僕の妻に、その弱さを克服できるようにと谷口雅春の雑誌を毎月送ってきた。すなわち誰ひとり、「死んだ猿」の執拗《しつよう》きわまる厭がらせを、反社会的な行為だとみなすことはなかったのである、僕と妻とを除いては。

「死んだ猿」というのは、かれ自身が電話でそう名乗ったのであり、それを自慢に思っているらしく、そのように自称するいわれも書きおくってきた。「死んだ猿」はネルソン・オルグレンの『黄金の腕をもつ男』に出てくる麻薬中毒者の幻覚で、禁断症状の間、首のうしろに「死んだ猿」がとりついていると感じるのだ。手紙の送り手は、僕の首のうしろにとりついた「死んだ猿」こそがかれだと、宣言しているのであった。

《お前が私を厄介払いするためには、私を殺すか、警察に突き出すかするしかありえぬことをお伝えする。私は自死を決行する日までお前の「死んだ猿」であるだろう。ひとりの人間にとりついて、そいつが自滅するまでに悩ましつづけることは、ある種の確信を持った人間にとって決して難かしいことではない。それが「死んだ猿」の事業の先験的属性であることを思えばなおさらに。すでに私は、ひとりの娘をガタガタになしえた者であることをお知らせしよう。つづいてお前の首のうしろにとりついたのであり、お前をつかまえているのは古強者《ふるつわもの》の「死んだ猿」なのだ》。

警察に突き出す？　警察では、確かにその青年が「旅行研究会」サークルで一緒になった他の大学の女子学生に、ジレットの刃を封入した手紙をふくむ数かずの一方的な恋文を書き送ったことを知っていたが、しかしこの青年は警官に、いや危害を加える意志はありませんでしたと弁明して不問に附された。そこで「死んだ猿」自身、自発的に精神科にかよっている「良家の子弟」がどのような行為をするにしても、警察からは寛大にあつかわれることを、経験によって知ったのであった。

しかし、それまでとりついていた憐《あわ》れな娘の細首にとりつき甲斐を見出《みいだ》さなくなった「死んだ猿」が、つづいてどうして僕の首にとりつくことを決定したのか？　それは年間八十通を越えた手紙を幾年読みつづけても、わからなかった。ただ青年は、「償いに」かれの後押しをして実社会に出せ、と要求しているのであったが。僕の息子に障害があることを、かれは区で出している特殊学級の児童名簿か、父兄の相互連絡の機関紙かで見つけ出したのだ。そしてその「死んだ猿」独自の直感力において、そのような子供の父親である作家が、その首のうしろにとりつく相手として適当だと嗅《か》ぎつけたのである。そして無念なことながら、かれの直感力はすぐれたものであったと認めぬわけにはゆかない。五年も六年も苦しんだのは、決して「死んだ猿」ひとりではなかったから。

――しかしその青年も、ただきみを厭《いや》がらせることのみに生き甲斐を感じているのじゃないだろう？そのようにグロテスクな手紙をよこしはじめた動機としては、きみをつうじてみたしたい願望があって、それをきみに拒まれた憤懣《ふんまん》ということがあるのだろう? ガタガタにされた娘にしても、そいつがまずその気の毒な女子学生に惚《ほ》れこんだということがあった筈《はず》じゃないか?

——かれは批評家になりたいといってるね。家族もそのつもりのようだ。僕と妻を罵《ば》倒《とう》した手紙のあと、なんとか文壇への足がかりをあたえてはくれまいかと書いた、原稿用紙の切れっぱしが送られてくるよ。

——きみはそいつをあまり嫌悪しているから、といってかならずしもきみだけの責任だというのじゃないが、いまそいつのことを話しながら、かれがやはりものを書こうとする人間だということをぼかしていたがね。しかし、そいつの側から見れば、きみはおおいにかれの同類だと感じとられているのじゃないか?

——「死んだ猿」と僕ともまた、UFOのひとつの光源から投影されているのかね?

——むこうではちゃんとそう考えているよ、と森・父は怒気をあらわした僕を楽しみながら分析した。その青年が夢想しているのは、ある日だね、逆転というか転換というか、そういうことがおこなわれて、文壇できみのやっている仕事をかれが全部ひきとり、そのかわりに今度はきみが厭がらせの手紙をかれにおくるようになることさ。むしろその青年はきみの仕事ばかりか、きみの家庭の全生活まで根こそぎ引き受けるつもりだね。だからこそ、そいつの文壇志向には関係のない、きみの奥さんや光くんについてまでひどいことをいってくるんだろう。そうじゃないか？　おそらくその交替の日まで、「死んだ猿」からきみが自由になることはないね、ｈａ、ｈａ。しかしきみがその青年を憎んで、年じゅう呪咀《じゅそ》を腹のなかで巻きかえし繰りかえししているのは、無意味じゃないか？　その「死んだ猿」がいなければ、きみは他の「死んだ猿」を発掘してきて、また日がな夜がな、そいつを憎悪するのかもしれないからな。多分その「死んだ猿」は、きみの内部の現実嫌悪が、魔法の幻燈で投影した像だよ、ｈａ、ｈａ。おれがきみに書いた抗議状にしても、結局はおれに内発している憎悪を投影することが必要で、たまたまきみをその対象に選んだのだから。結局おれはきみが抗議状を無視したことをなんとも思わないよ。

——無視したというのではないよ。それは返事の書きようがなくて、本棚の隅に突っこんである手紙のひとつなんだから。

——そうだろう？　きみが返事をよこさなくても、おれが脅迫に出かけることがなかった、それが理由だと思うよ。いったん敵を脅迫しようと思えばね、「死んだ猿」

じゃないが、おれには一千万人の他人どもをガタガタにしてしまう手段があるんだから、ｈａ、ｈａ。理論上おれは、小型の原爆をひとつ製作することのできる人間なんだからね、ｈａ、ｈａ。

原爆の製作、たとえ小型のそれにしても！　そういう話は五月の曇り空のもと小学校グラウンドにたたずんでわれわれの子供らを待っている中年男の会話に、似つかわしいものではなかった。僕はむしろ森・父のいつも神経症的なほど思いつめている妻のことを考えた。森・母は、この前衛音楽家風の原子物理学者によってガタガタにされてしまった人間ということなのか？　根拠なくではあるが僕には、森・父こそがあのインディオ風の、意識的にのみならず肉体的にも緊迫して小柄になったような妻の、威《い》嚇《かく》の影にいると感じられた。そのような抑圧でも感じていなければ、小型の原爆による脅迫などということを唐突にいいだしはしない年齢に、達しているはずではないか？　思い出してみるとこの日、森・父はいかなる意味であれ、やがてかれの生き方・考え方の中心をなす「転換」につながる言葉を始めて語ったのであった。

5

それはまた午後遅く、森・父が、息子・森をつれて僕を訪ねて来た日でもあった。はじめ森・父はまだ若葉が痩《や》せて透いている生垣の向うを、家の中をうかがいながら二、三度、行ったり来たりした。中国の人民帽のようなものを眼深にかぶった小柄な男が、家の前で方向転換するたびに、ガクッと不自然なとまりかたをする、そしてあらためて歩き出す。カーテンを閉めきり窓からそれを眺めていて、僕はその運動の奇妙さの理由に思いいたり、はじめてその男が森を連れている森・父にちがいないと気がついたのである。いったんある方向へ向けて歩き始めたわれわれの子供らは、言葉や身ぶりでもってよく説明することなしに方向転換させると、その肉体はもとより魂の慣性にもしたがった抵抗を示す。子供の手を引いたまま不用意にひきかえそうとして、親が手頸《てくび》をくじくことがある。運動不足と食欲への偏執に肥満しているわれわれの子供らの、存在総ぐるみの慣性は、じつになかなかの力なのだ。森・父が決意して門の前の煉瓦敷きへ上って来る前に、僕は玄関を出て行った。なんとなく支えをさがしもとめる具合に息子をかれの好んでいる場所、冷蔵庫の温気吹出し口の前から起きあがらせて、その手をひきながら。

低い板の門の前に立った森・父は、僕と息子が出て行くのを見るとドギマギした様子をあらわしたが、もちろんかれの発する言葉は、挑発する眼と口許《くちもと》の薄笑い同様、そのような弱気の自分を認めぬ意志につらぬかれたものだった。

――「死んだ猿」には実際おびやかされている様子だね、おれをそいつかと疑ったのじゃないか？

――おびやかされているというより、ただ厭なんだがな。

――一度いったが、それはきみの現実嫌悪《けんお》の一表現にすぎないかもしれない。もっとも突然こんな風におしかけられては、そのこと自体への嫌悪感もあるだろうがな、ｈａ、ｈａ。

僕は門を開き、自分の息子と森とがお互いを発見してゆく劇を見おろした。かれらはふたりとも声を発するのではなかったし、お互いを見つめあうこともしなかった。ただかれらはその内部で埋れ火のようなお互いへの熱気をかきたて、その温度をしだいにたかめ、そしていつのまにかかれらの指の先が、相手のそれぞれのジャンパーのポケットに触れており、それまで無表情だったかれらの似かよった顔が鈍く微笑に輝やいてくる。

――今日は、といいなさい、と僕は息子にいった。

——コンニチ、ワー。

——今日は、といいなさい、と森・父もかれの息子にいっていた。

——コンニチ、ワー。

——ともかく、とお互いの挨拶《あいさつ》はそのようにわれわれの子供らに代行させて、僕は森・父を迎えいれようとした。

——いや、立話ですむことなんだよ。きみはもう、あれを見つけ出して読んだかね？

——あれ？　いや、まだ例の手紙の束から探し出していないのさ。束そのものはとり出したんだがな。実際に抗議状やら厭がらせの手紙やらの束を眺めると、数が多いのにうんざりしてね。

——きみも相当に永い年月、書いたものを発表してきた人間だから、それはそうだろうな。……しかし今日明日のうちには、おれの書いた手紙を探して読むだろうし、あらためてそれを読むと、やはり腹を立てるだろうと思ってね。ともかくおれは敵意をこめて問題の手紙を書いたからな、ｈａ、ｈａ。

森・父は僕にむけて、それにかかわるなんらかの調停案を呈示しに来たのだが、それを誇りに抵触すると感じて、仮の義歯の舌ざわりをさぐってみたりしながら、その不名誉の違和感を予想しているふうなのだ。しかし森・父はついに逡巡《しゅんじゅん》をふりきり、他人事《ひとごと》めかして切りだした。

——家内がね、きみに麻生野《オウノ》のことを訴えたというのでね。彼女はマス・コミュニケイションに関係している人間は、大家族のようにみんなつながっていると思ってるんだ。……そこで考えてみたんだが、きみがおれの手紙に腹を立てて、それでちょっとしたエッセイでも書く時に、報復のつもりでなにかほのめかしたら、麻生野が困るだろうと思ってね。編集者との世間話に、麻生野とおれの話をされても困るんだよ。おれは無名の人間だから格別なこともないが、麻生野はまあ有名だからね。もともとおれが原子力発電所で事故にあった人間であることをつうじて、麻生野の運動グループとおれが出会ったんだし、そこから因縁を生じた以上、反動週刊誌の種にされることもありうるのでね。

——僕はゴシップを書かないよ。またそのたぐいのことは、編集者との話題にしないよ。

——しかしきみは、麻生野のことを直接には知らぬとおれの家内に嘘《うそ》をついただろう？　そこにたくらみのきっかけになるものを感じたのでね。

——麻生野さんを個人的に知ってることは確かだよ。しかしそれをきみの奥さんにいう必要はなかっただろう？　きみが麻生野さんを知っているのと、僕が知っているのとでは、次元が違う話のようじゃないか？……まあ、中に入って話さないかね？

　そこで僕と森・父とは書斎で向かい合い、われわれの足許ではふたりのわれわれの子供らが、お互いに話しかけるというのではなく、しかし確かな協同の作業として、ちぎった紙片に模様を書いて遊び始めた。子供らに紙と鉛筆と菓子を、われわれにはお茶を運んできた妻は、森・父に無視されて引きさがった。

　――きみが麻生野を知らないといったと家内から聞いてね、おれは考えこんだんだよ。麻生野自身から、きみのことは聞いていたから。

　――むしろ僕はあの人のファンだ。しかしあらためていうが、それをきみの奥さんに打明ける必要もないだろう？

　麻生野桜麻は、スペイン留学でその生涯の最良の時を棒にふった、しかし自分も大方の取巻きもそう思ってはいない女性活動家で、まだなにひとつまとまった仕事はしていないままジャーナリズムでは有名な女だった。彼女の生涯の目標は映画を作ることだ。ルイス・ブニュエルに学び、それを超える映画。しかし映画製作にとりかかる前に、彼女は市民運動の世話役のような存在にまつりあげられた。しかしそれも彼女にとっては、若者たちを周囲に集め、精神的・感情的・肉体的に訓練して、すぐにも製作を始めるべき映画にむけて準備することだったのである。その市民運動にしても、スペイン内乱以来メキシコに亡命したままの詩人を日本に招いて、全国縦断の講演旅行をする、というふうに生涯の志向とかさなってはいた。しかしテレヴィで女性解放の運動について語るような、肝心の映画をつくるよりほかの仕事によって、もっとも彼女は有名だったのだ。そして生涯の最良の時をなしくずしにしてしまったとはいえ、彼女は大柄で滑稽《こっけい》さとからみあった威厳があり、集会でもテレヴィ画面でもスターの輝やきをあらわした。僕が見た麻生野桜麻のテレヴィ討論は、絶対天皇制支配の軍隊にあって南方を侵略し、孤立して二十五年も気持の上の戦闘を続けた兵士の、これは誰でも知っている話だが、劇的な帰国を記念する番組だった。その男の暮した小規模なタテ穴や、全国あげての歓迎現象が映った後、討論がおこなわれたのだが、彼女はありありと気持の悪くなった顔をして、事実気持が悪いとのみ発言したのであった。彼女がまた、この戦争終結に遅れた兵士よりも永く亡命して、真に戦いつづけているスペイン人にこの話をしながら、あらためて気持が悪くなって顔蒼《あお》ざめるのを、これはじかに僕は見た。

――実際、麻生野という女性は相当なものだと思っているよ。テレヴィでも集会でも、独特なところのある人間だと、観察しているんだ。

——観察しただけか？　足まで洗ってやったというじゃないか？

——しかしあれは……

——もちろん、きみは足を洗ってやっただけだよ、と僕を一瞬狼狽《ろうばい》させたことに満足をあらわして森・父はいった。

それはさきのスペイン詩人の講演会打上げパーティの夜のことで、講演会の組織に加わったわれわれは表向きのパーティを終えた後、もっとも実質的に働いてきた若い人たちをねぎらう小さい集りを開いた。最初のパーティのあいだに雷鳴と土砂降りがあった。夏の盛りだったわけだ、そういえば人間の皮膚、口腔《こうこう》から肺へのすべての管と粘膜、そして情動まですべてが40°C、湿度100%の大気につつみこまれてよみがえってくる。地下鉄駅出口から、水が流れる坂になった鋪道《ほどう》を、第二の会場へ歩くまでに、女たちの足は泥にまみれた。たまたま僕は、狭い直方体に便器と洗面台がユニットとして組みこまれているトイレットで、そこに大柄な躰《からだ》を斜めに突っ込んでいる未来の映画作家の、サンダルのなかの大足を洗ってやったのである。そこについ行きあわせたのと、二人とも酔っぱらっていたので。

——なぜ、きみが麻生野の足を洗ってやり、かつ洗ってやっただけだと知っているかといえばな。おれと麻生野がはじめて性交したのがたまたま、あの集りが終った明け方だったからだよ。集りの間も、ずっとおれはきみを意識していたが、現にこのおれが参加していたこと自体、きみには覚えがないだろう？　しかし、きみもひどい酔っぱらいかたをする人間だね、おれも大きいことはいえないが……

——いや、きみは僕のように酔っぱらう人間をしらふで観察する側の人間に見えるさ。僕はあのパーティから泥酔して家に戻って、大女の足を洗ったほかはまったくなにひとつ覚えていないていたらくだったのに、きみはちゃんと性交までしたというんだから、客観的にもそうだよ。

——おれも酔っぱらっていたんだ。むしろ最初に酔っぱらって性交したから、そして当然ながら不満足な性交だったから、あれ以後の麻生野との関係が、全体に嫌な味のものになってるんだよ。さきにもいったがね、おれは原子力発電所での被曝《ひばく》事故の被害者としてね、国を相手どって闘争していたわけなんだが、麻生野はその闘争の、支援グループの世話役なんだよ。まったくおれたちの性関係は、心理的に健全な土台に立ったものじゃないんだ。おれはもともと闘争を本気でやっていたのじゃなかったし、つづいて麻生野に惚れこんだ具合になって、それで闘争の集会に出て行くというふうでね。しかしおれとしては、ただ並の女に惚れこんでいるのじゃなしに、麻生野の風格とでもいうものにまいっているんだと、自己弁解していたんだがな。

——彼女にはともかく風格はあるよ。

——まあね。おれはその風格に惚れこんでいて、その延長として性交も実現したはずなんだが、本当に現実化したことはな、お互いに相手の弛《し》緩《かん》したところにしがみついて性交するというふうでね。そしてその原因は最初の性交にあるんだ。おれは自分がインポテンツになるという恐怖を、彼女との性交で初めて経験したよ。

われわれの子供らは、いまや相手の存在をすっかり意識からぬぐいさり、しかも相手のわずかな動きにも調和する自分の動きを示して、確実な共生感のうちに遊んでいる。細かな点の集積のような模様を、破いた紙片に描きながら。森・父も僕もわれわれの子供らの傍で、性的な事柄を語ることに気がねする必要はなかった。森・父はあの二回目のパーティのあいだに、麻生野桜麻がタガを外したように酔ってゆくのを気にかけていた。つねづね彼女をとり巻いて麻生野親衛隊と呼ばれる若い連中が、あの真夜中にはどういうわけかひとりもいなかった。麻生野自身が、スペインの詩人を送って行かせでもしたのだろう。永い期間にわたった連続講演の仕事を終えて、肩の荷をおろしたあげく酔っぱらった麻生野が、ある小説家にトイレットで足を洗わせたという情報はすぐつたわって、それも森・父に彼女の面倒を見る気持を固めさせていた。そこでもう朝になった集りの終りに、森・父は麻生野を乗せるタクシーをつかまえて来たのである。しかしタクシーが走り始めるやいなや麻生野が吐気をうったえたので、道路脇《わき》のモーテルに入りこんでゆくほかなかった。闘争の開始以来、森・父はしばしば麻生野と会ってきたが、ふたりでホテルの一室に閉じこもるようなことはなかった。浴室で吐気を始末した未来の映画作家が元気を回復するのを見ると、つづいて性交を始めるほかないと森・父には感じられた。ともかく森・父はそのように単純化していいはったわけだ。そもそもの最初の五分間、性交はうまくいった。やはり酔っていた森・父の卵型の記憶のなかで、運動会でがんばっている気の強い童女のようなオルガスムの顔があきらかだから。しかし輝やかしい五分間が過ぎ去ると、性交は森・父のひとり芝居となって、たちまち質の低いものに下降した。モーテル備えつけのコンドームをつけて性交していたのを、かれはいったん取り除いてがんばり、射精の可能性がほの見えると別のコンドームをつけたが、無念にもすぐさまゴムを皺《しわ》だらけにしてペニスは軟化してしまう。

なぜ森・父はそこで性交を止《や》めなかったか？　このまま性交を中絶すれば、自分について未来の映画作家は性的に最低の記憶しか残さぬ、それではあらためて性関係を開くのは難かしいと、森・父は憐《あわ》れに惧《おそ》れたのだ。

——もう私はいいわ、やめようよ！　と麻生野はいったが森・父はしつこく止めなかった。そして性交を止めぬかれをそのまま許している未来の映画作家には、自己処罰的なほど際限のない、グダグダした優しさがあらわれていた。

それでもなお射精不能の森・父は、とうとううつぶせになって苦しげに眠りはじめた彼女の尻《しり》をなおいじりまわし、かつもう一方の手では役立たずのペニスをひねくっていたのだ。そのうち映画作家は圧迫された心臓を保護する本能が働いた具合に、パッと上躰《じょうたい》をおこして、

——あなたは誰だっけ？　どうしてそんなに一日中ペニスをひっぱってるの？　というと再び眠りこんだ。

大きい屈辱を感じ陋劣《ろうれつ》に攻撃的になった森・父は、肥《ふと》りはじめている映画作家の、薔薇《ば》色《ら》のひっ、つ、れのような肛門《こうもん》を指でひらき、なんとかそこに亀頭を押しこもうとした。しかもそれが可能でないと思い知らされると、森・父はかわりに指を突っこんで、片方で胸の悪くなるようなことにふけっていた……

その夕方、眼をさました麻生野桜麻は、彼女自身にとっては自己処罰的であり、森・父に対してはそのまま徹底した侮辱でありうる、あの奇怪な優しさを再びあらわして、

——お尻が痛いけども、眠っている間に自分でさわったんだわ、といった……

森・父をこのような告白的雄弁にみちびく力が、僕自身の職業に発していることを、僕は経験的に知っていたと思う。小説を書いて発表する生活を続けていると、しばしば迎えることになるのが、自分の体験したところのこと、あるいは夢想したこと、そうあれかしと希求したことをしゃべりたてる他人の来訪である。かれらは僕という聴き手によって、話し手の自分にも不充分と自覚される話の、その全体が受けとめられることを期待する。なぜなら、聴き手の僕は小説家なのだから。

森・父の話しぶりにも、いかにもその印象が濃かった。森・父には同年輩の理科系に進んだ者の、文科系にたいする見くびりがあり、（われわれは原爆による敗北にはじまり、湯川博士のノーベル賞受賞にいたる、科学技術の聖化の時代に少年期をすごしたのだ）、それと表裏一体をなす、ものを書く人間の想像力や言葉を統禦《とうぎょ》する力への、無批判な過大評価があった。無言のうちにかれはこう説得してくるようだったのだ。

――おれはきみを、おれの無意識の全体性を光源とした幻燈機の映写幕に使ってね、おれの知らぬおれ自身を写し出そうとしているのさ。予感や夢想の断片としてだけ感じとっているものを、きみの映写幕につなぎあわせてさ、くっきりした像になるところを見たいんだ。作家の想像力と言葉の機能の習練は、その役割こそをはたすためのものじゃないか？

そのうち僕と森・父はわれわれの子供らが、黙ったまま躰をもじもじさせ顎《あご》をあげ、さしせまった宙ぶらりんの表情を浮べているのに気づいた。手洗いへつれて行くと、われわれの子供らは一箇の洋式便器の両側からそろって排尿したが、永くがまんしていたかれらのペニスは蝮《まむし》の頭のように勃起《ぼっき》して、ところかまわず尿を飛び散らせ、おたがいの裸の腿《もも》や僕と森・父のズボンを濡《ぬ》らした。

——真夜中におむつを取りかえて排尿させるのは、僕の役目なんだがな。息子のペニスが、酷《むご》たらしく勃起しているのを見るとたじろぐよ。

——おれもたじろぐなあ、しかしたじろいだ後で考えることには、時によって二種あってね。ひとつは自分の息子が頭蓋骨《ずがいこつ》に穴をあけて生まれてきたのは、宇宙の説得者のわれわれ人類への工作手段なのであって、おれたちが死の想念に赤裸にむかいあう真夜中、息子はめちゃくちゃに勃起したペニスをアンテナに、説得者からの通信を受けとっているのじゃないかと思うのさ。その通信は、遺伝コードみたいに暗号のまま、息子の細胞に蓄積される。そしてある日すべての暗号が解読され、情報となるんだ。東京を覆《おお》う真夜中の暗闇に、宇宙からの説得者の望遠レンズに浮びあがる小さな明るみがあって、勃起したペニスのアンテナが激しくそこで動くのさ。下級な昆虫が上級の昆虫のために、結局は自分を滅ぼす奉仕をやることがあるね？　ああいう具合に、おれたちは濡れたおむつを取り換えビニール布をぬぐい、そしてあらためておむつカヴァのボタンをブツブツ押しているのじゃないか？　ｈａ、ｈａ！

――もう一種は、なにを考えるんだ？

――もう一種？……それは麻生野との性交にもう徴候があらわれているとおり、おれはインポになろうとしており、その逆に息子が空《むな》しく勃起している、という感慨さ……

この日、もうひとりの来訪者である森はずっと黙っていたわけだが、最後に一度だけ突然の叫び声をあげた。排尿で汚れた手洗いを気にする森・父に、こんなことはなんでもないと僕がいうと、裸の尻を剝《む》きだしにして鳥肌立たせた森が、機械的にのみ正確に、――だめですよ、このように小便をはねちらかしては、だめですよ！　と非難したのだ。

家を訪ねて来た森・父は僕の妻に無愛想だったし、森・母は子供を学校に連れて来る日、麻生野と森・父がいかに悪質な関係をつづけているかを訴えかけるわけであったから、妻が森・父に好意をいだく条件はなかった。だからといって森・母が僕の妻をはじめとする母親仲間から同情されていたのでもない。森・母は自分からしきりに話しかけた相手が、それに答えて意見をのべようとすると、実際粗暴な勢いでそれを遮《さえ》ぎって、あらたに自分の夫と麻生野がいかに悪い隠謀をたくらんでいるかをのべたて、それでもなお我慢した相手がやっとのことで口を開くと、うつむいて身震いするようにして決して耳をかさなかった。

——鳥の眼をして、小さな鼻の先を睨《にら》んでいるよ、脣《くちびる》のまわりに毛と粉を吹かせて！　と夜間はキャバレーにつとめを持つ寡婦《かふ》の一母親の表現を、妻は僕につたえた。森・母の皮膚は浅黒く油煙の粒をこびりつかせているようで、その脣のまわりには生毛《うぶげ》が密生し、しゃべるうち附着した唾《つば》が乾燥して、粉のように白く見えた。自分の落ちこんでいる境遇について語りたいとねがっている、われわれの子供らの母親たちにとって、森・母の会話のやり口ほどに理不尽なルール違反はなかったのであるから、この評言にふくまれている悪意もあながち咎《とが》めるわけにゆかぬだろう。さてある一日、「買物」の実地教育ということで息子とともに授業に参加した妻が、予定より一時間遅れて戻って、昂奮《こうふん》をあらわしながら森・父への敬意を語ったのだ。息子までがじわっと熱気をおびた頬をゆすって、繰りかえしこういっていた、もちろん妻の口うつしの言葉を。

――えらい人ですよ、科学技師ですよ！　えらい人ですよ、科学技師ですよ！

男女教師二人に引率されたわれわれの子供らは、五、六メートル後に父母たちをしたがえて、「買物」の実地教育に出かけた。この日の「買物」は、実際に金を払って品物を買える子供らはそうしてなにかひとつ買ってみるし、それができぬ子供らはひとりで店の入口からはいってみることを学習するカリキュラムであった。自動ドアのスーパー・マーケットで。そしてまさにその自動ドアに、最下級の男の子が腕を吸いこまれてしまったのである。痛みよりも被拘束感の恐怖から、子供はあらんかぎり絶叫する。絶対に穏和な人柄の男の教師はもとより、ふだんは獅子奮迅《ししふんじん》の女教師も、なにひとつ有効な動きをおこすことができない。スーパー・マーケットの店員も同様である。ところが母親たちの一団から少し離れて、つねに脇見をするような、気のないつきそい方をしてきた森・父が、活動を開始して自動ドアから子供を解放した。

——なにもかも終った時、自動ドアの周りには、ビニール・ケースに入れて売られている工具や、日曜大工用の木材や、毛布が散らばっていて、それは森・父がスーパー・マーケットじゅうから掻《か》き集めさせたものだったけれども、現に作業が進んでいる間は、その工具がみな森・父のポケットから、どんどん跳びだしてくるようだったわ。自動ドアが枠から外されて、電気関係も切断されて、その子が救い出された時、胸もとが血で真赤なのね。けれども、それは作業をしている間に子供の躰が傷つきそうだった時、森・父が自分の左腕を突っこんでかわりに受けた傷の血だったの。

翌日、その場にいなかった父兄への事故の説明をかねて森・父の献身に感謝する反省会が開かれた。妻から強く誘われながら、僕は出席しなかった。森・父が、校長と教頭も出席する反省会で、ひと騒動おこすであろうことは眼に見えていたから。案の定、昼過ぎになって特殊学級備えつけの電話から妻がいってきたことには、森・父が学校側、父母たちの双方を相手に論争して、結着がつかぬという。子供が険しい雰囲気と空腹で不安がっているので迎えにきてもらいたい、自分は論争を最後まで聞いてゆくつもりだ、と妻も奇妙に冷たく昂奮しているのだ。

僕が入って行った時には、まだ居残っているわずかな父親と母親たちが、それぞれ自分の脇に子供をひきつけて教室の後半部にかたまっており、それは難民の小集団のようであった。われわれの子供らはもとより父母たちも、空腹と議論の把えがたさに茫然《ぼうぜん》としているように見えた。森・父はひとり黒板の前に立ってしゃべっている。校長たち、学校側の一団を、子供らのための木椅子《きいす》に窮屈そうに腰かけさせて。敵だか味方だかわからぬ者の登場を、勝敗の疑わしい戦いのさなかで見る、そのような一瞥《いちべつ》で校長は僕を迎えた。肌寒い教室で校長のみは赤黒く上気し、大頭から湯気さえたてかねぬ様子なのだ。かれこそが森・父の攻撃の矢表に立っているのだろう。いつもは自信にみちた女教師は顴骨《かんこつ》の上を赤くして、怨《うら》みっぽい眼つきで森・父を睨《にら》んでいたし、もうひとりの担任の男の教師は、低い木椅子に上躰を深く折り曲げ、森・父に平伏している恰好《かっこう》だった。

――……われわれの子供らが、学校集団の中心に位置する！　さきに校長が曲解したように、われわれの子供らでない子供らを支配するというのじゃないよ。ただ中心に位置する！　そうでなければ、われわれの子供らを学校に引きうけて特別にクラスを作っていることの、学校側にとっての意味は生まれないじゃないか？　これも校長がわざわざ曲解したように、われわれの子供らがこの学校に通っていることの、われわれの子供らの側の意味というのじゃないよ。われわれの子供らが、この学校に来て、スーパー・マーケットの自動ドアは危いということを学んで、いったいどんな利点があるかね？　自動ドアに腕をはさみこまれた場合、スーパー・マーケットの人間はもとより、引率の教師も救助してはくれぬということを知って、それがなにほどのことだろうか？　われわれの子供らは、事故の一時間後にはもう、闇雲の恐怖よりほかのなにも記憶に残していないんだから！　本当にわれわれの子供らは、この教室でなにごとか必要なことを学んだ後、社会に出ることになるんだろうか？　卒業して社会に出て行く子供らにむけて、教師がしてやることのできる本当の援助は、きみたちの生きてゆくこの現代世界は、こういうものだと教えてやり、こういうところに気をつけてやってゆけ！　といってやることだと思うがね。それは可能ですか？　そういうことをわれわれの子供らにむけて教師たちはやってくれるのだろうか？　いまここで教えられていることは、われわれの子供らが将来、隅っこの社会で、いくらかは手のかからぬバカとして暮せるように、自分の手足の始末のしかたを教えることじゃないだろうか？　未来社会ではそのシステムが合目的化されて、われわれの子供らは、手足のみならず自分をまるごと始末するしかたを、すなわち、ｈａ、ｈａ、自殺するしかたを学習することになるのじゃないか？　本当にわれわれの子供らのことを考えるならば、未来社会におけるそのような淘汰《とうた》する力をはねかえすために、われわれの子供らが、独自に武装して自衛することを教えねばならない！　というのも現代世界が汚染されつづけてゆく以上、われわれの子供らのような子供の数は飛躍的に増大せざるをえず、いったんそのように増大してそこいらじゅうに眼につくようになったわれわれの子供らは、未来社会のダウン・ビートの先行きの象徴として、民衆的憎悪《ぞうお》の対象になるよ。弱小民族、被差別階級がその脅威のもとに生き延びねばならなかったような、不当な憎悪の対象に！　そしてついに立ち上った民族・階級もあるんだが、この学級はわれわれの子供らに自己防衛の手段を指導したことがあるか？

――そういうことは学校教育の本質上できない！　そうじゃないですか？　あんたはやがて特殊学級出身者たちが独立地帯をつくって、そこには原爆まで保有せねばならぬというような、もうめちゃくちゃなことをいうんだが、そういうことが学校教育の本質を離れていることは、それは当然じゃないですか？　教育はね、あたしは校長としてね、とくに体育を専門としてきた関係上、**教育は心身両面における自然・社会との和解を教えるもの**と、そのように考えて永年やってきたんですよ。

――それではこの際おれも、自分たちを淘汰する力にさからうための、自衛手段を教育せよとは要求しないことにします。それは結局、われわれの子供らの親が、個人の家庭でひとめをしのんでやらねばならぬ訓練でしょう。この教室で銃のとりあつかいの教育をしているところへ、密告で機動隊が入りこんできて、われわれの子供らがすこし抵抗した後、みな引っぱられる、先生方も引っぱられる、ということになっては困るからね！　普通学級の、われわれの子供らでない子供らは、みな密告者たりうる小秀才だからね、ｈａ、ｈａ！　そこでこの学校に校長のいう和解を達成するためにも、おれはさきの提案を繰りかえすよ。われわれの子供らが学校の中心に位置する！

——具体的に、それはどのように実現されるんでしょうか？と僕の妻がおよそ生《き》真面目《まじめ》に考えこんでいる様子で質問を発した。

森・父は一瞬たじろいで黙りこみ、それでもあしらうようにチラチラ僕の妻を見やり、桃色の舌を唇のまわりにひらめかせた、かすかな塩の味を嘗《な》めとるように。そのこまかな動作の全体に、双子ででもあるかのように森・母と似かよっているところがある。われわれの子供らの両親はしばしばお互いに似かよってくるのだ。たとえば僕自身、妻と性交しながら、近親相姦《そうかん》にふけっているような気持になることがあった。

——音楽をつうじて！　音楽によって具体的にそれを実現すればいいんですよ！　われわれの子供らはみな耳がいいから。かれらをみな音楽の専門家にする。この学校全体の構造が、われわれの子供らの音楽の上に載っているようにする！　ここにインドの音楽家が書いた手記があるが、それを読むと、われわれの子供らが、この学校でどんな役割をはたし、その自然な延長として社会的にどのような機能を持つ人間に育つか、まったく明瞭《めいりょう》ですよ！（そういって森・父は、かれのヴィジョンが単に思いつきではなく準備に立つことを示して、レコード・ジャケットのはさみこみをとり出し、やはり昂奮しているのだろう、はじめの数行は英語で叫ぶように読み、それから翻訳を読んで聞かせた。）I am always afraid when I play, I pray I can do justice to my guru, to my music, ……《自分は演奏する時いつも恐れを感じている、私の師《グールー》と私の音楽に正しいことをおこないうるよう、自分は祈る。私たちの音楽のうちに、インドのすべての豊かさを私は感じとる。ひとつのラーガが、私たちの民衆の精神的な希望のかずかず、生きるための不断の闘いを映し出す。それは私たちの寺院のなかのさまざまな祈りから、聖なる街ベナレスを流れるガンジスの、川のほとりの生命からひきだされた音楽なのだ。音はあらゆるところにある。子供のころ私はいつもこの場所の、さまざまに震える音によって自分をみたしていたものだ。子供の時分から死にいたるまでの、創造のすべての過程を、私たちの音楽は、自分にときあかす……》。

——グールーとはなんだ⁉　インドとはなんだ、ラーガとはなんだ？　そんなわけのわからぬことを、こんなに腹をすかせて、こんなにぐったりして、なにもかもわけがわからなくて、こんなにじっと坐っている子供にむけて演説して、あんたはなんだ、なんだ、なんだ！　おまえは……

それまでは怯《おび》えたように縮みこんでいたはずの、浅黒く堅固に肥った豆タンク風の母親が両手をふりかざして叫び始めた。脣紅《くちべに》をつけぬ脣が銹《さ》びた鉄の黒さなのに、それまで引きしめられていた脣のなかは真紅なので、闇を裂いて火がふきだすように見える。彼女はサーチャン・母と呼ばれている寡婦だった。豆タンクなりに好もしく化粧し、カツラをのせてふだんの二倍半もある頭になって電車に乗り、宵闇が溶けこんでしまったような、どこに瞳《ひとみ》があるのか見きわめがたい眼つきをして、働きに出かける彼女を見かけたことがあった。

――……われわれの子供らを特殊あつかいして、特殊学級に閉じこめる差別をつきのけようとして、特殊学級差別をば、つぶしてやろうとして、集会をした時おまえは一回だけやって来て、頼りになる人間かと思ったら、次からはもう来ないじゃないか！　なにをいってるのか⁉︎　われわれの子供らを、音楽専門の人間にするといって、サーチャンのような難聴児はどうするよ？　特殊学級のなかでまで差別するのか？　差別するな！　おまえはおまえのグルグルのために、まちがったことをしないように祈れ！　テレヴィ・タレントのお尻《しり》の、豊かさでも感じとれ！　色気違い！

すでに校長は、体操教師が専門だったというだけのことはあって、猿のようにも身軽に教室を出ていた。反省会は自然流会で、父母たちは子供らを排尿に連れ出したり、憐《あわ》れにも失禁した幼児には、その始末をするやらでひとしきり忙しかった。

——あなたのおっしゃった言葉は、この教室にふさわしくないですよ！　サーチャン・お母さん、すこし考えてくださいませんか！　と担任の女教師が母親はもとより、歯が立たなかった森・父をもいまは牽制《けんせい》すべく、呼びかけていた。サーチャン・母には黙ってもらいたいが、森・父の雄弁が回復するのもごめんこうむりたいという気持をあからさまに。

僕は息子と妻が便所から戻ってくるのを待ちながら、森・父の注意をひきよせぬことをねがって、教室の隅に立っていた。サーチャン・母は罵声《ばせい》をおさめたかわりに女教師を独占し、おそらくサーチャンの難聴との関係で現在おこなわれている授業システムの改革を直訴しはじめていた。それが彼女の談論の不変の主題なのである。気勢をそがれて、昨日の奮闘で怪我をした左手頸《てくび》の繃帯《ほうたい》をじっとさわってみている森・父を、意外にも躰《からだ》を二つ折りにし平伏しているようであった男の教師が、窪《くぼ》んだ眼窩《がんか》の奥の眼にまぶしげな力をこめて注視している。かれがついに意を決して、森・父に話しかけようと立ちあがり上躰《じょうたい》を前へつきだすと、森・父はそれを払いのけるようにしざま、それまでは視線を向けてこなかった僕に呼びかけた。

——おれと森とはな、もうこの学校へは来ないよ。おれは特殊学級のみならず、学校のシステム全体を改革することを考えてみたんだが、これでは改革のみこみがないからね、おれと森はもう学校へは来ないよ。誰ひとり、われわれの子供らを、選ばれた使命の子供らと考えないのじゃな……

男の担任教師が叩《たた》かれた犬みたいに頭をがっくりたれる脇《わき》を、森・父は大股《おおまた》でその息子のもとへ歩みよったが、森は静かに尿をもらしつつひとり坐っていたのであった。そこで森・父があくせく世話をやきはじめるのを後に、僕は妻と子供をつれて教室を出た。

——森・父はあのように大きい声でいいきった手前、もう学校へくることはできないでしょう？　これからどうするのかしら？

——森を音楽の専門家にするために、師《グールー》を探しに行くのじゃないか？

——あなたは森・父の言葉を、冗談だと思っているの？　私はあの人が本気で話したと思うわ、なにもかも本気で。

——本気ですよ、本気ですよ！　と息子もいっていた。

それから九箇月もたった冬の夜のことだ。速達が配達されるもっとも遅い時間に、二通の手紙が届いた。一通は原稿用紙を裂いてセロテープで張ってつくった封筒に、僕の名前だけを書いて、殿も様もつけぬ、「死んだ猿」の手紙。それには三通の就職試験不採用通知が入っていた。浅草信用金庫、リーダーズ・ダイジェスト社、そして進学テストの採点をするらしい会社。

そしてもう一通は、あれ以来学校にあらわれなかった森・父からの手紙なのであった。それはカリフォルニアの原子力研究所の便箋《びんせん》に書かれていた。僕はその手紙を、「死んだ猿」のよこしたものに汚された情動の、回復の手がかりをもとめるようにして読んだ。森・父の不在はすでに僕に強い懐《なつ》かしさを、きざんでいるかのようだった。

これからおれがきみに数かずの手紙を書き、いまこのように尋常に書いている種類のものだけではなく、研究ノートの切れっぱしから、時にはおれの創作（ｈａ、ｈａ！）までもを送りつけ、ひっきりなしに電話をかけ、おれ自身についてさいげんなく語ろうとするのは、きみの話した「死んだ猿」がヒントだ。もう一匹の「死んだ猿」に、きみの肥《ふと》った首筋を嚙《か》ませてくれ。いやだといっても、「死んだ猿」がどのように追い払いがたいかは、きみ自身が先刻御承知だからな、ｈａ、ｈａ。

しかしこの場合、おれがきみの「死んだ猿」になることは、きみをおれの「死んだ猿」にすることでもあると思うよ。いかなる「死んだ猿」志願者より、おれは資質としてきみに近い人間だろうからね。おれは理科系だし、きみは文科系ではあるにしても。おれはこれから繰りかえしきみに情報を input して、きみから output される言葉に影響をあたえたいと思う。四六時中、きみがおれについて思いわずらいはじめる時、おれはきみの意識と肉体に作用しないではいないはずだよ。こういってはなんだが、おれの情報は単にきみを悩ますだけのものではないからね。それはついにきみを歓喜させるかもしれないぜ。そのようにおれがきみの内部に入りこんでしまえば、きみはまるっきりおれの幻の書き手《ゴースト・ライター》になるのじゃないか？

なぜ、おれが幻の書き手《ゴースト・ライター》としてきみを必要とするのか？　それはおれの行動と思想を、あらかじめ「調書」にとっておいてくれる認識者が必要だからさ。これから森ともども新しい冒険に出ようとするおれにとって、そのような認識者がいなければ、冒険もおれ自身も森すらも、それこそ気の狂った幻影になるような気がするんだ。おれの予感する冒険はおよそ奇想天外なもので、警察の人間に「調書」をとられる羽目になれば、それはまさに架空のたわごとだろうからね。

待ち望みつつ、おれはその冒険の始まりを予感しているんだが、恐怖心も湧《わ》くよ、正直の話だ。救助してくれというのじゃないが、おれはやはり認識者に語りつづけて、意識と肉体におこるところすべてを、かれが追体験してくれることを信じたいよ。おれと森の冒険がついに死をまねくほどのものなら、その時こそ切実に、おれたちのことをかわりに語ってくれる幻の書き手《ゴースト・ライター》が必要じゃないか？

話が死にからむことになったが、近ごろ森は眠る前に、なんだか不機嫌になるんだよ。学校に行かなくなって永くたつからというのじゃない。きみの息子もそうじゃないだろうか？　なぜなら森もきみの息子も、われわれの子供らなんだから。病気にかかった時以外、不機嫌になったことのない森が、このごろ不機嫌になる。眠りこみかけている時、おれがふざけかかったりするとそうなんだ。そこでおれは思い出したのさ。祖父が死にかけていた時の話、御愛嬌《あいきょう》におれが甘ったれたりすると、かれが怒った思い出なのさ。死を前にしている老人と、眠りを前にしているわれわれの子供らと。どうして再生・覚醒《かくせい》の約束がかれらを励ましうるだろう？　無限に死にっぱなし、眠りっぱなしかもしれぬじゃないか？　だから老人も幼児もそいつに入ってゆく時、すくなくとも真面目にしていたいのだ。

おれと森とは、これからどんな冒険に出てゆくのか？　おれはそれが自分と森にとって、意識と肉体ぐるみすっかり新しくなることだと期待しているよ。なぜならそれだけが、おれとおそらく森の希求する、唯一《ゆいいつ》の冒険だから！

　人間の根本的な希望とはなにか？　それは自分の意識と肉体を新しくつくりかえるということじゃないかね。死後の世界での、意識と肉体の永劫《えいごう》の不変を夢想してもらいたい。そのように出口のない行きづまりはないよ。その絶望を経過してはじめて、死後の無の想念に喜んで近づくことができるのじゃないか。不機嫌な森のベッド脇に立ちすくんで、道化た身ぶりを凍りつかせたおれが、心底思いあぐねているのはね、その歓迎すべき無について、かれにどう教えていいかわからぬからだ。

きみもしばしばそうして思いあぐねるのじゃないか？　われわれの子供らの父親の、きみもまたそうしているのにちがいない！　きみもそうじゃないか？（きみもそうにちがいない！）

第二章　幻の書き手《ゴースト・ライター》が起用される

1

おれは時どき自他にむけてこういったものだ、こういうものだ、こういいつづけるだろうものだ、マクベス夫人にならって。

These deeds must be thought
After these ways; so, it will make us mad.

そのように考えねばならない、**そうすれば**われわれは気が狂ってしまう。

幻の書き手《ゴースト・ライター》として、僕は『マクベス』の引用に not が欠落していることを知らぬわけではない、must not be の not が。しかし僕がここで not を書きこみ、森・父がそれを訳した日本語について、そのように考えてはならない、そんなことをすればわれわれは気が狂ってしまう、と改めたとして、それがどれほどのことだろう？　僕がいまから書きつけてゆくのは、すべて森・父の経験と夢想からの言葉なのだ。もともとこのような引用の不正確・翻訳の恣意性《しい》も、森・父が幻の書き手《ゴースト・ライター》をいっぱいくわせる楽しみから、導入しているのかもしれない。幻の書き手《ゴースト・ライター》の仕事の問題点は、それが他人の言葉を源におくとはいえ、いったん自分の意識と肉体とを通過させつつ、その言葉を紙に書きつけねばならぬことだ。その作業をつうじて僕が森・父の内面にはいりこみ、かれの秘密を詳しく知り、かれの存在の全体を一時的になりと把握するはずのものが、逆に森・父によって、僕の世界を占拠されてはたまらない。

どのような時、おれがマクベス夫人にならってそのようにいうか？　たとえば次のような外電囲み記事を読む時だ。新聞は淡い灰色網目の写真ものせていてね、丸いプラスチック玩具《がんぐ》を拡大したような機械が写っており、真中にわが旧友、マルカム・モーリアが坐っているんだ。痩《や》せていたころの面影があるのは、狭い額だけ。太い黒縁眼鏡と口髭《くちひげ》は、異様な肥満の原因の憂愁をカムフラージュするためなのじゃないか？

記事の説明はこうなっていたよ。自分で設計・製作した空飛ぶ円盤の操縦桿《かん》を握るのは、もとカリフォルニア大学航空機械工学教授、マルカム・モーリア氏（三八）＝写真。そうだろう、そうだろう！　とおれはいったよ。もと教授にちがいない。おれはカリフォルニアの研究所でかれの同僚だったんだが、その時分からすでに、かれがもと教授となることはわかっていたよ。直径二・七メートル、二人乗りの円盤は、二十四馬力ロータリー・エンジン八箇を用いて、時速二百七十キロの飛行が可能。一箇月以内に試乗をすませ、来夏までに米連邦航空局の試験に合格、一台一万ドルで売り出すという。

通信社の男か、記事を書きなおす新聞社の人間が、マルカムの事業計画の先行きを、留保つき文体でひやかしているんだが、おれもまた、この事業が順調に進むとは思わないんだ。おれの知っているマルカム・モーリアの信条は、商売としての空飛ぶ円盤製作販売などと、すっかり無関係のものだからね。マルカム・モーリアはこのしろものを空飛ぶ円盤とは考えていないだろう。時速二百七十キロなどとは、お笑い草じゃないか、そんなのろさかげんで、どうしてアンドロメダ星雲への道が開くかね？　それではこいつをなんだとかれは考えているのか？　かれはただそれをシンボルとしてのにせ空飛ぶ円盤をつくるつもりで、製作したんだよ。

おれがカリフォルニア大学の原子力研究所に出向していた時だがな、昼食の時間に、セルフ・サーヴィスのアルミニウム盆をささげて空いた席を探していたおれとマルカムが、顔をつきあわせた瞬間、二つ並んだ空き椅子《いす》に出くわしたわけなんだよ。するとマルカムはおれの上膊《じょうはく》をきつく摑《つか》んでね、ここに坐っていろといい、そのまま学生たちの雑踏に消えたのさ。そして大コップ二杯のミルクを運んでくると、泡だつミルクさながら勢いこんでモーリア博士はこんな話をしかけてきた。

――食べながら聞いてくれ！　きみの国の高地地方の原住民は、立木を伐採した山頂に、木材で造った巨大な飛行機を置いているというじゃないか？　そのようにシンボルとしての飛行器具を確保している態度は、文明圏の人間が、ＰＡＮＡＭやＡＩＲ　ＦＲＡＮＣＥに疎外《そがい》されているのと対照的だよ。それは神々の飛行に学んだ真の飛行を、部族全体の集団的想像力においてあらわしえているじゃないか？

おれは面喰らってね、確かにそんな話は聞いたことがあるが、それはニューギニア高地の一部族の話じゃないかと、訂正しないわけにゆかなかったよ。

――しかし太平洋戦争で戦ったパイロットの伯父に、体験談としてそれを聞いたんだがな。日本軍は戦闘可能な飛行機を失うと、その木でつくった飛行機を飛行場に並べたと。それはきみたちの高地族の樹木の飛行機と、おなじ想像力の根に発しているじゃないか？

――後の方の話も聞いたことがあるよ。それは日本軍の実話だが、しかしさきのニューギニアの高地族の話は、やはり別なんだよ。ただきみのいうとおり、戦闘機のなくなった後の、木とカンバスの飛行機は眼くらましの算段だけだったのじゃなくて、ひとつのシンボルだったかもしれないね。「神風」というようなシンボル操作の考え方が、わが軍国主義者たちの基本思想をなしていたんだから。

――それならきみは、私が宇宙からやってくる飛行物体の「神々」にむけて、やはりシンボルとしての飛行物体をカリフォルニア空港に置き、「神々」と交感したいと思うのを理解してくれるのじゃないか？　それは危機に瀕《ひん》している人類全体が、世界をすっぽりくるみうるシンボルを造りだして、宇宙のなかで生き死にする自分を、全体的に把握する行為なんだ。

そしてマルカム・モーリアは実際に、かれの飛行物体設計図を幾枚となくおれに見せてくれ、また例のユングをおれに教えてくれたんだよ。《われわれは空飛ぶ円盤がわれわれの投影であるといつも考えている。しかし、今や、われわれが彼らの投影となったのだ。私は魔法の幻燈から、C・G・ユングとして投影されている。しかし、誰がその機械を操作しているのか》。マルカムにとって、そのユングの問いかけに答えることは容易でね、滅亡しそうな地球を看視するためにやってきた「神々」が、魔法の幻燈を操作しているのさ、ｈａ、ｈａ。おれはＭ・Ｍが自分で銅版をきざんで刷った飛行物体の挿画《そうが》つきの、古いクリスマス・カードをとりだして、その住所へ励ましの電報をうったよ。

These deeds must be thought
After these ways ; so, it will make us mad.

マルカム・モーリアが自分の夢想しつづけてきたことの実現のために、カリフォルニア大学教授の職を棄てて、かれがそれまでみずから世界的水準を維持するひとりだった航空機械工学の、今日の発展からみればおよそ原始的な、二十四馬力×８のロータリー・エンジンをつけた、飛行機械の製造販売に踏みきったこと。それを考えると、おれもただ予感のみにひたるようにして、真の冒険を待ちうけているだけでは仕方がないという気がする。しかしおれのその冒険への予感はな、しだいに強いものになってきているんだ。

まず夢だ。夢のなかでのおれと森の冒険は、おれが「親方《パトロン》」と呼んできたある老人を補佐してね、かれに全日本制覇の政権を獲得させるものなんだよ。その上でおれと森は、政権獲得のページェントを演出してもいるわけなのさ。それは一九三三年一月三十日、ヒンデンブルグ大統領と会見したヒットラーを祝う、ナチ突撃隊員の炬火《たいまつ》行進をモデルにしているページェントなんだ、ｈａ、ｈａ。光の川を眺め、軍靴《ぐんか》の大群の整然たる響きを聞きながら、「親方《パトロン》」は京王プラザ・ホテル二十階貴賓室の窓ぎわに立って、ピョンピョンおどりあがっては、微笑したり涙ぐんだり大声で笑ったりしていたよ！

その「親方《パトロン》」の恰好《かっこう》は、もちろんページェントのモデルの伝記的事実に影響されていてね、滑稽《こっけい》だが。しかし夢のなかのおれと森とは、「親方《パトロン》」をこの国を覆《おお》う政治的権力者という偏頗《へんぱ》なものに限定してはいなかったんだよ。かれはわが国の全国民のというよりも、ほとんどすべての人類の、シンボル的存在としてそこに立っていたのさ。『コーラン』にはこういう一節があるそうだ、《われわれは彼に叫んだ。「アブラハムよ！　お前は、お前の夢を信じた！　実に、そこに明らかな証拠があるのだ！」》夢のなかの「親方《パトロン》」は夢のなかの全人類に呼びかけていたのさ、《人類よ！　お前たちみんなは、お前たちみんなの夢を信じよ！　実に、そこに明らかな証拠があるのだ！そしてお前たちみんなの夢とは、地球全域をくるみこむようにして、ブレイクの画像さながら宙天に浮んでいるおれの姿だ！》おれと森とはそのようにして「親方《パトロン》」を、すべての人類の自己把握＝世界把握のためのシンボルにすることを企図していたのさ。なんとも壮大な夢じゃないかね、ｈａ、ｈａ。

この夢を見た日、おれはその夢の規模の壮大さを永い間かかって森に話してやったものさ。日々おれは、森に語りかける習慣だからね、われわれの子供らの親ならばたいていそうじゃないかと思うんだが。それは森が理解しうることについてであるし、またかれが決して理解しないことについてでもあるよ。なぜなら当面のかれの理解しないことも、密封された地下倉に永い年月にわたれば埃《ほこり》がつもる具合にさ、おれの言葉の極微細の塵《ちり》がふりつもって、そしていつかそれらすべてが自然発火して、燃えあがるかもしれぬじゃないか？　すくなくとも森は、おれが語りかける言葉を決して拒まないからね。かれの頭脳の薄明の地下倉に、耳奥の奇態な構造をつたわったおれの言葉は、砂時計の砂のようにたまっているのじゃないか？

それに関連して考えるのだが、もともと生命体といえばなにもない太古の地球への、宇宙からの呼びかけは、森の耳殻の底のおれの言葉の砂山のようにさ、メッセージの宇宙塵《じん》として降りつもり、意味として覚醒《かくせい》しないままに積っていったその超微細な塵が、ついに生きた意味へと自然発火して、そして生命体が、われわれの遠い先祖のアミーバーが、誕生したのではないだろうかね？　しかもそのメッセージの宇宙塵には、われわれのＤＮＡ分子を決定して、今日の核時代にいたらしめる、ありとある文明の種子がふくまれていたのかもしれないよ、ｈａ、ｈａ。

しかし、と幻の書き手《ゴースト・ライター》の域をたちまち乗りこえてしまうのではあるが、僕は疑問符のついた註《ちゅう》をここに書きこみたい。今日の核文明が、宇宙塵のようにふりつもる宇宙の遠方の意志によって、あらかじめ地球という惑星とホモ・サピエンスに告知されていた進路の一局面であり、ここまで来る道を、自主的に選びかえることがありえなかったというのなら、森・父はもと原子物理学者としてはもとより一箇の人間として、主体的責任を放棄しているのではないか？　それこそ森・父が、その息子ともども夢のなかへ逃げこむほかにない、根本的な弱さをみちびいてはいないであろうか？

まあそのように、急いでおれを理解しないでもらいたいよ、ｈａ、ｈａ。ただちにそう反論を受けたのでもあきらかなようにさ、おれは夢について語ろうとするだけで、かなりの危険をおかしているんだからね。もともと夢を語ることはもちろん、夢を見ること自体危険なことじゃないか？　作夢者《ゆめみるもの》を曠野《あれの》の阱《あな》に投げいれて、悪《あ》しき獣があいつを喰ったといいはったヨゼフの兄貴の、同類たちは数多いじゃないか？　おれは森にその夢について話しかけながら、そのなかでおれと森とが演出した、ページェントの夢の夢判断をすすめたんだがね。おれは森が自分の脇《わき》に黙って坐り、じっとおれの言葉の全体に、すなわち意味を抽出しようというのじゃなく、その音としての全体にさ、ゆったりと耳をかたむけて、時にはその言葉のひとつを自分で繰りかえしてみたりするのを聞きながらしゃべりつづけてね、その意味を明らかにしていったんだ。自分の夢にはいりこみながら、夢の動きにつれて揺れ動きながら、その意味を考えようとするんだからね、おれをいつも確かな道筋にひきとめる伴侶《はんりょ》が必要なんだが、おれにはかれが実在しているわけなのさ。

さて夢のなかでおれが軽薄にも、ヒットラー政権の決定をした一九三三年一月三十日の夜の、炬火行進をモデルにして「親方《パトロン》」の政権獲得を祝ったのには、どんな夢としての理由があったろう？

——おれはね、森。きみと夢のなかで、「親方《パトロン》」を巨大な力のとっかかりにたどりついた人間に演出しようとしてね、夢の論理の勝手きままさで、ヒットラーを「親《パト》方《ロン》」にむすびつけたんだがな。現実には、「親方《パトロン》」にこの話をすれば笑うだろうよ。

おれは「親方《パトロン》」に格別敵意を持ったことはないのに、ヒットラーには根本的な悪意をいだかないではいられないしね。

　しかし夢は夢だからな。夢の論理はまた別にあるさ。夢の流れでその矛盾を、おれはどう乗り超えたんだろうな、森、どうだっただろう？　夢のなかできみもおれと一緒にいたじゃないか？　ha、ha、教えてくれよ。いま夢の外でヒットラー問題を考えるとすると、おれはかれを、最後の段階で反《アンチ》・キリストになりそこなったやつ、とみなすことになる。反《アンチ》・キリスト？　『戦争と平和』のはじめのところで、ナポレオンのことを、あれこそ本当の反《アンチ》・キリストだと、アンナ・パーヴロヴナ・シェーレルがいうね、あれだよ。もともと反《アンチ》・キリストは、正真正銘のキリストの来臨直前にあらわれて、主の日すでに来れりといってまわるやつのことだ。その日の前に背教の事あり、不法の人、すなはち滅亡の子あらはれざるをえず、というあいつさ。サタンの活動に従ひて来り、もろもろの虚偽なる力と徴と不思議と、不義のもろもろの誑惑とを行ひて、亡ぶる者どもに向はん、とあいつはいわれている。そこでナポレオンは実際に反《アンチ》・キリストだったか？　誰もが知っているようにな、かれは最後に失敗して反《アンチ》・キリストになりそこなった。つづいて正真正銘のキリストがあらわれて、ナポレオンとかれにつきしたがった者らをほろぼし、神の国を達成するということにはならなかった。キリスト来臨の時は延期されてしまったわけだ。森？　ヒットラーも反《アンチ》・キリストになろうとして、最後に失敗したやつじゃなかったかね、ヒットラーはこの世界に巨大な災厄の種子をまき、それを発芽はさせたがね、ヒットラーを滅ぼしたのは来臨したキリストじゃなかった。神じゃなく、人間だったわけさ。そこでヒットラーは反《アンチ》・キリストになりそこなったと、論理的にも証明できるだろう？　ha、ha。しかしそのヒットラーという反《アンチ》・キリストをそれこそ襁褓《むつき》のなかで抹殺《まっさつ》したということは、またまた正真正銘のキリスト来臨を延期させてしまったわけじゃないか？　したがって人間が人間だけの力で、反《アンチ》・キリストになりそうなやつをやっつけることの価値は、キリスト来臨の視点からいえば、相対的な行為じゃないかね？　キリストは来臨しそこなって苛《いら》いらしているのじゃないか？　ha、ha。すなわち反《アンチ》・キリストを、その実現の前におしつぶす人間の戦いは、とくに神に援助されていない、実存的な戦いということになるよ。しかしそれはやはりやらなければならぬことなんだ、森。

さて、夢の流れにたちもどれば、それを現実の論理とはまだどうつきあわせていいかわからぬが、ともかく「親方《パトロン》」はヒットラーであり、かつ実際に反《アンチ》・キリストになってしまうかもしれぬ可能性をまだ持っていたヒットラーと、同一視されているわけだね。かれは、光の川と軍靴の大群の整然たる響きとな、そして副都心広場に対峙《たいじ》する三つの巨大ビルの反響すべてを聞きながら、京王プラザ・ホテルの二十階の窓ぎわに立って、ピョンピョンおどりあがり微笑し、涙ぐみ、大声で笑っているわけだ。ところがな、森、おれはここまで話してくるうちに、忘れていた夢の次の段階を思い出したよ、夢のニュース・カメラがズーム・アップするようにしてね、しだいにそちらへ近づいてゆくと、ピョンピョンおどりあがっては微笑し、涙ぐみ、大声で笑っているのは「親方《パトロン》」ではなくて、なんとおれたち二人組だったぜ。さきほどまでは「親方《パトロン》」の政権獲得をおしすすめてきて、そのページェントまで演出したおれたちが、最後の土壇場でかれに叛逆《はんぎやく》したらしいのさ。しかもおれと森とはそのズーム・レンズで、互いにそのような行動者にふさわしい、ほとんど同じ躰《からだ》の大きさの、同志二人に見えたよ。「親方《パトロン》」の反《アンチ》・キリスト説は別にしても、これがすっかり無意味な夢だろうかね、森？

幻の書き手《ゴースト・ライター》は、このように記述しながら、夢として語られる内容の場合、それが実際に見られた夢でなく、夢と称してつくられた話であっても、実はその人間が本当に見る夢と、それが根本的にかよいあうという考えに立っている。だからこそ僕は、森・父が夢と称するこの物語を、疑いをかえすことなく夢として記述するのだ。「親方《パトロン》」と呼ばれる夢の登場人物、また現実に存在するのでもあるらしいその人物については、いかなる情報もあたえられることなく。しかし僕はこのように森・父が語る段階ですでに、じつはまだ語られぬ多くのことが、現実生活についても夢の読みとりについても、かれには意識化されているのではないかと疑っている。いったい幻《ゴースト・》の書き手《ライター》にとって、言葉とはなんだろうか？　森・父の本当の夢も、かれが夢と称し僕にはそれ以上確かめえぬ、いわゆる夢も、狡猾《こうかつ》にもかれが話の伏線をつくろうとしての素人《しろうと》創作的部分も、それを僕が記述してゆく間、言葉は僕の意識と肉体をつらぬいてまったく等価である。しかもなお真実と虚偽にかかわって、言葉が無意味でないとすれば、それはどのような構造によるのだろう？　その構造と、僕の意識と肉体はどうあいかさなっているのだろう？

2

日々、これが本当でない生活だと意識しながら生きてだね、もっともそれを意識しているんだから、自分の本質がそれにおかされることはないと自己弁解しながら、永くその生活を生きていると、やはり人間は宙ぶらりんの状態におちいるよ。おれはそれを経験に立っていうんだ。もちろんこんなことに経験豊かでも誇ることはできないがな。

実際誇れるどころの話じゃないんだ。こんな気どったいいまわしで語りはじめてみても、というのはやはり作家に向って語っているんだから、自意識的になるよ、ha、ha、しかし結局おれと妻の関係について、また原子力発電所のもと同僚たちとの関係について打明け話をするわけだからさ。もっとも宙ぶらりんは、宙ぶらりん、倫理的に上下の差別はないさ。裏庭の鉄棒にぶらさがった宙ぶらりんと、宇宙空間での宙ぶらりんと、本質的にどうちがうかね？　いまおれが裏庭のといった時、頭にあったのはおれのつとめていた原子力発電所の裏庭でね、その地面の下には貯蔵タンクから洩《も》れだしたプルトニウム、ストロンチウム九〇、それにセシウムがしみこんでいて、地下水位まで達しているという噂《うわさ》もあるが、ここでは別問題としよう。休職ということでおれは十年ごし原子力発電所から金をもらっていて、守秘義務というもののある身分でね、こういうことをしゃべり始めると口がこわばるよ。

さて、奇態な話というべきだか、自然な話というべきだかな、十年前、おれが原子力発電所で被曝《ひばく》事故にあった時、おれは自分自身のことより他はなにも考えなかったのさ。そのくせ妻にはおれのことのみを考えるよう期待してね、妻がそのとおりにしているかどうか疑うためにすら、彼女へ意識を向けなかった。ひたすらおれは自分のことだけ憐《あわ》れんでいたからね。しかもおれは当の被曝事故によって、すぐに死ぬとは考えなかった。放射能による火傷《やけど》は、みるみるなおってゆくわけだしさ。死の危険は、本当はあったんだがな。おれは放射線医学についてはなにも知らなかったけれども、一応は原子物理学を専門にしている人間だったんだしさ。放射能の危険にまったく無知ということはないよね。ただ放射能にはナイフか鉄パイプのような力はないと、おれという人間を殺すことはできないと信じているところがあったんだよ。

おれは自分の死について漠然とながら執拗《しつよう》に、ある魔力の介在を夢想していたわけなのさ、たいていの子供が自分の生命を自覚した時からそう考えはじめるように。ただおれは大人になっても、ずっとそう考えていたわけなんだ。自分がついには死にゆく者であることを知った日から、おれが死ぬのは単純な事故によるのではない、こみいって因縁話めいた、ある魔力が入りこんできてはじめて、おれの生命が打ち倒されるんだと、理由もなく頑強に信じこんだわけなんだ。おれの放射能被曝という単純な事故に、もうひとつ加わる凶々《マガマガ》しいやつとはなんだろうか？　そしてじつは、それもおれには明確だったのさ。地球上にはほかにくらべるものがない、もっとも悪性の発《はっ》癌《がん》物質プルトニウムによって、数年あるいは十数年後にあきらかになる最悪の癌。宇宙にはもっと悪性のやつがあるかもしれないがね、それは月面でカンガルー跳びした宇宙飛行士が証明してくれるまで待つほかないよ、ha、ha。その癌こそ魔力のそなわった病患だと思われてね、そいつによる死のことを思うと、恐怖に魂を剝《む》かれたようになって、ベッドで冷汗をかいているほかないんだ。妻が病室に旧式な海綿を持ちこんでいてね、思えば彼女もその奇妙なものに、家伝の呪力《じゅりょく》でも期待していたのかね、ha、ha、ともかくそいつでおれの額や鼻の脇をチョイチョイ突っつくようにする。うるさいことをするなといいたいんだが、それだけのことをいう力も湧《わ》いてこない。それほどの恐怖と、加えて無力感なんだよ。人類の未来への放射能汚染を考えて去勢するといわれたら、おれはあの時、唯々諾々《いいだくだく》とそれにしたがったと思うね。妻はそのようなおれの恐怖と無力感を、なだめようとしてはうまくゆかぬ辛《つら》い眼つきをしているんだが、おれの側からいってみれば、自分の感じているものこそ伝達不可能でね。ひたすらプルトニウムによる将来の癌を考え、妻の感情は踏みにじりっぱなしだったのさ。もちろんこんな一方的事態は、やがて逆転することになる！

二年たって森が生まれた時、今度は妻が自分の鬱屈《うっくつ》よりほかのことには、まったく意識をむけぬことになるのを、おれが見まもっている羽目になった。おれはそのような妻のことをさ、辛そうな赤い眼でか、あからさまに鈍い眼でか、結局は冷淡な眼でか、……というのは、それも妻がおれの眼をどのように受けとるかできまったからだがな、ともかく傍で見まもっていたんだよ。しかしそのうちおれも、このままではやってゆけぬと感じてね、閉鎖されている妻の心に介入したんだ。それも奇態なふうに二年前の被曝事故をテコにして。赤んぼうの森は大学病院の特児室にいたからね、たとえ母親の本能が芽ばえても、妻にはそれを活性化させようがない。そのように閉じた殻をうちくだくにはな、自分もまた自分の殻に閉じこもってそこから出ようとしなかった時にもどるほかないと、感じられたんだよ。

幻の書き手《ゴースト・ライター》として、僕は自分で記述してきたところを読みかえしながら、この節には説得力が欠けていると感じる。それは森・父が、森の出産における異常について具体的にのべようとしないからだろう。しかし森・父が、自分の住所は書かぬ手紙によってても、一方的にしゃべりたてる電話によっても、それについては黙っている以上、幻の書き手《ゴースト・ライター》としてはどうすることもできない。森・父が森の出生時の異常について具体的にしゃべらぬのは、森が僕の息子と同じ症状を呈して生まれた以上、僕にあらためてそれを語る必要なしと考えているからか？　もっとも僕自身、自分の息子が異常とともに生まれてきた時、妻がどのような極限までその内部のバランスを崩してしまっていたのかを、よく知っているとはいえない。自分の腿《もも》のあいだを覗《のぞ》きこむことができぬ恰好の妻は、自分から子供が生まれ出て行った瞬間に、アッ！　と叫ぶ看護婦の声を聞いた。そこに発する心理的な回路、自分のなかで閉じている回路にむけて、彼女が微弱な静電気をながしてきたことを、僕がわずかに感得したのは、その五年後のことだ。次の子供が正常に出産された時、あれの後で再び妊娠し、十箇月忍耐し、再び出産に臨むのは勇気がいったと、附添婦に話しているのを脇で聞いて。僕は次の出産についてくりかえされる異常を思うことなしに射精したが、おなじオルガスムをわけもっていたはずの妻は、遺恨と恐怖の回路のうちで、ひと声ムッと呻《うめ》いたのだった。

おれがどのように妻の閉ざしている殻をうちくだこうと策略を用いたか？　原子力発電所のもと同僚のみならずヒロシマ・ナガサキの被爆者にたいしてすらも差別的な

嘘《うそ》を、おれは妻にいいはったんだよ。森の頭部の異常は、おれが被曝したことによるのだと、あれがあったから、このようなことになってしまったのだと。自分が恐怖したプルトニウムによる癌細胞が、森の頭に転移して出てきたのだとさえおれはいいたてかねなかった。そして妻は、それを信じたのさ。その短絡的結果はどうだったか？森の後もう決して子供を生まぬという決意さ。そこで彼女は次の健全な出産によって、胎内の厄おとしをする機会を、ついに放棄してしまったことになる。

おれはそのように妻にいった時から、もちろんそれが嘘だということを知っていたわけだ。だから森の頭の瘤《こぶ》と化して、自分の躰の全細胞から根こそぎになったはずの、プルトニウムの癌の芽のことも、あらためて自分がそいつにおかされる不安にね、今日までとりつかれとりつかれしてきたよ。しかも妻との日々の生活では、この嘘を支持し更新しつつ生きているんだから、おれは宙ぶらりんにおちいるほかない。

妻は論理的な性分でね。論理に立った、しかし実現するものに厄介な使命感をいだいたんだ。おれが妻より他の女にも頭部に異常のある子供を生ませては、人類の健康管理に有害だということでね、世界規模の正義をせおって、浮気を妨害しはじめたのさ、ｈａ、ｈａ。

おれが麻生野《オウノ》桜麻《サクラオ》に対してインポに近い状態におちたのは、おれ自身、自分の嘘とそれに立つ妻の確信に影響されていたからかもしれない。嘘を嘘だと知りながら、そこで生きていると宙ぶらりんになる。それは公理だね。それにしても単純な嫉妬《しっと》によるというのじゃなく、未来世界の人類から、劣悪な遺伝を排除しようとして、おれの浮気を監視するのが妻の大義だったから、やはり彼女は、嫉妬深い女の卑小さとは別の、ある性格をもっていたのじゃないかね？　ｈａ、ｈａ。

幻の書き手《ゴースト・ライター》として、僕はわれわれの子供らを待つグラウンド隅での、森・母の挙動を新しい意味の光のうちに思い出す。確かに彼女は、世界的に迫る食糧危機について語るようにも堂々と、麻生野桜麻の不倫を非難した。それは嫉妬に卑小に苦しむというレヴェルではない、大きい思いこみにかりたてられている人間の、異様ではあっても力強い情熱をひそめていたように感じられる。それをまず森・父自身が、はっきり見てとっていたのである。現在かれら夫婦の関係がどういうことになっているのであれ、それはやはりわれわれの子供らの誕生が両親を否応《いやおう》なしにみちびく、夫婦相互間の根本的な理解の深みに、かれらがいったんは潜りこみえたことを示すと思う。

さておれの、宙ぶらりんの日常生活がどんなふうだったか、具体的に説明しておくことにするよ。これは原子力発電所労組と、麻生野グループの共闘の成果なんだがね、おれは原子力発電所の職員であった当時の給料をそのままもらい、しかし仕事には出て行かなくていい、もと職員なんだ。原子力発電所がそもそも新しい企業だから、被曝した職員の追跡調査も、企業で金をかけて実地研究する値打のある課題さ。だから、組合は熱心だったし企業の側も、むしろ積極的に好条件を考えてくれたんだと思うよ。もっともその好条件には守秘義務がついていてね、後でおれの被曝事故を話す時も、あまりいえないわけなんだが。さて、そのように給料をもらい、仕事はなにもないんだから、おれが深夜まで起きていなければならぬことはないんだが、しかしおれは永くアルバイトを続けているのでね、ともかく真夜中まで眼をさましていたのさ。午前一時になるとおれは、ウィスキーをまぜたビールを飲み始めるんだが、眠気におそわれる直前に、アルコールからの活力が湧いてくる。その束の間の活力を頼りに、森のところへ出かけて行くのさ、

——森、森、起きろ、おしっこですよ！　と呼びかけながら。

起してやる時間のわずかな前後、森の体調と夕食の種類によって、おむつがすでに

濡《ぬ》れていることがある。その場合にもなかば睡っている森をトイレットに行かせ、残りの尿を排泄《はいせつ》してくる前に、おむつをとりかえ、おむつカヴァに重ねるビニール布を拭《ぬぐ》い、ということをやっておかねばならないのは、きみも同じだね？　森やきみの息子ほどの年齢になると、かれらの躰に合うおむつは大きいからね、しかもそいつが濡れている場合、濡れたおむつの乾いた部分でカヴァを拭うだけだって、ちょっとした労働だからなあ。おれの体力では、ウィスキー入りビールの支援を必要とするよ。

幻の書き手《ゴースト・ライター》は、それに加えてビニール布が問題だとあわせ考えずにはいられない。ビニール布が一時的に不足するといった事態がおこると、八歳の肥《ふと》った子供の尻《しり》を覆《おお》うにたるビニール布など、まっさきに店頭から消える。たずね廻ってやっと探し出し、先行きの不安から、大量に買おうとすると、店じゅうの他人たちの非難の眼が集る。わけのわからぬ投機的思いつきによって、特大のビニール布を買いしめる男。あの奇態なものを見る他人の眼を森・父も経験したにちがいない。われわれの子供らの父親には、屈辱と当惑の様ざまな経験が、後から後から待ち伏せしている。

しかしもっと活力を必要とするのは、まだ尿をもらしていない森が、すなわち排尿の忍耐の限度にいる時だね。森のペニスはスッポンの頭さながら、パクパク咬《か》みついてきそうになってる。このスッポンの頭をおさえこむために体力がいるというのじゃないよ、ha、ha。幼いながらに悲痛なほどの勃起《ぼっき》に勃起したやつを、一瞥《いちべつ》する際胃のあたりに、ドスンとくるやつを迎え撃つために、活力が必要だというわけなのさ。

いまや準インポテ状態にある人間としての、ものほしげな胃のあたりにドスンとくるやつ？　いやそれはそうじゃないんだ、きみにあらためてそれをいう必要はないが、そうじゃないか？　おれにしても十七、八のころにはね、一日じゅう勃起しているペニスを指で覆うためにズボンのポケット裏に穴を開けたくらいだから、ha、ha。排尿して戻ってきても勃起が充分におさまっていない時は、おむつにくるみこむためにそいつを剝かずに押さえねばならない。しかし排尿して勃起の力が弱まった後ですら、そいつの反撥《はんぱつ》力はこちらをたじろがせる。もちろん森は無邪気なものさ。かれはこのごろ「時間の魔」でね、生活のすべての時を確かめようとして、毛布にくるみこまれながら時計をうかがう。そして、

——**一時十二分ですよ！**　といったかと思うと、もう眠りこんでいるんだよ。

そこでおれはあらためて台所に戻り、ドスンとこられてへこんだところを回復させ、つづいて自分の眠りへと立ちむかうために、ウィスキー入りビールを飲みつづけるのさ、そうして内臓を冷やしては、慢性の下痢を準備するんだが。

さて妻の方では、森の勃起したペニスからどのような信号を受けとっていたか？ ついこの間のことなんだがな、眼をさますとベッドに朝霧が覆いかぶさっているんだよ。高原でキャンプしていたわけじゃないぜ、ｈａ、ｈａ。森のベッドとおれのベッドとの間の仕切りを、いつも開いておいて寝るんだが、ふだんはおれを起さぬようにね、森を連れ出して服を着せる妻が、その朝は、森のベッド脇の窓を開け放ってなにかしてるらしい。

おれは寒さと怒りに震えながら立って行ったんだが、どなることはできなかったよ。朝の尿意にあらためて怒張して、森のペニスは腿を叩《たた》いていたが、森自身は硬く眼をつむり、解かれたおむつの上でじっと躰をすくませていた。危険をやりすごそうとしている利巧な小動物みたいにね、眠っているんだか起きているんだかわからぬ具合に。そしてベッド裾《すそ》の、森の下腹をあおぐような低さに、妻がしゃがみこんでいるんだ。彼女はおれが見たこともない旧式なシュミーズ一枚で、そのシュミーズもしゃがんだ痩《や》せ腿までたくしあげていてね。朝霧の底に寒しげな陰部が翳《かげ》って見えたよ。しかもそこをじっと覗きこんで、妻は微動だにしないのさ。気がついてみるとおむつカヴァの脇の妻の左手には、彼女は左ききなんだがな、父親がドイツ留学で買ってきた遺品だという剃刀《かみそり》が、大きく刃の彎曲《わんきょく》したゾーリンゲンの剃刀が握られていたんだよ。

3

「ヤマメ軍団」の噂《うわさ》は、きみも聞いているのじゃないだろうか？　おれは「ヤマメ軍団」の誕生の際に、その歴史的現場のすぐそばにいた者なんだがね。「ヤマメ軍団」の軌跡が、おれの生涯の軌跡とすくなくとも一度は交錯したことを、おれには誇りたい気持がある。「ヤマメ軍団」がはじめて銃で武装して、官憲に決してあとをつけさせぬ大長征へ出発した、その折も折、かれらの大長征の起点、群馬県吾妻《あがつま》郡の渓流クマ川で、おれはその年のヤマメ禁漁のまぎわまで、釣りをしていたんだからね。

「ヤマメ軍団」が、いまなお集団として持続していることをおれは疑わないよ。孤立した山中の大長征で、内ゲバによって崩壊していないならば。その持続する「ヤマメ軍団」内部でいま、おれがそのできたての伝説に血を騒がせた、あの秋の事件は、「ヤマメ軍団」草創期の思い出として語りつがれているだろう。もしかしたら「ヤマメ軍団」の新しい加入者は、その挿話《そうね》こそをつうじて最初のゲリラ教育を受けるのじゃないだろうか？　この事件は「ヤマメ軍団」という機構の、集団としての統制のもとにおこなわれたが、個人の情熱をあらわした個性的な行動でもあったからね。

この挿話は、森・父のよこした通信のうちもっとも情熱的かつ周到に語られた手紙によっている。ひとごとならず気のめいる家庭の事情を記述させた後、僕が幻の《ゴースト・》書き手《ライター》の仕事に厭気《いやけ》をもよおすことを恐れて、僕を励まそうと工夫したのか？　したがって森・父が手紙でつたえ、僕が記述しなおす以下の挿話は、すべてかれの創作であるのかもしれない。

さきにいったようにクマ川という渓流で、おれはその夏から秋へかけてヤマメを釣っていたんだ。もともとおれが渓流釣りのマニアだったというのじゃないよ。他の釣りとはちがってね、渓流釣りのマニアだということは、どんな職業についているのであれ、それを犠牲にし、かつ釣り以外の楽しみはすべて放棄して、全生活これ一筋ただ渓流深く入りこむことに集中することだから。おれのように地方の貧しい家に生まれ、刻苦して物理学科を卒業してさ、原子力発電所に就職して、なんとか同僚たちを頭ひとつでもぬきんでたいと、あくせく努力をつづけてきた人間とは、渓流釣りはむすびつきにくいものなのさ。

ところがその夏から秋のおれは、原子力発電所で被曝《ひばく》した病後をやしなっている境遇でね、刻苦精励はおろか発電所当局からも組合からもひたすら療養することだけをもとめられていたんだ。しかもこれ以上、放射能をあびる可能性のあるもとの職場には戻れないわけだからね、おれにはこれまでの恪勤《かっきん》の道をもう一歩踏みだす方途がなかったのさ。そこでおれは原子力発電所の夏の寮に滞在して、飼い殺し的療養生活をおくっていたわけだ。

前の年の夏その寮に長期滞在していた技師が、これは純粋に技術畑の初老の人物だったそうだがね、渓流釣りの装備一式を残していたんだ。かれもおれ同様、それまでの生涯に渓流釣りなどとは縁がなかったのだと思うね。入門書だけが幾冊もあったから、おれはそれらをみな無断で借用したんだが、良心の呵責《かしゃく》は感じなかったよ。その技師が二度と渓流釣りをやる気づかいはなかったからね。かれは被曝したのじゃなく、ノイローゼだったんだがな、発電所の原子炉の特殊核物質が盗まれて、かつ当の技師もまた誘拐《ゆうかい》されて、テロリスト・グループに原爆を製造させられるという強迫観念。かれは一夏この寮で療養したが、鬱屈は増すばかりでね、原子炉が一基もない国に移民してゆこうと妻子をついに説得した直後、縊死《いし》してしまったというんだよ。

　この核時代の杞憂《きゆう》の男が遺《のこ》した、合成樹脂の渓流竿《ざお》を持っておれはダケカンバやシラカバの間をクマ川に降りて行ったんだ。本格的な渓流釣り師のように、川に沿って移動する気はなくてね、おれは林道に近いところに場所をきめたのさ。おそろしく冷たい水のなかからトビゲラの幼虫を採取して、広い浅瀬が流れをかえる深んど へ、おれは脈釣りの糸を流してみた。その瞬間向うあわせで、力強く震えるヤマメをおれは釣りあげていたよ！　川の水は澄んでいるが暗いミルク色の翳りがある。こまかな砂を流れがまきあげているんだろう。その水の色そのままの暗いミルク色の膜におおわれているヤマメ、その黒い斑点《はんてん》と朱の縞《しま》。おれが育った地方にはサケ科の川魚はいないからね、おれはその十五センチのヤマメの色あいと顎《あご》の獰猛《どうもう》さに茫然《ぼうぜん》としてね、しばらくしてやっと川音が耳に戻ってきたほどだ。

　それからおれは毎日のように、一尾ずつ釣りあげたんだが、おれに釣れるところはつねに最初のヤマメとの出会いの場所でね。土曜、日曜、クマ川をさかのぼってくる本格的な渓流釣り師は、すばやく移動しながら自在に釣りあげたし、土地の連中は毛《け》鉤《ばり》で手軽に成績をあげた。おれはひとり、渓流釣り師なら一、二度糸を流して移動するところにとどまって、かつ毛鉤では釣りにくい深んどに、繰りかえしトビゲラの幼虫を流しこんでいたわけだ。結局のところ一尾だけを釣りあげればいいんだからね。そのうち夕暮がせまり、夕立ちもやってくるよ。そのような気象の変化が川底のヤマメに新しい条件をあたえてね、あいかわらず同じところを流れてくる虫を喰ってみる気にさせるんだろう。おれはいつでも一尾だけはそこで釣ったんだ。

それでも入門書を読みふけっていると本格的にやりたくなって、やはり杞憂の男の遺したゴム長をつけて川に入り、養鱒場《ようそんじよう》の水取入れ口からさかのぼって行ったこともあるがね、一度のアタリすらもなかったよ。一挙に押しよせてくる川霧と夕闇に難渋し、林道への昇り口を探して瀬を漕《こ》いでると、淵《ふち》の流れ出しに毛鉤を投げている完全武装の釣り師にでくわしたがね。その男がおれに気づいての反応がじつに奇妙で、気にかかったんだ。

——その様子じゃ釣れんだろう？　しかしあんたが上ってきた所は危いんだぜ、熊が！　と忌《いま》いましげに男がいって、そこではじめてその反応の内的動機が明瞭《めいりよう》になった。

熊、そいつが大切なんだよ、熊こそを契機にして「ヤマメ軍団」草創期の神話が展開するんだから！

吾妻郡は高原だからね、秋は急激にくる。まず四、五日雨が降りつづき、川は濁って増水する。ヤマメ釣りに夢中になりかけているおれが、未練がましく小止《おや》みの時に川を見に行くが、川の様相は夏とまったく別ものでね。倒木が覆いかぶさっているし、林道の地崩れが水路を変えて、草と灌木《かんぼく》の茂みだったところがいまは川の中洲さ。その中洲が、しかも長い距離にわたっていると、寮に野菜を売りに来る開拓農家の女房がいっていた。

そしてこの中洲がクローズ・アップされてゆくんだが、雨があがった朝早く、濃く大きく霧が動く林道を二人の若者が逃げてきたんだよ。ほうほうの態でかれらは夏のシーズンだけ開いているホテルへ救助をもとめた。かれらはキャンプして、漁期の終りの木の葉ヤマメを釣っていたが、雨にふりこめられてね、増水で生じた例の中洲に孤立していたというんだよ。しかもその中洲に、仔熊《こぐま》を一頭したがえた大牝熊がやはり閉じこめられていて、若者たちは恐怖に凍えていたという。決死隊がやっと川を渡って連絡に来たが、女性もふくむキャンプの残り五人はなお熊と共に中洲にいる。たまたまそのホテルでは、信州狩猟同好会の三十人の理事が親睦会《しんぼくかい》を開いていたのでね。かれらは得意の猟銃に銃弾もたっぷり持って、大挙して、川に下った。

ところが中洲に全員渡り終えてみると、案内していた二人の若者が、同好会理事の猟銃を、次つぎ奪っていくじゃないか！　残りの女ぐるみ五人も現われてね、すべての猟銃、銃弾がまとめられてしまう。理事たちは始めから人間を撃つ気がないから弱いよ。武装解除された三十人はなおもゴム長を脱ぐよう命じられてね、それらをすべて川へほうりこませられたというのさ。いったん手離した銃は若者たちがおさえているんだし、なかでも二、三人は腰だめにかまえているというんだから、抵抗しえないじゃないか？　しかも異様に冷たい急流を、ゴム長なしにどうして渡ることができるか？　三十人の狩猟同好会理事たちを中洲に閉じこめたまま、七人の若者たちと娘は、三十梃《ちょう》の最新式猟銃と銃弾をゴムボートに載せて流れを横切った。武器を提供してくれたことについて、「ヤマメ軍団」を代表して感謝すると、隊長が立派に挨拶《あいさつ》したそうだぜ。中洲の三十人は、石や倒木でバリケードを築いてから、対岸の林道を人が通り始めるのを待った、本当に熊がいた場合を考えてさ、ha、ha！

おれはもう夢中になってね、たちまち枝葉をつける「ヤマメ軍団」についての噂、クマ川周辺の新しい神話を聞いて廻ったが、「ヤマメ軍団」草創期をになう七人の若者たちと娘は、まったく寡黙《かもく》な行動家でね、かれらがどこから現われ、どこへ去っていったか、手がかりになるたぐいの言葉はいっさい残していなかったわけなんだ。

しかしそれほどの事件を新聞が報道しなかったのはなぜだろうと、きみは疑うかもしれないね。それは三十梃もの銃と実弾が若者たちの集団の手におちたという報道が、社会不安をひきおこすことを惧《おそ》れての、箝口令《かんこうれい》がしかれたことを意味するよ。おれはたまたま現場にいたから、噂、神話を追いかけえたんだが。

箝口令ということをおれはいったがね、それはこの国のじつに様ざまな場所でいま、箝口令がしかれていると信じるからだよ。まったく異様なほどにも多くの事件が、新聞に報道されていないはずなのさ。おれが確実に知っていることでいえば、原子力発電行政についてそうだね。さきにもいったが、おれが原子力発電所のもと研究員としての手当をなおも受けとりつづけているのは、十年前の被曝事故について、その具体的な細部をマス・コミにもらさぬ約束に支えられているんだぜ。今後もその月々の手当を必要とするからね、きみに対しても被曝の核心は話さないよ、ha、ha。

このようなケースはおれの場合だけじゃないと思うんだ、原子力発電所で被曝して、発電所当局のみならず組合にも、その事実を秘匿《ひとく》しておくように説得されて、それなりの待遇を受けながら黙りつづけている人間は。原子力発電のコストが高いはずだよ、ｈａ、ｈａ。原子力発電所は、日々つくりだす放射能性廃棄物にしても、天文学的数字の温排水にしても、環境破壊はあきらかなんだが、明日の人類が生きてゆく上での希望のしるしのエネルギー源と宣伝されているからね。そこで働いていた人間として、こういう原始的な事故にあったといいたてることには、人類の明日にケチをつけているようなひけめもあるんだよ。自然、沈黙がわれわれの属性となるのさ。

　それでもついに新聞が報道した実例をあげよう。しばらく前にこういう事件が出ていたじゃないか？　東北の原子力発電所で、電気技師が白血病で死んだんだよ。かれは原子炉保全の下請会社の所属でね。四年間、原子炉の点検と修理作業をやっていた。そして去年の五月に病院に入り、この二月末にはもう死んでしまった。おれはあまり正体を知りたくないんだが、白血球を構成する単球だけが死んでしまう白血病だということだよ。マス・コミに会社側が箝口令をしいたのは当然だが、遺族もそれを秘密にしたがっているんだそうだ。半年の入院生活の間は技師自身、自分の病状を秘匿して、同室の入院患者にもいっさい相談をしなかった。表ざたにして原子力発電所から保護を打ち切られれば、頼りにできる相手はいなくなるんだし、原子力平和利用のブームのなかで、ひとり保留意見を提示する人間の孤独をかれは感じるにちがいないから。病人がそんな状態に耐えられるか？　こんなふうに原子力発電所の被曝事故をかくして、ひそかに療養しているもと技術者たちは数多いと思うんだ。

さて右にのべたてたような事情でね、漫画化して話すほかはないんだがな、おれにふりかかった被曝事故は、じつは原子力発電所の外側でおこったものだ。おれの事故を発電所と労組が、ひたかくしにかくした、それが第一の理由だね。

その時おれは核爆弾を二十箇もつくれる核物質を積みこんで、トラックで走っていたんだよ。しかも運転手と助手、そして原子力発電所からの監視役、おれの三人だけで、もちろん護衛などひとりもつけぬまま、天下の公道を走っていたんだからね、豪儀じゃないか、ｈａ、ｈａ。そして当然のことのように、核物質泥棒に襲われたというわけさ。

幻の書き手《ゴースト・ライター》が、森・父による「漫画化」の基盤を理解しようとして読んだ予備的資料によると、明細はこんな具合になる。原子力発電所は、同位元素ウラン238との比率において、ウラン235を2乃至《ないし》3パーセントに高めた濃縮ウラン燃料棒によって、蒸気ボイラーを加熱する。しかしその操作がウラン238の一部を転換させるので、炉心にはプルトニウムが生産される。このプルトニウムを分離するために、燃料棒は一年に一度取り出されて、化学処理に附される。ヒロシマ・ナガサキへの原爆をつくるために働き、戦後、核体制の批判者となったが、全面的な核廃絶を主張しているのではないラルフ・ラップが、巨大な鉛の容器にはいった核燃料棒は重く、放射能の点でも「熱く」、ギャングがそれを奪い取ろうとしてもむりだと書いている。しかし再処理工場で化学的に分解された緑色の液体、硝酸プルトニウムならば、それは軽い放射能をおびているのみで、樽《たる》状容器でトラック輸送もされているから、ギャングはそれに眼をつけるだろうと、かれはいう。幻の書き手《ゴースト・ライター》は、森・父のいう核爆弾二十箇分の核物質を、その緑色の液体をつめた樽とみなして、想像力的な契機をかためる。しかしこの緑色の液体を盗みとりえても、それを核爆弾の材料にするためには、金属に精錬する工程が必要であって、そのためには大きい施設と熟練した技師が必要だということだ。もちろんそれでもなお、核物質泥棒がその樽を狙《ねら》いうるといいはれば、確かにそれはそのとおりだ。

おれたちは核物質を積みこんだ大型トラックに乗って、A再処理工場から、原子力発電所へ戻ってくるところだったんだよ。おれたちのトラックは交通渋滞のなかを走った後、やっとのことで海岸の原子力発電所へ向う専用道路へ入りこんだ。そしてそのまま捕獲されていたんだね。再処理工場附近から尾行して来たのにちがいない、旧式の幌《ほろ》附き小型トラックがクラクションを鳴らして追いこしざま、おれたちのトラックを脇に寄せたのが始まりさ、武装した護衛もなにもいないんだから、抵抗のしようがないじゃないか？　第一、おれにはなにがおこったのかわからなくてね、交通違反をやったかと思ったくらいさ。幌附き小型トラックに交通警官が乗ってくるというのも、考えてみれば奇妙な話ではあるが。運転手はトラックの荷台になにか不都合なことがおこって、それを教えようとトラックをとめてくれたと思ったらしいよ。いったんおれたちのトラックの前に出てから、脇に寄せて停車するように軍手の腕で合図をよこしたそのやり方は、なんとも確信にみちていたからね。

しかしおれたちが停車するやいなや、幌附き小型トラックから跳び出して来るやつらの様子は、発電所の運転手と助手の喚《わめ》き声にもっともよく反映していたと思うよ。ふたりはむしろ自分たち自身を恥かしがり、腹を立てている声で、こう怒鳴ったんだ。

——なんだ、なんだ、なんだ？　ありゃ、いったいどんなものだ？

——なんだ、なんだ、なんだ？　こりゃ、いったいどんなふうだ？

小型トラックの後尾の幌をぱっと撥《は》ねあげて五、六人が若わかしく跳び出してきたんだが、連中は『オズの魔法使い』の「ブリキマン」、あれそっくりの恰好《かっこう》をしているんだよ、ガチャガチャ金属音をたててさ。敏捷《びんしょう》かつ不器用とでもいうか、めちゃくちゃ精力的に跳ねまわるのに、動きは粗暴でなにをめざしているのかわからない。その誰もが手に手に刺股《サスマタ》を持っているんだよ、身長ほどの寸法のやつを。

――なんだ、なんだ、なんだ、ありゃ、いったいどんなものだ？

――なんだ、なんだ、なんだ、こりゃ、いったいどんなふうだ？

「ブリキマン」どもに刺股で運転席のドアをがっちり押さえこまれたのでね、運転手と助手はなおさらに怒りおよび恥かしさに耐えぬ声を発した。しかしその時おれははじめて大きな不安にみちびかれていたよ、その襲撃者どもの奇態な服装に。もし連中のやろうとしていることがうまくいけば、これ以上ない恐ろしいことになる、という判断が、つづいておれにやってきた。頭からすっぽりフードをかぶる米軍放出の外套《がいとう》に、重そうな金属板をやたらにゆわえた、その「ブリキマン」の扮装《ふんそう》は、科学的な計算によるのでなく、内面の漠たる惧れのみに動かされて製作した対放射能の防護服だろうじゃないか？　だとすれば、すでにおれたちの背後の荷台に乗りこんでゴトゴトやっている「ブリキマン」どもは、おそらくこの国で最初の核物質略奪者なんだ……

今度は運転席ドアを刺股で叩《たた》き始める。運転手と助手は新たに憤慨しかつ当惑を深めてこう、叫んでいた。

――なんだ、なんだ、なんだ、あんなドンドン叩いて、なにやってるんだ？

――なんだ、なんだ、なんだ、こんなガンガン叩いて、なにやってるんだ？

そこでおれが解説してやるほかない。

――ドアを開けるようにいってるんだ。連中は、フードの下にも手拭《てぬぐ》いを巻きつけているようだから、声を出せないんだろう。われわれに直接危害を加えようとしているのじゃない、その必要はないんだから。

刺股がなおもドアを叩く、思いつめたような顔をして運転手がドアを開くとね、鋪道の熱気と「ブリキマン」の体臭がムオッと入ってきたよ。臭い「ブリキマン」は金属板に嵩《かさ》ばる腕を伸ばして始動キイを引きぬいた。外套の袖《そで》と軍手をした掌との間に、汗まみれのサーモン・ピンクの皮膚が見えた。

トラックのキイを奪った「ブリキマン」はドアをバタンと閉じてさ、小型トラックの運転席へガチャガチャ駈《か》けて行く。そいつをタラップに跳び乗らせると、小型トラックはバックしてね、おれたちの背後へと廻り込んで行く。その小型トラックを運転しているのが、例外的に「ブリキマン」の恰好でない、開衿《かいきん》シャツの青ざめた男でね。

もっともかれを覗《のぞ》きこむおれを、タラップの「ブリキマン」が刺股でおどかすから、チラリと見ただけだがね。つづいておれはやはり一瞬、トラックの幌に小学校のマークが書いてあるのを見た。コレハ給食運搬用ノ小型トラックダ、とおれは考えてね、それから意識がかたよった方向性の方へ、どんどん展開して行き始めたんだ。小学校のマークこそが、それからおれのやったこと全体の契機なのさ。それにしてもおかしな話じゃないか？ その時分おれにはまだ子供がなかったし、大体が子供に興味をよせてもいなかったんだから。

それでいておれは小学校のマークを見ると、自分の耳の奥にいかにもはっきりと、あのリー、リー、リーという大叫喚を聞く気持になった。恐怖にさしせまった、しかも憐《あわ》れな功名心に誘われる、ピンチランナーの昂奮《こうふん》状態におれは入ってしまったんだよ。

それまでおれは原子力発電所の技師であり、当の核物質輸送の責任者でありながら、襲撃騒ぎから降りてしまっている具合で、運転手と助手ほどにも憤慨していなかったんだよ、ただ漠然と大きい危険を予感するだけでね。それが突然リー、リー、リーという叫び声に頭を熱くしてしまったんだ。

コノ「ブリキマン」ドモハ、小学校ノ給食用小型トラックニ核物質ヲ積ンデ運ブ以上、夏休ノ小学校ノ体育館デプルトニウムニ精錬ショウトスルノダロウ。当ノ小学校ノ理科教師ニ就職シタバカリノ若僧ガ、工程ノ指揮ヲトルノダロウガ、無経験ナ連中ニ無事ソレガヤリトゲラレルモノダロウカ？　ウマクイッテモ、体育館ハ核物質ニ汚染サレテシマウダロウ。精錬サレタプルトニウムハ、空気ニフレルト自然発火スル。ソシテプルトニウム酸化物ノ塵《ちり》ガ体育館ニトビ散ッテシマウ。子供ラハ肺ニソレヲ吸イコンデ、ヤガテコノ学校ハ肺癌《はいがん》ノ子供ダラケニナルダロウ。

そこまで考えたおれは、もう自分自身リー、リー、リーと声に出しながら、運転手と助手の膝《ひざ》をまたぎこしてね、「ブリキマン」の見張っていない方のドアからトラックを跳び出したんだ。運転手と助手が今度はそのおれに向って憤慨する声を、背後に払い棄てて。

――なんだい、なんだい？　真青になって。おれたちを巻きぞえにするなよ！

――なんだい、なんだい？　真青になって。厄介事に巻きこむなよ！

おれが駈けつけて行った時には、「ブリキマン」どもは、もうかれらがほしいだけの樽を小型トラックに積んでいてね。しかし荷台から地面にしたたる緑色の液体を、みんなで覗きこんでたたずんでるのさ。すくなくともひとつの容器が壊れたんだ。もう遅すぎるその時になって、核物質泥棒どもは漏れ出た液が「ブリキマン」の防護服をとおさぬかどうか、愚かな思案をしていたのさ。ガイガー・カウンターひとつ持たない連中なんだからね。脱出したおれに気づいた見張りが、ガチャガチャおれに追いすがってきて、緑色の地面のしみを見ていた連中もふりかえった。そこでおれはこんなことを叫びたてて連中を威嚇《いかく》したものの、たちまち逃げ場を失って、当の小型トラックの幌の奥へと跳びこんでしまったんだよ。

――**ここいらじゅう、汚染されたぞ！**　トラックも鋪道《ほどう》も汚染されたぞ！　お前たち自身、汚染されているぞ！　このトラックで走り廻れば東京じゅうが汚染されるぞ！　**待避しろ、待避しろ、待避しろ！**

そう叫びながら、いちばん奥の樽のかげにしゃがみこんだおれを、「ブリキマン」どもは刺股で突っついてくるだけで、トラックの荷台には惧れてあがらない。叫びつづけるおれを「ブリキマン」どもは刺股で突っつきつづけ、おれは痛くてたまらなかったし、もうひとつ別の火傷《やけど》の痛みも起っていた。しかし活動する「ブリキマン」どものガチャガチャいう甲冑《かっちゅう》の響きに屈せず、おれは金切声を発することを止めなかったぜ。

――**ここいらじゅう汚染されたぞ！**　お前たちは被曝したぞ！　おれも被曝して、火傷だらけになってしまったぞ！　このトラックで走り廻って、東京じゅうを汚染するのか？　あらゆる子供たちを肺癌にするのか？　待避、待避、待避！

幌附き小型トラックはいつまでも出発せず、刺股による攻撃はしだいに厭《いや》いやながらの、投げやりのものになってね。突然「ブリキマン」どもがいっせいに駈け出してゆく、もっともけたたましいガチャガチャいう音が響いた。そしておれはもう火傷の痛みに樽の脇から出て行く気力もなく、放射能汚染をつげる声も発せず、ただ耳の奥に鳴りつづけるリー、リー、リーの声にわずかに唱和して、夏の盛りに激しく身震いしていたよ。このようにしておれは被曝したんだ。

第三章　しかしそれらは過去のことだ

1

　しかしそれらは過去のことだ、いまおれが過去だというのは、それはもう徹底的に過ぎさってしまったことなのさ。なぜならそれは、おれと森の「転換」以前のことだから。そしていまのおれと森は、「転換」後のおれと森なんだよ。「転換」とはなにか？　おれは実際、それを語るためにこそ「転換」後の様ざまな苦労を越えて、このように元気をだして生きているという気がするほどだよ、ｈａ、ｈａ。しかし「転換」についてきみを、またきみをつうじて不特定多数を、納得させるように語ることはなんとも難かしく思える！　単純に概念化して語るわけにはゆかないんだ。そういうわけだからこそこれまでおれは、あれら過去のこと、徹底的に過ぎさってしまったことについて語ってきたのさ、予備的に。

そしてまたそういうわけだからこそ、きみという幻の書き手《ゴースト・ライター》を必要としたんだ。これまできみに語りつづけてきたおれは、すでに「転換」した後のおれだったのだからな。おれのような文章の素人《しろうと》には、「転換」後の人間として「転換」前史を書きつけたとして、リアリティを持たせることができたはずはないから。しかもおれと森の「転換」を理解してもらうためにはね、どうしてもこの前史が不可欠だったんだよ。

　そこでおれはきみに対して、これまで「転換」のことを語らなかった。その予感についてはチラチラとそれを示したがね、それも実際に「転換」以前のおれの、現実プラス夢の生活に起ったまま話したんだぜ。きみという幻の書き手《ゴースト・ライター》の起用は、「転換」後のおれが、不特定多数の他人にむけて伝達の方途をきざみだす、唯一《ゆいいつ》の可能な道だったのさ。しかもこれから、ますます幻の書き手《ゴースト・ライター》の役割は重要になるんだ。「転換」後のおれは、その「転換」の真の意味について、人類全体にむけて語ることを仕事にしながらな、そのための記述をするよりも、むしろ行動しなければならないからだ、やはり人類全体のために！　おれは実際忙がしいんだぜ、ｈａ、ｈａ。

　このようにして幻の書き手《ゴースト・ライター》の役割が明確化された以上、森・父を主体として記述することの作業の性格は、僕にも読み手にもはっきりしている。したがって僕はこれまでのように、語り手の森・父と記述者としての自分との間の違和感に立つ註《ちゅう》をたまにしか必要とせぬことになるだろう。しかも僕は「転換」に対して、あるいはその「転換」ということを主張する森・父自体に対して、いまや切実に関心をひきつけられている。したがって、森・父が突然に沈黙してしまわぬ限り僕の側から幻の書き手《ゴースト・ライター》の任を辞すことはないだろう。

さておれと森の「転換」だが、それはどのように始ったのだったか？　まずそれが春の初めの大雪の日の出来事だったことを、印象にきざんでもらいたい。それが季節を逆行させた大雪の日であったことは、おそらく意味があるんだ。おれは真暗な部屋で眼ざめながら、戸外を覆《おお》っている大雪の存在を、すぐさま感じとったよ。まったく日ごろとことなっている音の質と、寒気によって。そこでおれはつね日ごろ起きるたびにな、自分の肉体のなかでなにかがまた壊れたと感じるほど気を滅入らせているのにね、その朝、というより昼前、めずらしく勇気凛々《りんりん》として起きだしていったわけだ。森も大雪に昂奮《こうふん》してね、夜明がたにはもう起きていって雪を眺めていた様子だ。かれの薄暗く限定されている意識世界が昂揚感にひろがって、わずかながら動作までもが機敏になり、自発性をたかめているようだったよ。そしてそれが当の大雪の日の午後、すなわち「転換」以前におこった最後の大事件の、直接の原因をなしたとおれは思うね。森の行動は、どんなに突飛な外見をしていても、いったん全過程が終了してから眺めると、因果関係は明瞭《めいりょう》だからね。森には気まぐれの行為はないし、試行錯誤もないよ、もちろんそれがわれわれの子供らの困ったところでもあるんだがな、ｈａ、ｈａ！

　この日わが妻は、とりわけひどい具合。森は夜明けがたから濡《ぬ》れたおむつをとり除いてもらいに起しに来るし、麻生野《オウノ》の市民運動グループはおれに出てくるよう連絡をして来ていたしでね。彼女は不機嫌な鳥さながら、自分の内側に硬く閉じこもって、降りつもった雪を一瞥《いちべつ》すらしなかった。異様な明るさの屋外で、行き場をうしなった影がみな集って、おれの妻のかたちをしてるのじゃないか、と疑ったぜ、ｈａ、ｈａ。おれと森とは、同じ布地の外套《がいとう》に、同じかたちの人民帽、同じ毛糸の長衿巻、そして互いに膝《ひざ》まで届くゴム長という恰好《かっこう》で出かけた。眠っていた想像力を雪の刺戟《しげき》でかきたてられた他人たちが、雪を搔《か》いた狭い通路を行きかいながら、ギョッとしておれと森とを見る。家に帰ってかれらは雪に浮かれた気分もあり、こんなことをいったかもしれないなあ。

——おかしな二人組にあったよ、大小二人組。帽子のてっぺんからゴム長の先までそっくり同じ。よくよく見ると、顔までが原寸大と縮尺の、瓜《うり》ふたつ、そしておなじく大小のサイズの、半勃起《ぼっき》、仮性包茎のペニスをだして放尿している！　親子じゃないよ、あれは大人の兄弟の、並のやつと侏儒《コビト》だ。

ｈａ、ｈａ。おれと森とは、積った雪に放尿したりはしないよ。これはおれの思いつきの光景のなかで、おれに思いつかれている男の思いつきさ、ｈａ、ｈａ。

おれと森とはその日、連絡船で本州に渡り新幹線に乗り継いでやってくる、四国南端の原発建設反対運動の指導者を迎えに行ったのだ。十年ごしの麻生野グループとのつかず離れずの関係からさ。被曝《ひばく》十年、というような言葉使いを連中はするんだが、そこで肉体的、心理的にどのような苦しみがあるか、というたぐいの質問をね、懇談会で運動家がおれに向ける。そこでおれが日ごろ鬱屈《うっくつ》して、感じたり、考えたりしていることはもちろん伝達不可能だから、あたらずさわらずの話をする。とくに地方の運動家たちは、カンパしておくり出した運動母体に報告するために、こちらの気骨が折れるほどこまごまメモをとる。もっともおれにしてからが、原子力発電所で働いた経験のある技師として、科学的な誤解には口をはさまずにいられない。だからそうした運動家たちにとって、おれもまったく無意味な存在ではなかったはずだ。

もちろんおれはね、原発建設反対の様ざまな集りに、麻生野と会うために出ていたわけだ。もしおれがこのような、核時代むきの公的口実なしに外出すれば、麻生野と会うことを妨げようとして、おれの妻が駈《か》けずり廻っただろう。しかしやはり核時代の人間たる彼女は、その信ずるところによれば彼女の夫を被曝させて染色体を混乱させ、健全な彼女にわれわれの子供らのような子供を生ませ、あまつさえ、それ以後健康な出産の出口を塞いだ、原発と闘うことに反対はできぬじゃないか？　医学部で勉強したのがなによりの誇りでね、基本的に本質に立つところのある彼女にはな、麻生野がそのリーダーであるとはいえ、原発への抗議をつづける市民運動に背をむけることはできないわけだ。

そしてここが奇態にして滑稽《こっけい》な、すなわち悲しいところなんだがな、ha、ha、時にはおれの妻自体、あれがプルトニウム被曝とは無関係な事情、むしろ母体に由来するアクシデントによるのではないかと疑う瞬間がある模様だ。それゆえにこそ彼女は、あらためて原発への遺恨を更新し、再確認しなければならぬというわけなんだろう。

――新幹線の、プラットフォームに、行くよ。お祖母《ばあ》ちゃんの家に行った、あの新幹線だよ、森。

——新幹線ですよ！

おれと森とは東京駅の、新幹線改札口の雑踏でそのように言葉をかわしてね、それまでずっと握っていた森の掌《て》を、おれは離した。国電の切符を新幹線への入場券に、買いかえなければならないのでね。まっすぐ出札窓口にむかおうとして、四、五人が行列を作っているのに気づいたものだから、タタラを踏むように方向をかえて、行列の末尾についたんだ。そして自分の順番がくるまで、おれは放心した風だった。積った雪の中を歩く服装には構内の温度が高すぎたし、おれには人癲癇《てんかん》みたいなところもあるからね。二枚の入場券を受けとって、うしろの森に一枚あたえようとすると、**森は消えさっていた！**

雑踏の勢いは新幹線改札口から向って右へ、駅の中央出口の方向へ動いていた。おれは大声で、しかし群集にすぐさまのみこまれる大声で、

——森、森！　とむなしく叫んだよ。

叫びながらもおれは、まっすぐに立っていられぬほどでね、群集に押されて歩きだしていたんだ。中央出口の前で立ちどまってはみるが、森は切符を持っていないわけだからね。せかせかと改札口の向うを見わたすうち、すぐにおれはもうひとつの群集の流れにくみこまれて、京浜線、山手線、中央線への通路を歩いて行く。どのつま

りおれは、構内通路をひとまわりして新幹線改札口に戻ったが、森の気配もない。おれが出迎えに来たひかり号の、到着時刻はすぎているんだ。おれはもうなにをやるにも中途半端な周章狼狽《ろうばい》ぶりでね、改札口を通りぬけガニ股《また》の小走りでひかり号のプラットフォームにあがって行ったよ。そこには麻生野グループの旗を立てたふたりの若者が待っていた。

——御苦労さまです！　雪で一時間遅れるようですよ、とおれに教えながら、かれらはつねにそうなんだが、悠揚せまらぬ様子でね。

——いまそこで、息子が居なくなったんだ。探し出して戻ってくるよ。

——森が居なくなった？　ＡＥＣの陰謀じゃないのか、米原子力委員会の？

——**まさか！**　とおれはつい怒鳴ったね。

——**なぜ？**　どうしてありえないんです？

そこへ巡回して来た鉄道公安官を、その世界規模の被害妄想《もうそう》はそれとして、デモ準備などでも実務的に有能な若者たちが、すぐさま呼びとめてくれる。鉄道公安官は、仔細《しさい》ありげに手帳に書くよ、迷い子の名前、年齢、性別、住所、それに保護者の職業まで。森は確かに八歳だが、他人に対しては自分の名も答えないのだから、迷い子のアナウンスなどは意味がないんだ。しかも迷い子になっている森は、他人の眼にすぐそれとわかる不安をあらわしてはいないはずだ。

――八歳だけれども、……生まれた時、頭蓋《ずがい》に異常があって、……迷い子になったと気がついても、泣き喚《わめ》いたりはしないので……

――頭蓋に異常があるというのは、見るとわかるの？

――瘤《こぶ》はもう取ったですよ！　当然じゃないですか？

公安室に来て手続きをとれというんだが、どうしてそんなにのんびりしていられるかね？　そこで実際的な配慮にとむ活動家の若者がかわりに行ってくれる。そこでおれは新幹線改札口をあらためて起点に、駅構内を探し廻ったんだ。構造こそ簡単だがね、東京駅はわ、れ、わ、れ、の子供らのような子供が行方不明になる迷路として、巨大な奥行きをそなえているぜ、しかも日本のあらゆる地方へとそれは底が抜けているんだしね。

森を探しはじめて一時間たって、麻生野グループの若者たちは四国の反・原発のリーダーを、初老近い小男をつれて新幹線フォームから降りてきた。小男はすでに森の出生時の異常がおれの放射能被曝にもとづくという、もともとは妻ひとりのためのおれの発明をね、若者たちから聞かされていて、自分も森の捜索に加わる覚悟さ、しつこく特徴を問いただしたよ。

——見てすぐ白痴だとわかるよ、おれを$\frac{2}{3}$縮尺にしたような恰好をしていて！　とおれは粗暴な返事をして、かれに悲しげな眼つきをかえされた。

さてそのようにしてなお二時間も探し廻っていた間、脈絡もなくおれの頭に浮んでいたことは、それにつづいて起ることになった「転換」のあいだ、しばしば思いだされて新しい意味を持ったんだ。おれは森が、コインロッカーに遺棄される赤んぼうのように東京駅に棄てられた、という思いにとりつかれていたのさ。また森が、任意の列車に乗りこんで遠方へ行ってしまい、そのまま他人に養育される、という想念のとりこにもなった。それがたとえ数週間のことであれ、父親であるおれとの親和力のきずなを失って、森はまったく別の存在となるだろう、下腹部に不思議な傷痕《きずあと》をつけ、犬の眼をした子供として見つかるのであるかもしれない……

そしてまた、森がプラットフォームから転落し、轢《ひ》き殺された時のことを思うとね、自分のありよう全体が、根こそぎ引きぬかれるような気がしたよ。しかもおれはな、遺棄され、行方不明になり、なにが自分におこってしまったのかすらもはっきり理解することができず、わけのわからぬ場所にただ佇《たたず》んでいるのが、その迷い子がほかならぬおれ自身であるような、ひっくりかえったことをさ、それこそ「転換」したことを、実感してもいたんだよ。そのような思いに揺さぶられて、ただ構内をぐるぐる廻っていると、四国の反・原発のリーダーが、そのあたりにひとりでいる子供には誰かれかまわず、森！　森？　と呼びかけながらやってきて、なんとも痛ましさに耐えぬという眼を、しかも初老近い人間の眼としてはじつに無垢《むく》の眼を、おれにむけるんだ。その眼で見つめられるたびに、おれは東京駅構内の大群集のなかで、二重にも三重にも見棄てられた気分になってね、これはきみの小説に引用されているのを読んだんだがな、オ父サン、アナタハ僕ヲ見棄テテ、イッタイドコヘ行ッテシマッタノカ、とブレイクの一節をつぶやいたよ。そしていったんそうつぶやいてみると、おれは誰か正体のわからぬ他者に向けて、（ｈａ、ｈａ、オ父サンに向けてか？）救助をもとめている無信仰者のようでね、その場かぎりの祈りの声をあげてしまった。

Father! father! Where are you going? O do not walk so fast.

Speak, father, speak to your little boy.

Or else I shall be lost.

そしておれは自分を棄て去ろうとする者に追いすがろうと息せききって、しまいには駈け出さんばかりの早足で、東京駅構内をグルグル廻っていたんだよ、ｈａ、ｈａ、逃げさる father を追いもとめて？

そして肝心の森といえば、なにをやらしても実際的にそつのない、例の若者たちが見つけてくれたのさ。森はこだま号のフォームに上って、売店脇《わき》の、かれの躰《からだ》がすっぽりはいる邪魔にならぬ所に立って、疲れた上躰《じょうたい》の重みを台にかけ、静かな顔をしていたそうだ。三時間の間に、フォームの群集に小突かれてはその隅っこに入って行ったんだね。かれの祖母を一家でたずねた小旅行の際に、おれたちはこだま号で出発したのだった。切符なしで空気かなにかのように自然に、森は新幹線改札口を通りぬけたのだろう。若者たちが発見を届けに行くと、公安官室でお茶を飲んでいた小役人は同僚にこういったそうだ。

——おれもあれじゃないかとは思ったんだよ、こだまのプラットフォームだろう？　いるのを、おれ見たよ。

なににつけても官憲への抗議癖のある活動家の若者たちは、それを見たのならなぜ確かめぬか、報告しないか？　と大声で糾弾してね、捕まえられそうになって逃げて来たんだ、ｈａ、ｈａ。

2

その日、おれは出迎えに行った四国の反・原発のリーダーを駅構内で永い間足どめし、森を探すのを手伝ってさえもらったあげく、夕方からの、かれを中心にした懇談会には出ずに、家に戻ってしまったんだ。それもみっともないことに、麻生野がその集りに来るかどうかを若い活動家たちに訊《たず》ねてからの話なんだがな。

——おっさんよ、あんたはなんのために運動の傍でチラチラしているの？　うちの麻生野が居ないとなると、すぐさま帰ってしまうじゃないか。中年は露骨だねえ！　と若者たちが腹のなかで非難しているのをおれも感じとってはいたがね。

とにかくおれは疲労困憊《こんぱい》していて、やはり疲れている森が、融《と》けた雪のぬかるみに繰りかえし転んでは、汚れに汚れるのを邪険に引ったてて家に戻った。朝からの不機嫌を持ちこした妻が森の衣服をとりかえる傍でおれは待っていてね、それから森を書斎に引ったてて、殴り始めたんだ。森は怖《おそ》れにすくみこんでね、眼を細め頸《くび》をちぢめ、両肱《りょうひじ》を突き出して顔をガードしようとしたよ。いったい森はいつの間にどこで、そのような身の守り方を覚えたのかね？　われわれが誕生以前から遺伝コードにとりこんでいる人類共同の蓄積のうちには、殴打《おうだ》される無力な者のガードという、一項目があるものなんだろうか？　しかもおれは、そのようにガードする森に気を滅入らせながらもな、上膊《じょうはく》を摑《つか》んで顔から引き剝《は》がそうとしたり、胸をこづいてガードを下げさせる汚ないトリックまでつかったりして、森の頰を殴りつけつづけたんだ。

おなじくわれわれの子供らの父親であるきみが、胸くそを悪くして、なんのために？　と問いかけてくるような気もするが、これは一種泣き笑いの笑い声として記述してくれ、ｈａ、ｈａ、それは**教育**のためだったのさ！　森があの迷い子の三時間について、それを悪《あ》しき三時間であったとさとり、そのために自分が罰せられねばならぬのだと、どのようにして理解しえるか？　あれからすでに、もう五時間がたっているのに。しかもおれは執拗《しつよう》にいつまでも、森を殴っていたんだ、誰にといって弁解する相手もいないが、ｈａ、ｈａ、教育のために！　おれを見棄てておれから離れ、おれの足ではついて行けないほど早くドンドン歩き、おれの知らぬ所へ行ってしまうのが悪いことだと、教育していたんだ！　ｈａ、ｈａ、なんとも成果の疑わしい、惨《みじ》めな教育をおれはやっていたんだよ！

おれが最初に殴った時、鼻の奥に赤い豆電球をパッとつけたように真赭《まつか》になってね、森は四、五滴涙をこぼし、理不尽な殴打を追認するためのように、自分の掌でもまたその頰を殴った。いっさい泣き声をあげないで。それは最初の一発を殴りながら、おれが、泣くな！　と脅迫したからなのさ。それにしてもおれはいったい、なにをやり始めてしまっていたのか？　積った大雪が融けてゆく底冷えに胴震いし、ガチガチ鳴る歯を顎《あご》がしびれるほどにかみしめ、ｈａ、ｈａ、不器用にガードをかためた無抵抗な者を、狡猾《こうかつ》に酷《むご》たらしく殴っている……

そのうちおれは、眼に見えぬ粗暴かつ強大な腕に、ほかならぬ自分こそが殴られており、無益なガードをかためても、かいくぐってくる透明な大腕に殴られつづけるので、その殴打の意味を理解するため、自分自身の頬を（それがつまり森の頬だ！）殴っているのだという認識にいたったんだ、総毛立ちながらさ。

――暗い所でなにをしているか？　とやはり総毛立っている者の声が、おれの背後から喚きたてた。おれは驚いて中腰のままふりかえり、叫び終った口をそのまま真黒に開けている妻を見たよ。白く光る柳の葉みたいなものが、翳《かげ》った妻の全身から三箇所に浮びあがっている。ふたつの眼と、左腕の剃刀《かみそり》の刃。

――自分の過失で森を迷い子にして、なぜ殴るか？　お祖母ちゃんのことをいったから、こだま号のフォームに上ったのじゃないか？　森はそこで三時間もの間、おまえがそれに思いつくのを、じっと待っていたのじゃないか！　どうして虐待《ぎゃくたい》するか？　こんな暗い恐い所で、なにをしているか？

暗い恐い所で、と妻が喚いたのはな、そのまま彼女自身もまた、森とおれ同様、震えあがっていることを示していたよ。

――きみこそなにをするつもりだ？　剃刀を摑んで？　隠れて鬚《ひげ》を剃《そ》っていたの

か？

――おまえは東京駅へ森を棄てに行ったな？　反・原発の活動家を証人にアリバイをつくって、森を棄てに行ったな！

――そういうことはない！

――森がいなくなったと、最初に電話をかけて来た時には、うまく棄てられたから昂奮《こうふん》していた！　見つかった電話ではがっかりしていたぞ！　まだ嘘《うそ》つくか？

――三時間も森を探し廻ったんだ、だから疲れて元気がなかったんだ。

――あの悪い女が来なかったから、ますます元気がなかったんだろう！　あいつはおまえになんか会いに来るものか！　テレビ生放送に出ていたよ。女に会えなかったからといって、棄てようとしても戻って来た子供を、そんなに殴るのか？　低人格者！

　さきに妻が森の衣服をとりかえる時、事態を報告するおれから頑強に顔をそむけていたのをね、おれはただ彼女が不機嫌なせいだとだけ思っていたのさ。しかし彼女はね、おれが森の見失われたことをつげ、つづいて発見されたことをつげる、二度の電話のあいだの百八十分、ウィスキーを飲みつづけていたらしいのさ。そして酔っぱらっているんだよ。それに気がつくと、おれはいまさっき不意をつかれた驚きの反動で、眼がくらむほど腹をたててしまった。思えばおれは妻に聞きつけられるのを惧《おそ》れて、森に、泣くなと命令したほどにも、年じゅう気がねしてきたんだからね。

——きみがおれを憎悪《ぞうお》して、剃刀をふりまわすのはわからなくもないがな。しかしこの間の朝、きみがやろうとしていたことを、それでごまかすことはできないぜ。いったいきみは森を殴るのと、森を去勢するのと、どちらをよりひどいとみなすかね？おれがそういいおわらぬうちに、水平に並んだ柳の葉の眼が、暗がりにガッと輝やいたよ。つづいて妻は、もう一枚の柳の葉を、つまりゾーリンゲンの剃刀をさ、腕いっぱいにふり廻しはじめた！

——きみが森のペニスを去勢しようとして勇気を失い、その代償に剃刀の柄でオナニーしたことも、すべてなかったことにはできないぞ！

酔っぱらっていながらも、妻は一瞬啞然《あぜん》としてね、剃刀の水車運動まで一時停止した。もちろんおれは妻がそんなことをしていたなどと考えてないよ。腹を立ててはいたがね、むしろおれはあの朝の、妻の悲惨を滑稽《こっけい》化して、この面倒をなしくずしに終らせようとしたんだよ。必死になった妻に対して、おれは痙攣《けいれん》的なほど愛を感じたから。もっとも、おれのこの発言も痙攣的にすぎたがな、ha、ha！

——**おまえを殺す！**　おまえがプルトニウムに被曝《ひばく》したのに、それでも性交するから、なにもかもが始った！　おまえを殺す！

いまや意志的に剃刀を振り廻し、妻はおれに跳びかかってきた。おれは森を突き倒した後、自分の頭を剃刀の回転からわずかにかわしえたのみさ。そのはずみに、ホップして跳びついてきた妻はステップしジャンプする勢いで、資料棚に激突すると、

——ア、痛イヨウ！　と憐《あわ》れに叫んだ。

しかも、攻撃の魔と化している妻は、衝突の反動をそのままバネにして、クルリと向きをかえ、再び跳びかかってくるんだからね。

その攻撃もまた間一髪やりすごそうとしたんだが、その時、足もとの森が唸《うな》り声をあげたんだ。森が切られたかとギクッとした瞬間、右耳の下を剃刀を握った掌でバーンと殴られた。もう闇雲の恐怖から、おれはその妻を突きとばしたがね。剃刀の手ごたえに自分でも恐怖した妻は、ガラス戸に音高くぶつかりながら、ア、痛イヨウ！と悲鳴をあげることはなかった。プープーいう音だけたてているが、鼻血が出てきた鼻孔からなんとか呼吸しようとするためだろう。床の低みで森がムームー唸るのは、おれと妻との闘いに圧迫されて苦しんでいるんだ。

おれもまた暗がりに立ちすくんで、ウーウー声をたてていた。右耳の下から唇《くちびる》に受けた衝撃は、ただ殴られただけのようだったんだが、血が湧《わ》き出すとともに別の痛み

がおこってね、しかもそいつが神経繊維をまとめて搾《しぼ》りあげるような痛みなのさ。もっともおれがウーウー呻《うめ》いたのは、かってないこの人生の危急の時に、森の声を模倣して救われようとしていたのかもしれないよ。妻のプープーいう音も同じ動機からだったかもしれない。どちらも森の唸り声と調和していたんだ。

顎に蛇口でも開いたように血が流れて、胸から腹、はだしの足の甲にしたたったよ。傷をなめようと脣を開くと、棒のような痺《しび》れた舌をつたわって、血は逆に喉《のど》へ流れこんでね、おれは咳《せ》きこみながら血のかたまりを嘔《は》き出した。剃刀は頰の筋肉を切り裂いたようだから、その赤い穴から歯と義歯が剝《む》きだしだろうと、おれは思いついてね、傷口を、ゾーリンゲンの女殺し屋に見せるために歩いて行ったよ、あたりいちめん血をそそぎながら。電燈スイッチをつけるためにも、ゾーリンゲンの女殺し屋に見せなければならない！　しかしおれは、見せるより見せられたんだ。ぶつかったガラス戸の前に立ったままの妻が、鼻血に真赤な顔をうつむけて、左手に握りしめたゾーリンゲンでさ、自分の右手頸《てくび》を切りつけようとしている！　電燈スイッチの脇からネズミ取りを摑みあげて、おれは妻の手もとに投げつけたよ。ネズミ取りは剃刀をはずれたが、妻の右手をバチンとはさんだ。妻はネズミどころじゃない悲鳴をあげて、バネをひっぺがすためにひと騒動さ、ｈａ、ｈａ。原子炉からの冷却水パイプがネズミに齧《か》じられるのでね、おれのプランで特注したネズミ取りだよ。おれは原子力発電所からいろいろな備品を盗み出したが、このネズミ取りほど現実的に有効だったものはなかったね。

ネズミ取りからやっともぎとった四本の指をそろえてくわえこみ、妻はノロノロと部屋を出て行った。おれはベッドに腰をおろしながら、躰《からだ》じゅうの皮膚が異様に冷えるのを感じていた。核産業従業員のストレスを分析した本でね、一般にストレスのある段階では、頭脳と筋肉にできるだけ多く血を送るために、皮膚の血管が収縮作用をおこす、というのを読んだことがあってね。なんとも健気《けなげ》な皮膚の血管よと、おれは感銘したんだが、あれは事実だ。もっともおれの躰の場合、血液は頭脳と筋肉には送られず、頬の傷口からこぼれおちるばかりだったがね。

まったく死んだように全身冷えびえとしたおれは、床に横たわったままの森を、両腕で頭のプラスチック板をおさえこみムームー唸りつづけている森を見た。おれと森との間の、これまでの関係は復活しうるのか？　われわれのこれまでの関係自体、それはなんだったのか？　森が受けた殴打を追認するように、あらためて自分で頬を殴ったのをおれは思い出し、それをなおよく思い出すために、おれもまたおれ自身の頬を殴ってみた。ところがその指先は頬の傷口をまるごと通り抜けておそろしく硬いものにぶつかり、すなわちおれの歯にぶつかって、おれは痛みと驚きにギャッと叫んだよ。救急箱をさげて戻ってきた妻がその声に跳びあがったがな。ムームー唸っている丸っこい森の躰は微動もしなくて、おれはその森に憐れみをもとめるために、もう一度ギャッと叫びたかった……

相撲に「痛み分け」というのがあるが、一応妻は論争を棚上げして、頬の傷の応急処置をしてくれたよ。もともと彼女は女子医大のインターン途中でおれと結婚して、医者になりそこなったわけなんだがね、実のところはその時すでに、医学課程をフォローする能力の限界にも来ていたようにおれは思うよ。さすがのおれも、もちろんそれを妻にいったことはないが。さておれは応急処置を受けながら、妻が闘いの意志を回復して、頬の穴をピンセットでかき廻しはしないかと惧れたが、妻は永ながと消毒を続けた後、

——ガーゼをあてて繃帯《ほうたい》するから、血はとまるわ、もう血は流れだしていない、とくぐもり声でいったんだ。おれは現に口腔《こうこう》のなかへ流れる血の、濃い味をあじわっていたんだが。しかしおれはもう剃刀で切られたこと自体には腹を立てていなかったよ。瀉血《しやけつ》しているような解放感もあってね。通俗解説書で読んだんだが、瀉血が医療の中心だった中世には、婦人でも苦しみを早く軽くしようと、躰を切り裂いてくれる医師の手を自分で強く押したというぜ。

──縫いあわせる必要があるだろう？　医者に行ってくるよ、とおれはなにもかも一段落したつもりでいったんだよ。ところがな、

──病院に行ってはだめだ！　と妻が怒鳴るじゃないか。

たまたま妻は、おれの頭から顔に繃帯を巻きつけていたんだが、それまで前屈《まえかが》みにしていた躰をまっすぐ立て、ウィスキーの匂《にお》いを嵐《あらし》のように吹きだしつつ、怒鳴りつづけるんだよ。

──私は、権力につかまっても、**完全黙秘をつらぬくぞ！**

痛さは痛いし、血は流れつづけてるしな、ビタミンBの欠乏で大脳が新陳代謝しないふうだったが、おれは妻の談論スタイルに茫然《ぼうぜん》としたよ、ｈａ、ｈａ。

──それじゃ今夜は病院へ行かないよ。こんなにいかれているきみを、森と一緒に残しておくことはできないしな。

妻は頭をガクンと前に落して濃いアルコールの霧のなかに、自分自身行方不明になったかと思われたがね、勢いよく頭をふりたてると、

──ゾーリンゲンをかえせ！　おまえのネズミ取りは、かえしたのに！　といつのるのさ。

──ゾーリンゲンはかえさない、ジレットの安全剃刀を買ってやる。おれはもう片

頬を斬《き》られてもいいが、森のペニスを狙《ねら》われてはかなわない、とおれはいって、瞬間股座《またぐら》を襲ってきた足蹴《あしげ》りを蛙跳《かえると》びしてかわしたんだ。

——おまえこそが、森を傷つけるのじゃないか？　私と森は、絶対におまえを許さないぞ！

もう一発の足蹴りを準備してか、酔いによろめくだけのものか、さだかにはわからぬ妻の足踏みから、おれは避難し、そのついでにアルコールの霧からも逃れようとして、もう一歩脇によけたのさ。

——私は森とふたりで、実家へ帰るからな！　おまえは、板橋の日大病院に行って、森から切りとった瘤《こぶ》を戻してもらえ！　あれはおまえのものだ！　ほかにはなにひとつ、森から奪還させないぞ！　**私と森は闘うぞ！**

——そんなめちゃくちゃなことをいうなよ、市民運動の活動家だってそんな口調はやめにしてるよ、とおれがいうと、縮みこんだままの森におおいかぶさるようにしていた妻が、麻生野のことをいったのかと気を廻して、あらためて柳の葉の眼をこちらに向けたがな。もしかしたら妻のこの突然の談論は麻生野に対抗する心理的動機に発したのじゃなかったろうか？

3

傷を押さえたガーゼの上を繃帯で巻く途中で妻は作業を放棄していたから、おれは自分で繃帯を固定しようとしたが、それはなかなかうまくゆかない。どこに括《くく》りつけて固定していいのかがわからないわけさ。眼と鼻と口許《くちもと》だけ穴を開けた黒毛糸のスキー帽を、おれは居間に取りに行った。そいつをすっぽりかぶってみるとね、繃帯は押さえられるし傷に加わる圧力は少ないし、調子がいい。ためしにおれは、森、森と声に出していってみたんだが、頬の震えの痛みとともに、

――ヨイィ、ヨイィという声のみが響いたよ。

　おれが書斎に戻って行くとね、それまでは森の耳の脇でささやいていた声を一挙に張りあげて、妻がかきくどくわけなんだ。

――森、ママと一緒に、森はここから出てゆくよ。森とママだけで、出てゆくよ。森を殴る気狂《きちが》いはほうっておいて、森とママだけで出てゆくよ！

　頭をかかえこみ躰を縮めて竦《すく》んでいた状態を脱し、森はいまや自力で立っていたよ。妻はそろえた膝《ひざ》の上に躰をまっすぐ伸ばし、森の躰を抱きしめていた。その恰好《かっこう》の妻よりも頭ひとつだけ背の高い森は、あらためて出現した僕に、まぶしげに腫《は》れた眼を

上げたが、抱擁から逃れようとはしないのさ。

——森、さあママと一緒に、森はここから出てゆくよ、森とママとふたりだけで、出て行ってしまうよ！　森のような子を棄てようとしたり、殴ったりする気狂いは後に残して出てゆくよ！

おれはただ自分のベッドに腰をおろしてね、もう気象条件によるのか肉体的条件によるのかわからぬ冷えこみに、こまかく胴震いしながらね、自分の持ち時間がまわってくるのを待っていたよ。じつはもうそのような機会など、おれと森との間にはありえぬかと不安にも思いながら。

そのうち妻は森を抱きしめたまま、中腰に立ちあがり部屋を出てゆこうとしたが、はっきりそれに森が抵抗している。妻が力をこめ、すでに拉致《らち》するほどの激しさで歩き出させようとする。しかし森はそこに打ちこまれた杙《くい》のようだ、妻の方がよろめいてしまうほどに。

——森、なにしてるの？　さあ、森、出発しますよ！

——森、森、とおれは急いで介入したが、その声は頼りなく、ヨイィ、ヨイィと響くのさ。森、森、おれといよう！　森、森、おれといよう！

しかしヨイィ、ヨイィ、ヨイイイョ！　としかおれには呼びかけられなかったんだよ。息子と自分の生涯の一転機を劃《かく》するのかも知れぬその時に。

森を根こそぎひきぬいてゆこうとする妻に抗して、森は非暴力抵抗者流にさ、ただ足を踏んばっているだけなんだが、酔って消耗している妻は力をいれるたびによろめいてしまう。しかも森はその間じゅう、ヨイィ、ヨイィ、ヨイイイィョ！　と呼びかけるおれにまっすぐ顔をむけているんだよ。赤で縁どりをした黒の毛糸帽子をかぶっている自分を、おれは恥かしく思いながらもさ、森の視線に励まされて、なおも呼びかけつづけたんだ。ヨイィ、ヨイィ、ヨイイイィョ！

――なにをいってるのか！　と振りかえりざまおれを叱咤《しった》した妻は、森とちがっておれの毛糸帽子にすくなからずショックを受けた様子だったぜ、ha、ha。

――ヨイィ、ヨイィ、ヨイイイィョ！　とおれは叫んでから、口のなかの血のアブクを枕《まくら》カヴァにガッと嘔《は》きだしたが、いまは血の色も歯槽膿漏《しそうのうろう》患者の唾《つば》の程度さ。

――森、森、パパはだめですよ！

――パパは、だめ、ちがいますよ！

――森、ママと行きましょう！

――ヨイィ、ヨイィ、ヨイイイィョ！

――森は、ママと行く、ちがいますよ！

そのうち妻は森の躰からバラリと両腕をほどいて背をまっすぐにし、おれに向って二、三歩進んできたよ。そして立ちどまるとアイヌが鶴の動きの舞踊でやるように、それも舞う鶴ではなく威嚇《いかく》する鶴を演じてね、こわばった両腕をゆるゆる上げ、――父親も、息子も、プルトニウム中毒の気狂いが！　と叫ぶと、ワーワー大声で泣きながら駈け降りて行った。

おれはよくよく眠れぬ際の、しかもウィスキー入りビールをとりに行くことがはばかられる時のために、資料棚に隠してあるブランデーとサラミ・ソーセージを取り出してね、しかしやはり怪我《けが》のことを思ってブランデーはもとに戻し、機械いじりのすきな人間なら大切にする万能ナイフでソーセージを切ったよ。

――ヨイィ、ヨイィ、ヨイイイョ。

森はまっすぐおれの傍にやってきて、計算カードに載せたソーセージを喰いはじめた。皮を爪先で剝《は》ぎ、胡椒《こしよう》粒はみなほじくり出して、それから薄い円盤を水平にかまえると、もうなにも外界を見てはいない暗い水のような眼になって。この種のこまごました食物を、その食物のものとしての存在への敬意をね、こんなにも自然にあらわして食いうる人間を、おれは森のほかに知らないよ。もちろんおれはまだその束の間の休息を、一時休戦としか考えていなくてね、サラミを喰う森を見る喜びは、塹壕《ざんごう》のなかで水筒からひとしずく飲むたぐいだったんだが。階下の孤独な女性戦闘者は、やたらにゴトゴト動き廻って、どうも荷物をまとめているふうだった。そしてひんぱんに電話をかけてもいた。居間と書斎とには共通の電話がついていて、どちらかでダイヤルすると、もうひとつの電話機からチリチリ響く。こちらで受話器を取りあげさえすれば、妻が誰と話しているかわかるんだが、おれはそういうことはしなかった。森の参加をえて、勝機はいまおれの握るところなんだから、あせることはない。それにどんなにそっと受話器をとりあげるのであれ、たちまち感づいた妻の声が、**盗聴しているな、このプルトニウム中毒の気狂いめが！**　と急襲してくるにきまっているんだからね、ｈａ、ｈａ！

　森がサラミを喰いおわると、おれは森の頼りにしている毛布を、二度目の手術には病院にも持っていった古なじみの毛布を、かれのベッドからとってきてやった。疲れているおれは森におむつをつけさせることができず、ただ放尿させにつれてゆくだけにしたよ。そしておれも森も服は着たままで、おれのベッドに一緒に横たわったんだ。頬の傷がジンジン痛んで、おれを「現在」に串刺《くしざ》しにする。その痛みに、周期運動の感覚がある。つねに「現在」の周期運動なんて、永劫《えいごう》回帰を思わせるじゃないか、痛みの永劫回帰！　子供の時分、眠ろうとつとめて眼をつむると、瞼《まぶた》の裏に様ざまの図形があらわれてグルグル廻り、分離し、またくっついて、ある周期をなすようだったがな。それはまた曼荼羅《まんだら》で、おれの全生涯の予言が描かれていたようにも感じられ、なんとか読みとろうとしたものだが、あれはいつからあらわれなくなったのか？　おれはその忘れていたものの発見を、脇でまっすぐ上を向き、内部の自然発火に熱くなってる森に、語りかけたいと思ったがね。今日一日まことに多くのことを経験した森を、ディスターブしたくない反省が働いてさ、おれはやはりブランデーを取りにゆこうとした。ところがベッドからまだ躰を起さないうちに、眠っている森がおれの腕頸をつかむじゃないか、もう決して迷い子にならず、迷い子にしないために？

4

おれは眠っていたんだ。そして全体に不幸な気分のみなぎった奇態な夢を見てね、眠りのなかであらためて疲労困憊《こんぱい》していたよ、それも複雑なふうに疲れはてているんだがな。「ブリキマン」の事件で被曝してから、おれの人生は際限なくつづく夏休みたいなものでね、起きている間はこれという労働もしなかったんだから、眠っている間のこの種の夢の労働は、その補償だったのかね？　しばしば内容は覚えていない夢の、疲労感だけを担《にな》っておれは眼ざめてきたんだが、その疲労感の総量が、死の床で人間が生涯の全体を見るという、そのおれのヴィジョンの全質量に見あうものじゃないかと思うこともあったよ。しかしそれもまた、「転換」までのことなんだが。おれはきみに話しかけながら、すぐこのように話の現時点を追いぬいてしまうから、そもそも幻の書き手《ゴースト・ライター》を必要としたわけなんだが、しかしもう「転換」の時はまぢかにせまっているからね、ここは見のがしてもらうことにしよう。

夢というのはこうなんだよ。おれは誰やら粗暴なやつに殴られて、家に戻ってくるところだったのさ。ただそのように殴られるためにだけ、出かけて行った模様でね。口のなかに違和感がある。それはおれの頬の傷および二本の義歯の違和感に照応していたね。歯医者が仮の義歯を入れた後、おれには金策の都合があってさ、本物の義歯はまだ造ってもらっていない。その間にも歯茎が固まって縮みこむからね、仮の義歯と歯茎の隙間《すきま》から、泡立つ唾《つば》が噴出してくる。気がつくといつでも義歯の尖端《せんたん》を嚙《か》みしめているよ。さて、帰って来ながら口のなかに指を突っこんでみたとたん、義歯を留める金具の無理がかかっていた、上の小臼歯《しょうきゅうし》二本が抜け落ちたんだ。それを舌で押し出そうとすると、将棋倒しのようにさ、すべての歯がボロボロと抜け落ちるじゃないか？　その抜け落ちたすべての歯を口にふくみこんで歩いているのが、どうにも具合が悪くてね……

おれが眼をさましたのは、駈けあがってくる妻の足音がしたからだ。これはおれと妻の共通した癖なんだがな、おれたちは部屋のなかにいる間はノロノロ躰を動かすのに、別の部屋にむかう中間帯では早足になってしまうんだよ。もういちど森の頭部の瘤のようなものに、中間帯で不意撃ちされるのを惧《おそ》れているふうに。さて、バチンと部屋の電燈をつけた妻は、こうまくしたてたよ。

——おまえと森とを、棄てて行くからな！　これまではおまえと森が心中するのじゃないかと憐《あわ》れで、酷《むご》たらしくて、おまえたちを棄てなかったが。もう決心して、おまえと森とを、棄てて行くからな！　私はもういちど勉強を始めるよ、おまえとこんな子供のために犠牲にした勉強を再開するよ！　それから本当の結婚をして、本当の子供を生むんだからな！　おまえより他の男と結婚したならば、絶対に正常な子供が生まれる！　仮定1！　実際に森がプルトニウム汚染のせいだった場合、今度私が結婚する相手はプルトニウムになんか汚染されていない。それ故《ゆえ》に、子供は正常！　仮定2！　森が単なる事故だったのなら、私にはもうその事故がおこったんだから、確率からいっても、次の子供は正常！　これを見たか?!　おまえと森とを棄てて、私は出て行くからな！

——しかしもう今夜はどうすることもできぬだろう？　明日、出て行ったらどうだ？

そのようにおれはいうつもりだったがね、ヨイィ、ヨイィ、ヨイイィィという声音しか発することはできなかった。もっとも、ひかえめに見つもって二五〇〇回の性交をともにした妻は、ただちにそこから意味をすくいあげたんだ。

——なにをいってるか？　もう演出家が、路面が凍ることを考えて、タイヤにチェーンまで巻いて迎えにきてるよ。おまえが家宅侵入で訴えて、私を出て行かせないようにするかもしれないから、表で待ってくれてるんだ。早く起き出して、トランクを運ばないか！　おまえと森とを棄てて、出て行くんだからな！

演出家という普通名詞の、説明ぬきの特別な使用法がね、妻をひきとめる意志を、おれからうばった。開け放した玄関の向うから、この真夜中に、ココハオ国ヲ何百里のメロディの喇叭《らっぱ》が響いてきたがね。その新劇演出家が、ポンコツ自動車に音楽クラクションをつけているというゴシップを、劇団関係コラムで読んだことがあった。その劇団がつづけさまにヒットをだして、演劇復興の契機などといわれていたころの話だが、娘時代の妻はその若手演出家とつきあっていたんだ。

——このトランクだ、ぐずぐずするな！　おまえと森とを棄てて、私は出て行く！

居間は破滅的にとりちらかされていたよ。おれが外国出張に使ったトランクの周りに、最後まで未練がましくつめこもうとし、ついにはみ出した物品が堆《うずたか》く残されている。底が波型になっているフライパン、それは女子医大の同級生たちからの結婚祝いだが、考えてみればおれたちは、このフライパンで焼くほどの厚さの肉は喰わなかったぜ、ｈａ、ｈａ。トランクの蓋《ふた》のしまり具合を確かめるふりをして、おれがそいつを突っこもうとしたらね、傍に仁王立ちしていた妻が邪険にひったくって投げとばした。なぜ突然フライパンを憎悪《ぞうお》したのかわからぬがな。もっともそんな重いものを加えなくて幸いだったよ。トランクの重量は、頬の傷の痛みはもとより、狭いベッドに森と寝た節ぶしの痛みをな、たちまち耐えがたいほどにしたから。

——なにをしているか？　もう休んでいるのか？　インポテ！

おれはもう痛みもなんのその、死にもの狂いでトランクを運び出したね。十年前の求愛争いの敵手が聞いている所で、インポテとは実際ひどいじゃないか、ｈａ、ｈａ。小男の演出家は街燈のしたにとめた古シトロエンの脇に、車の色や恰好にあざとく調和させた服を着こんでね、この暗いのにサングラスまでかけて憂《うれ》い顔さ。

おれは門のすぐ外にトランクを降ろし、一歩退いて立っていたよ。妻の論理にしたがう限り、シトロエンまでトランクを運ぶことは求められていない？

——早く荷物を車に載せて！　あいつが惜しくなって、運びこむかもしれないよ！　演出家はなおも憂いに沈みながらゆっくりやってきたが、トランクの手前で小走りすると、やにわに殴りかかってくるんだよ。かれも妻も、不意撃ちよりほかに攻撃法を知らぬ旧友同士かね？　しかしおれには躰をかわす必要さえなかったさ、演出家は自分で靴を滑らせて舗道《ほどう》にへたりこんだから。靴にもチェーンを巻いてくればよかったね、ha、ha。しかしかれが起きあがってまったく悪びれず、トランクを運んだのは立派だったよ。

——殴らなくていいよ、私の方であいつを棄てて行くんだから！　**おまえと森とを棄てて、私は出て行く！**

出発しがけに、シトロエンはおれの前へぐっと寄ってきたがね、それは演出家が窓ごしに、

——気狂い！　と棄て台詞《ぜりふ》を吐くためだったのさ。

おれは荒涼とした家のなかに戻った。おれを罵《ののし》るために小さな口を開いた演出家が、若づくりながら初老の印象だったことに気を滅いらせてさ。求愛競争の相手に初老の印象があったんだ、おれ自身も実際の年齢よりずっと老《ふ》けこんでいるにちがいないよ。

トランクをおろした後もつづく、この筋肉と関節の痛みはどうだ？　青年時には空想もしなかった、生きている肉体のなにもかもがすりへってゆく、その取りかえし不能の感覚。それこそがこの痛みだろうじゃないか？　自分のベッドに森が眠っていることを考えなければ、おれはそのまま泣いていたと思うね、ha、ha。

ベッドに戻り森の脇に躰をのせかけたおれは、森が放尿してしまってるのに気づいた。おれは森を起して始末しながら、湯気をさかんに立てる森のペニスが、ずんぐりと逞《たく》ましさを増しているのをチラチラ見た。あの初老の気配の小男にこいつを見せたらと残念だったね。肉体と精神総ぐるみ、あいつは威嚇を感じただろうに！　インポテと愚弄《ぐろう》された憐れなペニスの、ピンチランナーに森のペニスをおしたてる！　ha、ha。おれは森をかれのベッドに連れて行き、その勃起《ぼっき》したやつを根方へねじふせるようにして、毛布をかぶせた。おれに殴られた森の顔は、下ぶくれに腫れあがっていてね。瘤《こぶ》をつけて産道をくぐりぬけたせいで、生まれた直後の森の頭は細く長く、全体に老人じみていたんだが、おれはそれを思い出したよ。

——森、おやすみ、というつもりでおれはヨイィ、ヨイイィといったんだ。

——**森は、眠るですよ！**

つづいておれは、ママは出て行ったよ、おまえとおれを見棄てて、麻生野よりたれよりおれはあの人を愛してきたのに、苦しい生活の戦闘の同志だったのに！　と嘆きそうになって、思いがけないその言葉をのみこんだがね。さて濡《ぬ》れた布団をどうするか？　妻に去られて早くもあらわれてきた日常的難問に、おれはもう判断放棄するよりほかなくて、それだけは濡れていない毛布をかぶり、床の上じかに横たわったんだ。それからおれの経験した眠りは、じつに恐ろしいものだった。眠りのうちに見た夢が恐ろしかったというのじゃないよ、眠りは真暗で、夢を見ることすらできなかったんだから。眠っている自分の肉体を、まるごと表と裏、引っくりかえすように苛酷《かこく》なことがしかけられる。肉体そのものが、恐怖する意識にさからって、それに抵抗しない。自分の肉体が、それと同じ大きさの別の肉体を、分娩《ぶんべん》しはじめたような恐ろしさ。そのとどめがたい進行。

そして翌朝眼ざめたおれは、頰の傷が治癒しているばかりか、「ブリキマン」どもとの戦闘での火傷《やけど》の傷痕《きずあと》までがないのに気がついたのさ。仮の義歯のかわりに、懐《なつ》かしい舌ざわりの自分の歯。鏡を見るまでもなく、確実な自己同一の充実感によってね、おれは自分の肉体が二十年若がえり、十八歳の肉体になっているのを知ったんだ。それにこちらは二十年成長して、二十八歳になっている森が、かれ愛用のボロボロ毛布をいまは頭に巻いて、おれの具合を見にやって来た。

「転換」をあらわす算数の式。38マイナス20イクォール18。8プラス20イクォール28。

第四章　すぐに闘いのなかへ入った

1

おれに起った「転換」でもっとも象徴的な意味があるのは、おれの肉体から、プルトニウム火傷《やけど》の痕跡《こんせき》がぬぐいさられたことだ。そうじゃないか？　いまや原子炉で、この地球上にかつては存在しなかった物質Puが造りだされているんだが、半減期は二万四千年だぜ？　すくなくとも、人類よりさきに消滅することはないよ。人間がつくり出し、人間にはとり消しのできぬこの物質に汚される以前の地球と、十八歳に更新された被曝《ひばく》前の肉体とを、おれは象徴的にかさねているのさ。このように考えたり、感じたりする全体のことが、気狂《きちが》いじみていると見る者なら、十八歳への「転換」を、なんのことはない、単なる発狂と片づけているだろう？　おれのことを気狂いだとする他人に話しかける意志はないんだ。そしておれは、自分のいっていることを気狂いじみているのじゃないか、と疑いはしないよ。大体おれにはいまここで立ちどまって、自分と森の肉体を点検し報告する時間の余裕もない。おれと森の肉体におこっている「転換」は、おれの言葉そのものを自然な光で輝やかせているだろうじゃないか？　おれがこれから自分と森の「転換」二人組で引きうけてゆく事件について語ってゆけば、その言葉は、われわれの「転換」の実質を表現してゆくにちがいないんだ。それはきみの記述をつうじて、他人たちが感じとるところのことだがな。おれと森とは直接「転換」のただなかにあって、自立した行動をおこすだけでいいだろう。考えてみてくれ、再び十八歳の肉体を所有することがどのような経験か？　ｈａ、ｈａ、それは快適だぜ。いったい自分がかつて十八歳の肉体それ自身であったことなど信じられるかと、嘆息のひとつもしたくなるのが大方の感じ方だろうじゃないか？　おれは一度三十八歳にいたりながら、再び十八歳の肉体の現在そのもののなかで、嬉《うれ》しい嘆息をあげているんだ、ｈａ、ｈａ。もちろん悩みがないわけじゃない。最初の十八歳のころ、おれは恋をして内臓から蒸気をふきだしかねぬ、情念の苦しみをあじわったものだ。あいつだけはもう再び、味わうことなしに死にたいよ。あいつまでもが復活するほどの「転換」なんだろうかね？　これはにせの悩みくさいか、ｈａ、ｈａ。もちろん現在のおれに屈託がないのじゃないが、それはいまきみに伝わってゆかないだろう？　おれの言葉は十八歳の肉体を通過して、きみに発せられているからだよ。

ところで十八歳に戻ったおれの肉体は、つづいてどんな方向にむかうのだろう？　十七歳、十六歳、十五歳、……〇歳、という方向へかね？　ついには人工子宮の羊水に浮びつつ、消滅してゆくのか？　ha、ha。あるいはおれの肉体が十八歳現在の目盛まで巻き戻されて停止してしまったのだとすると、おれは未来永劫《えいごう》にわたって十八歳の、不死の人になったわけか？　もっともおれは任意の未来の瞬間を選んで、自殺することができるんだから不死の地獄はまぬがれているんだが。実際おれの「転換」がきみの記述をつうじて知れわたれば、おれは地球上でもっとも注目され、羨望《せんぼう》される人間となるのじゃないか？　ローマ法王はおれと会見して、なんらかの決着をつけねばならないよ、ha、ha。しかし「転換」がおれと森におこったということは、すでに数知れぬ人びとにそれがおこっていて、まだ報道されていないというだけにすぎないかもしれない。

そのように全地球規模で「転換」が起っているとすれば、それは人類の危機を意味するだろうじゃないか？　カリフォルニアのソーク研究所の、あの小児麻痺《まひ》ワクチンのつくり主は、危機とは中国語で危険《デンジャー》プラス機会《チャンス》だとおれたちに思いださせてくれたんだが。人類の危機を象徴する存在（あるいは現象）として、おれと森の二人組をふくむ不特定多数の「転換」があるのかね？　そうだとすれば、この現代世界には、反《アンチ》・キリストの胎動もいちはやく始っているのかもしれない。そいつを打倒して、流産した反《アンチ》・キリストにしてしまうために、どこで、どのようにしてそいつと闘うか？誰が闘うか、と問題を設定すると、それこそは「転換」したわれわれにまかせてくれ、といいたいんだがね。

……こういう具合におれもいろいろ考えなかったわけではないんだが、その屈託にじっとひたりこんではいられなかった。あの十八歳の、自分の肉体にたくわえられた水がいつも沸騰点《ふっとうてん》に達しているような、もう闇雲《やみくも》にせきたてられる気分の年齢で、すなわちおれはあるわけなんだからな！

おれは「転換」を自覚した直後から、ひとつの固定観念を獲得していてね。それはこんなヴィジョンなのさ。宇宙的な超越者がUFOでやってきて、地球上の一地点に幻燈機を向けている。ひとつの光源が、ふたつの影を立体スクリーンに映し出す。そのような構造が設定される時、A投影図とB投影図に二十年ずつあいおぎなう「転換」をさせることは、幻燈機の箱の操作としてどうして困難だろう？

おれと森との「転換」がそのようにして実現されたのであるならば、超越者に或る意図があって当然であり、おれと森との側からいうならそれは、使命を担《にな》わしめられたことになろうじゃないか？　「転換」は抵抗しがたく圧倒的な力でおれたちを把《とら》えた。それは、おれたちの肉体において、確実に制禦《せいぎょ》された爆発をした。使命の実現をうながす外部世界の契機も、いまはっきりおれたちに接近しているだろうじゃないか？　もしおれたちの「転換」に、確かな意味があるのなら！　十八歳の肉体のおれと、二十八歳の肉体の森の、「転換」二人組がその到来を待機する。目前にせまってくる事態はいちいちかたづけながらさ。そして、……どうもこの楽観的な判断ぶりを見ると、肉体だけじゃなく精神まで十八歳タイプに若がえっているようだぜ。しかしおれにそれを苦にする理由があるかい？　ｈａ、ｈａ。

2

「転換」した森は、いまやどういう人間になっているか？　おれ同様かれについてもその精神は、肉体の「転換」の前の精神であり、そうであることと矛盾しないで、新しい肉体の年齢にふさわしいものへ急速に移行しているように思うんだ。

「転換」以後、オームがえし言語を廃した森は、なおも寡黙《かもく》になったからね、おれはその風貌《ふうぼう》姿勢・行動をつうじてのみ、観察をしているんだが。いま二十八歳の肉体におれと衣服を共有している森の、自然な寡黙さは実際似つかわしくてね、それはすでに風格だぜ。しかも表現的な寡黙さだからね。おれが行動をおこそうとして、どのように考え、なにをしようとしているかを森に話す。またおれが新しい経験をしてきてさ、もちろん十八歳の肉体での経験さ、ｈａ、ｈａ、それがどういうものだったかを話す。森はおれの表現を受容する。その受容の全体をあらためておれに示して励ますことを、森は言葉を発することなく、一挙におこなうのさ。注意深いまなざしをおれにかえしてくるその一瞬に！

それについてもことの進展にしたがって、具体的に示してゆくよ。おれたちが「転換」してからも地球はたえまなく自転・公転し、潮汐《ちょうせき》は干満をかさねては、おれたちを行動につきだしているんだからな。二十八歳に「転換」した森に面とむかって、おれの心に浮んだのは、ある非常な懐《なつ》かしさだったね。このような森にかつて会ったことはないが、この森こそが本当の森、究極の森、原点の森であって、そのような森が現実に生きている以上、かれとともに「転換」した生涯を確実に生き、宇宙的な意志にあたえられる任務を果たすことができるだろうと、すっかり安堵《あんど》したんだよ。

しかも二十八歳の肉体とそれにふさわしく変化しつつある精神について、森が充分自覚していることを、おれは感じとっていたんだよ。おれと森との間には、「転換」

について話しあうべきことはなかったのさ。逆にわれわれの子供らのような子供が「転換」し、そして起ったことについてなにひとつ理解しないとしたら、どのように厄介なことだっただろう。そうじゃないか？　もし森が、十八歳のおれを見出《みいだ》した時、これは父親にとってかわったやつだと認識して、憤怒し恐慌《きょうこう》しながらさ、摑《つか》みかかってきたらどうなったかね？　いまや森は壮年の筋肉に鎧《よろ》われていたのに、こちらは筋肉どころか骨格もかたまっていないハイティーンだからな、ｈａ、ｈａ。

そこでおれは「転換」を自然に受けいれた関係にたって、森にこんな話をしたのさ。――これまでもたびたび話したピンチランナーのことだが、いまおれは新しいことを思い出したよ。それは大雨の後のカンカン照りの日の思い出でね、水たまりが陽に乾くのを待ちうけて、試合を始めたところ。屋並の間にね、盛り上って流れる増水した川が、赤茶色に見えていたよ。それでも雨あがりのきれいな光のなかで、選手たちは野球のことよりほかは考えず、おれはベンチでピンチランナーに選ばれるのを待っているんだ。これまでもピンチランナーに選ばれての恐怖と功名心はよく思い出したが、なによりもまずピンチランナーに選ばれることを強く希望していたということだけは、なぜだか思い出さずにいたんだがね。……まだベンチにも坐らせてもらえないチビどもは、外地で死んで遺骨のかえらぬ村出身の兵隊が、大水の出た川上から流れて戻ると叫びたてていた。……ともかく、きみの躰にあうやつを、洋服簞笥から出して着てくれ。今日は寒いぞ。いますぐなにか食うものをつくろう！

森は自分のベッド脇《わき》に引っこんで、洋服箪笥をゆっくりかき廻しているようだった。短い間の通学だったが、特殊学級での生活指導目標は、シャツや服を自分で着ることだったろう？　かれもなんとかその訓練には成功していたわけなんだよ。「転換」したいまこんなことをいうのも滑稽《こっけい》だが。

さておれはジャンプして起きあがり、強靱《きょうじん》にかつみずみずしくも勃《ぼっ》起《き》している、十八歳のペニスを下腹にうちつけた、ｈａ、ｈａ。ペニスのみならず腰廻りも十八歳のしなやかさで、ズボンはブカブカさ。この時ばかりはおれも正直、根こそぎひきぬかれた不安も感じたよ。皮下脂肪の蓄積は、幼児の毛布みたいなさ、心理的補償の一形式かい？　肥《ふと》った中年男のきみよ、ｈａ、ｈａ。しかしおれも自分のことだけ考えていたのじゃない。森についての心配を始めていたよ。「転換」した森を他人の眼から隠さねばならないのじゃないかと。兵役義務がない国なのはありがたいが、突然八歳から二十八歳になった成人男子には、登録しなければ市民の義務の怠慢となる、そんな事項はなかったか？　森をどのように隠すか？　自宅にひそんでいるのは最低で、むしろ街なかへ出て行くことが最高の方法じゃないか？　人民《ヴ・ナロード》の方へ！　風変りなゲリラも泳がせうる広さと深さの、人民の海へ！

電話のベル。おれは受話器に手を伸ばしたところで、突然に縮みあがってね。イッタイ「転換」後ノオレハ、電話デドノヨウニ話セバイイ？　シカシ「転換」シタ以上、現在ノオレガ、実在スル唯一《ゆいいつ》ノオレダ。「転換」前トノ連続性？　ソンナコトハ他人ガ気ニカケルコトニスギナイ、とおれは自分を励ましたよ。

——眠っていたんか？　いつまで眠っているんだ？　**おまえと森とを棄てて、私は出て来たんだからな！**

そして電話は切られてしまう。二日酔にもおめずおくせず、あるいは手っとり早く迎え酒を飲んで、妻が地団駄踏むようにして一声叫んできたわけさ。

——よし！　外部社会は旧態依然の秩序を保っている。「転換」はおれと森だけのようだ！

おれは力をこめて、そう自分にいったよ。そこへまた電話のベル、今度は妻を、も、と妻をかね、ha、ha、逆にどなりつけようと意気ごんで受話器をとったがね、聞こえてきたのはおれの知らぬ他人の片側通行の言葉なのさ。

——今日の集会が、暴力反革命集団の隠れた主催だと知ってるのか？　あんたは出ない方がいいんじゃないのかね？

そのまま答える暇もない。確かにこの日の夕方から、反・原発の集会が開かれることになっているんだよ。前の日上京してきた四国の反・原発運動家を報告者に。それにはもちろん、麻生野《オウノ》グループが協力している。これまでおれはその関係の確実なところを、意識して聞かないで来ているが、麻生野グループの永い活動の間には、革命党派上部機関のもとに、それが系列化されていて不自然じゃないだろう。もっとも麻生野グループの活動に、直接他派の干渉があったと聞いたことはないがね。ヨシ、ドウイウ党派カワカラヌガ、森トオレトノ自由ヲ妨害スルヤツガイルナラ、コノ集会ニ出カケテヤロウジャナイカ、とすぐさまおれは考えたよ。確かにおれは十八歳の決断力を獲得しているんだね、ｈａ、ｈａ。どんなに軽率な決断にしても、その結果の行動の舵《かじ》は自力でとりうると、おれはオプティミズムの魔となってね、そう考えたわけなのさ。しかも「転換」前のおれたちの出現が期待され、あるいは妨害されるはずの場所にむけて、「転換」後のおれたちが出かけてゆくんだ。これこそおよそ完全なアリバイの保障というものじゃないか？

階段をおりがけに森の部屋を覗《のぞ》くとね、そこにちらばっている衣服、靴下のたぐいはあまりにも小さくて、童話的あるいは神話的な印象なのさ。早くもおれは「転換」後の森に慣れていたわけだよ。

——まさかあいつひとりで出かけて行ったのじゃないだろうな？　八歳の経験しかない二十八歳の男として？

独語癖でおれはそういったんだが、その声はうわずった若僧の悲鳴に似ている。似ているどころかほかならぬ十八歳のおれ自身が、森に見棄てられたかとおののいているんだよ。そこで「転換」前の性癖どおり、しかしいまは十八歳の肉体にふさわしい勢いで、階段を駈けおりて行ったんだが、周章狼狽《ろうばい》する必要はなかった。森はいたよ！

これまではおれがそれをやり、幼ない森はスパゲッティの長い袋をかかえて見ていたわけだが、いまはかれがひとりで料理をしていたのさ。壮漢の森は注意深くガスレンジに上躰《じょうたい》をかがめ、沸騰する深鍋《ふかなべ》を点検し、その間もニンニクを微塵《みじん》切りにしたり、バターのかたまりを準備したりしている。おれのズボンとトレーニング・シャツをつけ、ジャンパーをひっかけた森の躰の、首筋や肩の張り具合はなじみ深いものでね。それは青春の終りのおれ自身の肉体そのままだったのさ。安心しておれは浴室へ入って行った。「転換」後、はじめて見る自分の顔は、記憶にある最初の十八歳のおれの顔じゃなかった。むしろその最初の十八歳の時分にね、おれが本当の顔として希求した、まさにその顔が鏡のなかで微笑していたよ。もっともふたつの眼だけは、まだ確信をもてぬ羞《はず》かしさと幼いような好奇心で、顔の調和を破っていたがね。しかし鏡の外へ顔をむければ、ｈａ、ｈａ、もう自分の眼を見ることはないからな！

3

食事を終った時には昼をすぎていたし、四時には集会へむけて家を出たから、短い時間だったんだが、おれと森とはその午後を、ゆったりと平和に暮したよ。自分の新しい肉体のオルガニズムを、宇宙の運動にシンクロナイズさせながら。永く飛行した後、時差になれようとしている具合にさ。

あの午後のおれと森との関係は、久しぶりに会った兄弟が一晩酔っぱらって大騒ぎし、翌日はなんとなく黙りがちにしているのに似ていた。もちろん飲みすぎて羽目をはずしたために、今日は元気に欠けるところがあり、気恥かしく思っている弟が、おれの役廻りだよ。そして寛大かつ穏和な年長者の役廻りが、森のものだった。妻・もと妻が散らかしっぱなしにして行った家財道具をおれは整頓し、森は居間の隅でレコードを聴いていた。おれはひとり働きながら、酔っぱらって暴れた自分を寛大に許容される、お詫《わ》びとお礼に仕事をしている気分だったよ。

音楽を聴きながら、森はしばしば静かに微笑した。それは「転換」以前からの習慣でね、それが「転換」後にも持ちこされているのは、おれにとってなによりの力づけさ。とにかくそれは「転換」後の森への手がかりを、おれが握っていることなんだから。森は音楽を聴こうとする時いつもね、これから大きい滑稽さの構造にむかってゆく、という様子だったんだよ。つづいて音楽が始まると、そこかしこで、穏やかに微笑するのさ。それも任意の部分での気まぐれな微笑じゃないよ。たとえば、モツアルトの『トルコ行進曲つきソナタ』を、グレン・グールドと、ホロヴィッツと、ギーゼキングの演奏でそれぞれ聴くとしよう。ひとりの演奏家ごとに、微笑するところがちがってね、しかもこの三者はおたがいに微笑を誘う箇所への相乗効果をあげる、そのように典型的な三者であることがわかるのさ。

この午後、森は「転換」した自分と音楽との微調整をおこなう必要を認めたように、その大きくなった躰をスピーカーの前に位置させてさ、ホロヴィッツでK331を聴いていた。昨夜のドタバタ騒ぎがプレイヤーに影響していて、森ははじめの二、三小節を聴くと回転速度をわずかにあげたよ。絶対音感のある森は、正確な回転数でのホロヴィッツの音程を記憶しているから。この能力が「転換」後の森に残っていることは、嬉《うれ》しかったぜ。われわれの子供らのような子供がそれなりに成長すると、赤んぼうの時以来持っていた不思議な能力が消えてゆくじゃないか？「転換」は自然な成長とはまた別にしてもさ。

あらためて電話、おれはあらかた整頓を終えていて、余裕のある気分で受話器をとったがね、麻生野の声を聞くとインスピレーションを働かせてさ、電話を切りかえるとことわって、そこは十八歳の脚力、ピョンピョン跳びはねて階段を上ったよ。もし麻生野が、「転換」したおれの声を看破れぬなら、ひとつたくらんでみようと思いついたのさ。しかしそれを「転換」した森に聞いていられては困るのでね。

――森・父はいないの？　あなたはどういう方？　森・父に連絡できないかしら？

森・父ハイナイデスヨ。ソレモ長期ノ旅行ノタメノ準備ヲシテ、森ヲツレテ出カケタデスヨ、森・母モ実家ニ帰ッタシ。昨日、森ガ一時行方不明ニナル騒ギガアッタンデス。ソノ結果家ニ戻ッタ森・父ト、森・母トノ間ニモ、ヒト騒動アリマシタ。ソレデ夫婦ガイッタン出直シヲハカルタメ、ソレゾレ出テ行ッタンジャナイノカナア？　オレハ留守番デネ、オレヒトリジャナイノヨ。居間デ音楽聴イテル兄貴分ト、オレトフタリデ、コレカラ当分コノ家ノ留守番。森・父ノ方カラ、コチラニ連絡ガアルハズデスケド、コチラカラハ連絡デキナイデス。森・母カラモ一方的ニコチラニ連絡ガアル。コチラノ一方的ハ、森・父ノ連絡ノ一方的トハ意味ガチガウケレドモ、ｈａ、ｈａ、アンタモ森・母ガドンナ人カ知ッテルデショウ？　ｈａ、ｈａ。（沈黙）あなたどういう方？　昨日、森のことで大変だったことは私も聞いていますよ。見つかってよかったわね。けれども、それで森・父が森をつれて長い旅行に出るというの、どういうことかしら？　あなたはどういう方？　オレハネ、マア、森・父ノタダヒトリノ弟子。音楽聴イテイル男ハ、森・父ノ友人ダカラネ、永年ノ。オレハ森・父ト一緒ニ、仕事シタリ遊ンダリシテキタシ、年下ダカラ、マア一等トオリノイイ言葉デイエバ、弟子ネ、オレハ十八歳ダカラ、ｈａ、ｈａ。ソレデ今朝カラオレタチガ留守番シテ、電話ト郵便物ハ記録スルワケ。オレハソウイウ人間デス、ｈａ、ｈａ。（沈黙）そう？　今朝からあなたが電話を受けてるの？　それじゃ森・父も出るはずだった集会のことで、おかしな電話なかったかしら？　脅迫というか、押しつけがましい勧告というか、そんな電話。アッタ、アッタ、アレハドウイウ連中カラノ電話ナノカナ？　今日ノ集会ニハ出席シナイホウガイイ、トイウ電話ガキタヨ。ドウイウ関係カラ、自分ガ電話ヲカケテイルカ、トイウヨウナ説明ハ全然ナシノ電話デス。アキラカニ今日ノ集会ノ政治党派ノ系列ノ、敵ノ党派カラノ電話ダッタ。今日の集会は、一般市民として原発の公害問題を考える集会なのよ、政治党派のなかにいる若い人たちが準備に加わってはいるけれど。政治党派の集会じゃないわ。私のところに来る若い人たちのグループの上部機関の、その敵対ファクシオンが、こんな集会にまで干渉しはじめたのね。（沈黙）森・父がそのファクシオンから脅迫されて、それで森と旅行に逃げ出したということはないかしら？　昨日のことも単なる事故ではなくて、森・父を怯《ひる》みこませる効果がある時間、敵のファクシオンが森を隠してたのかもしれないわよ？　四国から反・原発のリーダーが東京駅に着くことは、新聞の通信欄にも出ているくらいのことなんだから。四国の新聞だけども。正確な時間も東京支社に聞けばすぐわかるわ。森・父が私たちの知らないところで脅迫されて、奥さんも森も自分自身も、一時行方をくらましたということなのじゃないの？　あなたはその事情を本当に知らないの？　知らないふりをするように、森・父にいわれているのじゃない？　あなたと一緒に留守番していられる、年上のかたにも、やはりわからないかしら？　私、麻生野桜麻《サクラオ》ですけれども。アンタガ有名ナ麻生野サンダトイウコトハ、初メカラヨクワカッテマシタヨ、ha、ha。森・父トアンタノ肉体関係ノコトモ知ッテルンダカラ。アンタト会ッテクルト、森・父ハオレニコマゴマ告白スルンデス。自分ガインポテニナルノジャナイカト、不安ニ思ッテ反芻《はんすう》シタイノカナ？　森・父ハアンタト会ッタ夜、アンタガ眠ッテカラモ、ヒト晩ジュウ自分ノペニスヲイジクリマワシテイルトイウジャナイノ？　固クナラナイペニスヲ。ウツブセニ寝テイルアンタノ尻《しり》ノ穴ニ、充分固クナラナイヤツヲオッツケタリモスルトイウジャナイノ？ 結局、アンタノ肛門《こうもん》ニ指ヲ突ッコンデ、マスターベイションヲスルトイウジャナイ？ 麻生野サン、オレトヤロウヨ、オレハ十八歳デ、イツデモ勃起シテ大変ナンダカラ、ネエ、オレトヤッテクダサイ。アンタノ性感帯ハ乳首デショウ？ （沈黙） あなた森・父じゃないの？ どうしてそんな金切声を造って惨《みじ》めなことを叫ぶの？

……おれは激しく切られた電話の、吸いこむように無音の受話器を持ったまま猿みたいに笑っていたよ。ズボンのなかではペニスを躍りたたせながら、ｈａ、ｈａ！ おれは猥雑《わいざつ》な実話的トピックを、年上の女にしかけたことで得意だったよ。おれは十八歳のガキなんだからね、ｈａ、ｈａ。もちろん愧《は》じている廉恥心《れんちしん》の痛みひとカケラもなかったさ。そしておれは生涯はじめて経験するほどの自由を感じたね。最初に十八歳であった時、このような自由は夢見ることさえなかった。それより年をとってからはもちろんのことさ、それではハイティーンの衒学《げんがく》趣味でゲーテを引用しよう、ｈａ、ｈａ！

《そして世界のすべてがわたしの気に入るように、
　わたし自身もわたしの気に入る。》

そんな気分でね、おれは過去の、世界のすべても自分自身も気にいらなかった生活に別れる挨拶《あいさつ》に、部屋じゅうを見廻したんだ。とくに資料棚に積んである『原子力工業』や『金属材料』、またNRC（米国原子力規制委員会）の報告の抜き刷。『原子力工業における応力腐食割れ（SCC）の事例と対策』というたぐいの論文を。「ブリキマン」事件で被曝《ひばく》したことで原子力発電所の研究者・技術者としての生命は終ったんだけれども、アルバイトとしてね、この種の研究を報告書に書きなおす仕事をつづけていたわけさ。それが発電所と組合に知れれば、歓迎はされなかったはずだがね、ha、ha。いうまでもなく、現場に残っているおれと同年輩・後輩の研究者の水準は、飼いごろしのもと技師の追走を受けつけるようなものじゃない。それでもというか、それゆえにというか、アメリカ、イリノイ州でコモンウェルス・エジソン社が発電炉事故をおこした、というような外電を発見するとね、おれはすぐさま資料を請求したよ、もとの職場の広報課へ。《自主・民主・公開の平和利用三原則を守ろう！》というスローガンはどうした、というのがおれの殺し文句さ、ha、ha。

結局おれは世界中を探しまわっても、「ブリキマン」との闘いによる被曝事故の例をもうひとつ見つけたかったんじゃないか？　しかしいまやおれはそこにあるすべての資料、ノートの類からすっかり自由になっている気がした。そしておれは、十八歳の自分と二十八歳の森のために、外出にふさわしい服装を検討し、なんとか見つくろって降りて行ったんだ。集会の後で麻生野をつかまえられたなら、更新された性エネルギーをためすつもりでね、小物いれのコンドームをポケットにうつしてもおいたんだぜ、それも四箇！　ｈａ、ｈａ。もっとも、ゲーテの続きを思い出してれば、それはおれの上機嫌に水をぶっかけたはずだったのかもしれないが。

《だがわたしは、世界を楽しむためにだけ、
　こんな高い所に置かれているのじゃなかった。》

4

この午後、森と「橋わたしゲーム」をしていた間に大きい地震があった。「橋わたしゲーム」というのはね、網目をくぎって奇数列に五箇、偶数列に四箇の穴をあけた正方形の盤に、丁字型のプラスチックをうめこんで行くゲーム。相対する二辺が、ひとつは赤、ひとつは白の陣地でね、丁字型で赤―赤、あるいは白―白の橋をかける。やがてその欠落を埋めるとして、相手の丁字型で妨げられる場合、折れ曲って進むほかない。あるいは橋建設の進行を相手の丁字型で妨げられる場合、ひとつ跳び越えて進むほかない。おれは「転換」前の森に、実際苦心してこのゲームを教えこんだ。これも教育のためにさ！　なんの教

育？　他人とは闘わねばならぬということ。他人が森の生き方の自然な進みゆきを妨げるものであること。それでもなお進んでゆくためにはどうするか？　追いつめられたところから脱するためにはどうするか？　時には他人の進みゆきを妨げねばならず、他人を打ち負かしもしなければならぬこと。これはまったく人生の教本的ゲームじゃないか？

まず、ひとつながりの橋という抽象概念を教えるのが難かしかった。まっすぐに進んで、丁字型五箇でかかる橋。妨害されて折れ曲り二十五箇もの丁字型によって、やっとのことでかかった橋。それらを同じ橋と受けとるのは、なかなか高度な理解だぜ。次に、相手の橋の進路をふさぐため自分の丁字型を置く、この訓練が厄介だったよ。もともと森は、ゲームの論理によってでなく、造型的動機にしたがって、図型を構成しようとするんだから。

それでも森が一応の手順を踏みうるようになって、そこでまず森の陣営に三箇の丁字型を置いてから始めると、ゲームの構造が単純だからね、最初の三箇を土台にして森が勝つこともあったんだよ。自分の手づまりがはっきりしてくると、優位者・森を打倒するためにはどんな汚ない手を使ってもいいという、絶望的な遺恨のとりこになったよ。あれはゲームによる「転換」の予行練習じゃなかったかね？　そこで現実に

「転換」がおこった今、おれは同じゲームを使って、「転換」の深みに錘《おも》りをおろそうとしたわけさ。

最初はこれまでの慣例どおり、森のほうに丁字型を三箇置いて、ゲームを始めた。たちまちおれが追いつめられる。森の攻撃はもっとも自然なところに向けられているから、逆転の手がかりをあたえないのさ。おれの敗けだよ。つづいて森に丁字型を二箇置かせる。おれは注意深く運んでね、その二箇を孤立させ新しく置く丁字型と連携プレーができぬようにはかる。しかしその作戦そのものが、おれの布石を単純化しもするからね、こちらの包囲が完成した時には、別方向からの森の架橋をとどめがたい。おれの喉《のど》は火照《ほて》って痛んだぜ。それでもおれは、森に一箇置かせる。森の自然な丁字型の配置を、おれが混乱させようとする。トリッキィなことをやってね、恥も外聞もなく、おれは十八歳なんだから、ｈａ、ｈａ！　ところがむしろたちどころに、トリッキィな布石に足をすくわれるのはおれさ、トリッキィであることは両面価値的だから。おれはカッとなって汗をかき、それと同時に、自分の汗の匂《にお》いとちがい、少年の汗の匂いともちがう、大の男の体臭を森の躰《からだ》にかぎつけたよ。森も緊張しているんだ。さて、ハンディなしのゲームをやるか、どうするか？

……その時、地震が始ったんだ。それは妙に安定感のある上下動でね、ユサユサ揺れる大きい土台に乗ったまま、安心してどんづまりに落ちてしまう、そういう感じの地震だった。おれはこれまでの習慣どおり、早速地震について森にしゃべりはじめた。——これが地震なんだ。地殻の表層が動いているのさ。それがどういうふうに起るかというと、一般にはな……

そう話しかけるおれに向ってね、不精鬚《ぶしょうひげ》の眼につく森の顔は興味に生きいきと輝やいてくる、しかも眼はじつに静かなままで！　とっさにおれは、赤面してしまった。そのように興味深げに、かつ静かにおれの話を聞こうとする森こそが、ソクラテスみたいにな、おれ自身に無知をさとらせ、知の新しい段階に引きあげようとする人間じゃないのかと疑ったのでね。そこへうまい具合に電話がかかってきて、おれは窮地を脱したんだが。さて今度もさきの脅迫電話と同じく、若い男からだが、こちらはすこぶる慇懃《いんぎん》なのさ、労働組合の張りきった若手で、低く太い作り声を出すやつがいるだろう、あれさ。

——もしいまのがマグニチュード8の大地震だったとすれば、東京は崩壊します。当然、自衛隊が出動しますね。そしてこの機会に、自衛隊はクーデタをおこしますよ。それをおしとどめうる力は、日本国内にはありませんね？　地震、クーデタ、それで革命的勢力は圧殺されますよ。地震という状況流動化の契機は、自衛隊のみの利用しうるところであって、革命的党派が利用できるというものではない。この現状分析に立って、なお一歩進めるとすればどうなるか？　地震に対応しうるほどの大規模の破壊力を準備する。それを自由に制禦《せいぎょ》し発動しえることを示す。それよりほかにない。地震のエネルギー総量に匹敵するほどの巨大な力は、人間には造りだしえません。ただ東京という一地域に限定すれば、展望は開けて来ます。一箇の核爆弾を革命的党派に指導されて人民が所有する。東京を潰滅《かいめつ》させるほどの地震に匹敵する、状況流動化の契機として、われわれ自身の手にそれを持つ。その時、切り札があらわれるじゃありませんか？　似たようなことを自分たちも考えていると、反・革命の党派が宣伝しているけれども、われわれは十年前から、この戦略にそって戦術的活動をつづけてきました。似て非なるものというほかないですよ。われわれの党派のみが革命的であり、この路線についてもまた、原理的・実践的にわれわれが正しい。反・革命集団のゴロツキ的脅迫に屈せず、あなたが集会に出てこられることを期待します。専門家知識人の積極的参加を、われわれは評価するんです。

——専門家？　一体なんの専門家だ？　おれは十八歳の無経験なガキなのに?!　とおれは「転換」後の肉体から自然に発する声においてたずねかえしたよ。「橋わたしゲーム」でつづけさまにやっつけられて、おれは肉体のみならず、精神までついに十八歳になりおおせたと感じはじめていたらしいよ。

――なに？　とそれまでの造り声をふりすてたそいつの地声は、若くて粗暴で稚ない不安まであらわしているんだ。十八歳のガキだ？　とぼけるのか？　おまえは原発のもと職員じゃないか！

――それなら専門的なことをなにか質問してみてくれ。おれ自身、三十八歳までに蓄積した知識が、なにか残っているか試したいんだよ。十八歳の若僧の頭にそれが残っているものかどうか……

――ン?!　バカモノ！

電話の相手はね、方言的語彙《ごい》の響きがするが、考えてみればただ古風なだけの罵声《ばせい》を発して電話をきったよ。ｈａ、ｈａ、おれは赤裸の真実をのべたのに。やむなくおれは、地震を契機に電話をよこした革命党派から敵とみなされることになるんだろう。原子力知識の提供忌避者としてね。もっともおれはすでにかれらの反対党派から脅迫されているわけだ。どちらかの党派からは憎悪《ぞうお》されるほかなかったのさ。そして結局どちらからも！　しかし現実にかれらが憎んでいるのはもう存在しない三十八歳のおれでね、「転換」したおれはすっかり安全じゃないか？　ｈａ、ｈａ。

おれと森が集会のおこなわれる建物の前に着いた時、融《と》けてからあらためて凍った雪の山の脇《わき》で、おかしな人間が演説していたよ。三十近い男なんだが、すこしずつ演説しては、「反対警察」という腕章を巻いた集会防衛の若者たちに突きとばされる。そのたび汚れた雪の山に頭を突っ込んで倒れる始末。ひどく血色の悪い、自分のなかに閉じこもろうとしているために実際より小柄に見える、くすんだタイプの男なんだがね。しかしどういう自意識の分裂によるのか、自己顕示的な口髭《くちひげ》をたくわえている。その口髭にみちびかれてよく見なおすと、幅の広い立派な額に尖《とが》った大きい鼻をしている。話しぶりもおなじく単純じゃなくて、素直なような尊大なような二重構造をしていたよ。

――ある革命党派が反対党派を打ち倒すのは、それは当然のことである！　それをしなくちゃ、党派じゃないよ。すくなくともレーニン的な党派じゃない。しかし鉄パイプで頭を潰《つぶ》したり、手足の関節をグシャグシャにしたり、ついには殺してしまうほどのことをなぜしなければならないかね？　そおっと捕まえてズボンを脱がして尻を叩《たた》く。そして離せばいいじゃないの？　幾度でも捕まえては、尻を叩いて離す。みんな優秀な学生なんだから、そのうち尻を叩かれることが厭《いや》になって、きみたちの党派に入ってくるかもしれない。その蓋然性《がいぜんせい》がある。頭を潰され、関節をグシャグシャにされた人間は、きみたちに加わってきても役に立たない。殺された者はなおさらじゃないか？　その点はわかるだろう？　きみたちも優秀な学生なんだから！（そこで指さされた「反対警察」の二、三人が、オレタチハ頭ヲ潰シタリ、関節ヲグシャグシャニシタリシナイヨ、モチロン殺シタリモシナイ！　反対党派ッテ、ナンダ？　尻ヲ叩クンダッテ？　などといいながら髭の男を突きとばす。男は狙《ねら》っていたように雪の山に突っ込み、それから起きあがって雪や泥をはらい、犬みたいに身震いをして雪屑《ゆきくず》、水滴をはねとばす。そして「反対警察」から少し離れたところによけて演説を再開するんだが、すぐまた「反対警察」の方に進み出てしまうんだよ。）組織的に和解を仲介する方法も考えてあるんだ。a党派とb党派が、仮に五人なら五人、党派員を先方党派に出張させる。お互いに人質を取られるわけだから、先方に行っている同志の運命を考えて、出張してきた連中に一応の礼をつくすだろう？　自分の党派に鞍《くら》がえさせるため、党派をあげて歓迎するようなら、それはむしろ悧口者《りこうもの》の党派のすることさ！　毛沢東は外国からの客を歓待するぜ。反対党派の人間は暴力的に排除するほかないと考えているのじゃ、悧口者ではないよ。毛思想にも反するだろうが？　そのうちどちらの党派からの出張員も、反対党派の論理と実践がそれほど自分たちとちがうのじゃない、すくなくとも尻を叩かれるのにあたいするほど、ちがっているのじゃないと理解する。そしてかれらが原動力となって、ふたつの党派の合体を推しすすめることになるだろう。そうじゃないか？　そうでないなら、どのようにそうでないんだ？（オマエニハ組織論モ、世界ノ現状分析モワカッテイナイ、実在スルノハ革命党派ト、反・革命ノゴロツキ集団ダケジャナイカ！　と「反対警察」たちは男の論理に乗せられかかっている反駁《はんばく》をし、格段に邪慳《じゃけん》に男を突きとばす。）

さて、その口髭の演説者がね、おれと森が見物しはじめてからでも四、五回めに突きとばされた後、自分自身でじつは起きあがることを望んでいないようにゆっくり起きると、躰を払いながらおれたちの方へやってきたんだ。見物している人間はおれたちしかいなかったのでもあるがね。そして強度の近視の人間が、なんらかの理由で、（この場合、積み上げた雪の山へ頭を突っこむために、という理由が明瞭《めいりょう》だがな、h a、h a）その眼鏡を外している時の、眩《まぶ》しそうな薄眼でおれたちを見ると、こういったんだ。

——革命党派が一般向けにキャンペーンする時、党派の外側の知識人を、自分たちの方へ囲い込もうとしますね？　あれは本来、逆であるべきものじゃありませんか？自分たちの周りの囲い込み柵を壊して、その外へひろげてゆくのでなければ、党派そのものが大きくならんでしょう？　わずかな数の知識人を、自分の党派に囲い込んでも役に立ちはしない。むしろかれらのことは、一般向けキャンペーンの自由な媒体として、放し飼いにしておくべきじゃありませんか？

はじめ口髭の演説者の言葉がね、おれにむけて発せられているんだと思っていてね。一瞬おれは気づいたんだよ。革命党派が囲い込もうとする、そのような知識人のひとりとみなして、ほかならぬ森にかれは話しかけている！　二十八歳の森はゆったりと許容的に微笑して、口髭の演説者の話に耳をかたむけ、無言で賛成し励ますようだったよ。かれの微笑は、鼻孔に血がいっぱいつまっている口髭の演説者にも、いたずらを見つかった子供の浮べるような、特別な微笑を呼びおこさずにいなかった。

そこへ「反対警察」がやってきてね、おれたちと演説者のそれぞれに向けて、およそ性格のことなったメッセージを、表情も声音も同一にこう発してよこした。伝達の便宜上表記を別々にしてもらいたいんだが。

――集会の参加者は会場へ入ってください！　オマエ参加者ノ妨害マデスルノカ？

「反対警察」に手荒く押しのけられる前、口髭の演説者が差しだした腕に、森は確信をこめた手を伸ばしてね、妨害を許さず握手した。そしておれは十八歳のガキ相応に、ちょっと喉のつまるような感銘を受けたんだ。

5

　集会会場の入口ロビイには長い机をふたつ狭い間隔に向かいあわせていてね、その間を通りながら幾種もビラを受けとるのとひきかえに、参加カンパを出すんだがな、この長い机の置き方などは年々うまくなるなあ。おれのようにケチな男は苛《いら》いらするよ。それでも自分と森の分に、硬貨二百円を箱にいれるとね、森は昨日までおれのはいていたズボンのポケットから、五千円札を取り出してカンパするじゃないか。おれはアッ、といいそうだったよ、ｈａ、ｈａ。

　演壇の高みの横断幕には、ひとつだけ集会のスローガンが書き出されていた。おれはその出来ばえをね、未来の映画作家である麻生野が腕によりをかけた視覚的演出だと誇りたい気持だったよ。《核の力を非権力の手に！》、含蓄のあるスローガンじゃないか？　それは東側、西側を問わず、いかなる政治体制も実現しえていない課題だから。考えてみれば「ブリキマン」たちは、無益な防具の音も高く奮闘して、その端緒をつかもうとしたわけだ。ほかならぬおれこそがそれを妨害したんだが。むしろおれもまた「ブリキマン」の装具一式を受けとって、かれらとともに核物質を運び去るべきだったのじゃないか？　ふだん「専門的助言者」として壇上から見おろすのとかわらぬ、その学生を中心に主婦たちも加わった集会にだね、あの「ブリキマン」たちが入りこんでいる、ということをおれは信じたよ。「転換」したおれを、あの時のおれにアイデンティファイされることはありえないがさ。

ところで座席に森と坐るやいなや、心臓の上の皮膚がひどくかゆくなってきたんだ。森と反対側のおれの隣りは通路だからよかったものの、他人までムズがゆくさせるふうにおれはモジモジしたあげく、とうとうシャツの下に指を突っこんだがね、発疹《はっしん》の粒つぶにふれてウッと唸《うな》ったよ、痛みに！　おれが十八歳の無経験に逆戻りしているにしても、大雪の翌日の都市に毛虫が異常増殖したとは思わないよ。問題はシャツなんだ。おれはハイティーンの年齢にふさわしい恰好《かっこう》をもとめて、いっとう派手なシャツを着てきたのさ。専門家の道を歩きはじめたつもりで昂奮《こうふん》していた日々、カリフォルニアの研究所附属コープで買った、ワインカラーのジャージーのシャツ。

洋服箪笥《だんす》にこのシャツを見つけた時、気がかりな思いがしたのは確かなんだがな、そこは「転換」した十八歳の無分別、気がかりのもとをよくつきとめることなしに、シャツを素肌に着てきたんだ。いま猛烈きわまるむずがゆさが始って、おれはシャツの秘密に思いいたったよ。おれがこのまえ最後にこのシャツを着たのは、アメリカ帰り早々で、原発の所長の新居引越しを手伝いに行った日だ。お調子者のおれが大奮闘で家財道具を運んでいると、やたらに椿の多いその庭の椿という椿から、毛虫の毛がハラハラとふりかかってきたわけさ。そしておれが凄《すご》いむずがゆさに苦しみはじめた時分には、ハッスルしすぎたおれへの反撥《はんぱつ》・冷笑もあからさまでね、同僚に少し掻《か》いてくれなどといえはしないよ。アメリカでの研修にもかかわらずおれが原発で傍流に廻り、ついには核物質の運搬監督までやらされて被曝《ひばく》したことの、そのそもそもの始まりは、おれが調子に乗ったあの日にあるよ。しかもあの日の毛虫の毛は執念深くもなお生きつづけていたわけさ。生涯の厄日というのは実際にあるじゃないか？　ｈａ、ｈａ。

　胸から脇腹にかけてむずがゆい痛みをね、指さきで発疹の芽を押さえこむようにして、おれはやっとまぎらわせていたんだが、森と一緒に集会にきているということが頭から離れて、熱っぽい幻のなかに吸いこまれる気分だったよ。

　そのうち集会場の雰囲気に、はっきり異様なものがあらわれて、おれを現実にひき戻したんだ。反対党派が紛れこんできている、というふうに感じとられるというのじゃない。たとえば肥《ふと》って大きい顔をもてあましてね、その周りをチリチリの髪で囲っている、真丸な眼鏡の婆《ばあ》さんや、ヨーロッパの職人みたいに、喉首から膝《ひざ》の下まである上っぱりを着た少年とか、山羊《やぎ》ヒゲに野球帽の四十がらみの男とか、それにもちろん活動家風俗の学生たちのうちにね、あきらかにふだんとちがう雰囲気があるのさ。なにごとか異常が起るのを知っていて、それを緊張して待っている。森の向う隣りにいる女子学生をうかがうと、彼女も確かにそうなんだ。真丸の頭に硬く髪をときつけて、そこからとんがった鼻と脣《くちびる》がとび出してきているような顔つきで、眼の周りは黒ぐろと翳《かげ》っているんだがね、その小娘が三白眼をして、ほかならぬ森をうかがっている。

しかしこの異様な雰囲気にあらかじめ有効に対処することをおれがしたかというと、そうじゃないよ。十八歳のおれは集会の立役者たちが登壇するのを見ると、もう麻生野恋しさに茫然《ぼうぜん》としたからね、ha、ha。《核の力を非権力の手に！》、この含蓄あるスローガンの下に真先に出てきたのは、昨日四国から出て来た、反・原発のリーダーでね、緊張しているかれの小さな顔に、大きい眼と鼻がきわだって見えたよ。その眼をなおも剝《む》いてかれはキョロキョロ観客席を見わたした。おれもよく知っている若い活動家たちが四、五人かれにつづいてね、そして麻生野が出てきた。未来の映画作家はな、やたらに大きくて陰惨ですらあるトンボ眼鏡の向うから、バセドー氏病じゃないかと疑われる眼玉をね、やはりキョロキョロ動かしてこちらを見廻している。そこでおれは四国の反・原発のリーダーも、（この際かれのことはどうでもよかったんだがな、(ha、ha) 麻生野桜麻も、ひとしくある人間を探しているのだと気がついたのさ。誰を? **おれを!** いまや永遠に不在のもと原発職員、「転換」前のおれをさ! あまり熱心にこちらを見廻しているものだから、麻生野は木椅子《きいす》にスカートの裾《すそ》を引っかけてよろめいたよ。隣りの活動家が巫女《みこ》的偶像を支えようとする。しかし映画作家はありがとうとかいっただけでね、その腕をかわしたよ。観客席の「転換」したハイティーンは頭をカッと燃やして、拍手喝采。しかもおれは犬の聴覚にだけ聞きとれる波長の叫び声を、こんなふうにあげていたんだ。姉チャン、イイゾ、イイゾ、**イク、イク!** 言葉のわかる犬がそこにいなくて残念だったね、ha、ha!

音楽が鳴り響いた。音楽、しかもベートーヴェンだったよ! モツアルトのピアノ・ソナタに移る前に、森が年中聞いていた弦楽四重奏曲だから、おれも耳にタコができるほどなんだ、へ短調『セリオーソ』。その最初の小節の音のかたまりはじつに効果的に会場を震撼《しんかん》したなあ! 続いて繊細な弦がテーマを提示したから、おれはそれをやはり映画作家らしい、麻生野の演出だと思っていた。会場の天井附近から投下される、厖大《ぼうだい》な量の紙吹雪。紙吹雪の舞う高みを見上げて、おれは横断幕のスローガンがすりかえられているのを見出した。**《核の力を非権力の手に、しかしおまえたち反・革命のゴロツキの手にじゃなく!》**

弦の穏やかな合奏につづいて、また威嚇《いかく》するような大音響。舞台の上で立ちあがって紙吹雪にまみれている連中が、みんなビクッとおののくほどさ。麻生野までさっきの威厳はどこへやら、

――「反対警察」、「反対警察」！　ととりみだして叫んでいる。その脣の動きを見まもっておれは憐《あわ》れみと愛に胸しめつけられたよ。

しかし壇上の若い活動家たちは棒立ちのままでね、「反対警察」は警護に駈《か》けつけない。反・原発のリーダーだけが、道徳的に許しがたいものに対しているようにさ、そこいらじゅうを叱咤《しった》しているだけだ。気がついて見るとおれと並んで立ちあがった森は、向う隣りの女子学生の肩をかかえてやっており、小娘も森の力にはっきり身をゆだねている！

会場照明がヒューズをとばされた具合に消えた。しかしそれも襲撃者たちの演出で、一瞬、爆発的にフラッシュが光ってね、それは一秒おきに点滅し始めたんだ。会場を覆《おお》って稲妻が走るほどに大出力のフラッシュランプ。

その閃光《せんこう》のきらめきごとにね、会場の群集がようやく動きをおこすのをおれは見た。光のなかを動く人々の残像が、つづいて暗闇に開いたままの眼にとどまっている。次の一秒後の閃光に照し出される人々は、残像にそのままはつながらない。まるでコマ

落しの無声映画さ、大音響で鳴りわたる『セリオーソ』に圧せられて群集の声は聞きとれないから。そしてコマ落しの無声映画の展開は、会場のありとある場所に、殴り合いを出現させてもいたんだ。

もちろん殴り合っているのはね、それぞれの革命党派に属している連中、若い活動家同士さ。その他大勢は逃げまどっているだけで、襲撃・被襲撃の中心からははみ出ている。それでもこの大規模な乱闘のなかで、局外者とはいえ安全を保障されうるだろうかね？　いつまでも光と闇の交替だしさ。案の定おれも首筋を一発やられて、腹立ちまぎれにふりまわした腕が、だれだかわからぬやつの鼻面《はなづら》に当ったよ。次の暗闇の一秒間、反撃を恐怖していたんだが、閃光がひらめいてみると、殴った人間の居るはずの場所はカラッポだった。

――森！　とおれは暗闇のなかで呼びかけてね、かれの方に向きなおりながら、どういうつもりだったんだか、チンピラ風の慣用句を連発したんだ。ヤバクならないうちに、トンズラしようぜ、な、森！

ところが次の閃光は、おれの脇に森を照し出したのじゃなかった！　つづいての暗闇におちこみつつ、どこにも森を見出《みいだ》せない群集の、それも殴りあって収拾のつかない群集の残像を、おれはパチパチいう音が聞こえるほどにも眼ばたきして、はっきり見ようとしたよ。しかし次のフラッシュは、まったく泰然とした森と女子学生が、おれの所から八つ、九つ座席を隔てた通路を進むのを照し出した。かれら二人は、被害者意識にこりかたまって浮き足立った大多数とはちがっているしね、サーッサーッ動き廻っては殴り合いつづける連中ともちがっているんだ。悪夢をはらいのける具合にね、ゆっくり腕を前へ出して、自然に群集を分けて行くんだよ。「転換」した森の腕には人並外れた力があるようで、それは簡単に人々を薙《な》ぎはらいえるし、しかも薙ぎはらわれた人々がそれに反撃しようとしないのさ。

——森！　とおれはベートーヴェンに逆らって金切声を張りあげたよ。森、森！　勝手にどこへ行くんだ？

フラッシュが光る、森はおれの声、おれの合図に無関心でね、いくつものボタンで躰に密着させた長い胴着が、そのままスカートにひろがるジーンズのワンピースに、皮上衣を腕にかかえた女子学生を防護して行くんだよ。次の暗闇の間もおれは、森、森！　と叫びながら大慌《おおあわ》てでね、狭い座席の間を突き進もうとしたが、とても前進するどころじゃない。押しのけようとする相手に小突きかえされ、スッポンさながら首を突き出し身悶《みもだ》えしてさ、森、森！　と喚《わめ》きたてるだけなのさ。そして森はこちらへ顔を向けたんだが、一瞥《いちべつ》のうちに絶対の拒否をあらわすと、すでに不精鬚《ぶしようひげ》の濃い横顔をなごりに、そのまま群集のなかへ消えてしまった。おれは全身に汗を流し、むずがゆい痛みになおさらぐったりして、そこに立ちすくむのみさ。森が示したおれへの拒否に、そのように打ちのめされたのはな、こういうことなんだよ。これまでの森のかずかずの拒否を、おれは拒否だとは認めなかったんだが、そのツケが一挙に届いてきたと感じたからなんだ。「転換」前の、それも幼い時分から、森は霧がかかったままの意志によって父親のおれを拒否しつづけてきたのだ、それをおれは決して認めないで、捩《ね》じふせてきた……

――「ヤマメ軍団」！　と超大音量の弦楽四重奏曲を圧する叫びがはじめてあがった。「ヤマメ軍団」!!「ヤマメ軍団」!!!

おれの情動はね、再び、絶対的に一撃された。拒否する森が魂に開けた穴ぼこに、「ヤマメ軍団」という言葉が一挙に落ちかかり、すっぽり蓋《ふた》をした具合だった！「ヤマメ軍団」という叫びの湧《わ》いた瞬間のフラッシュの、次の暗闇の後、待ち受けていた光芒《こうぼう》のなかでは誰もかれもが演壇を見あげていた。

そして演壇では、ランチキ騒ぎが始っていたんだ！　もちろん連中がどさくさまぎれに乱交パーティを開いたのじゃないぜ、ｈａ、ｈａ。殴り合いに殴り合い、それも演壇いっぱいの人間が、追い落とされまいと押しあいへしあいなのさ。どれが「ヤマメ軍団」やら、双方の見わけもつきはしない。しかもそのランチキ騒ぎの連中の頭上に、未来の映画作家が担《かつ》ぎあげられているんだよ。底の深い喇叭《らっぱ》型の空洞があいたような、宙に浮ぶスカートのただなかで肥った大きい足がバタバタ蹴《け》りたてている！
——くそったれ！　罰あたりのくそったれどもめ！　神も仏もあるものか！　終末！　とおれは蓋をされたばかりの魂の穴ぼこじゅう殷々《いんいん》と鳴りわたる声を発した。そのまま演壇の宙に浮ぶ喇叭型の空洞へ向けて十八歳のおれは、こんぐらかった渇望と、憤怒に燃えあがって突進したよ。暗闇にも煌々《こうこう》と太った腿《もも》を幻視して！　いまは仮りの義歯ではない、若い自前の歯をかみしめて！

6

突進して演壇に到《いた》ったおれは、乱闘する連中の雑閙《ざっとう》のただなかへ躍りあがり、たちまち突き落されたんだ。もういちどやってみるが演壇にかけた指は踏みにじられ、頭やら肩やら蹴とばされてね、陣取りの難かしいやつみたいに、突き落されることの繰りかえしさ。あらためて油断なく、演壇の端に手をかけて、それも拳《こぶし》に握った手をかけてさ、狙《ねら》ってくる古靴を避けながら、ピョンピョン跳躍し隙《すき》を狙っているうちに、おそらく「ヤマメ軍団」の古強者《ふるつわもの》なのだろう、四十前後の痩《や》せ男が逆様に墜落してきた。おれのすぐ前に。薄くて蒼《あお》ざめている皮膚に、猫みたいな琥珀色《こはくいろ》の澄んだ眼をしてね、まっすぐ前を見つめてさ。たまたまそこに、そいつから見れば倒立した人間の顔があるもんだから、一瞬びっくりしてね、ついで頭のてっぺんを床にぶっつけて、――あ、痛い！　と叫んだよ。

もうひとり、演壇の床に倒れている男がいて、幾人ものドタ靴に踏んづけられながら、倒れたなりにモゾモゾやっている。蹴りたてられて躰《からだ》の向きがかわると、あの四国から来た反・原発のリーダーじゃないか！　しかし小さな顔に造作だけ大きいあいつの口が、皺《しわ》だらけの肛門《こうもん》みたいにすぼめられているんだよ、むしろあいつの父親が代りに転っているようなんだ。もっともそんなふうなのは口だけで、眼は憤怒に燃えあがり小鼻はふくらみ、シューシュー蒸気をはくほどでさ、かれが闘争心のかたまりたることはあきらかなんだ。事実、反・原発のリーダーは、倒れながらも右手に摑《つか》んだ武器で、蹴ってくる連中の向う脛《ずね》に反撃している。武器は向う脛に喰らいつこうとして、失敗するとカスタネットみたいな音をたてたよ。左様！　おれもまず、喰いついていくなあ、と考えてからね、当の発想にみちびかれてその武器が、なんであるかを了解したんだ。殴り倒され踏みつけられ起きあがれぬ、無念の小男は総義歯を吐き出すと、そいつを摑んで向う脛に嚙《か》みついていたんだよ。ha、ha、それは真におれを奮い立たしめたぜ、遠隔操縦の嚙みつき攻撃というものを、きみはこれまでに聞いたことがあるか？

——機動隊が入ってくる！　挑発にのるな！　という多数の人間の声が、後方いっぱいにつづけて起った。さしもの大増幅の音楽をも圧して、その複数者の叫びは響きわたり、一挙に効果を発揮したよ。乱闘はたちまちおさまった。襲撃グループの指揮官が総引揚げを指令したのにちがいない。つづいてスピーカーも沈黙してしまったから。

同時に暗闇を照し出すフラッシュライトも消えたままになったから、訓練された両派の活動家のものでない、狼狽《ろうばい》し憤慨している喧騒《けんそう》がおこってね、それは永びきそうだった。乱闘のおさまった演壇から、引揚げてゆく連中がバラバラ跳びおりる。暗闇のことだから、下にいる者にこれはなおさら危くてね、おれは頭をかかえこむと盲めっぽう演壇の空隙《くうげき》に楔《くさび》みたいに自分を打ちこんだ。時も時、ドスンと大変な音がして、

——畜生、ファシスト！　と罵《ののし》る声が、ほかならぬ未来の映画作家の憤懣《ふんまん》やるかたない声がした。唐変木！　ユルチン！

おれは四つん這《ば》いになり、地団駄踏んでいるような数かずの靴の間を、その声の方

向に向けて突進したよ。一瞬尻《しり》の右下をガチッ！と痛めつけられたんだが、それは反・原発リーダーの総義歯で「嚙まれた」のであっただろう。暗闇に眼を見開いて驀《ばく》進《しん》していたのでなかったら、$\frac{1}{10}$秒の差でおれは、睾丸《こうがん》を咬《か》みとられていただろうね、十八歳のジュースたっぷりのおいしい睾丸を！ ｈａ、ｈａ。しかしその段階でなお闘いつづけようとする人物はこの反・原発のリーダーだけだったからね、いまやおれは蹴られたり踏まれたりするよりも、自分から他人の膝や脛に頭をぶつけつつ、驀進に驀進したんだ。指を踏み折られぬよう、拳で床板を掻きたてて。そのさなかおれは倒れた木椅子に肩をぶっつけてね、前方へふっとばしたんだが、まさにその方角からウッ！という唸《うな》り声と、

――畜生、ファシスト！という罵声《ばせい》が聞こえた。

　椅子がとんできた方向から現われたのではまずいからね、この急場でもガキ的に狡《こう》猾《かつ》に、おれは床を引っ掻いて小廻りし、胸たかならせて這い進んだ。そしておれは、腰を抜かしたように尻を落して坐りこんでいる麻生野の胴にサッと腕を廻し、

――おれだよ！ さあ、ここを脱出するぞ！ といったんだ。「転換」前の自分の声に響くことを念じつつ、太い造り声で。

　そしておれは量的《マッシヴ》な映画作家の胴をかかえてたすけ起しざま、暗闇のなかを演壇奥

に向けて進んだがね、乱闘していた連中はみな、演壇から客席に跳びおりて行くわけで、奥には衝突する相手は残っていなかった。映画作家はおれの出現を待ち望んでいたように、ひしとばかりにしがみついてさ、ハイヒールの踵《かかと》をせわしげに踏みならして小走りさ、けなげにも可憐《かれん》なものじゃないか？　おれの胸は、その表層においてむずがゆく痛み、深層においては情動的に甘く痛んだよ。ｈａ、ｈａ。

舞台奥の緞帳《どんちょう》にゆきあたり、さてどの方角に進むかと思案した時、会場全体に雷鳴がとどろいたよ！　ありとある出入口から機動隊が奔入してきたんだ。

——古代人は、左に雷鳴を聞くと吉兆としたぜ、おれたちは右へ進んで、自力で吉兆をつくり出そう！

すぐさまおれは螺旋《らせん》階段の裸の手すりにバーンとぶっつかった。階段上方にわずかに赤く、光の長方形が浮びあがっている。そこを必死で見つめていると、危険注意、電気室、と淡い光の文字が滲《にじ》み出るじゃないか？　おれと麻生野は羊が躰を擦りつけあって走るように、螺旋階段を駈け昇ったよ。赤い光の長方形は配電盤に乗っかっているんだが、それと斜めに向きあったドアの把手《とって》がわずかに照りかえしている。おれたちはその奥の狭い所へ入りこんで、ドアをロックした。足の下の暗闇では数知れぬ靴底が蹴りたてて、『マクベス』の序幕でも始ったような気配さ。ゴザを敷いた床に麻生野をしゃがみこませ、そのまま横たわらせながら、おれは根拠のないことを権威あるもののようにいったんだ、無責任な十八歳の若僧だからね、おれは、ｈａ、ｈａ。──機動隊員は、金属装備で嵩《かさ》ばってるから、配電盤の傍《そば》へは昇ってこないさ！　そこでおれたちになにがおこったか？　おれたちは性交したのさ、ｈａ、ｈａ。はじめ未来の映画作家がしきりに小さな咳《せき》をするのでね、その音を機動隊員に聞きとられないように、おれはキスをして口をふさいでいたんだよ。おれたちは性関係を持つようになってからも、汚ないことかなんかのようにキスは避けていたんだがな、それぞれの尻の穴を嘗《な》めあったりはしたくせに、ｈａ、ｈａ！　つづいておれたちは早く性交を終ろうと望むように、乱暴にピストン運動をした。麻生野の太った腿はおれの尻をバタバタ叩いて励ました、ｈａ、ｈａ。たちまち射精する勢いに達したおれは、四箇も持ってきたコンドームをとりだす暇もない！　もう脈うっているペニスを抜き出して、麻生野の広い腹の上に、そいつがとめどもなく精液をおくり出すのを感じとっているのみさ。そしておれは精液の匂《にお》いに誘われて、樹液をもらす植物のように自分を感じた、いつまでも射精しつづけて、硬さをうしなわないペニスを指でおさえながら。その間、麻生野は陰嚢《いんのう》を片掌でしっかり自分におしつけ、オルガスムを補完していたよ、もう一方の掌は口にあてて声を殺して、ｈａ、ｈａ。そしておれは自己発見をしたんだよ、アア人間ハコノヨウニ性交スルノカ、と。性交によっておれが麻生野の肉体を真に理解する。その肉体がどのように人間の肉体であり、人間はその肉体においてどのように宇宙的生を生きているか？　おれの魂が麻生野の肉体に浸透するように、その意味を理解する。そして宇宙的な意志にむけて、コレデヨシと答える。そのようにおれは、生涯最良のオルガスムを経験していたのさ！

おれたちが身づくろいし、肩を並べて坐りなおした時、その暗がりの下方全体は、いまや機動隊によって制覇されていた。配電盤の所へも人は上ったり降りたりしていた。襲撃グループに一時待避をもとめられたか、軟禁されるかしていた電気技師が、仕事場に戻ったのだったろう。会場に照明がつき、機動隊は整列し、逃げ遅れてつかまった集会参加者たちがあつめられる。各種の号令が次つぎにかけられたが、少し前の阿鼻叫喚にくらべればじつに静かでね。そのうちおれたちのこもっている部屋の、床にそった曇りガラスの小窓に光が当ってきた。あのトリッキィな二重構造の横断幕装置を取りはずしているんだよ、それは襲撃の証拠品だから。その光によって、未来の映画作家はおれの肉体に「転換」の徴候をすべて見てとった。そしてやにわに猿臂《えんぴ》を伸ばすと、おれの後頭部を撫《な》でながらこういったんだよ、

——ああ可哀そうに！　どうしてこんなことになってしまったの？　ああ、可哀そ

うにねえ、どうしてこんなことになってしまったの？

おれが一貫しておれであり、かつ「転換」後のおれであり、すなわち十八歳の肉体（とおそらくは十八歳の精神）を持ったおれであることを、彼女は一瞬、全面的に許容したのさ。

おれにはその問いに答える能力がなく、かつその問いにはもともと答える必要がなかったから、柔らかくなった麻生野の胴に自分も腕を廻したまま、おれは後頭部の髪と首筋とを撫でてくれる彼女の手を感じつづけていたんだ。すると「転換」がじつに切なく苦しい経験であるとでもいうように、一滴の涙が、麻生野の熱い頬にふれているのとは反対側の眼に湧きおこり、唇《くちびる》の端の窪《くぼ》みにころがりこんだ。おれはそれを、十八歳の真赤な舌でなめとったよ。涙の流れた鼻の脇《わき》がわずかにむずがゆくて、気がついてみると胸から脇腹への疼痛《とうつう》はなくなっている。良い性交が毛虫の毒を消したのさ。

第五章　隠謀から疎外《そがい》されたと感じる

1

未来の映画作家はね、「転換」後の肉体と魂への本質的な優しさを一挙に示したが、その優しさはデモクラティックでもあってね、おれにむけて発露されるのみではなかった。

——あの子たちが逮捕されてしまったとしたら、急いで救援活動を組織しなければならない！　と彼女は自分を叱咤《しった》しもしたんだよ。オレコソ救援サレタイ。「転換」シテシマッタオレヲ救援シツヅケテクレ！　組織ハツクラズ、キミ単独デ！　とおれは声に出して訴えたかったよ。

——ここにひそんでいるおれたちを、機動隊が見のがしたのはね、この会場の乱闘騒ぎが重要視されていないことを意味するんじゃないか？　逃げ遅れた連中もたいしたことにはならないよ。抵抗する気配もなかったんだし。むしろ整列させられ、外に出されて、そのまま放免ということじゃないのかい？

——ここへ捜査に来なかったのは、機動隊員が金属の装備をつけているから、電気関係を避けて上ってこない、というのじゃなかった？

——……しかし危険をおかしてもな、捜査しに来そうなものじゃないか？　本当にこの集会をマークしていて、乱闘に加わった者らの主だったメムバーを逮捕しようとしていたとすれば。

——決死隊が、感電しないように嵩《かさ》ばったズボンと出動靴を脱いで？　あなたの新しい論理にしたがうとしても、しかしこういう推定は可能だわ。マークしていた重要な対象を、会場を占拠してすぐ、みんな逮捕した、ということが。そうだったなら、本当に大急ぎで救援活動を組織して、すぐに仕事を始めなければならないわ！

——しかし、どのようなメムバーを当局がマークしていたというんだい？　その重要人物は、集会を主催した側に、すなわちきみたちの側にいるのか？　襲撃してきた側にいるのか？

——もし、襲撃してきた反・革命集団の幹部どもが、権力との八百長で逮捕されるとしても、どうして私たちが、かれらのために救援活動をしなければならないの？

——……それでは今日の集会の主催者たちの誰だれが、当局にマークされた重要人物なのかね？　ほかならぬ麻生野《オウノ》グループのリーダーは、ここに無事隠れていられたわけじゃないか？

——私は党派にとって重要な人間じゃない。仲間も、敵の反・革命のゴロツキどもも、公安の情報部も、私を重要なメムバーだとは考えていない。

——それは意外だね、麻生野グループのみならず、もしかしたら、「ヤマメ軍団」までが、きみの指揮下にあるのじゃないかと思ったがな。

——どういう必要があって、私を挑発するの？　なにひとつ運動の内部のことを知らないで、どうしてそういう雑駁《ざっぱく》なことをいうの？

——……だってきみは、自分で救援活動を組織しなければならぬ、「あの子」たちを掌握しているじゃないか？　これまでおれは麻生野グループの市民運動を見てきて、きみが傀儡《かいらい》的指導者だったとは思わないがな。そのきみたちのグループが組織したこの集会で、活闘の間に「ヤマメ軍団」という言葉が出ただろう？　それは「ヤマメ軍団」が、きみのグループの革命党派の戦闘集団であることを意味するのじゃないか？　おれは十年も前から「ヤマメ軍団」という名を聞いていて……

——十年も前にその名を聞いていたら、どうなの？　「ヤマメ軍団」の側に私のグループが属するとして、なぜ私がその指揮官なの？　もういちどいうけれどそんなに雑駁なことを、いつまでしゃべりたてるのかしら？　私はいますぐにもあの子たちの救援活動を始めたいのに。もういちどＦＵＣＫするつもりで、ペニスが固くなるのを待ってるの？　私ならもういいわよ。

実際おれはね、アア、ソウイウフウニＦＵＣＫナドトイッテ、良イ性交ノ思イ出ヲ壊サナイデクレ、タトエキミノ眼ノ前ニイルコノ悲惨ナ若僧ヲ救援シテクレナイトシテモ、と心で泣訴していたよ。ところがおれは遅ればせながら、やにわに反撃に出たんだ。一体これはなんのためだったかね、感情的なハイティーンのガキの、止《や》むに止まれぬ特性かい？

――おれももうやりたくないよ。きみがおれの股座《またぐら》に指をかけたままだから、こちらからそういいだすのを遠慮していたんだ、ｈａ、ｈａ！

――じゃ行きましょう。なにがあってもいまの私は、笑いだす気分じゃないわ。

もしかしたら、電気技師が外側から錠をおろして帰ったのじゃないかと希望をたくしたんだが、ロックをはずすとドアはすぐに開いてね、アア、明日マデ麻生野ト二人デコノ中ニ居タカッタノニ！　と十八歳的情動の声は、未練たらしく叫んでいたよ、胃のあたりで、ｈａ、ｈａ。

――配電盤の脇《わき》に、非常用ランプがあるんじゃない？　映画作家修業の課程で、こういう場所での経験もある彼女のな、職業的かつ年上の女の権威を実証して、棍棒《こんぼう》みたいな懐中電燈が、赤い光の枠の横に吊《つ》るされていたよ。そいつに点燈して麻生野の足許《あしもと》を照らそうとすると、おれたちの出てきたドアに光があたって、骸骨《がいこつ》マークと**立入禁止、高圧電流**という文字が浮びあがるじゃないか！　機動隊も電気技師も入ってこなかった道理だよ。しかもおれたちは盲《めく》らめっぽうでそこに入りこみ、幾万ボルトかの配線に裸をさらして性交していたわけなのさ。そういえばおれがこれまで最良の射精と感じたのは、睾丸《こうがん》の奥の有機的コイルが、高圧電流に呼応したせいじゃなかったか？　ｈａ、ｈａ！

映画作家は、その警告に眼をとめるとアッ！　と小さく叫んでね、そのままぐにゃぐにゃになった躰《からだ》をおれにすがりつかせたよ。そこであらためておれは、テレヴィで場数を踏んだ論争の古強者《ふるつわもの》としておれを論破した憎いやつをじゃなく、憐《あわ》れにも愛らしい最上の性交相手を保護して、螺旋《らせん》階段を降りたのさ、ｈａ、ｈａ。実際そのように彼女が衝撃で腑《ふ》ぬけになっている間、おれは螺旋をきざんで食いこむネジ釘《くぎ》の強固さでね。十八歳のこの果敢さを誰もがいまや認めるだろうと感じとりつつ、本当に生まれてはじめての十八歳の若者のように足を踏みしめたさ、ｈａ、ｈａ！

きみはおれの経験の言葉を疑うかい？　おれは言葉の問題については素人《しろうと》だがな、しかしきみが疑っているのならきみ自身のその疑いの声が、おれがいいはりつづける自己主張の声にかぶさって響くように書いてもらいたいんだ。もちろん幻の書き手《ゴースト・ライター》の註《ちゅう》として、《――しかし僕はそれを疑う》、というようなことを書けというのじゃないが。

　おれがこのようにいいはるその言葉を、きみが黙って記述する。それを読む不特定多数の第三者に、いいはりつづけるおれと、おれがいいはる内容を疑いつつ記述するきみとの、この二者のダイナミックな関係がつたわるようでありたいのさ。なぜならその第三者にとっておれは、おれ（＝いいはる男）ときみ（＝疑いつつもおれの言葉を黙って記述する男）の、その対峙《たいじ》関係のなかにのみ生きているんだから。突然おれがこの世界から根こそぎ引き抜かれれば、その後おれを現実の時間のなかによみがえらせ、再び実在させてくれる契機は、きみが記述している言葉のみだ。それを読む第三者におれは「転換」の噂話《うわさばなし》をつたえたいのじゃない。自分と森の「転換」という運命が立体スクリーンになって、そこに映し出す人類・世界・宇宙の運命こそをいいはりつづけようとする。そのような人間として生きるおれの全体を、第三者の想像力に生きて動きまわらせたいのさ。きみの専門用語を使ったがね、ｈａ、ｈａ。その時こそれは、リアルな亡霊として復活するんだ。そしてそのためには、おれのいいはる言葉と、きみの沈黙の疑いとが、緊張した対立関係において、記述を支える必要があるんだ。なぜならそのようにきみがいつまでも疑いつづけていると、第三者の読み手はついに、なにを？　と反撥《はんぱつ》してね、その瞬間からはきみの疑いにはりあうように、おれの側へと参加してくれるはずだから。きみの疑いがバネになって、いいはるおれと、読みとる第三者にもダイナミックな関係が開かれるはずだよ。

こちらはおれの専門分野のな、力学の初歩の応用だよ、ha、ha。きみたち作家も、想像力的なものを第三者に発動させる言葉の仕掛けをつくるのだろう？　そもそも仕掛けとは、力学の原理に立つものじゃないか！　おれがかつてそうであったような、現場の研究者・技術者にはね、言葉とは、それが発せられる必要のあったことがらが達成されれば、もう用のないホゴとなる。たとえばね、原子炉の応力腐食割れの可能性についておれが書いた言葉は、担当の技術者がその危険をゼロにする対策を造りだせば、それでおしまい。おれの言葉にはもう用がない。

しかしきみたち作家にとっては、書きつける言葉がいつまでも、想像力的なものを発動させる仕掛けでありつづけねばならぬだろう？　現場で対策を立てて、きみの言葉を使いふるしのホゴにする、実際的な技術者はいないだろう？　それではもと研究者・技術者のいいはりつづける言葉を、第三者の想像力的なものへの起爆剤とするために、おれの提案した仕掛けは有効なのじゃないだろうか？　もいちど露骨にいうがね、すくなくとも、おれのいうことをきみが信じていないなら、信じたふりだけはしないでくれ。

2

踏みかためられて汚れたまま凍り、犬の背なかみたいな雪の畦《あぜ》に滑らぬよう通用門を出て、袋小路の奥からビルの正面玄関の方へ歩く。そうしながら根拠もなくおれは、壮年の森が、あの女子学生を連れてであるにしてもそうでないにしても、その夜更《よふ》けの鋪道《ほどう》で待っているだろうことを確実に感じていた。いったん機動隊が一帯を規制した以上、会場ビルのすぐ前で待つのは無理だがね、こだま号のプラットフォームでのように場所を選んで、さきにおれを拒否したことを悔いながら待っているにちがいないと。

本当におれはそう信じていたのでね、高圧電流のまぢかにいたことの衝撃で頼りなくなった未来の映画作家が、自分の不安な耳を慰めるためにかきくどく小さな声を、おれは保護者のように聞いてやっていたんだ。

——……グループとしてのあの子たちとの運動や、グループを基点に、これまで共闘してきた市民団体や、そして革命党派のファクシオンから疎外《そがい》されてしまったと、はっきり感じているのじゃないのよ。現に今日も反・革命ゴロツキの襲撃さえなければ、**畜生、ファシストめらが！** 集会の組織と動員には成功していたし、その下準備の活動は、私のグループが私中心に働いたんだから。それは客観的に事実だわ。そのくせ私には、このごろの若い活動家たちが、七、八年前の若い仲間とはもちろん、四、五年前の青年たちとくらべても、なんだか気心がしれないのよ。いつだって熱心に地道にビラ配りするし、私が風邪を引いた時などは、うなされる私の傍で朝まで寝ずの番をしてくれて、そのまま眠らずバイトに出かける子がいるのね。しかも私には、その子がじつは黙もくと爆弾を造っているのかも知れないと、気になることがある。もしかしたらその子が、うちに来るほかの子たちとも、時限爆弾どころか原爆を造っている仲間なのかもしれない。どこかに地下室を掘って……

——地下室を掘って、というのはどうだろうねえ？ 原爆を本気で造ろうとしているのなら、すくなくとも屋内テニス・コート規模の地下室がいるよ、それはやはり専門家ぬきでは掘れないのじゃないか？ 天井も高くなければならないしね。

——……おとなしくて、誠実な子たちが、こんな美点を普通というなら本当に普通の子たちが、活動家としても生活者としてもきちんと生きていてね、そして自分たちだけで集まると、黙もくと原爆を造っているのかもしれない。そのような若い子たちから当然ながら私がのけ者になっている、つんぼさじきに置かれている、と感じるのね。だからといってこの私が、あなたたち日曜には原爆を造ってるの？　私もまぜて！　とはいえないわ。

おれたちは会館の正面に出たが、おれの視線の展《ひろ》がりのどこにも森はいなかった！　それこそおれは躰の真中を、砲弾が水平に通過したように感じた！　東京駅で「転換」前の森を見失った、まだほんの一日前の情動の繰りかえしじゃないかと、きみは思うかい？　それはそのようなものじゃなかった！　躰に実際空洞のあいた気がしたんだが、その空洞の真中は熱いもので埋められたからね。ほかならぬ嫉妬《しっと》で！　森をおれの知らぬ場所へみちびいて行った女子学生への、またそのようにおれぬきで他人との関係をひらいた森への嫉妬で！

——どうしたの？　そんなになってしまってから、躰の具合がよくないの？

街燈の光によってあらためて、「転換」したおれを認識し、かつおれの茫然《ぼうぜん》自失を感じとって、未来の映画作家はこのように公平におれをいたわったよ、自分自身さきの衝撃からなお立ちなおれぬままに。

――森が居ないんだよ、このあたりで待っていると思ったのに！　昨日の、迷い子になった森とはちがって、「転換」した森で、おれとは逆に二十八歳に年齢の増えた森なんだが。……会場でおれがかれを最後に見かけた時、女子学生を庇護《ひご》して出口へ向っていたんだが……

――なんだかよくはわからないけれど、……あなたのいうように二十八歳の森ならば、それも女子学生を守っていたというのならば、機動隊に連行されたのじゃない？　一緒に来てあの子たちの救援活動を始めれば、そのうち森の情報も入って来るわよ。

――いや、おれは一緒に行かないよ！　きみには森もあの子どもと一緒の、相対的なひとりだが、おれにとっての森は、絶対的なひとりだから。おれは単独で探すよ！

――私にとってあの子たちは、それぞれ相対的なひとりではないけれど、と麻生野は悲しげにいったがな、すでに活動家の実践的な機敏さを回復しているんだよ。あのタクシーで、あなたは先にいらっしゃい。森の居そうな場所を廻ればいい。救援活動の現場に森の情報がとどけば、遅くてもお宅に電話するわ。

ところがおれは情動の点で退行的に、ほとんど幼児へと「転換」していたんだよ。麻生野には無意味に反撥して、ひとりで森を探しに行くといったのに、タクシーの運転手が閉鎖的な顔つきでふりかえると、行く先に自分の住所をいったんだから。

――あんた、ガスくっつけてないだろうね？　催涙ガス。逃げに逃げて取り締まりをすりぬけた暴力学生は、催涙ガスくっつけているからね。次の客が眼にしみると文句いう場合があるのよ。

おれはこういう厭味《いやみ》をいわれながら、じっと黙っていたよ。確かにおれは高校生共闘の年齢に「転換」していたわけだし、集会場での乱闘でひどい恰好《かっこう》になっていたし、だからといって運転手に反撃するには上衣の下にバールを隠し持ってもいなかったからね、低姿勢でいるしかないじゃないか？

――お客さん、病気なの？　傍若無人に溜息《ためいき》をつかないでね、真夜中なんだからびっくりするよ、とつづけて運転手は挑発したが、もしかしたらそれはユーモアのつもりだったかもしれない。

もっともおれはその時になって、麻生野同様もう決して笑う気にはなれなかった。そればかりかこういう情ないことを考えていたんだぜ。オレハ自分カラ望ンデ「転換」シタノジャナカッタ。「転換」シテ十八歳ニナッタオレヲ、ヤハリ「転換」シタ森ガ拒ンデ、ドコカノ女子学生ト逃ゲテ行ッテシマッタ。オレハ「転換」ノ前ニ戻リタイヨ！　「転換」ハ、モウナカッタコトニシタイ。「転換」ハ夢ダ。夢カラサメテ、女房ニ頰ヲ切ラレ、カツソノ女房ニ棄テラレタ、子連レ中年男ニ戻リタイヨ！

……ともかく自分の家に着いて車を降り、玄関の前でポケットから鍵《かぎ》を取り出すまで、おれはこの物思いの余韻のうちにいたんだ。鍵をさしこもうとすると、錠のあるべき場所はササクレだらけの穴で、拳《こぶし》までヌッと入ってしまうじゃないか⁉

——ア、痛いっ、とおれはぶつくさいって、次の瞬間、怯《ひる》みこんでしまったんだ。ひとつの革命党派が、その敵対党派のアジトのドアをバールやエンジン・カッターで打ち壊す。この種の襲撃談は、連日新聞で読みつづけているところじゃないか？しかしおれはいま焦眉《しょうび》の危難を避けようとしても、この真夜中の大都市の、どこへ向って逃れて行けばいいのか、皆目おぼつかないわけさ。居なくなった森を捜すという積極的な目的に立ってすら、手も足も出なくて家へ戻ったていたらくだからね。そのまま煉瓦《れんが》敷きに立ちすくんでいるおれの前に、破壊された錠周りの穴から灯の光が湧《わ》き起って、当のドアが向うから開けられた！十八歳の心臓を舌の根まで恐怖にふくらませたおれの前に。しかも玄関の中には森が、「転換」以来わずかながら伸びた不精鬚《しょうひげ》に頰から顎《あご》を覆《おお》われた森が、サカリの時期の牡猫《おすねこ》の、消耗した帰宅でも迎えるように立ってるじゃないか！　おれが十八歳のガキらしさをつのらせつづけているように、森も心身両面においてかれの「転換」を定着させている模様なんだ。

おれはその分別臭そうな森に言葉もかけず家に入ったがね、ドアを閉じても、どのようにして施錠するか当惑せざるをえないじゃないか？　錠周りのベニヤ板が錠ごとえぐりとられているんだから。ところがな、困惑しているおれを余裕をこめて観察している森の脇からね、例の女子学生が出てくると、さっさとドアの固定にかかった。寒さに裸足《はだし》の爪《つめ》を立ててしゃがみこみ、まるで犬だね、ha、ha、ピッケルの柄に巻きつけたロープを錠の穴に通すとな、端をノッブに縛って一押し、二押し、それだけでドアの固定は完璧《かんぺき》なんだ。二つ、三つも年下の若者など歯牙《しが》にもかけぬ女子学生に、手もなく気圧《けお》されてしまった生涯最初の十八歳そのままに、おれは小娘の掌がムクツケキ道具類をあつかって、しかも熟練を見せるのに圧倒されていたのさ。しかしピッケルにロープ、そんなものがおれの家にあった筈《はず》はない。いま手慣れたそのあつかいを見せた小娘が、その道具を持ち込んだにちがいないじゃないか？　そこで遅まきながら無経験な十八歳のおれの脳細胞にも、事態はのみこめてきたよ。

——ピッケルでドアをぶっ壊した際は、勇ましかったろうなあ。ピッケルで押入り、抵抗するやつを殴り倒し、ロープで縛りあげるのが、彼女の党派の戦闘術かい？　おれは襲撃訓練を受けたプロの活動家に家を占拠されたわけなのかい？

——仕方がないわよ、ドアを壊したのは。鍵はあなたが持って出たんじゃないの、そらいまも握りしめている、その鍵！

女子学生に答を代弁させてね、森はゆったりと黙っているんだ。いま壮年の森は、かつて脳にあたえられたダメジをなんとかカヴァして生きねばならぬ必要からもたらされていた、風貌《ふうぼう》姿勢の歪《ゆが》みを払いおとしていてね、遺伝子にそなわっていた本来の肉体構造そのままに成長しているふうだったよ。おれの妻・もと妻は陰気で小柄な女だが、その兄弟はヤマト民族中の巨人族でね、大きい陽性の顔・大きい躰軀《たいく》をしているんだよ。その遺伝子が妻・もと妻を跳びこして、森につたわっていたのさ。「転換」した森に今やその血は、あきらかに顕在化していたよ。

——この娘さんは、おれが上って行っても文句をいわないだろうかなあ、森？　もっともこれは小生の家だけれども、とおれは太っ腹ふうにいったんだが、その声にはおれの帰宅に喜びも恐縮も示さぬ壮年の男へのさ、憤懣《ふんまん》がキイキイ響いてしまうのさ。ゆったりと微笑したままながら、森はおれを見る眼に好奇心をあらわしたが、わずかに当惑するふうでもあるのさ。その森の躰の脇から、あらためて頭だけ突き出した娘が、ただちにおれの言葉の相手になった。三白眼を爛々《らんらん》と錐《きり》のように鋭くすると、醜くはないが大きすぎる前歯をあらわにしてね。

——おれの家だけれどもなどと、プチ・ブル的な家の所有関係を、私たちに怒鳴ることはないでしょう？　そんなことにいちいちこだわってないで、上って食事したらどうなの？　父親に向って対等にものをいう、子供の権利は認めるけども！

ナンダッテ、ナンダッテ？　コノオレガ父親デ、森ハ息子ナノニ⁉　「転換」シテ年齢ノ上下ガ逆ニナッタノハ事実ダヨ。シカシ親子ノ関係マデ逆転スルノカイ？　ソレジャ遺伝子ノ方向性ハドウナル？　ソレハ不条理ダゼ、ツマリハ無茶ジャナイカ⁉とおれは叫びかえそうとしたんだが、しかし娘が「転換」をどう理解しているかわからなくてね、不用意なこともいえないよ。ともかくおれは躰《からだ》の節ぶしの痛みからのろのろと腰をかがめて靴を脱ぎ、それを見まもっていてくれた森につづいて居間に入ったよ。いったんおれを攻撃した娘は、その舌鋒《ぜっぽう》の勝利を信じている上にしつこい追撃はおこなわない性格らしくてね、とっくに台所で働いていた。当然その娘は混乱した会場で森の保護に自分をゆだねていた女子学生なんだが、いまの彼女はあの時の長い胴着にスカートがつづくジーンズの服を着ているのではなかった。セーターはともかく、下半身にまとっているのはスペインかそこいら風の単純かつ派手な布地のスカートでね。しかしそれを怪訝《けげん》がって背後から注視したおれの眼は、パチンとはじかれずにはいなかった。彼女は下半身素裸でね、おれのバスタオルを前かけのように巻きつけているだけなんだ。そして彼女が流しの上にかがんで食器を取る活潑《かっぱつ》な動きは、床にじかに坐っているおれの視角に、その尻《しり》を、瘦《や》せて高いその割れ目から、向うの黒ぐろと翳《かげ》るところまで覗《のぞ》かせたのさ。おれはさっきの憤懣とは別の情動に、頭は火照《ほて》らせ胸はドキつかせて、ふたたび視線をもどせぬ始末。森もその尻の割れ目の暗い閃《ひらめ》きを眼にしたんだかどうだか、いつも幼児のかれが音楽を聴いてきた場所、すなわち部屋じゅうで音響的にもっともバランスのとれた場所に、大きくなった躰を窮屈に押しこんでね、しかしかれの魂にはいまいかなる窮屈さの感覚もないことを表情にあらわして坐っていた。おれが父親の権威をなんとか回復すべくさ、ナニヲ浮カレテイルノカネ？　という視線を送っても、いまはおれの視線の冷水を、ジュッと蒸気にかえる熱さの、自足ぶりさ。森は「転換」前、おれの態度・声音にふくめられた、直接言葉にはあらわされぬ信号にもっとも敏感だった。

——一晩も豚肉を漬けておくことができればいいんだけれど、と弁明しながらね、女子学生が家の天火で焼いたらしい焼豚のブツ切りを載せた、焼きソバを運んできてくれた。それでも森はこれまでに食べた焼豚でいちばんおいしかったって。

「転換」以前モフクメテ、ソンナコトヲイッタノカネ？　正月ガ近クナルト毎年森ヲ連レテ横浜ノ永昌ノ、赤ク染メタ焼豚ヲ買イニ行ッタノニ、アレヨリモオイシイ？　とおれは皮肉のひとつもいいたかったが、しかしその瞬間自覚された空腹は十八歳の肉体の抑制のきかぬ空腹だからね、もう膝《ひざ》の前に置かれた焼きソバの皿に眼を奪われてしまっていたんだ、当の焼豚、玉葱《たまねぎ》にモヤシ、脂《あぶら》の色合い、ソバそのもの。

——それから私のことをね、娘さんなどと呼ばないでほしいよ、メール・ショーヴィニズムは嫌だわ。私はサヨコというのよ。もともと名前にあてられた文字はそれこそ女性蔑視《べっし》的だったからね、私自身が文字を選んだの。化学作用の、作用の作用子《サヨコ》。この文字ならばニュートラルでしょう？　……それであなたは水？　ビール？　冷蔵庫のビールの小瓶はもともとあなたたちのものだから遠慮はいらないわ、それこそ所有関係でいえば。

——ビールをください、作用子さんよ、とおれはそのようなサーヴィスをもとめることがメール・ショーヴィニズムでないらしいことを喜んで注文したね。

そして作用子がこれもニュートラルに承知してさ、ビールを取りに立ちあがりながら、今度はうしろに廻した左手で、バスタオルのあわせめをおさえるのを見てね、おれはさっきその尻の割れ目を覗いたことを感づかれているのかと狼狽《ろうばい》したよ、ｈａ、ｈａ。

焼きソバ？　それがうまかったね、もっともハイティーンの舌によって判断する限り、と留保条件をつけるがな。これは過度に十八歳らしい食い方だったわけだが、おれがまず焼豚だけ選んで食ってしまうと、女性の権利の敏感な主張者は、プラクティカルな親切心を行為に示した。彼女は捩《ね》じくれ曲った赤黒い焼豚を丸ごと俎板《まないた》に乗せて運んできて、またブツ切りして加えてくれたんだよ。それを見ていておれにはね、新発見があったのさ。すなわち「転換」前の中年にいたるまで、あの焼豚の細長いやつを豚の筋肉構造がふくんでいるのかと思っていたんだが、それが肩ロースのかたまりを、易の算木の記号みたいに切ったものだと納得されたから。思いがけない時に教育をうけるものじゃないか、ｈａ、ｈａ。そこでおれは焼きソバを賞めるつもりでね、十八歳風にわずかに屈折させてこういうことをいった、ビールで一杯機嫌になっていたこともあって、考えれば無意味なことを！

——作用子さんよ、きみたちは毛沢東思想を学習するかたわら、焼豚の造り方を研究したのかね？

娘は瞳《ひとみ》に強い光を一挙に濃縮して、おれをそいつでつきとおしたぜ。しかもその憤怒の一瞬を、自分の内部で方向づける努力をするまで、口を開かない。大きい前歯の端が輝やくのをかこんでいる乾いた唇《くちびる》が、直接おれに怒りの情動をそそぎかけるのを、意志で抑制しているのさ。なぜそのように怒りを内部で乗り超えるか？　それは端的に彼女が、年下の単純なお調子者を軽蔑しているからじゃないか？

——私には、焼豚を造る職業の労働者を差別する気持はないわ。しかし毛沢東思想の学習と、中国料理を短絡するのまで認めるわけにはゆかない。一体あなたが毛沢東思想というのは、どういう思想のこと？

——フム、フム。おれが知っているのは毛沢東の科学思想ね。原理としてそれにのっとって中国人は原爆を造ったんだろう？　おれはその核実験記録フィルムを詳細に分析したがね、実験参加者の放射能被曝《ひばく》の危険については、配慮を払っていると思えなかったね。

——あなたは論点をスライドさせるわね。でもいいわ、中国の核実験の記録フィルムに焦点を置いてもいい。フィルムと一緒に医学的なデータも参看したの？　外国ジャーナリズム用に公開されたフィルムを漠然と眺めただけで、ネヴァダでのアメリカ研究者の実験風景と比較したのじゃないでしょうね？　中国人は自力更生で、見た眼の比較など問題じゃない所まで、乗り超えてるよ。放射能症の中国人の症例を見るか聞くかしたとでもいうの？

——あの国には報道管制があるのでね、作用子さんよ。

——中国はいまや南北の反・革命に、臨戦態勢をとらざるをえないからね。しかし報道管制があることと、核実験による被曝者が中国にいるかどうかということとは別だわ。報道管制はあるが、核被曝はなかった、ともいえるのじゃない？　推測だけを、同じく根拠に置けば。

――フム、フム。毛沢東の自力更生路線を歩むらしいきみたちの党派が、あるいは反対党派が、当然に自力で原爆を造りえたとして、実験の際にわれわれの国の人民に放射能の危害を加えぬことを祈るよ。

――どうして実験が必要かしら？　真に革命的な党派が東京で核武装すれば、それも原爆を所有したことを科学的なデータとともに公表して写真もつけ加えれば、それだけで革命的な情況流動化は達成されるわ。それが根本的な革命の課題である以上、反・革命のゴロツキ集団が原爆をさきに完成するようなことがあってはならない。同じ論理で、国家権力が核兵器を開発するより先に正しい路線の革命党派が核武装すべきでしょう？

――単純に核武装というがね、確かに原爆をひとつ造ってみることは、研究者・技術者をふくみこんだある規模の集団に不可能じゃないよ。しかしそれは核兵器体制にいたるトッカカリにすぎない。問題の原爆の運搬手段だけにしても、それをどうするのかね、正しい路線の革命党派は？

――運搬手段はいらないのじゃないの？　東京都内のある解放区に一箇というか、

一構造というか、原爆を置いておくだけでいいんだから。

——そいつで自爆するぞと脅迫して、東京都とその周辺の情況を流動化させるわけね？　東京都圏の全民衆が屈伏すれば、革命党派の無血入城というわけだ。入城するもなにも、解放軍はその原爆の傍にじっとしていればいいわけだがな。フム、フム。

——そのフム、フムは、人格にハクをつけるつもりかもしれないけれど、ジジムサイね。……どうでもいいけども？

——どうでもいいことならいうな！　それがどのような党派の核兵器革命計画にしても、最後には一頓挫《とんざ》だと、おれは予言するね。アメリカが赤化するくらいなら世界ごと滅びたほうがいいという市民が大多数なのだと、ずいぶん以前にＢＢＣでルーズヴェルト夫人が話して反響をよんだがね。この東京でも、原爆は状況を流動化させるだろうさ。しかしつづいて、革命よりは原爆で死ぬほうがいいといいはる、新「声なき声」グループの主婦の大群が出てくれば、それでお手上げじゃないか？　よし、それならと装置を作動させることもできないぜ？　教訓、核戦争には人民戦争を乗り超える力はない！

——なぜ、主婦の大群なの？　あなたは芯《しん》からメール・ショーヴィニズムだわね、ガキのくせして！

しかし客観的に見てどうだろう？　論理的にはおれが、女子学生の活動家をついに屈伏させたのじゃないかね？　未来の映画作家との勝負をあわせて、おれとしては一勝一敗のタイじゃなかったか、今日の対女性討論は？　ところがその場の第三者森は、作用子とおれの論争にはっきり軍配をあげる様子でなく、なかば眉《まゆ》をひそめかつ微笑して「若い者の口論」を傍観しているだけなのさ。おれはやにわに森に向けてのね、低回していた攻撃的気分を解き放つ気になった……

——どうだい、機嫌は？　森。作用子さんとうまくやれたかね？　いまやなんだか余裕を示して、おれを若僧あつかいしているじゃないか？　まだ女房を追放できないでいた時分、当然に「転換」より前、おれはきみが性的に成熟する日のことを考えて、時どきはきみとやってくれと女房に交渉を持ちかけたぜ。近親相姦《そうかん》は罪悪だといってもな、そもそもきみの未来を閉じたのはその罪悪の規準をなす超越者なんだから、罪は帳消しになるのじゃないか？　バース・コントロールさえすれば、人類の運命に歪みをあたえることもない。去勢よりずっと暴力的でない、すなわち人間的な処置だと、そういって説得しようとしては、気狂《きちが》いでも見るような眼で見かえされたがな。いや「転換」して、一挙に性の問題を担《にな》いこんだきみが、作用子さんとやれた様子なのはよかったよ。

──気狂いでもこんなにグロテスクじゃないわ、嘔《は》き気がするほど厭《いや》な若僧だわね、と小娘はいったよ、十八歳の感受性の核心をガリッと踏みにじる声で。森、酔っぱらった若僧に寝に行くようにいいなさい。腹をすかせて帰ってくるのを待ってやったあげくが、酔っぱらってからまれることはないわ！

森が集会場の混乱の中でおれに向けた拒否のあのまなざしを、忘れてはいなかったからね、おれはかれに突っかかりながらも、森の眼を正面から見すえる勇気はなく、うつむいて自分の淡く赤い掌を見ていたんだ。するとその掌に電光文字が浮びあがるようにさ、早ク寝ニ行カナケレバ、イツマデモ飲ンデイレバ、躰ヲコワシテ、「転換」ノ使命ヲ果タセヌノジャナイカ？　という森からのテレパシー通信が読みとれた。おれはその通信に額をパチンとやられてね、すぐさま立ちあがったがよろめいて壁に頭をぶっつけた。森も女子学生も笑い声さえたてないさ。思い出して見るとおれの生涯の最初の十八歳の時、おれはコップに二分の一のビールすらも飲んだことはなかった。ベッドに辿《たど》りつき、暗闇のままおれは倒れこんだが、頬にあたるシーツは「転換」前におれの流した血でゴワゴワしていたし、そのうち「転換」前の森の尿が、湿った気配をズボンごしに伝えた。その時にはもう半ば眠っていたんだが。おれたちの外部の現実世界は、細部のいちいちにいたるまで連続し、おれと森とだけは肉体と精神ぐるみ「転換」をとげて、絶対的に不連続だったというわけだよ。

3

さておれはこれまで、渾身《こんしん》の力でいいはりつづけてきたんだが、自分の言葉の能力にはやはりひとつのジレンマを見出《みいだ》してるよ。……それというのは、「転換」後の森を語るおれの言葉が、なんとも貧しく平板だと感じるからだ。いいはりながらも、情なくて泣きたくなるぜ。「転換」する前の森のことを語る時、おれはこんなふうじゃなかった。おれの育った地方の特殊性によるのかも知れぬが、もともとおれはね、われわれの子供らのような子供らは、ただ知恵遅れの子供であるというだけでも、根本的な敬意を誘う者たちだと信じていた。おれの老母は森が生まれた時、異常とその後の見とおしをつたえてやるとね、スクナヒコナノミコトを祀《まつ》ってお燈明をあげていると、勇気をふるいたたしめる返事をくれたよ。

しかしいったん「転換」してしまった森については、おれの言葉がありふれた壮年の男しか現出させえていないとすれば、せっかく「転換」に興味を示してくれた第三者も、一挙に幻滅じゃないだろうか？　おれはまだよく「転換」後の、森の本質を見きわめえていないのか？　これまでいくたびものんびりとおれは、無経験な十八歳である「転換」後のおれ、というようなことを語ってきた。しかし実はそのように意識化しえない所で、おれは本当に無経験な十八歳のガキとなってしまっているのであり、そんなおれにはついに森の、「転換」後の真の魅力をつかみえないのじゃないだろうか？　一箇の人間が他の人間の魂にふれうる能力の問題として？

　それでもともかくいいはることをつづけよう。そのいいはる主体自身は、「転換」後の現実世界を元気いっぱい生きているんだから。「転換」二日目の朝、といってもすでに昼すぎ、乾いた自分の血でゴワゴワし、乾いた森の尿で臭《にお》いたてるシーツの上でおれは眼をさましたがね、前日の殴られたり蹴《け》られたり突きおとされたりしながらの奮闘、それに加えて正常位の激しい性交の後だったにもかかわらず、筋肉の痛みはあるが、むしろ回復可能のそれに励まされるようにして、勇気凛々《りんりん》と眼ざめたんだ。よし、ひとつ眼をさまして、この若い有機体に一爆発やらせようじゃないか！　と。考えてみてくれ、おれは現在ただいまの、地球上のあらゆる十八歳の人間のうち、もっとも若い十八歳の有機体なんだぜ。常凡の十八歳の連中にくらべて、じつは二十年以前におれは生まれているんだからね、人類という種がそれだけ古びぬうちに生まれている十八歳ということになるじゃないか？　ｈａ、ｈａ！

さて勇気凜々として眼ざめたおれのオルガニスムの、新しく賦活《ふかつ》された指標といえば朝立ちしているペニスだが、繰りかえしは厭味だからね、ここではそれについてふれまい、ｈａ、ｈａ。しかし朝立ちと物理的な関係にある膀胱《ぼうこう》の膨張については、避けて通るわけにゆかない。それによって新しいジレンマが持ち上ったんだからね。もちろん十八歳の若僧のジレンマらしく、その構造は単純さ。放尿に便所へ降りて行って、あの小娘にバッタリ出くわしたらどうするか？　昨夜のおれは酔っぱらって、彼女と森との性交のことをあてこすりさえしたんだからな。彼女がおれの勃起《ぼっき》を見て、それを誤解したらどうするか？　あなたは自分の息子の情人に性欲を感じる父親なの？　最低の若僧ね⁉　などといわれてしまうのじゃないだろうか？　その逆に、あなたは自分の父親の情人に性欲を感じる息子なの？　といわれるか。しかしそれでも結論は同じく、最低の若僧ね⁉　だろうじゃないか。そのうち膀胱の突きあげによってね、静かにジレンマに苦しむ余裕もままならぬことになったんだ。及び腰でベッドを降りると、部屋じゅうヒョコヒョコ歩き廻ってさ、鉛筆立てのキャンベル・スープの模造コップ、あおむけに口を開けているメキシコ焼きの蛙、それにコップの類、花瓶の類はもとよりのこと、四分の一内容が残っているインク瓶まで総ぐるみ机の端に並べたんだよ。そして放尿を始めたわけなのさ。最初は花瓶、つづいてコップ、トマト・スープのラベルの浮びあがっているにせの罐《かん》、……そしてメキシコの蛙の口にペニスの先端をくわえこませた時にはな、ついにあふれさせてしまうのかと、アーアー憤激の声をあげたが、この蛙が容量充分の蛙だったのだ！　もしかするとあれは、インカの溲瓶《しびん》かね？　ｈａ、ｈａ。尿の湯気が濛々《もうもう》とたちのぼる蛙の口を見おろしてね、おれはついに窮地を脱した児雷也《じらいや》の気持で立っていた！

　さておれは排尿後の気分のおちつきのなかでね、先にいった「転換」後の森をおれがとらえる、その魂の能力についてのもの思いにふけりはじめたわけなんだよ。「転換」前に、それまで生きた経験によって獲得していた、他の魂にふれる能力を、十八歳のガキに「転換」したおれはすっぽりとり落しているのか？　そのようにあてどない疑惑をいだくとね、あらためて腰をおろしたベッドの上で、萎《な》えてゆくペニスともどもおれは縮みこみ、ショボクレるほかはなかったぜ。「転換」の結果が森の魂にふれる能力をなくすことなら、いったいおれにとって「転換」にどのような意味がありうるか？　「転換」はもとより不条理だが、むしろ不条理であればこそ、それには人間的な奮闘を正当にうながす、契機がふくまれていてしかるべきじゃないか？

　……そのようなことを、孤立無援にうち棄てられ思いわずらっているうちに、ひとつの啓示がひらめいたんだ。すなわち自分がどんなにだめな若僧だと感じられるにしても、しかし森が現に中年男に「転換」したことの意味までは疑うわけにゆかないと。森が特別の使命をおびて「転換」したことの意味までは！　昨夜も森からのテレパシーはそれを伝えていたじゃないか？　使命が果たされる現場に立ち合うために、このおれもまた「転換」したのだ。地球上の人類すべての肉体と精神が、ＵＦＯから幻燈機で映し出される影にすぎないとしても、三十五億の影のなかから、森の影が選ばれて使命をにない、現にそれを果たそうとしている以上、それを見まもり、その全体を証言するために「転換」したおれも怠惰ではいられないと……

そのように考えながら、おれは思いがけず涙を流しはじめてね、大口をあけてはハーハー息をしていたよ、涙が嗚咽《おえつ》に移行してゆかぬように。……そういうことだ、他人の魂を感得する能力が無経験のゆえに微弱な十八歳も、若い涙腺《るいせん》から流す大量の涙によって、やはりなにごとか本質的なことを納得するのさ。おれは涙を流しつつ、涙のままに階下に降りて、森にかきくどくことを夢見た。森、森、逆転シタカタチデイエバ、森トウチャン！　アンタノ使命ヲアカシテクレ！　ドウシテアンタハ「転換」シタノ？　本当ノ使命ノ秘密ガアカセナイナラ、ソレデモイイ、使命ニツイテハアカスコトナク、タダ一方的ニ、アレヲセイ、コレヲセイ、ト指示シテクレ！　粉骨砕身、オレハ命令ニ従ッテ見セルゼ。森、森、森トウチャン！　聞イテクレテルノ？

さてファナチックでセンチメンタルな発作がいったんおさまると、ベッドに腰をおろしていることができない。例の進み行く力が、仏語演習でならった une force qui va がさ、なんであれ無分別な行動におれを突き出そうとして、居ても立ってもいられなくしたんだ。おれの生涯の第一回目の思春期にも、おれはこんな風に堪《こら》え性《しょう》がなかったかね？　よくそれで受験勉強をやれたものだと思うね。第二の十八歳のおれにくらべると、最初の十八歳のおれは人間ができていたのじゃないだろうか？　なんにつけ今できは質がおちるのかい？　ｈａ、ｈａ。

そのあげく「転換」前からの慣い性で、おれが小走りに階下へ降りて行くと、居間では森と女子学生が床いちめんに新聞を拡《ひろ》げてね、鬱屈《うっくつ》した様子で見おろしていたよ。

――朝刊を見てるのか？　〆切《しめき》りの時間からいって、昨日の事件はまだ出てないさ、とおれは物知り顔で二人組に割りこんで行ったんだ。

――夕刊！　と必要かつ充分なことだけ、小娘は答えたよ。

鬚剃《ひげそ》りあとがくっきりして、思い出してみると中年男時代のおれの顔の、妙に子供じみたまとまりかたとはすっかり別のさ、大きい確かさをあらわしている良い容貌の森がね、昨日のように微笑するのじゃなく、もっぱら憂《うれ》わしげにおれを見つめると新聞をひとつよこしてくれた。女子学生とちがってその森には客観的な公平さがあるというべきじゃないか？　おれは見シテヨ、見シテヨと跳びつくようにして、森・作用子の二人組に擦りよって行きたかったんだ。

4

新聞は次つぎに四種も見たよ、午後にはなっていても夕刊が配られる時間じゃない。第一、うちは一種しか新聞を取っていない。夕刊を待ちかねて、私鉄駅まで買いに行ったのさ。自分たちの感じ方のまま森・作用子の二人組は、昨夜の事件を過大評価してさ、新聞全体がそれでおおわれていると思いこんだのじゃないか？　ｈａ、ｈａ、笑うべし！　革命党派の機関紙じゃないんだ。ちっぽけな記事にすぎないだろうとおれは見当をつけてたよ。森・作用子のものものしい情報分析ぶりを滑稽《こっけい》だとは、昨夜の今日、おれも態度に示さなかったがね。さて報道は三種までが、ベタ記事かそれに準ずるもの。**反・原発集会で内ゲバ騒ぎ、機動隊導入、**という見出しだけで、すべてが表現されるたぐいさ。ところが一紙だけね、特集の囲みに組んでいた。**ひと味ちがう内ゲバ、上部の両セクトは沈黙、百家争鳴の応援団。**どのようにひと味ちがうか？　三百人の参加者を巻きこんだ乱闘だったのに、近来見られるセクト間の内ゲバとことなって、死者・重傷者を出さなかったこと。軽傷者もむしろ機動隊の規制の間に生じたこと。これは百家争鳴の応援団と嘲弄《ちょうろう》される者らのひとり麻生野桜麻が、記事の談話で強調している。救援活動ヲ早速始メタンダナア、少シハ眠ッタノカネ？　とおれは恋する十八歳の叫び声を胸うちに鳴り響かせたよ。

乱闘に加わった者ら三十五名が留置されたが、完黙しているかれら・彼女らのうちに、公安側の活動家リストに載っている人物はいない模様。そして従来の内ゲバでは、襲撃した側も反撃した側も、上部組織がすぐさま声明を出してきたのに、今度の場合、ウンともスンともいって来ない。これは本当に対立する革命党派間の内ゲバだったのか？　双方ともこの内ゲバで、バールや鉄パイプの通常兵器を使用しなかったのはどういう理由によるか？　双方が歩みより統一をもとめる可能性を、逆説的に探る内ゲバではなかったか？……そして、「ヤマメ軍団」という名前は一度も記事に出てこない。

百家争鳴の応援団として、といってもただふたりの談話しか出ていないんだが、その第一の麻生野の意見は、さきの機動隊の規制批判に始ってさ、自分たちが開いていたのは権力から人民の手に核の力をとり戻す市民集会であって、直接に革命党派の影響下にあるのではなかった。その市民集会を破壊しに来た者らはファシストでゴロツキである上に、核権力の傭兵《ようへい》でもあった、と彼女らしく首尾一貫していたよ。第二の応援団の談話は、その話し手の姓名の冠した肩書きが、まずおれの興味を引いたね。風変りにも、「志願仲裁人」というんだから、それは。新聞記者もそれを読者に印象づけようとして、とくに事件現場での「志願仲裁人」の行動を記録している。外にいたかれは、乱闘がおこった気配を察するや会場に入ろうと試みて、防衛隊に突き戻された。「反対警察」はそんなところで労力をさいていたから、実際の役にたたなかったわけね、ｈａ、ｈａ。そこでかれは会場外で待ちうけ、機動隊が逮捕者を連行して来ると、公務執行妨害で自分まで捕えられぬよう注意しながら、しかし執拗に抗議しつづけたというんだ。そして大型出動車が機動隊と被逮捕者とを運び去った後、「志願仲裁人」は記者に百家争鳴と呼ぶにふさわしい談話を発表した。「志願仲裁人」は語っている。いま崩壊させられた集会には、主催していた側にも、潜入して混乱を起した側にも、現代版の少年十字軍のようにも徒手空拳《としゆくうけん》、か弱い身で、世界の核状況に対抗しようとする若者たちがいる。そのかれらが相互につぶしあいをすることの、なんという酷《むご》たらしい人間的損失であることか？　自分はかれらを仲裁することを志願している。

――少年十字軍？　それならば、あらかじめ歴史によって潰滅《かいめつ》を予言されている軍団じゃないのか？　とおれは森・作用子の二人組に解説しないではいられなかったよ、「転換」前の森への教育の習慣から。

――しかし、少年十字軍が絶対に無意味だというの？　これは現在から未来にかけての少年十字軍なんだから。もちろん私は、革命党派と反・革命のゴロツキ集団をこのように同列に置く態度を否定するけど。それでも革命党派へのこの正当な評価を、それはそれですくい取ってから批判したいわ。

――この男はあいつだろう？　森、きみが握手した。昨日、おれたちが会場入口に着いた時、突きとばされて雪溜《だま》りに倒れながら、演説をやめなかった変なやつ。

――変なやつ、じゃないよ、「志願仲裁人」は。私はこの人の主張の帰結は否定するけど、過程的には、評価できる所があると思う。「志願仲裁人」の演説なら、私はもう十度も聴いてるからね。私が活動家になってからまだ一年とすこしだけど、ノンポリとして参加していた集会の時分から、この人の演説は聴いていたもの。

――論理的にいって、帰結に反対なのに、どうしてその過程を評価できるんだい？　それこそ過程的なところで両派の、少年十字軍的な意志を評価して、お互いにそれを認めあって内ゲバをやめようというのが、「志願仲裁人」の意見だろう？　そんなあいまいなことといってると、きみ自身が、党派で総括されるんじゃないか、ｈａ、ｈａ。

——私の党派って、あなたはなにも知らないのでしょう？

「志願仲裁人」の演説も昨日はじめて、しばらくの間聞いてみただけでしょう？　森はかれと握手までしたにしても。あなたがいま反省すべきことは、「調査なくして発言なし」じゃない？

——毛沢東！

——そんなこと誰でも知ってるわよ。ねえ、森？　私がね、「志願仲裁人」の考え方の、過程の部分には評価されていいところがあるというのは、経験に立ってるわ。私自身が、理論にはよくわからぬところがありながら、革命党派の活動家となることを、励ましてくれる考え方だったからなのよ。

——少年十字軍、きみこそまさにその一員！

——……まず自分で決意すれば、それを外部からは本質的にくつがえすことができないって、なぜなら人間は閉じた体系だからって。

——構造主義、むしろエセ構造主義！

——……もちろんこれだと、あるセクトを他のセクトが攻撃しても無意味ということになって、あの人の主張のまちがった帰結が出てくるのね。しかし真の革命党派で活動している者には、閉じた体系としての自分の決意を大切にしろというのは、そのとおりだとわかるわ。誰しもはじめは理論も現状分析もよくわからないし、活動の始めようがないでしょう？「志願仲裁人」が内ゲバという時には、その反革命戦争の把握はまちがっているけれどもね、ともかくかれは対立抗争をだまされたつもりで乗り超えよ、といってるのね。国文の古典を引用して演説したわ、「法然《ほうねん》どのにすかされまいらせて」といってたわよ。

——親鸞《しんらん》！

……森、この子はなぜひとりで騒いでるの？「志願仲裁人」は、たとえ「信じていなくても聖水やミサを受けていたら、馬鹿のようになって信じるようになる」ともいったわよ、これはもろに反動的な感じがあるけども。

——パスカル！　abêtir, abêtira!

——気が狂ったみたいに騒ぐよ、この子は！　いったいなにをいいたいの？　ねえ森。「志願仲裁人」はこうした引用をね、過程的な前向きの意味を引き出すために使ったのよ。正しい原理にいたるためなら、過程的にすかされてもいいじゃないかって。たとえばレーニンにすかされて革命に参加する、ということは正しい道を選んだことだったのよね？　紅衛兵がもし馬鹿のように信じているとしても正しい毛路線ならばいいわけでしょう？　信じて活動することの方がノンポリであるより、歴史の実現に有利だということでしょう？

——唯物論的《ゆいぶつろん》パスカルの賭《か》け！

——ナンセンス！　とついに女子学生は怒鳴ってね、それでも娘らしい従順さを回復してこうつづけたんだ。ねえ、森、だから私も、あなたのいった言葉を、「転換」についてあなたのいった言葉を、あなたが本当にそう信じていっていると思うし、私も本当にそれを信じるわ。ドノヨウナカタチデアレモシ宇宙的ナ意志ガ実在シナイナラ、ドウシテオレタチハ「転換」シタンダ？　といったでしょう、最初の時に……

これはまったく突然の、雷の一撃だったよ。女子学生の声に乗ってあらためて発せられた森の言葉は、苛《いら》だって騒いでいた十八歳のガキの肉体と精神に響きわたって麻生野の言葉の名残りと共振した。アア、可哀ソウニ！　ドウシテコンナコトニナッテシマッタノ？　アア、可哀ソウニネエ！　ドウシテコンナコトニナッテシマッタノ？　おれが自分と森の「転換」についてクヨクヨ考え、茫然《ぼうぜん》としたり涙を流したり、啓示を受けたと思ったり塞《ふさ》ぎこんだり、苛だって騒いだりしていた間、同じく「転換」した森もまた、単に女子学生と性交することにのみ肉体と精神を浪費していたわけではなかったのだ。かれもまた沈思と懊悩《おうのう》の時をすごしたのだし、最初に性交するにあたってはこのような言葉を発していたのだ。ともかくも四つの脳を幼年のままの黄昏《たそがれ》に閉ざされた安定期から不意にめざめさせられ、考えたり・考えを語ったりする能力がやにわに動きはじめたとは、なによりもまず苦しい沈思と懊悩の淵《ふち》に沈みこまされることだったろうじゃないか？

そして、そのように「転換」させられた森がひとり沈思し懊悩し、賦活された二十八歳の脳細胞に静電気を走らせてきざみだした言葉と、麻生野の優しさ・感受性の深い奥行きが湧《わ》きおこらせた言葉とが、ハーモニーをかなでたのだ。その両者を聴きえたおれが、「転換」した森にしたがって使命を果たす者として、いまこそ宇宙的な意志から信号をえたのだと、どうしていい、い、いはりえないだろうかね？

ドノヨウナカタチデアレモシ宇宙的ナ意志ガ実在シナイナラ、ドウシテオレタチハ「転換」シタンダ？　アア、可哀ソウニ！　ドウシテコンナコトニナッテシマッタノ？　アア、可哀ソウニネエ！　ドウシテコンナコトニナッテシマッタノ？

——それじゃ、無益な討論はこれくらいにして、実際的な活動をはじめましょう！食べるものを食べて。「転換」シタコトガ、走ルコトノデキヌ、走ラネバナラヌコトヲマダ知ラヌ、ソンナ者ラノタメノピンチランナーニナルタメダトシタラ、スグニモ走リ始メネバナラヌカモシレナイゾとも、森、いったじゃないの？　それなら走り始めようよ。私はあなたに来てもらって一緒に救援活動に加わりたいわ。昨日、今日の遅れを回復しなければ！

おれはいまや着実に、いかなる唐突さの印象もなく、あのリー、リー、リーの声の真の到来を自覚したよ。内側にはその叫喚の鳴りとよもしてるおれの肉体と精神も、すぐさま走り出すことを渇望しており、かつ恐怖しており、しかもなおその恐怖をこえて走り出したいという、もうひとつの渇望に動かされていたんだ。おそらくは、「転換」した森の肉体と精神に始動するものの連動によって。「転換」前の森にむけて、おれがいくたびピンチランナーの経験を語ったことだったか！　それはかれの存在の根柢の、無意識に喰い込んでいたはずのものだろう？　それが「転換」後の森に、いまや顕在化しているんだよ！

　女子学生は救援活動の前段階にとりかかるように決然と台所へ向かい、森とおれとは「転換」した肉体と精神のなかで高鳴る、激励し威嚇《いかく》するあの叫喚とともに、沈黙して食事を待ったのさ。リー、リー、リー、リー、リー、リー。リー、リー、リー、リー、リー、リー、リー……

　ところで、金銭の問題があった。このようにしておれと森は「転換」後の生活を軌道にのせたんだがな、しかしどのように奇妙キテレツ、変動ぶくみの生活であれ、それが日常生活であるかぎりは、金銭の問題があるわけさ。……このようにいいながら、むしろおれはきみのいいたい言葉を先どりしているはずだよ。「転換」？　それはよろしい、どのようにおかしな思いつき、気狂《きちが》いじみた夢想であれ、しかしこれこそ自分の経験した、経験しつつある、経験してゆくであろう唯一の現実だといいはる以上、その言葉を記述しよう。しかし金銭の問題はどうなんだ？　「転換」後といってもカスミを喰って生きているのじゃあるまい。金銭の問題がどうなっているか、それを聞いて納得することができなければ、その生活の現場報告の表現にリアリティを持たせることはできない、と。

それでは金銭の問題を中核に話を進めよう。実は当の金銭の問題にいやでもおれを直面させる契機がね、向うから乗りこんできたんだよ、模造した米軍野戦服の大男に担《にな》われて！　森・作用子の二人組は、革命党派の仲間の救援活動に出かけて行ったんだが、かれらが出発する時、おれは女子学生に、きみたちの党派は昨日襲撃した方か、された方か？　と問いかけて無視されたよ。自分たちの党派がそのような問いによって、他党派と相対化されるとでも感じたのかね？　それ以上は追いすがって問いつめられぬ弱気の十八歳たるおれは、可憐《かれん》にも未来の映画作家からの連絡に期待をかけて家に残ったんだ。その革命党派の本拠か、すくなくともそこにかかわりのある場所に行く以上、女子学生がおれを伴ってくれるはずはないしさ。

そのようにして後に残ったおれは、女子学生がピッケルでぶっ壊した玄関のドアを修繕できぬものかどうか、思案していたのさ。いったん森たちが出て行ってしまうとね、十八歳の取り越し苦労で、作用子の革命党派とは対立セクトの連中に「誤爆」されるとすれば、鍵《かぎ》のかからぬ玄関ではひとたまりもないと気にかかってきたので！もともとおれは原子力発電所でも、腕と指の器用さで技術的な仕事をするのが得意だったんだ。おれは書類棚の余っていた棚板を降ろしてきて、幾枚もの薄い板を張りつけて補強したその合板を、切り口がケバだたぬよう挽《ひ》き切った。そしてこれはなんのつもりで買い置きしておいたのだったか、ともかくうちにあった南京錠をまずその板に固定する作業をやっていた。

そのおれの背中へ、

――おいっ！　と男の声がのしかかって来るじゃないか。

「誤爆」?!　とおれはビビって考えたよ。雪の消えた街路をうしろに、両膝《りょうひざ》を突いて板にさわっているという態勢だぜ、防衛するといったってどうすることができる？先方も、そうやっているおれの脇《わき》に錐《きり》やらノミやらの工具が置いてあるものだから、警戒して門の外に立ったまま、声をかけてきたわけだろうがさ。それにしてもおいっ！　とはなあ。ともかくおれは気分を奮い立たせてね、ノミを一本持ちながら立ち上り、草色の濃淡で迷彩した野戦服の大男に面とむかったんだ。五分刈り頭のそいつはおいっ！　とでもいうほかにその鬱屈《うっくつ》を表現しようのない面つきで立っていたよ。おれを睨《にら》んでいる血走った三角眼が妻・もと妻に似ている他は、似ても似つかぬ巨人族的風貌《ふうぼう》の弟たちのひとり。それを認めておれは新規の狼狽《ろうばい》、困惑に総毛立つ気分だったね。しかし一呼吸遅れて先方も、睨みに睨んで痛そうな三角眼に、やはり狼狽、困惑を浮べるじゃないか。

——きみは誰だ？　あの……？

そうだ、すでに「転換」しているんだと、たちまちおれは狼狽、困惑から自由になってね。むしろ余裕までをもかちえてさ、さきのおいっ！　に報復したんだ。

——そうだよ！　あのプルトニウム中毒の気狂いの、おれは甥《おい》ですがね？

——……いや、……それで伯父さんは御在宅？

——本当にあれは気狂いだからね、女房に顔を斬《き》られて、隠れちゃったよ。で、おれが留守番に来てるわけ。

——それは困るんだがなあ！　いつごろ戻って来るといってた？……病気の息子も

連れて行ったのかね？

——最初の質問は、ワカラナイ！　二番目の質問はイエス！

——困るんだがなあ、困るんだがなあ！　と野戦服の大男は暗く陰気な顔をうつむけて思案してね、苦しまぎれの兇暴《きょうぼう》さも滲《にじ》むようで、実際にこういうのと野戦の現場で出会うのは厭《いや》だろうと感じたよ。

ところがかれは荒い息づかいの当惑の声とはチグハグにね、説得調でこういうんだ。

——きみな？　伯父さんのハンコをしまってある場所知ってる？　義理の伯母さんの依頼で、それを取りに来たの。私は義理の伯母さんの実の弟。あんたの伯父さんが居れば渡してくれる筈《はず》よ。銀行通帳は伯母さんが受けとって出てるのよ。けれどもハンコをまちがえたからね。ハンコ、探してきてくれない？

——プルトニウム中毒の気狂いがいたら、握りしめている指からハンコを捥《も》ぎとるようにして取って行くつもりで、野戦服を着て来たか？

——なにっ？　と義弟・もと義弟は気色ばんだがね。しかし図体が大きくて突発的情熱をそなえている割には抑制のきくやつなのさ。敬愛する姉に派遣されての職務の執行に、ヤル気充分なんだよ。こいつは広告会社でコマーシャル製作をやっているから、あの新劇演出家ともつきあいがある。三者協議の上でここへさしむけられて、責任を感じているのかもしれないね。

――喧嘩《けんか》するつもりなんかはないんだよ。きみも留守番に来てる以上、伯父さんと伯母さんが別居したことは知ってるわね？　その際、伯母さんの生活費を、伯父さんが確保するのはルールだろう？

――伯父は頰を斬られたし、今後ひとりで、病気の息子を育てるんだし、離婚調停の裁判所はどういうかねえ？　しかも伯母さんは黒眼鏡の新劇演出家と一緒に出て行ったというよ。あんたも話は聞いたでしょう？　片頰は伯母さんに斬られたし、もう片頰は演出家に殴られかけたというよ。演出家は攻撃性のクリスチャンですか？

――なにっ？……しかし、きみも面白いことというタマだなあ。それじゃ、ここらで切りあげて、ハンコ探して来てくれよ。伯父さんと義理の伯母さんの間で、話合いはついてるから。きみの伯父さんも、義理の伯母さんに取りに来られるより、いま渡しておいてもらった方が気楽じゃない？

――もう片頰も斬られるかと怯《おび》えてるよりは、気楽でしょうね！……しかし銀行通帳とハンコを渡して、伯父と病気の息子とはどうやって食ってくのかなあ？　原発からの手当はみんな、銀行振込みなんだから。

――内情まで、よく知ってるじゃないか？　それならハンコのありかも知ってるだろ？　取ってきてくれよ。取ってきてくれたらな、きみの伯父さんがどのようにして食って行くのか教えるよ。

——子供じゃあるまいし、とおれはせせら笑ってやったね。

——こちらも子供の使いじゃない！……実際にその実態を、伯父さんの運動仲間か、新聞社にか、ぶちまけるといったらね、かれはハンコでもなんでもスンナリ渡すはずだ。昨夜の内ゲバは新聞に出たところだしな。「大物A氏」を引きあいに出したテレヴィ解説もあったんだし、なっ？

——ん?! と一瞬つまったよ、おれも。

そこでいったん家のなかに後退したおれは、なおもノミは右手に持ったまま、引きかえしてね、持ち出した印鑑は左手で大男に渡した。妻・もと妻の影響下にある連中は、誰にしろやにわに攻撃をかける癖があるようだから、注意が肝要だと自分に警告して。

——むりやりハンコを奪取されたと、伯父にはいうよ。

——まあ、なんとでもいえ、おいっ！　ガキが大人をからかうなよ。いい加減にさらせ！

……二十分たたないうちに電話のベルが鳴って、受話器をとったおれの耳に挨拶《あいさつ》ぬきで映画作家がこうあびせてきた。

――あなたが「大物A氏」に、核問題関係の情報を提供してきたと、救援本部へ匿《とく》名《めい》電話があったのよ。昨日の集会にも、あなたが変装して観客席に潜りこんでいたという子もいてね、騒ぎになるかもしれないわ。襲撃してきた反・革命党派のゴロツキが、「大物A氏」に金をもらっているという噂《うわさ》は以前からだし。……「大物A氏」の情報提供者だと、あなたが名指しされる心あたりはあるの？

――いま同じネタをほのめかして、銀行通帳の印鑑を取りに来た、妻というかもと妻というか、彼女の弟に対応したばかりだがな。いったん印鑑を手に入れた上で、かれが中傷をしかけた筋道じゃないか？

――それは「大物A氏」とあなたとが、すっかり無関係だということなの？　そうでもないということなの？……三時間後に例のホテルに行くわ。この問題をまず私たちで検討しましょう！　そのまま家でのんびりしてられるほど、現にあなたは安全じゃないのよ？

すぐさまおれはその提案にしたがうことにした。例のホテルと彼女がいうのはね、「転換」前のおれと未来の映画作家とが、質の低い性交をするために密会した場所なんだ。義弟・もと義弟の威嚇に、麻生野の情報をかさねて思いめぐらすとな、あらためて玄関の錠を修繕しはじめながら、ジーンと熱くなる指先から、繰りかえしネジを落す始末でね。そうでなくても惧《おそ》れや危険に赤裸にさらされている十八歳としては、この際街なかへ蹌踉《そうろう》と出て行くほかになかったのさ、壮漢となった森の援助はなしに！　いまやまったく「誤爆」を惧れるなどという状況じゃなく、狙《ねら》いどおり爆撃される標的になってきたわけだからな、この際！

第六章　「大物Ａ氏」すなわち「親方《パトロン》」とこのようにして出会った

1

さておれは、雨滴・霧滴がコロイド状の薄暗がりをなす物陰にさ、「反対警察」か「ヤマメ軍団」の待伏せを恐れながらも、電車に乗って出かけたんだがな、車掌すらもがね、私鉄労働者レヴェルの革命党派員かと疑われた。切符に穴をあける鋏《はさみ》でさ、おれの皮膚という皮膚にパチパチ危害を加えてきそうなやつに！　活動家のひとりが「転換」後のおれを、若造りに変装したおれだと認めたというんだからね。もちろんそれは誤った認識さ。しかし連中がバールや鉄パイプで叩《たた》き伏せたおれを、変装しているのじゃなく、正真正銘、若くなってしまっているのだと発見するにしても、その時おれの更新された頭蓋骨《ずがいこつ》は、叩き潰《つぶ》されているんだからね。本人のおれにとってみれば、そんな追認がなんになる？　「転換」をへた稀有《けう》のホモ・サピエンスたるおれにしても、頭蓋骨のスペアまでは持っていないぜ？　この春の夕暮に起るかもしれぬ、その乱闘ざたを思い浮べてみるとさ、「転換」によって宇宙的な意志がおれにあたえた使命については、それをなにひとつ実現せず、それがどのようなものであるかすらも了解しないで、一方的な乱闘で始末されてしまうことへ恐怖がふくれた。しかもそのようにしておれが脱落すれば、使命は森ひとりで果たさねばならぬじゃないか、あの世間知らずの森ひとりで！　ところがな、そのように懊悩《おうのう》するおれの外見に、いったいどんな好色の徴候を認めたというんだい？　うまい具合に当のホテルの目隠しの植込み奥へ両側から行きあわせたというのにな、そのとたん未来の映画作家の疲れた憂《うれ》い顔に、嫌悪《けんお》の稲妻が走るようでさ、おれと玄関へ入るどころか肩で押したてて鋪《ほ》道《どう》へ逆戻りじゃないか？　しかも唇《くちびる》を動かしもしないで発声して、こんなふうに十八歳の魂をいためつけたぜ！

——あの子たちがすぐ査問会を開こうというのを、やっと押しとどめて出て来たのよ？　それなのにどうしてサカリの犬みたいに私を見るの？

そしてわれわれはお互いに閉じたばかりの蝙蝠傘《こうもりがさ》を開こうとしたが、ふたつの傘の骨がガッキとからみあってね。苛《いら》だった麻生野《オウノ》が力まかせに揺さぶるものだから、怯《ひる》んだおれは傘の骨を股《また》に突きあてて、

――あ、痛！ と呻《うめ》く始末さ。

――痛い？ と怒れる女はね、顴骨《かんこつ》を覆《おお》う皮膚をこの暗さに渋柿色にしてさ、おっかぶせてくるんだ、おれが痛みを感じるのが彼女への新しい侮辱だというふうに！ モタモタしないで、行きましょう。私ひとりであなたの疑惑を予審しなきゃならないんだから。

――どこへ行く？

――どこへ？ 当然、私たちふたりが討論できる場所でしょう？

――それじゃ、いまのホテルこそ恰好《かっこう》だったのにな？

――……あったわ！ 全室個室サウナとネオンがついてるあすこ、あれにするわ。

――サウナ？ とおれは反問して、しかし妥当な説明を受けることのできる雰囲気じゃないからね、闊歩《かっぽ》する未来の映画作家に、小走りするようにしてしたがったわけさ。彼女はね、全室個室サウナのついた連れ込みホテルに入るやいなや、お茶を運んできた従業員の前で裸になりそうな勢いでね、おれがズボンを脱ぐころには、バスタオルをバッ！ と腰に巻き、白木を張った竪棺《たてかん》みたいなものに入って行ってしまった。遅ればせにおれも入って行くと、天井に頭の届きそうな高さの腰掛台に、胴も腿《もも》も紡錘型《ぼうすいけい》に硬肥《かたぶと》りした躰《からだ》を載せてさ、眼を剝《む》いていたよ、ha、ha。もともとそのホテルに入ったのはおれを問いただすためで、サウナは附属的な選択要因にすぎないはずだろう？　それがいったんサウナのある個室に入ってみると、たちまち精励恪勤《かっきん》趣味を発揮して、サウナを活用せずにはおかないわけさ。ムラムラと紅白まだらになった皮膚にね、昨夜の乱闘のなごりの痣《あざ》が刺青《いれずみ》の凄《すご》さだったぜ。こちらは皮膚の活力が打撲傷など弾《はじ》きかえす膝《ひざ》をさ、L字型につきあわせておれは坐ったが、さすがの更新されたペニスもさ、その段階では中年女のガンバリぶりに辟易《へきえき》してじっとしていた。

さて、討論というより訊問《じんもん》は、当のサウナですぐさま開始されたんだ。脣を開くたびに摂氏80度のキナくさい空気が喉《のど》から肺を襲うから、麻生野もおれも咳《せ》きこんでは火の棒のような息を吐いたさ。摂氏80度の空気が媒体では、よく表現を選べるわけがないからね、焙《あぶ》りたてられながらの個人的査問のいきさつは、要約によって示すことにしよう。以下にあきらかなようにおれにとっては決して軽はずみにあつかえぬ質問と答だったんだ。しかしその一方でおれは、密閉された1.2メートル×1.2メートル×1.7メートルの直方体から除く、瓦色《かわらいろ》の石塊を載せた熱源＋腰掛台の嵩《かさ》＋おれと麻生野の体積で量の出てくる熱い全空気にむけて、おれが放屁《ほうひ》すればいかに悲惨か、もし彼女が放屁すればなおさらに……、とそういうことを気にかけて尻《しり》をモジモジさせたりもしたんだからな、ha、ha。十八歳というのはなんという始末におえぬ年齢かね?!

Ｑ　数年来、汝《なんじ》は「大物Ａ氏」に核状況をめぐる情報を提供して、原発の手当を上廻る金銭的援助を受けたという。その事実を通報してきた匿名者《とくめいしゃ》は、必要ならば詳細にわたる内情を、新しく通報するむね申し出ている由《よし》。公平を期するために聞くものなるが、汝はこの通報者に個人的な遺恨を持たれていると主張するや、否《いな》や？

Ａ　然《しか》り。一昨夜、予の頬に傷をあたえし後（その傷をいま予の顔面に見出しえざるとすれば、そは予が「転換」したるが故《ゆえ》なり）、出奔せる妻・もと妻の弟こそ、件《くだん》の通報者なることを信じうべければ。

Ｑ　しからば通報者の判断に悪意にもとづく歪《ゆが》みのありうるものとして、しかし基本の事実関係についてはいかがなるや？　「大物Ａ氏」に核状況の情報を提供し、定期的に金銭の報酬を得てきたれるということ、事実なるやいなや？

Ａ　はたしてそを情報というべきか、予は世界各国の核武装状況及び、原子力開発に関わるトピックを、主に欧米の刊行物より翻訳・要約し、そのレジュメを月々提出し来たりしのみ。

Ｑ　通報者によれば、レジュメ提出は、一、二時間にも及ぶ「大物Ａ氏」との直接の面談により、補完されたる由。しからば提出されたるレジュメとは別種の情報もまた、意識的あるいは無意識的に提供されたる可能性、蓋然性《がいぜんせい》を否定しえざるべし。また通報者のいうところによれば、汝は「大物A氏」をば、パトロンと呼びならわせる由。パトロンとは、単なる事務的関係のみの対象への呼びかけにはあらざるべし。

A　パトロンとは、まず親方ほどの意味なり。かならずしも保護者・守護神の訳語をあてるべからず。親方なる文字にルビをふるほどの気持にて、「親方《パトロン》」と呼びならわせるなり。しかもこの呼称は、予の発明にあらず。亡友による呼称をば、継承したるのみ。予の大学の一友人は国際関係の少壮研究者にて、永らくプリンストンに在学せり。しかしてフランスより留学し来たれる一婦人と恋愛、パリに赴きて婚姻なしぬ。その後、専門研究のベース外国語を仏語に変更、パリ大学にて研究を続けるも、吾邦《わがくに》新聞社パリ支局の現地傭員《ようしん》、使節団通訳など臨時の仕事よりほか収入の道なし。もともとアメリカにおける研究生活を中途放棄したる身なれば、帰国して大学に戻る方途なし。いわんや、東京にてフランス婦人と家庭を維持するに足る収入のポストはありえざりしなり。かくのごとくして焦慮せるかれは、たまたま臨時通訳として「親方《パトロン》」の面識を得。それ以来、東欧・中東の情報をカヴァする任務をあたえらる。もとよりこの場合もフランスの新聞・雑誌の政治経済記事を蒐集《しゅうしゅう》し、翻訳・要約してレジュメを提出するほどの意味なり。かれが、中東を覆う核状況のレジュメ製作に際して、たまたまカリフォルニアの専門研究所にありし予に協力を要請せり。つづいて「親方《パトロン》」

より直接予にこの専門分野につきてレジュメ提出を求められたるなり。右の因縁によりて、予もまた「親方《パトロン》」と呼びならわすにいたれるのみ。

Ｑ　その汝の友人が、情報提出職務のサボタージュの科《とが》により、「大物Ａ氏」の機関によって処刑されたる旨《むね》、通報者は申しのべたる由。如何《いかん》？

Ａ　処刑とは滑稽《こっけい》なる言い種《ぐさ》ならむ。キューバ危機の際、全世界規模の熱核戦争の可能性をば、ヨーロッパの情報センターたるパリにて注目しつづけたる後、危機解消後一週間目にして、友人は縊死《いし》せり。ルノー工場に秘書として勤務せる夫人が、アパルトマンに昼食に帰りし時、ベッド脇《わき》に遺体は吊《つ》りさがりいたれる由。

Ｑ　かれは縊死の前日、オルリ空港に「大物Ａ氏」を迎えたる際、情報蒐集・報告の怠慢をば、譴責《けんせき》されたるにあらざるや？　汝はなにゆえにそれにつき秘匿するものなるか？

そう突っこんで来るとね、未来の映画作家は緊急連絡でも思いついたようにせわしげに、腰掛台から汗のしたたる躰をおろして行ったんだ。その汗を吸いこんで重く垂れるタオルをね、臍《へそ》の下で片手に束ねて、灼《や》けた白木の間を半身に進む恰好は勇ましかったよ。バネで密閉した扉は押しあけねばならないが、なにぶん熱いからね、彼女はタオルをはずして腕に巻きつけ、赤あかとした尻から腿にぐっと力をこめた。さて、出て行くかと思うと、扉のすぐ外からな、柄杓《ひしやく》つきの桶《おけ》を持ち込むんだよ。その間わずかに交替した空気を金魚みたいに飲みこみながら、おれは漠然と危険を予感はしたが、間にあいはしないさ。未来の映画作家は柄杓いっぱいの水を、熱源に注ぎかけた！　一瞬、水はバチンと蒸発して、かたまりとしての熱風が襲いかかってきた！　彼女は柄杓を放り出しざま熊手のように指をひろげて、陰阜《いんぷ》を引っ掻《か》き、引っ掻き、足踏みしている。陰毛が自然発火したと思った？　ｈａ、ｈａ。おれは熱気に唸《うな》りながらも、なんとか外へ彼女を救い出したがな。しかし中年女としては、無鉄砲ながら決断力のあるふるまいじゃなかったか？

しかしその彼女も出てすぐの浴槽に上躰《じようたい》を持たせかけ両膝をつくと、頭を垂れて肩で息さ。おれは年下の崇拝者らしく敬虔《けいけん》にな、移動できるゴム管のシャワーの水温を自分の腿ではかってからさ、赤く腫《は》れ上ったような首筋から肩へかけてやったよ。疲れきって愁嘆するほかないというような、アーという声をたてて彼女は身じろぎもしなかったぜ。もっとも体力が充分に回復する以前に、ただ熱風ショックから立ちなおるとね、すぐさま「査問」続行の決意をあらわしたんだが。

――いつまで冷たい水をかけるの？　自律運動が狂ってくるわ、と彼女は憤《いきどお》ろしげにいったんだ。そんな効果を皮膚にあたえるために、サウナがあるというのじゃないでしょう？
——左様、そのとおり！　とおれは答えてね、すでに無益なシャワーは自分のペニスに持って行ったが、彼女がいまにもふりかえりそうな気がしてね、抵抗しかける亀頭を股にはさんだよ、ｈａ、ｈａ。

2

Q　総括するに、汝は現在にいたるまで「大物A氏」に対し、概略いかなる情報、あるいは海外資料レジュメを提出し来たれるや？
A　すでに述べたるごとく、欧米の一般・専門各誌に載れる核兵器武装状況、またいわゆる核平和利用に関せるもの。核後進国の潜在的核開発能力。しかれども昨今に到《いた》りて、吾邦にも核問題専門誌の出現を見る。そこで予の渉猟する課題は、原発各種の事故、熱公害としての環境汚染、核泥棒の分野に集中せり。そは、予自身の経験にも係わりあるものなれども。
Q　調査・研究の方向づけは、あらかじめ「大物A氏」によって指示されたるものなるや？　汝自身の個人的興味によって選択されたるものなるや、如何《いかん》？

A　後者なり。然れども予の個人的なる経験に立つ関心の展開は、結局、世界核状況の進展の大筋に副《そ》えりと信ず。

Q　レジュメ提出にあたりて、汝と「大物A氏」は通例いかなる性格の談話をかわしたるものなりや？　具体的なる返答を期待す。

A　近年とくに予は、荒唐無稽なる挿話《そうわ》の類を蒐集して談話の材料となせり。「親方《パトロン》」もむしろ苦笑しつつ、それを聞くことをば楽しみとせるが如《ごと》し。もっとも「親方《パトロン》」はいかに荒唐無稽なる話柄《わへい》といえど、事実関係に執着す。いったん不可思議なる挿話に興味をあらわせる後、予にその補足説明をもとめ、調査にあいまいなる部分あれば不快を表明せり。その一例。一九六六年夏、水爆四箇搭載の米B52機、空中給油中に墜落せり。スペイン地中海海岸パロマレスの食料品店主ホセ・ロペス・フロレスなる男は、トマト畑に落下して煙を発せる水爆を足蹴《あしげ》にせる由。「親方《パトロン》」はこの男の今日の健康状態他につき、追跡調査をもとむ。しかれども附属文献には、この男が水爆を足蹴にせしとの情報には信憑性《しんぴょうせい》なし、とも記載されてありき。予は話を面白くせんがため、それを無視したるなり。「親方《パトロン》」あからさまに不興をあらわせり。

Q　事実による荒唐無稽挿話を蒐集し、談話の材料とせしとならば、単に海外印刷物の情報にとどまらず、汝の関係したる原子力発電所の職務、また反・原発運動の実際にそくしても語りたることなきや？　……この件につき特に汝の返答なきことを記録す。

　おれが一瞬黙っていたのはな、本気になって思い出そうとしていただけなんだよ。しかし未来の映画作家はそういうと、演出コンテを描きためるのに持って歩いているノートをとり出してね、実際にそう書きこみ始めるんだ。いまやわれわれは筆記可能の場所にいたからね。バスタオルを胸から腿まで巻きつけた彼女は、枕《まくら》を二つ背に敷いて長ながと躰を伸ばしていたしね、おれもしだいに「査問」されている気分になった、その自意識から、やはりバスタオルを腰に巻いてその脇に坐っていたんだ。

　いったんノートを取り出すとな、麻生野はそれまでの問答にもさかのぼって、細ごまと書きこみ始めた。それを見ているおれは妙に落ちつきの悪い気分になったよ。おれは「親方《パトロン》」に対して、確かに原子力発電所の事故の原始性や、反・原発の運動のこれまた別種の奇態な原始性について話したことを思い出したのでね。笑うべき荒唐無稽の挿話として話したのではあるが、しかしそれらはみな事実に立っていたんだよ。おれが被曝《ひばく》した際の「ブリキマン」の襲撃について話した時は、「親方《パトロン》」は実際大きい滑稽さとやはり大きい憐憫《れんびん》にこもごも揺さぶられる風だったし、そういえば「ヤマメ軍団」の話で面白がらせたのもずいぶん早いころのことだ。

――あなたとしては、不用意に洩《も》らしただけの事柄のうち、「大物A氏」が特殊な方向づけの意図に立って、他の情報提供者にウラをとらせることも可能だわね？　そしてそれをあらためてあなたにつきつけて、たとえばある秘匿事項をあなたが洩らしたと、原子力発電所に、あるいは反・原発運動の本部に、通報すると脅迫されたなら、あなたがそれに屈して次つぎ情報を話してしまうこともありえるわ。

――きみがそんな憶測をするのならな、と内心におこった不安にかりたてられてな、逆に攻撃的におれは反論したんだよ。原子力発電所についてはさておき、反・原発の運動の内情など、おれが情報を提供する必要はないんだよ！　反・原発の市民運動が、組織の系列から非合法の地下運動とかさなるとして、その情報は、きみたちの上部の革命党派か、その敵対党派から、直接に「親方《パトロン》」の所へ行くだろうからね。両革命党派、あるいはひとつは反・革命ゴロツキ集団かね？　VICE・VERSA、ha、ha、しかしその両派に「親方《パトロン》」から金が出ているのは周知のことじゃないのかね？

――そんなことがありえるの？　えっ？

――ありえるさ！　会計の責任を担っている革命党派員にルートをつけて資金援助をすれば、定期的に情報をつたえてくるよ、紳士協定さ。

――それはあなたの妄想《もうそう》でしょう？

——事実に立った叙述！

——中傷だわ、ありえないことだわ。

——きみは自分のグループ・レヴェルですらも疎外《そがい》されているように感じると、嘆いていたのじゃなかったか？　上部組織からはなおさら疎外されているだろう？　その首脳部が、きみにはありえぬと考えられることを、現にやっている可能性はないか？

その時、麻生野桜麻の顔のありとある丸みが失われてね、まるで箱型の、亀に似た実質をぬっと出した彼女はおれを注視した。容貌《ようぼう》の、これほどの変化はサウナの効果かね、薄暗い寝室照明のせいかい？　おれは新しい緊張を軽口にまぎらそうとしたが、そうも行かなかったよ。

——電話で確かめてみる、と、く、ぐもり声でいって麻生野が立ち上るのを、おれには制止しようもなくて、ただベッド脇に勢揃《せいぞろ》いしているスイッチのいくつかを押してやったんだよ。

ところがおれの親切心に反して隣室は暗いままなのに、ベッドには五色の照明がふりそそぎ、天井の曇りガラスは鏡と輝やき、ベッド自体、運動をおこした！　しかもベッドに立って片足を床におろそうとしていた麻生野の、そのベッドを踏んでる方の片足が、動く回転板のその上にあったんだ。おれは宙に浮んだ紡錘型の円柱の間の黒ぐろした茂みのみならず、西洋の民話で悪魔の爪に引っ裂かれた傷痕《きずあと》と呼ぶやつを、その形容のままバッチリ見た！　それも五色照明の鏡地獄で、腰を揺すりたてられながら見たんだ。麻生野は隣りの間の畳の上に墜落して、しかし昨夜の墜落におけるようにファシスト！　とは罵《のの》らなかった。ウム！　と呻《うめ》いて憤怒と軽蔑《けいべつ》のこもった眼に、ひとり腰を揺すっているおれを串刺《くしざ》ししただけさ。……電話はホテル側の交換システムでね、先方が出るには出たらしいが、先方と交換手と、こちらの麻生野の間で一悶着《もんちゃく》おこっている。彼女が電話をかけた先が、革命党派の本部である以上、こちらの名を確認しないでその指導部の人間が電話口に出てくるはずはないさ。しかしテレヴィで高名な麻生野桜麻にしてみれば連れ込み宿の交換手にその名をいうのもはばかられるじゃないか？　しかし、彼女はすぐさま決断して、自分のフルネームを告げたよ。それでいて彼女が先方と話しえたのはただの二言、三言でね。一応の威厳は保ったまま電話を切ったものの、戻ってきた麻生野は、ついさっきの憤怒と軽蔑の勢いはどこへやら、途方にくれた幼女・大型判という様子だったね。

——あの子たちは、正面から人をオトシメルような言葉を発するからねえ。それも理不尽にじゃないから、なおさらこちらはオトシメラレルわ。

──交換手が取りつぐ電話じゃ、盗聴公認のようなものだよ。重要な話はできないさ。

──それにあの子たちが苛《いら》だってるのも、当然ではあるのよね、反・革命のゴロツキ集団の特攻隊が、「大物A氏」襲撃に出て、一応の成果をあげたらしいわ。殺しえたというのじゃないし、結局は連中がやることだから、現象面でだけ正しいように見えるだけの、発作的な行動にすぎないけれど……

今度はおれが、装置つきベッドから跳び起きようとして、腰をおかしくするところだった！　「転換」していなかったなら、てっきりギックリ腰だよ。たまたまニュースの時間が終ろうとしている、そこでともかくもテレヴィに這《は》いよってスイッチを押す。ところがチャンネル1の画面に出てきたのは、短軀《たんく》のデブ女が、男の萎《しぼ》んだ腹にまたがり、自分の乳房をもみしだいて頭をのけぞり、ヒンヒン声を発する情景で、腰の一帯はミルク色の暈《かさ》にかすませてある。カメラはやはり男の萎んだ顔をうつし、台詞《せりふ》は、ソンナニ嘶《いなな》クナヨ！

──愛のムード映画、というらしいわよ、それは。襲撃はまだ三十分ほど前のことだから、テレヴィでは無理でしょう？　情報は直接に聞くほかないわ。

おれたちがロビイへ降りて行くと、六、七人もの女従業員が、エレベーター脇やドアを開けたままのリネン室や、シュロ鉢のかげの帳場などにね、ウサンクサげな顔つきの立ち姿を見せていたよ、さいぜんの電話の効果で。しかし未来の映画作家は顔をそむけようともしないで、むしろすべての視線を受けとめるようだった。かえってその悪びれぬ態度に反撥《はんぱつ》して、

──若い男を相手にねえ、と低声《こごえ》ながら道徳的憤慨をあらわした従業員がいったんだがな。

──私たちを中傷することは、あなたたち自身の職業はもとより自分自身まで、辱《はずか》しめることになるわ、と麻生野桜麻は早速論評したよ、ｈａ、ｈａ！

3

頼りになる市民運動家と別れてひとりになりながらも、おれは「親方《パトロン》」が襲撃された以上、かれとの関係を糾弾されているおれも危いというふうには考えなかったんだ。「反対警察」も「ヤマメ軍団」もおれを狙《ねら》って攻撃をしかけることにいまや意味を見出さないはずだと思ってね。当の「大物Ａ氏」をかれらのどちらかが負傷させえた直後である以上小者を襲撃することはないさ。しかしおれはね、もしこの負傷がもとで

「親方《パトロン》」が死ぬようなことになれば、おれにあたえられている月々のレジュメ製作費は期待できないのだから、生活をどうするかと気をうばわれていたんだ。原子力発電所からの手当は妻・もと妻が独占するんだから、おれはそれなしで育ちざかりの自分の口腹を、養わなければならないし、自分の息子である中年男と多分その情人までをも、金銭的に支えるのはおれの仕事だ。現実問題としてこれから二週間程度はもつにしても、さてそれからどうするか？　森と女子学生が帰ってきているはずの家へ急ごうとしながら、タクシーは拾わず私鉄を乗り継いで家にたどりついたのは、この金銭的不安に揺さぶられてのことだったよ。森たちはまだ帰って来ていなかったんだがね。テレヴィの最終ニュースには「大物A氏」襲撃についての報道があって、おれはそれに間に合った。複数の襲撃者は秘書をつうじないで、すなわち「大物A氏」がごく内輪に使っている連絡用電話で約束をとり、秘書が昼食に出ているその訪問時間に現われたらしい。三十分間の不在の後、秘書が戻って来ると「大物A氏」は頭部を一撃されて倒れていた。現場には襲撃者の兇器《きょうき》と見られるピッケルが残され、また被害者のものではない血痕《けっこん》も発見された。

　ピッケル？　ともちろんおれは胸をつかれるようにして考えたぜ。いつだったか「親方《パトロン》」へのレジュメ提出に、ほら、決して大人の話合いの邪魔にならぬわれわれの子供らのさ、「転換」前の森をともなったこともある。そのレジュメ提出の日時を申し出て内諾をとる電話は、テレヴィでいった内輪の連絡用電話なんだよ。しかしおれの内部から、すぐさま突き上げるようにこんな強い声が起ってね、襲撃者たちが森と女子学生の二人組なのではないかという疑惑を、絶対に拒否したんだ。森トオレノ「転換」ガ宇宙的ナ意志ニヨッテアタエラレタ使命ノ実現ノタメデアルナラバ、ソノ実現ノタメノ行動ニ、森ガオレヲトモナワヌ筈《はず》ガアロウカ？　タトエオレガ森ノ脇ニ立チ合ウタメダケノ役割デアルトシテモ。イヤムシロソレユエニコソ！　オレハ「転換」ノ予感ノナカニイタコロ見タ夢デ、「親方《パトロン》」ノ政権獲得ノ祝イノ日ニ森トフタリデカレヲ打チ倒シ、カレニトッテカワッタ。ソウダアノ夢コソ証拠ダ、夢ノナカデ、オレト森トハ一緒ニイタノダ！　森ハソノ宇宙的ナ意志ニ託サレタ使命ノ実現ニオイテ、ドウシテ失敗スルコトガアロウカ？　ソンナコトガアレバ「転換」ハマッタクオレタチヘノ愚弄《ぐろう》デシカナイダロウジャナイカ。「親方《パトロン》」ハ負傷シタモノノ生キテオリ、現場ニハ襲撃者ノ血痕ガ残ッテイタトイウ。モシ森ガ使命ヲ果タシエズ返リ討チニ会ッタノダト仮定セヨ。ヒトリ残ッタ「転換」二人組ノオレコソガツヅイテヒトリ使命ヲ完成シナケレバナラヌガ、シカシオレニドウスルコトガデキヨウ？　オレハ「親方《パトロン》」ヲ敵ト考エタコトハナイ。宇宙的ナ意志モナゼ「親方《パトロン》」ヲ打倒シナケレバナラヌノカヲ指令シテクレテイナイ。オレニハ「転換」ノ使命ヲ実現ショウガナイ。スナワチ、オレト森ノ「転換」ニ宇宙的ナ意志ノアタエタ使命ガ真ニアルナラ、コノ襲撃ハ、森ト女子学生二人組ガヤッタモノデハナイ。オレハ帰リノ遅イ森ヲ心配シテ被害妄想ニカカッテイルニスギナイ。ドウシテ「親方《パトロン》」ガ打倒サレネバナラナイカ、オレハアノ巨大ナ人物ニ畏怖《いふ》ト敬愛ノ心サエ、自覚スルノニ？

しかしおれは、自分の内部からの強い拒否の意志がそのようにいった時、驚きを感じてもいたんだよ。確かにおれは永い間、「親方《パトロン》」から金銭の援助を受けて来たが、それはただレジュメを提出し報酬をもらうのみの関係であってね、畏怖と敬愛の心をいだいていると意識したりしたことは一度もなかったから。……しかしいったん内部に耳をすましてしまうと、おれは自分のなかで盛んにこの拒否の主張をおこなっている、必死の声を否定できない。驚くじゃないか？　しかしむしろ突然おれからこういうことをいい出されて、いっとう面くらっているのは記述者たるきみだろうからね。まずおれが永年接して来た「親方《パトロン》」とはこういう人間だと、話すことから始めよう。それを記述するきみの方で、おれが今まで気がつかなかった「親方《パトロン》」への畏怖と敬愛のよってきたるところを、発見してくれるかもしれないじゃないか？　すくなくとも第三者がスンナリ読みとりうるものに、それを記述してくれるかもしれないじゃないか？　こんなにまでゲタをあずけられては迷惑かい？　ha、ha。

おれがいまあらためて思い出してみて、いっとう他人に感得されやすい「親方《パトロン》」の魅力だとみなすのは、声音およびその抑揚だね。老人ながらかれは張りのある朗々たる声で話すんだ。外国語の発音・アクセントを分析的に学生につたえるために、誇張的なほどはっきり発声する教師がいるだろう？　「親方《パトロン》」などと学生のつける綽名《あだな》みたいなもので呼ばれるのが似合っている側面もかれにあるんだが、実際生涯に一度だけ、言葉の教師をしたことがあるといってたよ。それは日本の敗戦直前の上海でね、中国人青年たちを教育しながら情報をとる仕事でもあったわけだ。まだ壮年の「親方《パトロン》」は侵略軍の附属機関員でね、その任務として対知識人工作をやっていたんだがな、その内実を知りながら中国人青年たちはそれを無視するふうだった。かつ「親方《パトロン》」にも、かれらひとりひとりの複雑な内実をな、隠すのじゃなく、むしろそれを知らせながら、その上で「親方《パトロン》」が知らぬふりをしてくれると期待しているようだったそうだ。むしろ先方の個人的な内情については、「親方《パトロン》」が蓋《ふた》をおしつけて、こちらに洩れ出てくるのを防ぐ関係だったらしいよ。おれは延安の人間だ、それがどうなんだと、開きなおられてしまえばね、お互いに悶着をまぬがれない。重慶の側の人間についてもそうだ。当時すでに現地の軍首脳には、敗戦後の日程がきまっているほどでね。先方の新聞・雑誌記者、教師、詩人・作家といった連中は情報をとられることを承知で「親方《パトロン》」の塾に出て、それによって隠れ蓑《みの》をひとつかちとっていたのさ。この塾には世界各国の定期刊行物が揃っていて、先方でもそれなりの情報に接することができるしね。「親方《パトロン》」個人の目的は敵側の人間を束縛することじゃなく、かれらの自由な動きから敗戦後のさきゆきを模索することで、実際かれは充分それに成功して、戦後の「大物A氏」たる基盤を築いたのさ。それは当然ながらいまの「親方《パトロン》」の対立する革命党派への資金援助のやり方とさ、一脈つうじるものがあるだろう？

さて容貌をいえば、「親方《パトロン》」はじつに大きい頭をしている。その大きさが表現されていない顔写真だと、かれの魅力はつたわらない。おれ自身、「親方《パトロン》」に会う以前に見た疑獄事件関係記事の、顔写真のいやらしさを思い出すよ。それはまったく凶々《マガマガ》しい顔つきでね、子供っぽい、いたずら者めいた印象もあるんだが、かえってそれが凶々しさを強調する具合なのさ。その顔写真の「親方《パトロン》」は、頭巾あるいは鍔《つば》なし帽子をかぶっていたが、それで暴力団員に撃たれた傷痕を隠しているということだった。このピストル狙《そ》撃《げき》事件はね、韓国・台湾をおおうほどの利権をな、A系列商社からB系列商社へ移しかえた「親方《パトロン》」に、商社最下端とむすぶ暴力団が報復したのだという噂《うわさ》があったころだ。そしてまさにそのような黒暗暗たる噂を、そのままカリカチュアライズしたような写真なんだ。

ところが実際の「親方《パトロン》」は、その額から顎《あご》にいたるあらゆる部分の大きさが、さきの凶々しい印象を根こそぎ逆のものにした、そのような顔を持っていたのさ、それも大きい躰によく均衡のとれた！　例えば眼、それは左右ことなった光をやどす、いわゆる犯罪者体質の眼に見えるがね、本物はそんなものじゃなかった。イグアナの眼みたいに深い皺《しわ》につつまれた左の眼は視力を失っているんだが、瞼《まぶた》のなか全体が黒ぐろとしているので、もう片方の眼が疑惑や憤怒をキラめかせても、それはつねに深い翳《かげ》を脇《わき》にひかえていることになる。それらの眼は、相手の肉体と精神の総量をやすやすとはかって、しかしその答をつきつけては来ないというふうだったよ。

このように話してくると確かにおれは「親方《パトロン》」を畏怖し敬愛しているようじゃないかね？　きみがおれの言葉どおり記述してくれているとすれば、すでに書かれた言葉自体が、それをあかしだてているのじゃないか？

おれはその真夜中、森たちを待ちつつ電気炊飯器で飯をたき、コンビーフを玉葱《たまねぎ》と炒《いた》めたんだがな、ひとり食い始めながら気がついてみると、そのコンビーフの罐《かん》も「親方《パトロン》」のお歳暮物資群から、今日の襲撃の間、昼食を楽しんでいたマヌケの秘書がさ、ha、ha、配給してくれたものなんだ、すべてのレジュメ提出者に一律に。そのように見てくると、おれの日常生活には「親方《パトロン》」の影が多面的にさしているよ。その「親方《パトロン》」が襲撃された夜に、かれのことが頭から離れぬのも当然じゃないか？　しかしこんなふうだとな、おれの「転換」した内面生活それ自体にも、「親方《パトロン》」の影響は、無意識的に及んでいるのではないかと、作った夜食を三分の一だけ食いながら、その間も胃が厭《いや》なふうにキシムようだったのさ。「親方《パトロン》」の影響の無意識的な波及、それによる被支配ということを考えるとね、連想はただちにパリのアパルトマンの屋根裏近い高い階で、なおも高くベッドに昇って頸《くび》を吊《つ》った友人の死体が、幻に見えるからさ。アイツモ初メハ「親方《パトロン》」ノ構想ノ全体ヲツカムコトガデキズ、国際関係ノ素《しろ》人《うと》トシテ軽蔑シ、ソレト矛盾セヌ、人間存在プロパーヘノ畏怖・敬愛ノ心ヲモチ、経済的不安モアッテカレノ気ニ入ルヨウツトメテ、情報ヲ蒐《あつ》メ、要約シテ提出シテイタノジャナカッタカ？　ソノウチシダイニ深ミニ入ッタ。ナニカオレニハマダワカラヌ「親方《パトロン》」ノ構想ノ全体ノ深ミニ。ソノカレハ、キューバ危機ニオイテハジメテ「親方《パトロン》」ノ真ノ意図ニ思イイタリ、自分ガイカナルモノニ協力シテキタノカヲスデニ償イガタイモノトシテサトル。ソレハプリンストンデトモニ国際政治ヲ専攻シタフランス人ノ妻ニスラウチアケラレヌホドノコトデアル。マズカレハナントカ独力デ、「親方《パトロン》」トノ関係ニケリヲツケルベク発心スル。カレハ情報蒐集《しゅうしゅう》ヲトイウヨリモ、ソノ要約、提出自体ヲサボタージュスル。「親方《パトロン》」ガパリニクル。カレラハ直接対決スル。シカシソノ対決ハ、第三者ノ眼カラ見レバ、一方的ナ叱責《しっせき》ヲカレガコウムッタコトデシカナカッタ。チカラツキタカレハ、モット恰好《かっこう》ナ場所ヲ見ツケニ行ク元気モナク、ベッド脇デ頸ヲ吊ッタ。ソノアパルトマンガカレラノ全財産デアル以上、遺《のこ》サレタ夫人ハ当ノベッドニ眠リツヅケネバナラナイノニ！

午前二時に、電話。それも例の女子学生がね、活動家として武装している得意の話法はどこへやら、イカレ女子学生のあいまい言語でね、メッセージを送って来たんだ。おれの家の電話が盗聴されているかと疑っているんだね、なかなか周到だと思ったよ、尻《しり》の割れ目の向うまで覗《のぞ》かせる不用心さのあいつがさ。

——もし、もし？　パパたちが見張っていて、ガレージの傍にも近づけないわ。これではしばらく、あなたの家でのデートはむりね。**私たち二人がヤッテしまったこと、**怒ってる？　それは当然ね。でもあれは、なんていうの？　**挨拶《あいさつ》みたいなものだって。本番はあなたとヤルのよ、**それは運命でしょう？　そうなれば私にはどうすることもできない。ママが上ってくるから、さよなら。よろしくって！　**元気だって！**

森と女子学生の二人組こそが、「親方《パトロン》」を襲撃したのだ！　森の攻撃行からとり残されたことなど受けいれえぬ筈だったおれを、作用子の話法はたちまち納得させていたんだよ。デモアレハ、ナンテイウノ？　挨拶ミタイナモノダッテ。本番ハアナタトヤルノヨ、ソレハ運命デショウ？　森たちは今日、「親方《パトロン》」に警告だけ発しに出かけたのだ。使命の実現の際には、森とおれが、「転換」した運命共同体として二人で行く。したがって今日とり残されたことには問題なし！　なぜ宇宙的な意志が「親方《パトロン》」襲撃を指令するのか？　それも使命の真の実現が、森の指導によって行なわれる以上、おれには問題なし！

電話によればいまや警察が、おれの家を見張っているわけだった。隣りのガレージが、おれの家の門に向けて張り出している。女子学生の言葉は、この家の前を無関係な通行人として歩いた者の観察を説得的に反映している。電話が一方的に切られるとすぐ、居間の電燈を消しかけてね、おれはギョッとしてやめたよ。カーテンの隙間《すきま》から外を覗きたい衝動もおさえたんだ。今の電話が意図をひそめた連絡だったと、見張っているやつに感づかれるのはまずいからね。

もちろんおれも、森・女子学生の二人組の身許《みもと》が割れた上での、張り込みだとは思わなかったよ。それならサッサと逮捕状をかざして強制捜索に来るはずだから。森たち二人組をでなく、他ならぬ当のおれをな、警察に密告した人間がいるんだ。その情報をおそらく半信半疑ながらもさ、一応ここへ張り込んでいるのにちがいない。その警察の気配をさ、森たち二人組自身か、かれらをおれの家に送って来た者らがめざとく看破して、難を逃れたということなのだろう。

　おれについて誰が密告したか？　もちろんおれの妻・もと妻！　彼女がテレヴィで「親方《パトロン》」襲撃のニュースに接する、そしてたちまちそれをおれに関係づける。それはまったく自然だろうじゃないか？　しかしおれは妻・もと妻の密告にねざす罠《わな》を、森たち二人組かその護衛たちがうまくかわしたこと、そして今後は、妻・もと妻の密告情報が、むしろ森たち二人組から警察の追及をそらしめる効果をはたすはずだと思いいたってね、励まされたよ。そして「親方《パトロン》」を襲ったのが森たちだと確認してみると、おれはパリの市街のあの高い高い所に吊りさがった友人の死体と、十年近くぶりにやっと和解の糸口をえたように感じたんだ。しかもさっきまで畏怖と敬愛の対象として固定しかけていた「親方《パトロン》」がな、あの凶々しい写真の顔に戻ってさ、血まみれで倒れているヴィジョンまで見るほどでね。十八歳の変り身の早さは猛烈じゃないか？　ha、ha。森の負傷のみが気がかりだったがね、女子学生は歌うようにいったじゃないか。ヨロシクッテ！　**元気ダッテ！**

　二十分ほど待ってから居間の電燈を消してね、それからおれは自分のベッドではなく、森のベッドに足を枠の向うに突き出して眠った。夜明けまで幾たびも、前の鋪道《ほどう》に人の気配を感じては眼がさめたのは、実際に警察が張り込んでいたということだろう。おれは麻生野のグループの上部組織からはスパイとして、その反対党派からは敵対シンパとして、かつまた妻・もと妻とその巨人族の兄弟たちからは生活の遺恨の腹いせに、寝込みを襲撃される惧《おそ》れがあったわけだ。しかし家の前に警察が張り込んでいるんだからね、おれには万全の保護があったことになる。人生にはまったく様ざまな局面があって、きみたち作家にも複眼の構造をとるのでなければその全体は、見とおしえないのじゃないか？　たとえばこのようにおれがいいはりつづけ、きみが記述するというふうな構造にでもよるのでなければ、ha、ha！

4

人権尊重の精神に燃える警察は、「転換」した十八歳に必要なだけの睡眠時間をあたえてから、ふたりの紳士に具体化してあらわれた。人権もなにも考慮しないで猛《たけ》り立っている模様なのは、わが密告者、妻・もと妻のみかね、ha、ha。

おれは眼ざめるやいなや張りきって、対権力抗争のために準備していたんだ。森は宇宙的な意志にあたえられた使命をすでに実現しはじめているのに、すぐにもその闘いに参加すべき戦闘員同志が、躰《からだ》をナマらせていてはならないからな！　まず朝の掃除をする。家じゅうの窓を開け放った時おれは、四、五軒向うに車が一台駐《と》まってるのを見つけたよ、このあたりの路上は駐車禁止なのにさ。そして隣りのガレージの屋根ごしに、手持ちぶさたのいわゆる長髪族が、春の初めの朝風にすっかり冷えこんでいるふうでね、汚れた皮長靴の踵《かかと》を踏みしめているのが見えた。その長靴をはじめ服装全体に、生活の疲労があらわな長髪族で、街なかのありふれた長髪族より滋味があったぜ、ｈａ、ｈａ。しかしついにベルが鳴って、おれが玄関に出て行ってみると、張り込み役とは別のちゃんとした制服姿の警官が二人立っていたよ。署内柔剣道大会の優勝者風とでもいうか、若い美丈夫と、暮まで結核で公務を休んで春からボチボチという感じの男。あからさまに強圧的および懐柔的の、二面作戦を分けもっているといって、黙っていてもつたわってくる様子でね。しかし「強圧的」が、ほかならぬおれの名をいって、御留守か？　と訊《たず》ねるものだからたちまち「転換」後のおれに自信を持たせたよ。

——伯父夫婦は、昨日の晩から帰ってきません。伯母は前の、前の晩からかな、たぶん。息子も居るんだけど、伯父が連れて出かけています。前の、前の前の晩、トリコミがあったらしくてね、その結果おれが留守番に呼ばれたんですよ。今度はなにかあったですか？　おれはこの家の関係者なんだから、教えてください。伯母か、伯母の兄弟が、もういっぺん伯父を斬《き》ったの？

——あんた、甥御《おいご》さん？……留守番してる？　どうして伯父さんが斬られるの、それもういっぺん？

——ン?!　誘導訊問《じんもん》！

——真面目《まじめ》な話をしてるんだよ、と「強圧的」が乗り出してね。伯父さんは昨夜ずっと帰ってない！　いまも留守だね！　連絡は？

——連絡もないです、事件の内容を教えてください！　本当におれは関係者なんだから。

——テレヴィの見過ぎじゃないの？　と「懐柔的」がいいながら、ひとつ判断をくだしたような眼つきなのでね、おれは怯《ひる》んだが、しかしそれは、おれを頭の悪い若僧だと見抜いたことだけ意味したらしいよ。いや、伯父さんをたずねてきて、迷っている人がいたからね、御案内してきただけよ。それが伯母さんでも伯父さんでも、斬ったり斬られたりしたのなら可及的すみやかに届けてよ、ハハハ。これは誘導訊問じゃないのよ。善良・健全な市民への、協力要請よ、ハハハ。

そして一歩退いた警官たちの真中から、昔の喜劇映画でね、ドアを開けると消防士がサッと入って来るシーンがあったがな、あの勢いで「志願仲裁人」が前へ出て来たんだ。

あらためて間近から見るかれはね、生きてるのか？　と訊ねたくなるほど青黒い皮膚をしていた。もっともその顔の全体は、死人めいて不愉快どころか、むしろ逆なんだがね。一瞬眼を見あわせた時から、青黒い皮膚につつまれてはいるものの、横に張っている額、三角形の鼻と口髭《くちひげ》、そのすべてが好感をさそうものだった。それというのも角ばった黒縁の眼鏡を押しあげながら、かれはほかならぬ驚嘆のきらめきを、生真面目な眼に湧《わ》きおこらせていてね。それだけでおれには「志願仲裁人」が、森と女子学生のかわりに連絡をとりに来たのであり、おそらく「転換」について森から説明を受けているが、実地に眼にしたもうひとりの「転換」後の人間にさ、驚嘆し魅惑されているのがわかった。

——お宅のツツジの茂みにね、とその「志願仲裁人」が挨拶ぬきでいい出すんだよ。猫が仔《こ》を生んでいるよ、今日は暖いからいいが……

もちろん警官たちはその話柄《わへい》を、暗号による通信と疑ったよ。すぐさま「強圧的」は「志願仲裁人」の脇に踏み出して次の暗号を牽制《けんせい》した。経験豊かな「懐柔的」は、一応ツツジを調べに行った。そして気の毒にね、**フウッ！**　という怒りの声と、オレンジ色の斑《まだら》の肢の攻撃にのけぞった。

——嚇《おど》かさないほうがいいよ。危険だと観念したら、仔を喰ってしまうから。もう怯《おび》えて喰いはじめてるよ。一匹しか残ってないから。昨日の晩このあたりを騒がしくするやつがいて、母猫はさんざん嚇かされたんじゃないか？

——嚇かされたのは、**こちらだよ**。

「懐柔的」が荒い吐息をついて、恐ろしく不機嫌にそういったよ。おれが硬軟二様に分けた役割評価はね、逆だったのかもしれないね。……そのまま話のつぎ穂もなくてさ、警官たちがそこで会話を再開するきっかけを失った気配をな、「志願仲裁人」は見逃さなかった。斜めから見ると鼻と口髭の半分ずつが、三葉プロペラの角度、バランスでつきだしている顔を警官に向けてね、有無をいわせぬ声音で挨拶したんだ。

——**どうも、いや**、お手数かけて、申しわけありませんでした！　**いや、どうも**、お巡りさん！　おかげさまでたすかりました！

言語的力学上、「連中も恐縮したような挨拶をして立ち去ったがね、留め金が壊れそうな門の閉め方をするので、茂みの産褥《さんじょく》の猫は、再び**フウッ**！　と唸《うな》ったよ、それともあれは「強圧的」が唸ったのだったかね？　ha、ha。

——猫には水か食物か、やらなくていいかな？　いままで気がつかなかったんだけど。警官も気がつかないほどだから……

――まあ警官は、猫を捕まえる訓練を受けているのじゃないから、と「志願仲裁人」は公平を期すかのように憂《うれ》わしげにいうのさ。あれがお宅の猫でないのなら放っておいていいでしょう。……すくなくとも母親の方はいま満腹しているから。

――きみは猫の問題の専門家？

――猫の問題の？　まあ、そんな問題の専門家は、もっと年をとってるでしょう。……それで、上らせてもらっていいですか？

もちろん拒否する理由はないさ。居間に向かいあって坐りこむとね、「志願仲裁人」はあらためておれをマジマジと見つめるんだよ。そして厚いレンズの向うで灰黒色の微粒子が波立っているような瞳《ひとみ》にね、驚嘆とおかしさを陽気に表現してね、呆《あき》れるほど子供っぽい声をたてたんだ。

――やあ、本当に！　じつによくやったもんだなあ、これは凄《すご》い！

おれは自分の「転換」した若い顔が、いちめん真赤になるのを自覚したね、喉《のど》もとまで。

――……そのことは森から教わってはいたけれども、……しかし本当によく転向したものだなあ！

――「転換」。

――そう、「転換」。大変だっただろうなあ、こんな徹底した、凄いことやってのけるのは！　昨日はこれに気がつかなかったけれども。「転換」前のあんたを集会で見かけたことがあるのに、気がつかなかったんだから、**凄いよ！　よくやったなあ！**

――森はきみの所にいるのか？　とおれは、さすがに辟易《へきえき》してね、とめどない感嘆に水をさしたよ。負傷したというんだけれども？

――うちのリハビリテイション道場にいます！　負傷はたいしたことない！　女子学生はまるっきり無事でね、彼女はリハ道場員と論争なんかしているけれども、森は静かで、しかしそのやりとげたことと、人格で尊敬されてますよ。……それを連絡に来たんですよ、僕は。……あんたの「転換」にも、以前の研究との関係でね、興味があってやってきたんだけれども。……僕は分子生物学をやっていたが途中で放棄した、研究者でもなんでもない人間ですけども！

そういうと「志願仲裁人」は、はじめて眉《まゆ》の間のドス黒い皮膚に、不倖《ふしあわ》せそうなタテ皺《じわ》をきざんだよ。おれはその皺によってさ、自分の魂が引っ掻《か》かれるのを感じたね。おれもまた研究を途中で放棄した人間だから、遺恨の思いは共通のはずだろう？

――「転換」のことを、……森が自分でしゃべったか、あるいは別のやり方でか、ともかくきみに伝達した時、きみはそれを信じたかね？　いまそれをなお信じたままでいるかね？

――もちろん！　いまや二倍の精度で、もちろん！

そういうと「志願仲裁人」は、それまで押さえていた笑いの発作を一挙に解き放ってしまってね、大笑いに笑いながら、苦しい息をついてなおもいうじゃないか。

――これを……信じないで……いることは……アハハ、アハハ、……できない！

おれは憮然《ぶぜん》としてね、「志願仲裁人」がやっと笑いをおさめ、涙やら、よだれやらを拭《ぬぐ》いとるのを見まもっていたがね。

――それで、森はどこを負傷している？

――頭を……

――頭?!

――あ、……それについてはいうなといわれていたがなあ。僕は森の信頼を、たちまち裏切ったなあ。

――それはひどい怪我なのか？　黙っていろという以上……

――傷は軽いですよ、ただね、負傷の部位が頭だとはいうなと念を押されていたんですよ。……傷の処置を任せてもらった人間として、信頼を裏切ったなあ！

——傷は、後頭部なのか？　それとも？　それで処置というのは？

——……もちろん素人だからね、ただ消毒して繃帯《ほうたい》を巻くだけですよ、場所はあんたのいうとおり後頭部だけども。おれが見た時は出血もとまっていたのでね、血のかたまりの上から指でさわっただけだけれども、以前の傷口がもういちど裂けたふうだったな。森自身が、そのようにいってもいたしね、みんな心配しなかったですよ。もちろんそれがピッケルで引っかけられて皮膚が裂けたんだと聞いてはね、あらためてたじろいだけれども。

——ピッケル？　それなら森自身が持って出た武器じゃないのか？

——**そのとおり！**　まず森がピッケルで「大物A氏」の頭を一撃したのでね、そのまま撤退するんだと女子学生が思っていると、森がね、崩れかかる「大物A氏」にピッケルをつき出して、やつが血だらけで眼もかすんだ状態ながらそいつを受けとり、殴りかえしてくるのを待ちうけたというんだよ。やつはピッケルを振りかざしたものの、そのままひっくりかえったから、はずみで森の頭の皮膚を鉤裂きにしただけだったけれど。**森はたいした人間だよ！**　あんな男にめぐりあった以上、僕はこんりんざいかれを保護するし、その手足になって働くよ！　僕のリハビリティション道場はね、対立して殺しあう両党派の脱落者の、和解に向かう再出発訓練所なんだけれども、……真の和解への戦闘的非暴力は森の行動に実現されているんだから！　──その森の行動なんだがな、きみから見てひとつの帰結のようだったかね？　あるいは次にやる決定的な行動のための、警告のようだったかね？　女子学生は後の方だというんだがな。おれはそれが気がかりなんだがな？

──そんなことどうして？　いったいあんたは森の今度の行為の全体を見ながらな、それがひとつの帰結だなんかと、そんなことどうしていえるんだ？　それにつづく展開に向けて、参加するのが恐くてか？　それならあんたは参加するな！　そしてそのまま黙ってすっこんでろ！　あんたは森を侮辱するつもりか？

──え？　それこそどうしてだ？　このおれが森を侮辱する？

そこでおれたちはひと蹴《け》りしあった軍鶏《しゃも》のようにさ、居間の床に中腰で睨《にら》みあってね、つぎの決定的ひと蹴りに運動エネルギーを全開するふうだったぜ。もちろんこの場合おれはすぐに戦意を失う軍鶏でね、間の悪い思いで坐りなおしながら、同様に照れて坐りこむ「志願仲裁人」に弁解した。

──森が生まれた時の異常に、おれが動揺・混乱しているのへ、いまはそうと明瞭《めいりよう》にわかるんだがな、「大物A氏」がつけこんで圧制を敷こうとしたんだよ。特児室の森を殺し、おれの方は終生の奴隷《どれい》にする圧制を。……その連続のおれの気持からいえば、森がやつを襲ったのはその帰結でね。しかし結局はおれが屈伏をまぬがれて、「大物Ａ氏」の圧制の企画はそのままになったから、現実世界の貸借対照表ではね、「大物Ａ氏」は不当に殴られたことになる。そこで森は、やつにピッケルを渡したんだと思うね。森には現実世界の計算をこえた、行動の理由があるはずだけれども。……そうだ、その森の理由の筋道をたどるとね、かれの頭蓋骨《ずがいこつ》欠損を縫った部分を、ピッケルが引裂いたのには、象徴的な意味があると思うね。森の出生時に「大物Ａ氏」が敷こうとした圧制について話すよ、おれにもいまその本当の意味がわかったから。かれのことをおれは「親方《パトロン》」と呼んでいるんだが。……しかし、きみはおれが森を侮辱しうると、本気で思ったかい？　たとえ「転換」したおれが無経験で軽率で、エゴサントリックなガキにすぎないにしても？

——いや、どうも！　と「志願仲裁人」は、赤サビが鉄色の皮膚の下にふきでてくる顔つきで謝った。それでもかれが傾倒している相手が、おれではないことをあらわして、不遜《ふそん》な言葉をつづけたぜ。僕らには時どき自分の希望に反して、敬愛している人間こそを侮辱するまちがいがあるじゃないか？　そしてそれはたとえ二、三回生きて、その生涯を償いにつぎこんでも、なお償いきれぬほどのことじゃないか？　そうだ、きみのように「転換」して奮闘してすらも？

第七章　「親方《パトロン》」の多面的研究

1

森が頭蓋骨《ずがいこつ》に欠損をもって生まれた日、おれはかれを大学病院に運んでね、そのまま九時間、待合室のベンチで待っていた、とおれは「志願仲裁人」に話した。なにを待っていたって？　あなたの持参した小怪物が、首尾よく息をひきとりました、というアナウンスを、ｈａ、ｈａ。そのまま翌朝になると、おれは待合室の赤電話から電話したんだ。誰にって？　家族にでも友人にでもなく、ほかならぬ「親方《パトロン》」に。そしておれは自分の身にふりかかった異常事について、海外の雑誌・新聞から発掘した奇妙なトピックを翻訳・要約するスタイルで話したんだよ。「親方《パトロン》」は思いがけぬほどの強さで興味を示した。しかし二、三の質疑応答をかさねるうちにな、「親方《パトロン》」は新生児の異常がね、おれのプルトニウム被曝《ひばく》の結果だと思いこんでいるのがわかって来た。正直、おれは愕然《がくぜん》としたよ。異常のある赤んぼうとおれとをな、そのような疑いの紐《ひも》でむすびつけうる事実に眼を開かれて。そしてそれがおれの妻・もと妻への、核時代的偽証に発展していったんだがね。こういうことさ、おれの生活の様ざまな側面に、「親方《パトロン》」が影をおとしているというのは。もっともすでに脳外科の責任者が、おれの赤んぼうの場合、物理的事故による症例だと説明してくれていたのでね。そのむねおれが答えると、「親方《パトロン》」は赤んぼうへの興味を放棄したよ、ただひとつの指示をおれにあたえて。

　すなわち一つの病院の電話番号をおれにメモさせてな、午後のうちにそちらへ子供を移せ、処置を頼んでおいてやる、と命令したのさ。そしておれは抵抗の気配も示さず、ただちにその気になったんだ。しかし心の別の隅では、こんなふうにも考えていたんだよ。自分の赤んぼうを見知らぬ他人の手で殺戮《さつりく》してもらう、しかも「親方《パトロン》」の権勢にたよってそうしてしまう。これでは今後自分は肉体と精神ぐるみ、「親方」にからめとられてしまうはずだと。そこでおれは黒雲に頭上を覆《おお》われる思いをしたんだが、しかも同時にな、依頼心をみたしてくれる大きい相手にやっと抱きかかえてもらったという安堵《あんど》の思いも見出していたのさ！　ところがおれはその午後の間、じっと鬱屈《うっくつ》していてね、なにひとつ行動せず、持ち時間が1/2以上もすぎて、タクシーを呼びに行かなくてはならぬとせきたてられるように思ったのはいいが、タクシー乗り場ではそのまま自分ひとり乗りこんでね、病院から近い池袋のソープに行ってしまったんだ。

　おれの世代は男女を問わず、思い屈するとサウナやソープに潜りこむ体質か？　ｈａ、ｈａ。もとよりおれもその段階に関するかぎりね、病院に引きかえす時間を見ておいたさ。そしてマッサージ台に横たわり、ソープ嬢がおれの股間《こかん》に向って精進する間、自分もペニスの方向をぼんやり見おろしていたんだよ。そのうち娘がマッサージ台から尻《しり》をあげると、腰をひと揺りふた揺りして、下穿《したば》きを脱いだ。そしてあらためておれの頭の脇《わき》で片足だけ台に乗せてね、なかば立膝《たてひざ》に坐る具合にした。おれが図々しく頭をそちらにかたむけると、おれの生涯最高の性的光景が現出していた！　痩《や》せて憐《あわ》れな下腹なんだが、獰猛《どうもう》なくらい黒ぐろとした陰毛が、緬羊《めんよう》の毛のようにからみあって敷物さながらまといついていたんだよ。しかもその陰の半開きの性器ときたら、ことごとく黒ずんで兇悪《きょうあく》なふうだったぜ。おれはこれこそが自分にとって、ありとある性的器官のうち唯一《ゆいいつ》無二の性的器官だと観念してね、即座に長く舌を伸ばしそいつを嘗《な》めはじめた。そのうち娘は能動的なことはなにもしなくなってね、やがて野太い嗄《しわが》れ声で、アッシガアオムケニ寝ルワ、ソノ方ガ嘗メヤスイデショウ、と迷惑そうにいったんだ。そこで公式にというか、なおも嘗めつづけているうちに娘がムッ！というのでね、乳房をふくんで見上げる赤んぼうの具合に、しかしこちらは娘の股間から片眼で見上げると、胸から喉《のど》に蠅の卵みたいな汗がびっしりついているのが見えたよ。気配に眼をおろすと娘の性的器官は、それ自体でひとつの構造の生きものみたいにね、オルガスムにはいっていたんだ。そのあとおれは膝の間に頭をおこして、イレサセテクレヨ、と冗談をいったよ。オルガスムのなごりの間おれの頭をおさえていた娘の両掌が力をうしなったのでね。充血して子供じみた顔の尖《とが》った顎の先ごしに見おろすと、娘はいきりたっているペニスを一瞥《いちべつ》してね、イヤヨ、乳液ガツイテルカラ、といった。いうにやおよぶ、おれは脇のバスタオルでひとふきするとすぐさま娘にのしかかったよ。廊下をへだてた部屋のソープ嬢がビーズ簾《すだれ》ごしに覗《のぞ》いていたがね、おれはためらわなかったんだ。

そして、……それだけのことだ。その後おれは娘の脇で永ながと時間を過ごし、「親方《パトロン》」の指示に間にあわなくなってから病院に戻ってね、特児室の主任看護婦から赤んぼうが勢いよくミルクを飲んでいると知らされた。おれはそのまま脳外科の責任者に手術を申し込んだわけだがな、どのようにその勇気をかちえたかと聞かれたなら、こんなふうに答えた筈《はず》なのさ。オレハイマコレマデノ自分ガ決シテヤルハズノナカッタコトヲヤッテキタ！　オレハ二十世紀アメリカ起源ノ疾患プルトニウム被曝ノ経験者ダガ、イマヤ十六世紀アメリカ起源ノ疾患梅毒ノ経験者ニモナリツツアル。シカモ行動ニヨッテカチトッタ教訓ハ次ノトオリ。**ヤラナイヨリ、ヤル方ガイイ！**　ソコデオレハ、「親方《パトロン》」ニヨル嬰児《えいじ》殺シノ誘惑ニ一杯クワセ、ソレニ八割方乗ッテイタオレ自身ニモ一杯クワセテ、一生涯、脳ニ障害ノアル子供ヲカカエコム！　ナゼナラ、オレハ自分ガソウイウコトヲスル人間ダト、コレマデ思ッテミタコトモナイカラ！

このような森の出生時の「親方《パトロン》」とのいきさつをのみこめば、森が「転換」によって行動の自由と体力を拡大するとすぐ、頭蓋骨の欠損部分からとび出している瘤《こぶ》のおかげで寝がえりもうてなかった時分の、抹殺《まっさつ》の脅威に返礼をしに行ったのだとわかるだろう？　とおれが話し終るとね、「志願仲裁人」は正当にもこう答えた。

――反撃を説明づけるとして、現実的な条理にあわぬ部分にもちゃんと意識は働いているから、一撃やった後森は、「大物A氏」がやりかえすまで、じっと無抵抗に待ったわけだね。気を失いかけている血まみれの老人にピッケルをあたえ、それでこちらの頭を狙《ねら》ってくるのを待つ人間の勇気は、たいしたものだというほかにないよ。しかもその頭にはプラスチックを嵌《は》めこんでいるんだからなあ、森は。しかも一部始終を聞いてみると、僕には森がこの襲撃にかぎり、あんたを同道しなかった理由は明白だと思う。そしてもちろんこれは、第一の襲撃にすぎないんだが……

2

――きみはどうしてそのように「転換」した森を尊重し、森のみならずおれの「転換」についてもそれを疑わず、信じてくれているんだろうな？　とおれは「志願仲裁人」に礼をいうつもりで問いかけたよ。

――どうして森を疑うことができるんだ？　あんた自身は森の「転換」を疑ったかい？……むしろ僕は、あんたたちのような「転換」は多くはないが着実に、世界中に起っているんだと思うよ。たまたまその当事者に二人も会うことができて、僕は好運だった……

おれがやはり「志願仲裁人」のものいいの異様なほどの柔軟さをさ、吟味するような眼つきをしたんだろうな、かれはなぜ自分が世界中に「転換」を一例とする根本的な異変がおこっていると想像するかの、その根拠をつたえようとした。

「志願仲裁人」のいうところは、この地球上の現代世界がいまや宇宙的な終りに近づいているから、その終末的方向性に向けて加速される宇宙的な力が、当然のことに地上の諸側面に歪《ゆが》み・ひずみをひきおこしている。その結果日常的な眼に奇態にうつる現象を各種ひきおこしている、と要約できるよ。

——この地球の歴史と、時間的にはその末端の、人類の歴史のすべてがですよ、宇宙的な意志の気まぐれなプログラム達成の一手段にすぎなかった、という大きい冗談のSFは、カート・ヴォネガットJrをはじめしばしばあるでしょう？　僕は一個人のあらゆる想像に、人類的根拠があると考えるからね。SF作家を共通に揺り動かすこの想像には意味があると思う。そこで自分も同じ種類の筋書きを作ってみたですよ。その筋書きを作ってゆく過程で、全人類の宿命をあらためて確信した、アハハ。僕の推定では、この地球は宇宙的な巨大構造の一部品でね、そのおさまるべき場所へむけてベルトコンベアー式にさしむけられている！　銀河系宇宙が総ぐるみで、設計図の該当箇所へ地球をみちびくベルトコンベアーでね、最終段階では地球を妥当な方向とエネルギーで撃ち出す発射台になる。そして人類がそこで生きてきたほぼ完全な球型部品が、あいている箇所へパチンとおさまり、構造が完成する！　しかし準備段階では部品がむしろそう造られるならいどおり、地球という部品にも微細なひずみがある。最後にそれを修正するためには、宇宙規模では考えられない超微小工作者が、すなわち人類のみならず獣たち・鳥たち・魚たち、そして昆虫どもまでが必要だった。……

僕はね、その修正というか研磨というか、その最後の仕上げが、地球の表面随所での核爆発だと思う。砂漠とか大洋の環礁とかでの爆発はこれまでに完了している。次は、二つの例外を除いてまだ核爆発のおこらなかった場所での、すなわち大都市での核爆発。そこでついに必要な規格に調整された部品・地球が、銀河系宇宙発射台から撃ち出され、究極の構造にパチンとはいりこむ！　この大構造のかたちといえば、プトレマイオスの宇宙体系や、ダンテの天球図が、それを反映している。もちろん僕にはこの不思議を解明する力はないですよ、アハハ。この宇宙的プロジェクトが実現することになれば、ガリレオ・ガリレイが大きく評価されなおしますよ、もし評価のための時間がなお人類にあれば、アハハ。ガリレオは新しい宇宙観の実験に立つ開拓者だったばかりでなく、異端訊問《じんもん》裁判であきらかなように、カトリック信者としてダンテの天球図的な究極構造に反対しなかった。そこでかれの言動には矛盾がなかったことになるもの！　ソレデモ地球ハ動ク。銀河系全体も超スピードで動く。それは不動の至上天から地獄界にいたる、大構造の一部品を、パチンとはめこむ運動である。それを考えると異端誓絶するガリレオと、宇宙的な見方の革新者ガリレオとは矛盾なくむすびつくよ、かれの魂の平安は深く広大なものだったろうと思うなあ。ガリレオ自身、本に書いていますよ、タレニシテモ、タダ一ツノ事ヲ完全ニ理解スルトイウコトヲ、一度デモ経験シ、知識ガドノヨウニ得ラレルカヲ実際ニ味ワエバ、他ニ無限ニアル結論ヲ、イカニ自分ガ何一ツ理解シテイナイカヲ知ルコトデショウ。アハハ。

おれは黙っていたよ。高校から大学で物理を勉強したおれのような人間が、たとえ気狂《きちが》いじみた話であれ、ちゃんとガリレオを引用しているものを笑いとばせるか？するとむしろそれに「志願仲裁人」がうろたえる様子で、こう続けたんだ。

――……もちろん僕は、宇宙的な意志の製図にしたがって部品・地球をみがきあげ、発射、パチン、超大構造の完成というプロジェクトにね、憤激している人間なんですよ。そこで具体的に身ぢかなところで、部品・地球の研磨工程に反対している。そして僕は森やあんたの「転換」が、やはり僕のめざすところと同じ、部品・地球の研磨に抵抗する要素として、あらわれてきていると思う。「転換」した人間こそが、それぞれ抵抗の基点となる！「転換」自体は終末に向って加速されたスピードのもたらす歪み・ひずみによるが、それはそのまま、宇宙的なもうひとつの意志の表現たりえないか？作用に反作用がつきもののように？森・父、そうじゃないだろうか？

そうじゃないだろうか？と問いかけられてもね、すぐさま答えられるような問いかけじゃなかったがな。しかし「転換」した十八歳のおれはきっぱりと答えていたのさ、その問いをこそ待ちうけていたかのように。

——それはつきとめるさ、それをつきとめるためにこそ「転換」したのかもしれないほどだ！ **それはつきとめるよ！**

——あんたが「転換」を経験した後、そのように勇気凛々《りんりん》としているのは、本当に力づけになりますよ！ 森の存在はもとよりだが！ と「志願仲裁人」はいった。そしてそれまでの夢見る話法はさっさと切りあげてね、すぐさま実践運動家の話法に移ったのさ。したたかなやつじゃないか？ さて、今さっきはおとなしく引揚げたが、あんたの奥さんから密告がいって、それが「大物Ａ氏」の側の事情に一致していれば、張り込みは続けているはずだと思うんですよ。電話は盗聴されているにきまってるし。われわれが出て行ったら、尾行がつくよ。わが警察はね、尾行を始めれば途中で方針変更のない限り、尾行する相手を見失ったりしない……

そこでおれはあらためて自分の、「転換」後の状況について検討したんだ。妻・もと妻が、「転換」前の中年男であるおれを、「親方《パトロン》」襲撃者として密告している以上、「転換」した十八歳の若僧たるおれには、家にいてもどこを出歩いていても逮捕される惧《おそ》れはない。「志願仲裁人」風に呼ぶとしてわが警察に、この若僧が実は三十八歳の中年男かもしれぬと疑い・逮捕する、想像力的に果敢な警官がいない限り、ｈａ、ｈａ。

しかしそのおれの出向いた先に、頭に負傷した壮年の男がひそんでいたのでは、尾行した警察はかれを連行しないではいないよ。そしてその男がおれの息子であり、おれ当人では決してありえぬと証明しうる人間は、おれ自身のほかないにもかかわらず、おれと森の「転換」を警察に信じさせえぬとすれば、警察を説得することはできない。――おれが負傷した森の、具合を見に行くことは冒険だな。しかしおれは当面どうしたらいいのかね？

――まずあんたが「大物A氏」の秘書に連絡してみるのが自然じゃないかな。見舞いもいうべきだろうし、……またそれは戦術上有効だと思うんだ。僕たちが今後、森を援助して闘う上で、「大物A氏」のことは多面的に研究しなければならないから。……この家の電話はだめですよ、盗聴されているからね。まず公衆電話のある所まで出て、「大物A氏」のところへ連絡をとりませんか？

そう提案すると、疑いようもなく結核患者である「志願仲裁人」は、懐紙にペッ！と痰《たん》を嘔《は》いてね、おれの反対など予想もせぬ機敏さで立ちあがり、熱に眼鏡も曇ってくるような眼でうながしたよ。

3

おれたちは街に出て行った。このように寒くなく暑くなく、樹木も冬芽をふくらませただけで見通しはいいとなれば、尾行者の仕事も鬱陶《うっとう》しくはないだろう。最初の四つ角で「志願仲裁人」は、アンタハマッスグ！　とおれにささやくとさ、そのまま別れるとも、そのあたりで煙草《たばこ》を買ってくるとも、どちらにもとれる手の振りかたをしてね、右へ曲って行った。おれの住んでいるあたりは旧農地で、町筋が整頓《せいとん》されているのじゃないから、いったん曲ると厄介だよ。そのまま進んでもとに曲り、さきの通りに出る、というわけにはゆかない。しかしそのことを注意する暇もないよ、わずかにあげた片腕はそのまま半身に、ひどく気負いこんで離れて行く男に、そちらへ行って左に曲れば袋小路！　ともいえないじゃないか、ha、ha？

しばらくしてね、わが警察の尾行に挑戦した筈のかれが、扁平足の大靴をバタンバタン響かせて後ろから駈《か》けてきたよ。おれも逃げ出さなきゃならぬのかと、一瞬あせったぜ、ha、ha。息せききっておれに追いついた「志願仲裁人」は、青黒い斑《まだら》になったような顔をしてたがな、渦を巻いてるようなレンズの向うの眼は、得意げに、かつ穏やかに微笑に曇っているのさ。

──でかいのがふたりで尾行しているよ、アハハ！　かれらはいったん僕を逃してから反省したんだろう、一応別行動をとって、僕のことを探しに行くか？　などと声高に相談していてね。その脇を僕があらためて駈けぬけたものだから、あわてふためいていた。尾行の主導権をこちらでにぎったみたいだったぜ、アハハ！

無邪気な男じゃないか？　さておれは公衆電話ボックスの前で、硬貨をつまみ出しながらさ、なんということもなく怯《ひる》みをあらわしてしまったんだ。子供らしさを一掃した「志願仲裁人」に辛辣《しんらつ》なことをいわれたぜ。

──……あんたが「大物A氏」秘書に電話するのは絶対に必要だよ。あんたが事件を知らないふりじゃおかしいもの！　先方が森たち二人組を、どの程度あんたに結びつけているかわからぬ以上、知らぬ顔で電話するのは厄介だが、しかしそうするよりほかにないよ。ひとり先に攻撃して負傷した森のために、もしあんたが本気で働こうとするのなら……

その番号で森たち二人組が「親方《パトロン》」と面会をとりきめた電話へ、おれはダイヤルしたよ。待ってたように秘書が出てきた。それも「転換」前の自分の声色をつかう必要もなく、すぐさまおれの電話だと判断したんだ。そしておれからの連絡を待っていた証拠にね、準備したメッセージをつたえてきたよ。

──……ああ、きみね？　「親方《パトロン》」が二、三日のうちに会いたいといってるんだけれど？……いや負傷したといっても、相手はチンピラでね、たいしたことをやられたのじゃない。「親方《パトロン》」がその気になれば、いつでも会えるよ。きみの方で「親方《パトロン》」に会いに来れる日を、いまスケジュール調整するかい？

──「親方《パトロン》」を見舞いには行くけれども、まだ日時を定めるという具合には……

──それじゃね、きみにとって可能なかぎり早く、直接「親方《パトロン》」の病室へ来てくれない？　これから僕も病室につめるから、受附で呼び出してくれれば、警備関係との問題はないよ。……どうもありがとう。

──最後のくだりのしゃべりようだと、あんたの電話をね、当の秘書の脇で聞いていた警察が興味をあらわしてきたために、やむなく切ったのかもしれないね、とかならずしも有利でない情報を分析する戦略・戦術家の憂《うれ》い顔で、「志願仲裁人」がいうんだ。

──それだと「親方《パトロン》」および、その意を体して秘書もおれを警察から防衛しているわけか？

──マス・コミへ警察が発表した内容と睨《にら》みあわせてもそうなるなあ。警察と秘書と共謀で、あんたを罠《わな》にかけようとしてなければ。……しかし「大物A氏」がいわゆる大物である以上、権力の末端機構と共謀して罠を張るわけにはゆかないのじゃないか？　おそらく「大物Ａ氏」は、あんたとの接触を本当に望んでいるんだね。あんたと森たちの攻撃につながりがあると勘づいてはいるんですよ。

——そうだね。……しかしそれならばなおさらおれは「親方《パトロン》」と会う前に森と話さなければならない！　攻撃の本当の意味を知らなければ、森を援護するために、まともな方向づけで働けない！

そんな切実な会話をかわしながらも、おれと「志願仲裁人」とはね、どこへ向かうかを定めてというのじゃなく、生涯の最初の十八歳のころ学校友達と歩いたように、なんとなく歩いて行ったんだ、私鉄の駅へむかう道を。「志願仲裁人」は新しい問題点が気になってきた様子でね、顔全体を暗いしみのようにして考えこんでいたが、突然大頭を振り立てて、うしろを覗《うかが》うんだ。それは尾行者への偵察というより、大仰に威嚇《いかく》しているとしかいえない。しかし身ぶりで威嚇してどのような効果をわが警察にあたえうるのか？　「志願仲裁人」にはどうも、大真面目《おおまじめ》な行動の真意をはかりかねて、おれがとまどうようなところがあるのさ。「転換」前のおれよりは年下で、「転換」後のおれよりはずっと年長の、生物学者になりそこねたこの男。しかし人類救済の希求の規模において並たいていの生物学者の比ではない、この男には。しかし唐突に振舞う肉体と、沈思する魂とは、共存しうるものらしいぜ、……やがて「志願仲裁人」が発した言葉は、おれと森、「親方《パトロン》」の関係の考察にかれが一挙に前進していることを明らかにした。

——あんたが森と会って、「大物A氏」攻撃の意図を聞きただすとすれば、誕生時に抹殺《まっさつ》されそうだったことへの報復にだけ、襲撃をおこなったのではないとわかりますよ、僕には推測するよりほかないが、あれはこれから始まることへの警告だから。その本当に始まることの意味を森に教えられた後、あんたが「大物A氏」に会いに行くとなれば、それは特別な意味を持つですよ。森が始めたことを中断させたり、妨害したりすることはあってならぬし、実際ありえない筈《はず》のものでしょう？

——それはそうだ、とおれはいってね、その自分の声に、予想していたより早く思いがけないヒットにつづいて、ピンチランナーの塁上に立たされた子供の、声の響きを聞きとったのさ！

その時にはもうおれたちは私鉄駅前についていてね、遅く登校してくる怠け学生どもの人波に、わずかずつ押し戻されて遅くなる歩調で歩いていた。尾行者たちがわれわれの首筋に手の届くところまで来ていないかと惧れながら。おれがソレデドコへ行コウカ、森ニスグ会エヌノダトシタラ？ と相談をもちかけようとするとね、「志願仲裁人」の方から、すでに行動計画を討論しおえた後のように、こう語りかけてきた。通行人のスパイをふせぐ思いいれの、大げさなくぐもり声で！

――対立している革命党派の双方が、「大物A氏」と資金的に関わっている以上、どちらでもいいんだが、現場の党派員がかれをどう考えているか、話を聞こうよ。リハビリティション道場の連中は、両派からの脱落者だがな、脱落を見越されていたように、およそ事情を教えられていないのさ。あんた適当な人物を知らないですか。

――麻生野《オウノ》桜麻《サクラオ》なら知ってるがな、反・原発の運動をつうじて、……彼女が幹部からいくらかでも聞きだしていることがあれば、それは話してくれると思うよ。

――麻生野桜麻！　いいねえ、あの人なら！　と「志願仲裁人」は思いがけない熱情をあらわして賛成したんだ。彼女は筋金入りだよ！

――筋金入り？……とは見えないし、運動上部の革命党派にむけて影響力があるというのでもないよ。

――いや、あの人は筋金入りですよ、古い運動歴の！　と「志願仲裁人」はゆっくりと重い語調になって感嘆するようにいったのさ。まだ六全協前だけども、あの人は名門女子高校のただひとりの活動家で、党派のリーダーの恋人だとみなされるかしてね、反対セクトに捕まったですよ。そして拷問《ごうもん》されてね、リーダーのアジトを白状させられようとした。あの時代は革命党派の駈け出しの活動家にもね、倫理感があったですよ、強姦《ごうかん》したりはしない、ヒヒヒ。すくなくとも自分たちの潔癖はまもろうとする倫理感があった時代ですよ。そこでかれらはマスタベーションを強制したというね、実際にイクまで。コカ・コーラの瓶で、イヒヒ。

――それは無理だ。

――ン?! コーラ・ファミリィ・サイズの瓶で?……それで傷ついてヨーロッパへ出かけて行って、しかし帰ってくるとまた市民運動を始めるところがね、強いよ。……あの人に敬意をいだいている者はどの党派にもいるのじゃないか？　そういうと「志願仲裁人」は奇態な誤解も、笑い声も、青黒い頬の紅潮もたちまち忘れたようにね、思いつめてうつむき身震いしたぜ。

そこでおれもなんとなく、あらたまった気持で電話をすると、未来の映画作家はおれたちのそれまでの対話を傍で聞いていたように鬱屈した声で返事をしたよ。今朝まで勾留《こうりゅう》されていた「あの子」たちと、その救援活動してきた者らを、彼女が相続人である金持の実家の、山荘へ静養にやったところでね。おれが「志願仲裁人」と一緒で尾行者ふたりを引きつれて電話してるむね説明すると、自分の方から街に出てくることに合意した。約束の場所には新宿の朝鮮料理屋を指定したよ。彼女の顔をやむなく正視せねばならなくても、焼肉の煙で霞《かす》むことを期待して、おれはその待ちあわせ場所に賛成したのさ。酷《むご》たらしい挿話《そうわ》からの影響のされ方も、十八歳らしく可憐《かれん》なものじゃないか？　もちろんヴェテランの市民運動家が実践的な論理から外れる選択をするわけはない。それは一緒に来るギジン（？）に速効性の栄養をとらせるためだというわけさ。四国の反・原発のリーダーをそのように彼女が呼んでいるんだ。とまどったおれが問いかえすと、ギジン、正義の人を自宅に泊めていること及び、かれをおれたちに会わせることは、今朝の各紙の報道から見て有効だろうと教えてくれたよ。お互いに朝刊を読んでいなかったおれと「志願仲裁人」は、麻生野の情報分析に後にとり残された気分になってね、電車に乗る前にね、売れ残りの朝刊を買い集めた。さてそれらの朝刊を読みくらべても、「親方《パトロン》」襲撃の報道・解説において昨夜のテレヴィの水準を出ている記事はなかった。とくに「親方《パトロン》」の負傷の具合、現在の容態など、まるっきりの報道管制さ。秘書はおれに電話で話したほどのことも、マス・コミに発表していない。「大物A氏」と「親方《パトロン》」が通称されることの実質は、記事にあらわれているよりその管制のされ方にあきらかだったぜ。しかし経済紙の解説欄におれは、国内の原発の1/3および韓国の原発開発権を制している総合商社の、陰の実力者こそ「親方《パトロン》」だという指摘を発見したんだ。だらしない話だが、おれは虚をつかれる思いだったぜ。コレハマッタク事務的ナホド露骨デ、興ザメルジャナイカ？　コレホド具体的ニ「親方《パトロン》」ガ、国内外ノ原発利権ヲ握ッテイルノナラ、オレノ果タシテキタ役割ハ、ソノ利権運営ノ末端ノ使イ走リダッタコトニナル。オレハカナダガ日本ノ総合商社ノ仲介デ、韓国ニ原子炉ヲ売リワタス交渉ヲ始メタ時、ヨーロッパノ批判的論評ヲ蒐集《しゅうしゅう》シタ。ソレハ「親方《パトロン》」ノ実利情報カキ集メ要求ニコタエテ、ダンピングノ料金デ働イテイタコトジャナイカ？……オレハマッタク安イ礼金デ、シカモ感謝ノ心ヲ持ッテ、トイウノハ「親方《パトロン》」ガ無私無欲ノ厚意デ、月々金ヲ払ッテクレルノダト考エテノコトダッタカラダガ、ソノヨウニシテレジュメヲ提出シテキタ。シカシソノオレハ安イ報酬デ、実際ニ必要ナ仕事ヲスル、臨時傭《やと》イニスギナカッタノダ。

自分の考えの行く先が利害・得失の感情へおちてパッと腹立たしく燃えあがるのを、われながらケチくさく思いはしたがね、しかし実際その腹立たしさをおれは押さえがたくて、それこそがパリで縊死《いし》した友人の経験したところと同一じゃないのかと疑ったよ。友人の生涯のドンヅマリの方の、ある瞬間のケチくさい、しかも甚大な怒り。

――「大物A氏」が、利権の面から原発に関係が深いと知るとね、すぐさま原発反対の運動家をあんたに会わせに連れて来る。そのやり方は、麻生野の生き方のパターンをあらわしているなあ！　と「志願仲裁人」が感銘を示してね。

──四国のリーダーは、きみが入口で演説していた、あの集会のために来たのでね、それからずっと救援活動も一緒にやってきたはずだよ、……その点では特別に麻生野の態度を評価するほどのことじゃない。

──しかしわれわれの予期しないところで、「大物A氏」襲撃という突発事が起ってね、しかも「大物A氏」は原発の内幕に深く関係していることがわかる。そういう時、われわれはただ受身で、突発事を受けとめているだけでしょう？　ところが麻生野はね、反・原発の運動家をあんたに会わせに連れてくることで、突発事に能動的に参加するでしょう？　そのような行動が日々可能である環境をつくって、麻生野は生きている。生き方そのものが、情況に根ざしているんですよ。それは並たいていのことじゃないよ！

──きみが「志願仲裁人」として演説に励みながらさ、常づねリハビリティション道場を経営している。そして突発事の結果現われてきた「親方《パトロン》」襲撃者をかくまいうる。それこそおれにはきみの生き方が、情況に根ざしているんだと感じられるよ。

……麻生野の生き方と瓜《うり》ふたつじゃないの、その点では？

「志願仲裁人」の青黒い頬が今度は新しい桃色に輝やいたよ！　これから会おうとしている麻生野桜麻に向けて、「志願仲裁人」の内部にはすでに結晶作用が始っていたわけさ。

当の麻生野桜麻は、ヒヤシンスみたいに黄色のね、鎧《よろい》ほどにも角ばったコートを着て、肩をそびやかせ長い裾《すそ》を蹴《け》り立ててやって来たよ。あの原発反対のリーダーまでが、薄茶のデニムで仕立てた詰衿《つめえり》の服ですましこんでいてね。外した総義歯での闘いという、壮絶ではあるがやはりジジむさいふるまいなど、もう知らぬ顔で、ｈａ、ｈａ。

——緊急な行動計画を話し合おうというのに、ビールを飲んで待ってるの？　という一喝が、未来の映画作家の挨拶だったよ。それもただビールを飲むことだけが目的みたいに大根の漬けものなどを齧《か》じって！

しかしおれと「志願仲裁人」がね、彼女たちを待ちながら大根漬け《カクテキ》でビールを飲んでいたのは、それも「転換」して酒に弱くなったおれと、やはり同じ程度のアルコール受容度の「志願仲裁人」が、啜《すす》るようにしてビールを飲んでいたのは、やむをえない事情だったんだぜ。ビールでも注文しなかったとしたら、おれたちはこの店へ大量の新聞を持ち込んで読みふけってはいられなかったよ。なんとも神経の昂《たか》ぶった様子のカメムシみたいな顔つきの男がさ、調理場と店の仕切り脇《わき》に立って、今のところおれたちよりほかに客のいない店内を睨みすえていたんだから！

——それに森・父？　せっかく「転換」して若がえったというのに、そんな憐《あわ》れな風態で？　鬚《ひげ》くらいそったらどうなの！

——鬚剃《そ》りを貸しますよ。

——ふむ、きみは鬚剃り道具一式を、いつも持って歩く習慣かい？

——リハビリティション道場に森が来ていて、僕があんたに連絡に出かける以上、しばらくは戻るわけにゆかないからね、それなら格別不思議じゃないでしょう？　と「志願仲裁人」はむしろ麻生野に聞かせるつもりでいうしね、「義人」もツルツルに剃りあげた自分の顎《あご》をなで廻している。たちまちそこいら一帯がスター・麻生野の権勢下というわけさ、ｈａ、ｈａ。

おれは手洗い蛇口と漏斗《ろうと》状の流しだけの、狭い所で、手さぐりで鬚を剃った。廻れ右さえすれば、臭気消し香料の造花をひっかけた鏡があるんだが、おれは自分の眼でいい、憐れな風態を見たくなかったからね。

鬚を剃り終えて出て行くと、三人はすでに確固たる輪をむすんで、熱中して話合っていた。テーブルのガス焜炉《こんろ》からは、肉の脂《あぶら》が燃えあがる炎と煙が立ちのぼっている。さっきまで苛《いら》いらしていた店の男もね、自己疎外《そがい》から解き放たれて、いそいそとビール瓶を運んでいる始末さ、テレヴィ出演で名高い未来の映画作家へ恭順の態度をあらわしっつ。

4

さて、雄弁に話しているのは、四国の反・原発のリーダーでね、小さな頭に大きすぎる眼鼻だちに、一種沈着な昂揚《こうよう》を浮かべて、四国特有の疑似関西弁でさ。

——……これは天皇ファミリィにむけてやな、大きい風穴がドンと抜けてる、そう思うたよ！　大物とか、黒幕とかはやな、中央にもぎょうさんいるが地方にもやはりいまっせ！　そいつらがなにかやる。そのなにかが、私らの常識ではおしはかりがたいものですねん！　目先の私利私欲、これはわかるやね。たいていの私利私欲は、これは放っておいてよろしい。たいしたことはありゃしまへん！　ところがやね、その私利私欲のかたまりのな、ふくれあがったバンバンのその嵩《かさ》のな、てっぺんあたりからやぞ、わけのわからぬ蜃気楼《しんきろう》が立ちのぼるんやねえ。しばらくそれを睨んでおると、まあ紆余《うよ》曲折もあるけどやね、大きい風穴がドンと抜けるんやな、天皇ファミリィにむけて！　こちらでその脈絡を考えてもしゃあない。公式的な批判のむだを繰りかえすだけやねん！　そんなものあってもなくても現実問題として、大きい風穴は天皇フアミリィにむけてドンと抜けてるわね。そやからなあ、原理としてやで、大物やら黒幕やら、怪物やらと対決して、その妖術《ようじゅつ》にたぶらかされまいとするならや、連中の頭の上を観察して、風穴の抜け具合を見ななあかん。大きい風穴がドンと抜けてまっせえ！　天皇ファミリィにむけて、ドーンと抜けてまっせえ！

そういって「義人」が眼鼻を宙に曝《さら》すとね、実際、濛々《もうもう》たる焼肉の煙の層に、超大風穴が抜けるようだったよ。

——……今度の場合でもやよ、「大物Ａ氏」が原発の陰の実力者やといってる、その二、三行でやね、なにをやっているのやら判然とせんかったこの黒幕のやね、頭の上にドンと抜けた風穴が見えたわ！　利権の筋道追及は、易しいようで難かしいものやからね、地元の野党議員を衝《つ》き上げても、ラチのあくものやない。それがやなあ、こういう黒幕が原発開発に関係してるいうことを知ってまうと、やがて私らの運動が潰滅《かいめつ》してやな、四国最大の原発ができるいうことの見通しは、もう歴然やね、この大きい風穴から覗《のぞ》けば。そして出来あがった発電所が温排水公害なんのその、大々的に運転しはじめるとね、すぐにも天皇ファミリィが視察に来ますがな！　その日、その時どうなるか？　全日本人がやね、四国南端にむけて跪《き》拝《はい》するんでっせ！　原子力エネルギーに加えて天皇ファミリィ・エネルギーの、超大デモンストレーションにやね、テレヴィの前の一億数千万、跪拝しまっせ！

――あなたのような実践家が、天皇制程度にそれほどペシミスティックとはなあ、と「志願仲裁人」が口を出したがね、それも麻生野の考え方を探ろうとするニュートラルな響きを残してなのさ。

――「義人」がペシミスティックかしら？　かれは困難の上限と下限を見きわめて、希望をもちすぎず、絶望しすぎず、実際活動をつづけているのじゃないかしら？……あなたが党派間の対立の本質を見きわめながら、なおかつ、仲裁活動をするのと共通じゃない？

こんなふうに緊密な和合からおれだけしめ出されているんだし、ガス焜炉の脂汚れした金網の上で、カルビやタンやハツが焦《こ》げて縮んでゆくのを苛だたしく思う気持もあってね、おれは論議の深遠さとは裏腹の、肉の焼け具合に注意しないではいられなかったよ。

――食わないのかね、みんな、焦げているよ。始めのうちからこんなに焦がしてしまっては、コックに悪いぜ。

――食事は二義的なことなのよ、いまの場合！　といまいましげにいいながらもな、未来の映画作家は堂々たるというか大雑把というか、独自の箸使《はしづか》いで「義人」の前に煙を上げる肉を五、六箇とってやったよ。

つづいてそれぞれに箸を延ばしはじめて、おれもまたせわしく箸を出してカルビとタンを一切れずつとりこんだがね、麻生野はすぐさま盛り皿から金網いっぱいの肉を載せはじめるんだ。そのように一度に多量に焼いては、また焦がしてしまう。焼肉はなま焼けの程度で食べては、その食べた量だけを追加して焼く。この朝鮮料理の原則をまったく意識に入れていないのさ、おれと一緒に十回以上も焼肉を食いに来たのに。おれは怨《うら》めしい思いでね、パサパサのカルビと、粉をかためたようなタンを食い、その間にも煙りはじめる金網から、捥《も》ぎとるように眼をそらしたよ。しかも麻生野は傲《ごう》然《ぜん》としてな、

——店のかた？　ファンを強くできないかしら。煙がこもりますけれど！　と命令してね、店の男は鞠躬如《きっきゅうじょ》それにしたがう始末なのさ。

それでも「義人」の焼肉の食べ方は、朝鮮料理屋の原則を守るどころか、壮絶なほどのルール無視でね、かえっておれは感銘を受けたんだ。おれたちの前には焼肉のタレと、豚足《トンソク》のための辛子《からし》味噌《みそ》とが、それぞれに入った小皿が置いてあるわけだがね、初老の小男はひとまとめにいくつもの肉をはさむとな、タレと辛子味噌をひとしなみにたっぷりつけてパクリと食うんだ。そして話している人間をまっすぐ見つめながら、

ゆっくり嚙《か》みつづけているんだよ、おさまるべき所におさまった、例の総義歯で。他のみんながそのタレと辛子味噌のつけかたを気にかけながらも、ついにそれを口に出しかねるほどの、もの食う人間の威厳がそこにはあったよ。しかもなお食べることは二義的なのだとする、人間の威厳も……

――ペシミスティックということやけども？　とさいぜん頰ばったやつをまだ嚥《の》みこめぬまま、それでも慌《あわ》てず食事を楽しみつつ「義人」はいったよ。核兵器状況や、原発の世界的な開発状況を見てるとやね、人間はペシミスティックでいる方が、基本的に本当やないか思いますのや！　しかもなお人間は一般にオプティミスティックやわね。ほら、あすこにファンを調節して手柄顔の、店の男がいましょう？　二、三十年であの人間も死ぬわけですわね、しかしその単純な避けがたい運命を忘れて、ああしていましょう？　それでどうして一般の人間が、核爆弾や原発の放射能汚染で、自分らが死に、子孫には生の機会すらあたえぬと、気にかけるいう保証がありますか？　特殊的にそれを気にかけているわれわれ自体がやね、それを思って肉が喉《のど》をとおらぬでっしゃろか？　われわれはムシャムシャ食っておりまんねんで！

そのとおりさ。もっとも麻生野だけはね、「義人」の話を聞きながら、一方で思い屈しているところもあるようでね、豚足の大きい関節に肉はわずかしかついていないところを、前歯でコリコリ齧じるだけでね。他のメムバーのためにのみ、やたらに金網をいっぱいにしていたわけさ。さてそのうち、急転直下、話の矛先がおれにむいた。話し手の「義人」は麻生野からおれの「転換」について詳しく聞いてる模様でね。

――しかし森・父のような人間ならば、自分自身のいまそのようにある状態から、その全体から、眼を離せませんやろ？　そのような限界状況の人間の眼でこの世界を見れば、それは現にいま私が見ている眺めとちがっておりますやろ？……すくなくとも、あんたの頭の上には、天皇ファミリィへむかう風穴は抜けてへんよ！　天皇ファミリィへむかう風穴は、日本の伝統文化の諧調《かいちょう》にしたがっている人間のものやないか？　あんたは自然の逆やねん！　これでは天皇ファミリィも処置なしや！

――確かに「転換」した森も森・父も、いわゆる自然な支配秩序に対しては、痛烈な否定の契機だねえ、と「志願仲裁人」も同調したよ。僕にはまだ、天皇ファミリィと森・父との関係については、よく「義人」のいうことがつかめないけれども。

――万世一系の天皇ファミリィに「転換」が起ると考えて見いへんか？　それこそ処置なしやんか！　そやから森・父と天皇ファミリィとはやね、ディメンションがちがうのやねん、存在のな、意味のレヴェルがちがうのやねん！　闘争的にじゃなくいえば。

——そこを闘争的にいえば、おれと森とが天皇ファミリィへ向けて、おれたちの「転換」をつきつけねばならぬ、というわけか？　おっさん、ｈａ、ｈａ。「転換」を伝染させに大内山へ乗りこむかね？

——あんたをな、森・父、怒らせる気やないよ。私はな、原発の温排水だけでもやねえ、すでに自然の秩序を狂わしてる思うわ。温排水は、ホント天文学的数字の量やで？　こんなに秩序を狂わしてまえば、そりゃ「転換」も出てくるわ。真実そう思うんやよ。……ところが原発を推進する側はやね、万世一系の自然の秩序は狂ったりせえへんいうことで、押しまくってくるやんか！　そうやって押しまくって、あげくのはては天皇ファミリィの視察があって、原発は自然の驚異の開発、というようなことで受けとらされるんやで。一億数千万が、一回のテレヴィ中継でバッチリそう受けとるんや。そのための天皇ファミリィへの風穴やんか！

——それじゃ、おれと森の「転換」二人組を、原発の開所式反対デモに呼ぶかね、おっさん？　ｈａ、ｈａ。

——おっさん、などといういい方は、あなたが身も心も「転換」したことを自他に示したくて、誇張してみた話法にすぎないわ、劇映画の会話としてなら不自然ね。……私たちは一緒に行動しようとしているわけでしょう？　おっさんなんかといってないで、「義人」には「義人」と呼びかけたらどうなの？　こんなことはすべて、機能的にしようよ。

——私はビールを飲むとやね、えらいしゃべくりになりますんや。ただ自分はここにおりますよ、こんなに考えてますよ、ようしゃべることもできますよ、いうてね。ただそれだけの、むだなおしゃべりをしてしまいますのやね。いかん！　ほんまにいかんわ。反・原発の地元に帰って報告したら、仲間にマタカ！　いわれるはずやねん……

——いやお互いによく知りあうことは、共同して行動に移る際の、不可欠の条件づけだから、と「志願仲裁人」がただ麻生野にあいづちを打ってもらいたいだけの無意味なことをいってね、しかし彼女からも無視されたよ。

実際に彼女はね、さきほどから思い屈しつつ練りあげていた計画を説明したがっているふうでね。こういうのが市民運動の活動家の生き方の原理なんだがな、かれらといったん話しこむとね、なにか現実的な行動の（たとえアブクをひとつふき出すほどの行動であれさ、ｈａ、ｈａ）約束をしないで話を切りあげることはできないぜ。麻生野桜麻が「義人」を引き連れて来て、おれと「志願仲裁人」に呈示したかった行動の計画とはね、結局次のようなものだったんだ。彼女は自分のグループ上部の革命党派がね、「大物A氏」から資金援助を受けていたという、なかばすでに公然たる秘密について、指導部から直接説明をもとめたいというのさ。彼女は、麻生野グループの責任者としてその説明を要求する権利を持つ。実際彼女はそのために指導部への連絡をもとめつづけて来た、不当にむなしくも！

そこで今や、彼女と彼女を支援する者のとるべき行動は、直接に革命党派の本部へ乗りこんで（といっても装甲した小型トラックなどで乗りこむのじゃないよ、未来の映画作家にファン的関心をよせる友人から借りてきたフォルクスワーゲンでさ）、指導部メムバーに「大物A氏」問題の見解をただすほかにない。反・原発の現場の人間として、「義人」が彼女につきそってゆく。加えておれと「志願仲裁人」が、国家権力の尾行者をふたりひきつれて参加する。それは行動を補強する要素になるだろう。革命党派の連中もそれきりわれわれを監禁・査問することは、尾行者が見張っている以上できないから。

それから彼女の発想はね、ルイス・ブニエールのもとでスクリプター助手をつとめたというだけあってさ、論理的かつ超現実主義的に飛躍するんだけれども、われわれはまた、反・革命のゴロツキ集団からも「大物A氏」問題について見解を聞かなければ、フェアでないというんだよ。かれらの場合、その系列の人間の仕業ということになっている「大物A氏」襲撃の、その遂行者は、いま「志願仲裁人」のリハビリティション道場にかくまわれている。そこで「志願仲裁人」および、この遂行者の父親が、たとえ「転換」して息子より年下の父親といえさ、ha、ha、このふたりが中心になって面会をもとめれば、それを無視するわけにはゆかない筈《はず》じゃないか？　そしてこの場合もとくに話がこんぐらがれば、麻生野は尾行者たちに反・革命ゴロツキ集団の暴力の不当を訴えて、市民の当然の権利において救出してもらう。党派の利益のためにもそれに反対しない、というわけなのさ。

——そのためにまず、行動の性格をはっきりさせる旗、あるいは横幕を車にとりつけなければならないと思うけれどもね、準備する時間がなかったので、……と麻生野がいうとね、それまでずっとくすんでいた「志願仲裁人」がたちまちいきごんだよ、ha、ha。

かれは例の鬚剃り道具一式をいれていたショルダーバッグから、ただちに白い横幕を取り出した。そしてテーブルにひろげた新聞紙の上で《**和解のための障害をなくす会**》と書きこむと、車へとりつけに行ったよ。それを見ていた店の男が、テレヴィの有名な出演者麻生野のところへ色紙を持って来た。彼女は「志願仲裁人」のマジック・インクでね、墨痕淋漓《ぼっこんりんり》、徹底して即物的な書体による、《**あらゆる核権力に反対**

し・原発を拒否する》という揮毫《きごう》をやってのけた！ ｈａ、ｈａ、彼女の生き方というものは、実際徹底しているじゃないか？ そして勘定書は、

——あなたが「大物Ａ氏」から援助されてきた以上、その汚ない金で払うのが当然だわね、とおれに廻したよ、ｈａ、ｈａ。

やむなくおれは勘定を払ってから、すでに裾を蹴たてて出陣した麻生野を追いかけつつ、ハイティーン風の台詞《せりふ》で「義人」にひとからみしたよ。

——おっさん、よう！ おっさん、その恰好《かっこう》、似合うじゃんか？ ヤング売場で桜麻に見たててもらったか？

——阪大からＭ・Ｉ・Ｔの交換教授に派遣されましたんやが、その際に買うた服やねん。ミサイル弾道を計算する連中と一緒にやっていたころの、恥の証拠やねえ、考えてみると……

おれはこの反・原発のリーダーの、それこそ地方の「義人」的外貌《がいぼう》にさ、無経験な十八歳らしく、一杯喰わされていたわけだよ、ｈａ、ｈａ。

朝鮮料理屋の露地から大通りに出た角に明るい緑のフォルクスワーゲンが置いてあってね。車体には手際《てぎわ》よく横幕がかけられていたがな、車も横幕も、その脇に仁王立ちした麻生野桜麻によく似合ってたよ。「志願仲裁人」は横幕とおなじ小型のをタスキにかけて澄ましこんでたぜ、ｈａ、ｈａ。可憐《かれん》にもそれは運転する麻生野の脇に坐ろうというデモンストレーションじゃないか。おれと「義人」とが後ろに乗りこむのを見届けるまで、あたりを偵察する恰好でゆずらなかったし、車が動き始めると献身的な運転助手さ。

——尾行している連中が車を工面する時間は充分にありましたよ。僕が早ばやと横幕をとりつけて、この車で行くと示したから！　もう車での尾行態勢もはっきり固めたでしょう、そこはわが警察だから！

——はじめ、どちらへ行く？　私の知り合いのいる方？　もっとも私は疎外されているけれど……　私がうちの若い子たちを問いつめた限りでは、「大物Ａ氏」の援助はね、革命党派が原爆を一箇、自力で開発するためのものだというのよ！　計画が最終段階に入れば、これまでの寄金とは比較を絶した金額を提供すると、下交渉ができあがっているって。しかもそれが、反・革命のゴロツキ集団に対しても同じらしいのよ。だからそれが「大物A氏」の、どういう意図の行為なのか、また革命、反・革命をとわず、それを受け入れていた党派指導者たちは、どういう展望に立っていたか？……私自身の経験に立つかぎり、こんな野放図なこと信じられないからね、すくなくともそれがどんな論理構造だか、それを知りたいわ。

――あなたがやね、野放図などという言葉を使う場合、その意味を限定すると、α革命党派が自分たちの原爆をつくること、β　その製作費を「大物A氏」が出すことの、いったいどちらやねん？

――え？　突然また、αβなどと複雑にしないでよ。運転できなくなるわ。……そうね、βよ。

――その種のことなら、もういくらでもありうるやないか！　大物やとかねえ、怪物やとかいう呼び名のつく人間にはやよ、やってやれぬことはなにひとつない！　対立して殺し合いする二党派に、それぞれ金を出すことなんかやな、むしろ古典的な手口でっせ、あほくさ！……あんたがいうた時、私はαやと思たんですわ。私を東京の反・原発集会に呼んで、いろいろ親切にしてくれはる。片方でその若者諸君がやなあ、原爆を造ろうとしているというのんは、それこそが野放図やんか！　原爆を造ってよいと思う・造る意志を持つという原理に立ちながら、同時に原発反対の運動をやる、そういう諸君が野放図でないやろか?!

——あなたが憤慨するのは当然だわ、「義人」。……けれども事実として、そのように活動している若い子たちがいて、しかもそれは党派のリーダーたちの基本路線にそってのことらしいのよ。実際個人のグループで原爆は造り出せるらしいわ。森・父、そうでしょう?

——この前いったとおりさ、運搬手段を考えないで、ただそこに置いておくだけならば、その種の原爆は個人グループで造れるよ。

——しかし実際に原爆を造ろうとしている若者が本当にいるんやろか? どんなエクスキューズがかれらにあるんや? ほなこと、めちゃくちゃやんか?!

——どうして、めちゃくちゃですか? と「志願仲裁人」が開きなおってね。超大国が核兵器を独占しているのが現状ならば、弱小国が核兵器を持って状況を流動化させる権利はありますね? また国家が民衆を人質に核兵器を独占している以上、党派または個人が核兵器を開発しても、抵抗の原理においておかしいところはないじゃないですか?……具体的に、ヒロシマ・ナガサキの被爆者とその二、三世が、殺された血縁にかわってかれらの核兵器を造り出したなら、それを道徳的に非難しうる人間がいますか、この現代世界に？

——そういうことか！　そんなふうにやね、核について相対的な考え方が、反・原発の運動家諸君にすらあるんやったら、さきの私のペシミズムなんかはね、あほくさ、もうその段階じゃないやないか?!　呆《あき》れるもなにも、いま現に原爆が造られてるというんやんか?!……しかし実際にはどういう若者が、それをやってるんやろね、どんな地下工場でやろか?!

「志願仲裁人」はそれに答えず、黙りこんでいたよ。しかし黙っている人間の内部を透視するには、その背後から見る眼が有効だぜ。おれは「志願仲裁人」が活動の過程で、望むと望まざるとにかかわらず、ある程度の情報にはつうじてしまっていると感じとったよ。しかしその政治党派の内部情報を、われわれにあきらかにすればそれによって、「志願仲裁人」としての立場が失われると考えているんだろう。

——現実に原爆を造っている、すくなくとも造ろうとしている若い子たちのことなら、その一例は森・父に聞けばいいわ、「義人」。森・父は原爆を手っとり早く造ろうとした若い子たちの、暴走の犠牲者だから。

——犠牲者やて？

——犠牲者はおおげさだよ。……それがどういう党派の連中だったかもつきとめられないでいるけれど、おれはブリキの鎧《よろい》を着た連中に、再処理工場から運ぶ途中の、核物質を盗まれそうになっただけだ。

――あの事件で、最後まで核泥棒に抵抗して、被曝《ひばく》した研究者が、**あんたやったのか！**　私は当時M・I・Tにいたけども、あれはボストンでも報道されてやね、私は感銘したですわ。クリスチャン・サイエンス・モニター紙やった！　むしろそれは私の反・原発の運動のモラール・バックボーンのひとつやねん！　**あれはあんたやったか！**

――あれは美談だったわね、と未来の映画作家が冷たくいってね、おれをむっとさせた。

――絡《から》むじゃないか？

――絡む、というよりね、すべての現実行動には、やはり批判もありうるということじゃないですか？　と麻生野を掩護《えんご》すべく、「志願仲裁人」が口をはさんだよ。革命党派の若者が権力の独占から核物質を奪還しようとしますね。それはさきの論理で、正当化されるでしょう？　ところが、かならずしも権力の番犬でない一研究者・技術者が、被曝もかまわず核物質を守りぬこうとするんだなあ。それは原子力発電所の構成員が、最下端にいたるまで、権力独占の核体制を補完していることじゃないですか？　襲撃した若者たちにとってみれば。しかもその研究者・技術者は核権力の代表でもなんでもないんだから、殺してまで核物質を盗むわけにはゆかない。そこで襲撃は失敗し、研究者・技術者は被曝してしまう。そういう八方ふさがりの事件だったですよ。革命党派の側からいえば……

——きみもあの時の核泥棒作戦の参加者かい？　とおれはまるまる冗談だというのじゃなく、「志願仲裁人」に問いかけてみたよ。

——まさか?!　と「志願仲裁人」は即座に否定したがね、むしろそれはかれこそ「ブリキマン」の一員で、青黒い皮膚は被曝のせいじゃないかと、おれに疑わせる余地をのこしたね。

——東京のある一隅に、充分な政治的想像力と、倫理感と、人類への根本的な愛をもつグループがいるとするわね。(そう麻生野桜麻はいいはじめたんだがな、これは決して完成されぬのかもしれぬ、幻の映画のテーマじゃないか？　ｈａ、ｈａ。)かれらがある日、原爆を開発・保有していると宣言すれば、私たちの国も変るのじゃないかしら？　すくなくともいまそこいらで、やがて死ぬことなど思ってもみずに、街を歩いたり食事をしたりしている都民民衆が、緊張するだろうことは確かよ。それは「義人」にしてみれば、ペシミズム解消に役立つのじゃない？

――そんなことはないねん！　どのような意味にしてもやね、核爆弾の役割を評価することにはやな、なんらかの積極的な要素を見出《みいだ》すことにはや、退廃しかないんやで！

――その絶対主義はナイーヴじゃないの？……これから私が党派のリーダーに会って、話をする基本的な態度はね、革命党派が原理に立って、自力で原爆を開発するのならば、私にはそれに反対する理由はないということね。それがひとつ。そしてもひとつは、その核保有計画を「大物A氏」の資金援助でやる点は批判する、ということね。これだけは私の信条の自由として認めてもらうわ。

おれは「義人」が柿の葉みたいな脣《くちびる》を閉ざし、眼はカッと見開いて、その実なにものも見ず、この現実世界全体への大きい嫌悪《けんお》感を滲《にじ》み出させるようであるのを、横眼でうかがっていたよ。そしてかれに話しかけずにはいられなかったのさ。

――おっさん、あんたは「大物A氏」の頭の上にも、天皇ファミリィへむかう風穴が抜けているといったがな。しかし東京で、個人のグループが原爆を開発して、政府なり財界なりを脅迫するとするならば、それはやはり天皇ファミリィによりそってやるわけにはゆかんでしょう？　とくに「親方《パトロン》」が資金提供している二党派のどちらも、自分らが苦心して造ったものを、まさか天皇ファミリィの側に立って使うつもりではないでしょう？　そのように条件づけられた原爆を、自分の頭から発してる天皇ファミリィへの風穴に、あいつがどう利用するんですか？　そこのところがどうもわからんよ、おっさん！

　そこで「義人」は、現実全体への嫌悪感を洗いおとし、澄んだ大きい眼でおれを見かえしてね、使命感に燃える不屈の活動家に戻ったね。

　——「大物A氏」のような人間の頭上にはやね、なんといっても絶対に天皇ファミリィへむかう風穴が抜けてる！　それは大前提や！　そしてやね、その風穴を抜けさせたまま、「大物A氏」は若い革命家に個人グループで原爆を造るよう、示唆《しさ》するのや！　それも対立・抗争する二派それぞれに！　まったくサモアリナンということや、**サモアリナンや！**　それはもう「大物A氏」にただ必要なのはやね、原爆のような超大エネルギーを、自分で操作できるかたちで持ちこむことや、この社会状況へな！　それはひとつでもいいし、ふたつならなおいいねん。そいつがひきおこす超大緊張がやな、社会状況を覆《おお》ったところでやよ、一挙に風穴へ吸い上げるんやないか！　大竜巻がゴオーッと吹き上げて、天皇ファミリィをなおも浮上させるんや、絶対的な高みに！　若い革命運動家諸君はやね、自分たちだけは最後の土壇場で、「大物A氏」を出しぬくと気負っているやろうがね。しかしそうはいかんのやよ。文化史に立っていってもな、絶対そうはいかんのやて！

――「義人」は百戦練磨の実践家でいて、どうして結論においてはペシミスティックなのかね、と「志願仲裁人」が批判したが、「義人」は相手にしなかったよ。

――**そういうわけやからね**、と皺《しわ》だらけの喉を震わせて「義人」はいいつのったんだよ。そのような超大エネルギー、超大緊張を自分の風穴にとりこもうとする相手だ。そいつと対抗する者は、逆のベクトルの超大エネルギー、超大緊張を支えてビクともしない、そうした人間でなければならん。われわれの側でもな、そういう人間を見つけなきゃあかんよ！……あんたと森の「転換」はやね、**その点についてのヒントやないか？**

――もしそうであれば、まず森が「大物A氏」を襲撃して、警告をつきつけた筋は通るよ、と「志願仲裁人」がいった。僕は森を、そのように大きい視点から行動を起した人間だと感じますよ。

そこで例の**リー**、**リー**、**リー**という叫喚がおれの若い肉体および、じつは若いのか中年のままなのか、なお判然とせぬ精神を呑《の》みこんだ……

第八章　続「親方《パトロン》」の多面的研究

1

王子の商店街で、車が渋滞のなかに入りこみ動きがとれなくなった時、おれは退屈しのぎにね、コノアタリニ本拠ヲカマエテイル革命党派ノ連中ガ、飛鳥山《あすかやま》デ超小型原爆実験ヲヤル気ヲオコサナイカネ、という冗談を思いついたがね。しかし口には出さなかったよ、しだいに車の雰囲気は緊迫していたので。もっとも原爆についての軽口に反撥《はんぱつ》するにちがいない「義人」は眠りこんでいたが。デニムの上衣《うわぎ》の胸にガクンと頸《くび》を落して眠っている「義人」の顔は、過労を積みかさねた初老の人間の、なかば死んでいるような顔でね。南米の呪術師《じゅじゅつし》の持っている縮み頭というのがあるよね？　あれみたいに小さな頭に、小さな顔がついていて、鼻と耳だけが大きくつき出しているんだ。総義歯を外しているから、顔が縮んで見えるんだと気がつくまでは不気味でね、

ha、ha。

さておれたちのフォルクスワーゲンは、さらに混雑した狭い通りに入り、当然徐行していたんだが、ふたりの警官に制止されてね、証券会社の支店前のやや道幅のあるところでとまったんだ。警官のひとりがフォルクスワーゲンの狭い窓に鼻面《はなづら》を突っこんで来る。咄嗟《とっさ》のことだしね、警官を満足させる自己証明の手だてのないおれは怯《ひる》んだぜ。眼をさまして「義人」も動揺するふうだったがね、怯みこむのとは反対に、血の筋の見える眼を大きく開けると、総義歯を口につめこんで、縮み頭から回復した。しかしなおもかれの頭は、まだ半分眠っているようなのさ、なにぶん初老だからね。しかし「義人」がなにか抗議する必要はなかった。警官が一語も発さないうちに、麻生野《オウノ》は運転免許証ともども、テレヴィ局の証明書をサッと突き出していたからね。それもスターらしく自分を一挙に前へ押し出す、特殊な顔つき・身がまえでさ。

——すぐうしろから警察の車がついてきますから、事情はそちらで確かめてください、と「志願仲裁人」がね、警察の護衛つきで行動している具合にほのめかして、交渉を始めたよ。われわれはマス・コミがらみで、学生運動のセクトに申し入れを持ってゆくだけです。われわれはどんな党派とも関係がない。もちろんゲバりに乗りこむのじゃないですよ！

実際に尾行して来た車からも、合図が送られたんだと思うね。フォルクスワーゲンの低い天井越しに、警官たちは号令みたいな会話をとりかわし、そして麻生野の膝《ひざ》に証明書がやんわり戻された。おれはこの警官の動作に麻生野の演技的態度の反映が見られると思ったがね。演出家の才能が確かにあるね、彼女には、ｈａ、ｈａ、われわれのフォルクスワーゲンはすぐさま出発したよ。

――本部防衛の「反対警察」は、私たちの車を認めたはずだわ。警察からも特別あつかいされてるようだと、報告がいったと思うわよ。反・革命のゴロツキ集団が、手《しゅ》榴弾《りゅうだん》を持って殴り込みに来たんだとは、もう思わないでしょうよ。

――防衛をやってる若い活動家がやね、敵対党派は警察と連合してるんだという、セクト機関紙のいうところを信じてなければいいけども。真面目《まじめ》に信じていたらやな、今の一件で私らの立場はむしろ物騒になりよったなあ！

――見張りがタスキを見て、これは「志願仲裁人」活動のヴァリエィションだと見ぬくからね、車に爆弾を投げてきたりはしませんよ、と「志願仲裁人」が穏やかな自信をあらわしていってね、それは説得力があったよ。

――あなたは横幕を車につけて、こういう所まで説得演説に来ているの？……勇敢ね。

——僕も永くやっているから、慣れですよ、と「志願仲裁人」は羞《は》じらいをあらわしたぜ。

さて車は張り出した八百屋や魚屋の店先の、通行人の敵意のなかをノロノロ進んでいたんだがね、見通し最悪の四つ角を曲ると、そこから五十米《メートル》ほど、たちまち荒野的無人の露地なのさ。戦災をこうむらず、戦後のいかなる災厄にも崩壊しなかった、しかし崩壊しなかっただけ始末の悪そうな木造モルタルの建物の列だが、その中心に診療所風の三階建てがあってね、建物側面の鉄梯子《てつばしご》を除き、すべての階が眼隠し板で覆《おお》われている。見上げると屋上に建てました鳩小屋風のところからさ、ヘルメットをかぶり手拭《てぬぐ》いで顔を覆った連中が、屈託したように見おろしてくる。

——すぐ前で駐《と》めるとやね、車ごと爆弾を持ち込んだかと勘ぐられるんやないか？通りすぎてからとまろうやないか。

——私ひとりここで降りるから、車は露地の突きあたり附近に駐車してくれない？一応見張っていて、おかしな感じだったらね、仕方ないわ、尾行の車に連絡してよ！

そして未来の映画作家は大きすぎる躰《からだ》をフォルクスワーゲンから引きずり出してね、コートの裾《すそ》を靴さきで蹴《け》りわけつつ「本拠」の建物に向ったよ。この場には似つかわしくないサングラスと、同じく濃い紫色バッグで異彩を放って。あらためて「志願仲裁人」が車を発進させた。追いたてられる気分にでもなったものだか、相当なスピードで。「義人」はすばやく後部の窓にしがみついて見張り始めたが、おれはじっと前を向いたまま、麻生野の女子高校生当時の、党派的受難の話を思い出さぬようつとめていた。

しかしすでに麻生野は、かずかずの修羅場をくぐりぬけてきた活動家でね、あの襲撃さわぎでもよく闘ったじゃないか？ｈａ、ｈａ。とにかく彼女は十分たたぬうちにね、灰褐色の板で艤装《ぎそう》したオンボロ軍艦みたいな建物から、革命党派の本部員をひとり呼び出して戻って来たのさ。

「義人」が鼻息を立てるほど喜び勇んで報告するのでね、おれも首を捩《ね》じってうかがうと、勇ましく歩いてくる麻生野の脇《わき》に、男が内股《うちまた》の小走りでついてくるんだがな、濃いサングラスをかけていることを除けば区役所の吏員という感じでね。地味な恰好《かっこう》のそいつと、四、五歩離れてついてくるヘルメットに作業服の若者たちとが、奇妙な対比をなしていたよ。若者たちが嵩《かさ》ばる上衣に金属パイプを隠しているのはすぐにわかるしね。

——党派が使っている喫茶店で話すことにしたわ。こちら側は、私ともひとりだけの条件なのよね。さしずめ、森・父がきてちょうだい。「義人」は核の問題になると対話不可能だし、「志願仲裁人」には運転を頼みたいから。……車をひと廻りさせて一時間たったら、ここへ帰ってきてちょうだい。

——おい、おい⁈　三十分だよ、とサングラスの男が造り声で変になれなれしく呼びかけてきてね。一瞬おれは三十分なりと、そういう声の主とは同席したくないと思ったがな……

——森・父、早くしてもらいたいわ、と命令してくる彼女にね、おれも「志願仲裁人」も「義人」も、服従するほかなかったよ。

さてこの本部員のひとりと麻生野との対話はな、麻生野の演出コンテ用ノートにおれが記録したままの、一問一答形式できみにつたえよう。ともかく本部員は革命党派のリーダーたちのひとりなんだろうから、リーダーの**リ**の字をとって表記してくれ。**リ**は、濃いサングラスを喫茶店のなかでも外さないんだがね、それは垂れ目の三白眼が愚かしいほど不安定に動くのを隠すためじゃなかったかね？　上脣《うわくちびる》を伸ばして早口に、発音不明晰《ふめいせき》にしゃべる男さ。三十程度かね、薬剤師の奥さんに食わしてもらっているというんだが、よく見ると上等なネクタイに金のカフスまでしていたぜ。こういう服装も革命党派のリーダーの一般市民むけ広報戦術の一環かね？

鳩小屋風の見張りから入口を見わたしうる場所の、おれたちより他には客もいなければ給仕女さえいない喫茶店でね、リと未来の映画作家はコオフィ、入口の両端に陣どった若者たちはミルク、それに嵩ばる上衣のポケットからとり出したアンパンを控えめな仕草で食っている。そこでおれもミルクにしたよ。恰好いい者らに影響されやすい年頃なんだから、ｈａ、ｈａ。

麻　「大物Ａ氏」カラ、革命党派ガ資金援助ヲ受ケテキタトイウ情報アリ。テレヴィ・ニュースデスラソレガ報道サレタ。マタ反・革命ノゴロツキ集団モ、オナジク「大物Ａ氏」カラ資金援助ヲ受ケテイルトイウ。私ハ革命党派ニ所属シテハイナイガ、ソノ系列ノ末端デ運動シテイル。ソノ私ガ世話人ノ運動ニ参加シテイル高校生、受験生、大学生、市民タチハ、ミンナソレゾレ動揺シテイル。革命党派ガ資金援助ヲ受ケテイナイナラバ、スグサママス・コミニ抗議ヲ申シコムベキデハナイカ？　コノ点ニツイテ、執行部ノ公式見解トシテ、末端ニ伝エウル内容ヲ話シテモライタイ。スデニコノ件ニツイテ、本部ニ繰リカエシ電話ヲシタガ、相手ニシテモラエナカッタ。アレハファシストノヤリクチジャナイカ？

リ　ワレワレヲファシストナドト規定スルト、大変ナコトニナルヨ。キミ個人ニツイテワレワレノ見解ヲイエバ、キミタチノ市民運動ガヨッテ立ツ現状分析ハ、ワレワレノ党派ノ指導・影響下ニアル。シカシキミ個人ノマス・コミデノ言動ハ、ワレワレノ基本路線カラ数カギリナク逸脱シテイルヨウダ。私個人ハテレヴィヲ見ナイガネ。一度、ワレワレノ協力ノモトデ自己批判ヲヤッテハドウカ？

サテ、マス・コミノ報道トハ本質的ニ、無責任・無意味ナモノダカラ、アラタメテ抗議スル必要モナイ。ワレワレハタダ時ドキ戦術的ニソレヲ利用スルノミダ。

ワレワレガ「大物A氏」関係ノ公式見解ヲ発表シテイナイ以上、コレハ仮定ノ話ニナルガ、「大物A氏」ガワレワレニカンパシタガルトスルネ。ソノ金ヲ革命党派ノ、科学的ナ現状分析ニ立ツ政治行動ノ資金ニモチイテ、ナゼ悪イダロウカ？ イウマデモナク「大物A氏」ハ、右翼偏向シタ国際暴力団的クズデアリ、ムシロ小物デアル（笑）。シカシ金ハ金。ドノヨウナ出所ノ金デモ、ソレヲ革命ノ原理ニ立チ、革命党派ノ現状分析ニヨル政治活動ニアテルナラバ、資金ハ正シク使ワレテ、純化サレルコトニナル。ワガ国ノ腐敗シタ金権政治構造ガ、「大物A氏」コソヲワレワレヘノ資金提供ニツイテ咎《とが》メルトシテモ、ワレワレヲ非難スルノハ現象的・論理的ニ本末顚倒《てんとう》ダロウ。

「大物A氏」ガマタ、反・革命ノゴロツキ集団ニ資金提供シテイルトシテモ、ソレコソワレワレガ関知スルトコロジャナイ。「大物A氏」ニ対シテ、ワレワレヘノ資金提供ヨリホカハ、イカナル党派ヘノ寄金ヲモ認メヌトスルノハ too much ダ。現ニ「大物A氏」ハ、腐敗金権政治ノスポンサーデハナイカ。先ニ規定シタヨウニカレハ、右翼偏向シタ国際暴力団的クズダ。ドウシテカレノヨウナ男ニ、革命的倫理性ヲ期待デキヨウ？

麻　革命的倫理性ニツイテ、革命党派ノ指導部デドウ考エテイルカヲ知リタイ。

リ　レーニン主義ノ原理ニ根ザシ、科学的現状分析ニソクシタ革命運動ガ、革命的倫理性ヲモタラス。倫理性トイエドモ恣意《しい》的ニ自分ノモノトナシウルモノデハナイ。仮定ノ話ハ、堂々メグリデ非能率ダカラ、コレデ前へ進ムコトニスルガ、「大物A氏」デアレ誰デアレ、資金提供ヲ申シイレテクレバ、ワレワレハソレヲ革命的原理ニ根ザシ、科学的ナ現状分析ニソクシテ使ウ、ト要約シテオコウ。

麻　反・革命ゴロツキ集団ガ、「大物A氏」カラ資金援助ヲ受ケテイルトイウ風評ノナカデ、カレラノ党派員アルイハシンパ・グループガ、「大物A氏」ヲ襲撃シタ。ソレニツイテドウ考エルカ？　モシ「大物A氏」ガ襲撃サレルベキ存在ナラバ、革命党派ハカレラニ先ヲ越サレテシマイ、「大物A氏」カラ資金援助ヲ受ケテイルトイウ汚名ノミマス・コミニ流布《るふ》サレタコトニナル。

リ　ワレワレニハ「大物A氏」ヲ襲撃スル理由ガナイコトヲ、私ハスデニ論証シテイル。論理的ナ発展ヲ無視シテ、同ジ質問ヲマキカエシスルノハ非生産的デハナイカ？

反・革命ノ国内暴力団的クズガ、右翼偏向シタ国際暴力団的クズヲ襲撃シ、ソレモ殺スコトガデキズ、武器ヲ残シテ退散シタ。ソンナ憐《あわ》レナ茶番ハ、連中ニマカセテオコウ。カレラノ襲撃ノ動機ト考エラレルコト。反・革命ノゴロツキ集団ハ、カレラノ本質ト現状ニ失望シタ「大物A氏」ニ資金提供ヲ打チ切ラレ、ヤケクソノ襲撃ニ出タノデアロウ。ワレワレノ革命的 諜 報《ちょうほう》活動ガ、ソレヲ裏付ケテイル。ヤガテ党派機関紙デ、ソノ全貌《ぜんぼう》ガ暴カレルダロウ。

対話をつづけながら、未来の映画作家がね、この指導部の男を身内の恥と感じはじめる、その腹立たしく恥かしげな苛《いら》だちが、いかにもあきらかだったがね。相手の三十男といえば、頭の良さを効果的にあらわしつつ自分がしゃべっていることを、しだいに確信してゆくようでね。麻生野の態度の変化には気づきもしなかったよ。おれの熱心な記録づくりもまた、かれの雄弁をはげますものとして働くようでね。お笑い種さ。しかしアンパンを大事に食い終り、じっと頭を垂れるようにして、指導部の男の弁説に耳をかたむける若者たちの存在はね、胸がせまってくるような感じだったんだ。

麻　アラユル核ノ力ヲ民衆ノ手ニ取リカエス。ソノ運動ニ私ガ参加シテイル以上、革命党派ガ原爆ヲ造ルコトニ反対シナイ。シカシ、モシ情報トシテ流レテイルトオリ、ソノ原爆製造ノ資金ガ、「大物A氏」カラ提供サレテオリ、ソノ見カエリトシテ原爆製造ノ過程ガ報告サレテイルトシタラ、心配ダ。最後ノイヨイヨノ時ニ、原爆グルミ革命党派ガ「大物A氏」ニ利用サレルノデハナイカ？

リ　核兵器ヲフクム戦略・戦術ニツイテ、意見ヲノベル位置ニ自分ハイナイ。シカシ、イカナルレヴェルノ活動ニオイテモ、革命党派ガアノ右翼偏向シタ国際暴力団的クズニ利用サレルコトハナイ。ワレワレトアイツノドチラガ革命的ナ原理ニ立チ、科学的ナ現状分析ニソクシテ行動シテイルカ？　ソレヲ見レバ明ラカデハナイカ？

麻　敢エテ質問シタイ。革命党派ヨリ先ニ、反・革命ノゴロツキ集団ガ原爆ヲ完成シタラドウナルノカ？

リ　ワレワレハファシストデナイカラ恫喝《どうかつ》ハシナイガ、キミノ呈示シタ疑問ハ許シガタイモノダ。ヒトツ譬《たと》エ話ノヨウナ、シカシ事実ノ話ヲシヨウ。反・革命ノゴロツキ集団ハ、ツネニ戦略・戦術ヲサダメエナイ。ソコデナニゴトモナシトゲエナイ。十年モ前ニナルガ、連中ハ銃器デ武装シタ「ヤマメ軍団」トイウ、奇怪・滑稽《こっけい》ナモノヲ発足サセタ。ソノ時スデニ「大物A氏」ノ資金援助ヲエテイタノダ。「ヤマメ軍団」ハ、東北ノ山奥ヲ人眼シノンデウロツキ廻リ、ソレヲ連中ハ長征ト呼ンデイタ。笑止千万デハナイカ？　ソノウチ暴発デ死ヌヤツ、脱落スルヤツ、逃ゲヨウトシテ処刑サレルヤツガ続出シタシ、残ッタヤツモ年ヲトッテ兵士ノ役ニ立タナクナッタ。銃モ湿気デ使用不能、権力ト一度モ戦闘ヲマジエルコトナク、潰滅《かいめつ》シタ。カレラガトッタコノヨウナ無益ナ廻リ道ハ、ワレワレハソレヲトラナイ。ワレワレハ原理ニ根ザシ、科学的状況分析ニソクシテ、戦略ニオイテモ、戦術ニオイテモ、決シテ目標ヲアヤマラナイ。ソノワレワレガ、ドウシテ連中ニ遅レヲトロウ？

　未来の映画作家が先方とかわした約束を守って、おれはずっと異議申立てをしないできたんだが、その「ヤマメ軍団」への言及にはね、眩暈《めまい》がするほど（暗いところでうつむいてメモをしていたんだしね、ｈａ、ｈａ）、腹を立てたよ。

　――「ヤマメ軍団」は、警察にも自衛隊にもつかまらず、永い間活動しえた。そうである以上、おれはかれらが潰滅してしまったとは信じないね。当然にかれらが年をとったにしても、しかしなお自己訓練して、行動に移る日を待機しているにちがいない。だいたい年をとったといっても、たかだか十年だぜ！

――協定が破られたから、これで話合いは終るよ。**しかしガキ、おまえはなにをどなったつもりだ？**　とリーダーは凄《すご》んで見せたがね、サングラスの眼はキョロキョロして迫力なしさ。

しかし作業服の若者ふたりは、あっという間にリーダーの脇をかためてね、上衣の奥に片腕を突っこみざま敵意に燃える眼で、しかも燃えながら澄んでいる眼で、睨《にら》みつけてくるじゃないか？　おれは心底萎《な》えたようになってね、大股に出て行く麻生野につづこうとした。

ところがな、

――自分らの飲んだ分は払って行けよ、インタヴュー謝礼の三千円もな！　とサングラスのリーダーがのけぞるように足を組みかえながらいうじゃないか。それも真面目な要求か、嘲弄《ちょうろう》なのかわからぬままに、おれは朝鮮料理屋の支払いのつりをテーブルに置いたよ。そしておれは、薄陽のあたる表に出たんだが、その一瞬眼にうつってきた風景が生なましく奇態でね。アパートやら町工場やら、例の「本拠」やらのつらなった通りにね、やたらに糞《ふん》がおちていながら犬一匹見あたらぬ通りにさ、しかも数多くの眼がじっと照射されている感じなんだ。鋪道《ほどう》が大きい蛸《たこ》の皮膚の一部で、いまにも色素の奔流と筋肉のうねりがおこり、そこいらじゅうまるごと変った眺めになる。その直前だと感じたのさ。そしておれの内側では、「転換」がズンズン進行する内臓感覚があって、この路上で幼児に戻っては困るという、即物的な恐怖心にもかられたのさ。柔らかく盛りあがってくるような鋪道を、かしぐようにして麻生野が進んで行く。それはいつもの昂然《こうぜん》たる大股というよりも、心のはり裂けた少女が闇雲に逃げさるようでね。突然におれは、彼女もまた拷問《ごうもん》を受けた高校生の時点にまで、肉体と精神ぐるみ戻っていて、おれは使用ずみのコーラ・ファミリィ・サイズの瓶を提げ、彼女にしたがっているのじゃないかとさ、思わず両手をかかげて見たぜ……

2

おれたちを尾行しているわが警察を、フォルクスワーゲンを乗り廻すうち、「義人」ともども認めたと、「志願仲裁人」は報告したがね、未来の映画作家は耳をかそうともしなかった。彼女があまりにもあからさまに心裂けた少女の鬱屈《うつくつ》をあらわしているものだから、指導部の核についての考え方に関心の深い「義人」もね、大きい脣に皺《しわ》をよせて麻生野の横顔を見つめているだけで、なにも質問しようとはしなかった。おれはふたりの様子をチラチラうかがいながら、この初老の数学者はどのような経験のつみかさねによってかくも優しくなったのかと疑った。

しかし麻生野はわずかな時間を「猶予期間《ゆうよ》」として必要としただけでね、すぐさま彼女は湧《わ》きおこったなにもかもを克服したよ。そして市民運動の活動家にもっともふさわしい資質・態度に戻ったわけさ。まず行動計画の次の段階にうつるべく高速道路に車をのせ、つづいていまの会見の内容を語った。まったく彼女もまたどのような経験のつみかさねによって、かくも徹底した市民的サービス精神を築いたものなのかね？

――……そんなやつが、革命党派の最高幹部やろか？　そやないのとちがうか？　私はね、学生や学生あがりの指導者いうものにやね、もっとましな先入見を持ってるよ。実際にまともな若い指導者に会ったこともあるんやけどね。

――もちろんかれは最高幹部じゃないわよ。本部の書記局にはいるけれど。私がかれを個人的に知ってるのはね、あいつが文化人担当の広報をやっていて、映画関係の労組集会に出て来てたからよ。私が知ってる限りでも、本当の指導層はあれとちがうわよ。大きいところ、着実なところ、鋭いところがあるよ。革命運動を自然にやりはじめて自然につづけてゆく、そういったところ、そういうすばらしさがあるわよ。しかもそのような若い人たちが、反・革命のゴロツキ集団や権力と闘ってね、殺されたり再起不能にされたりしているんだわ。

そして麻生野は酷《むご》たらしく苦い味をあじわいつづけている具合に口をつぐんだがね。その間も成果のあがらなかった最初の会談を叩《たた》き台に、計画を練りなおしている様子なんだよ。その頭の動きと直接にギアで結ばれたみたいにさ、フォルクスワーゲンは猛然とダッシュし、気まぐれに減速して、しばしばおれたちの肝を冷やしたよ。尾行する車も苦労したにちがいない。それでもなおついて来たんだから、わが警察の運転技術は高い水準にあるにちがいないね、ｈａ、ｈａ。

そのようにして誰もが黙りこんだまま、車を走らせているうちにさ、「志願仲裁人」が、

――プスー、と噴きだして、首筋まで赤黒くなったんだ。

「義人」とおれはびっくりして、「志願仲裁人」をまじまじと見たよ。麻生野は一切知らぬ顔でね、まっすぐ正面を向いたままだったがな。渦巻きの輪のかさなりみたいなレンズの奥で眼を白黒させて、「志願仲裁人」は笑いの発作を封じこめようとしてね、それは苦痛ですらもあったのだろうさ、三角形の鼻の両側の涙をぬぐい、同じ手の甲でよだれも拭《ぬぐ》いとって首を垂れたよ。

——疲れているんやなあ！ と「義人」がむしろ表情を硬《こわ》ばらせている麻生野のためにとりなしたがね。

さてめざす目的地に近く高速道路を降りたところで、それまで黙って考えていた麻生野が、戦術の変更を持ち出したんだよ。

——さっきのような小官僚に会って、倫理感ゼロの詭弁《きべん》を聞いても仕方がないわ。……けれどもなにかを聞き出したいことは聞き出したいんだから、むしろ現場の活動家たちの集会に行ってみてはどうかしら？ あちらの党派が勢力を持っている大学で、「大物A氏」襲撃の報告集会が開かれてるわ、ほら、ビラが張ってあるよ。そこへ行ってみようよ。先方には「志願仲裁人」が、「大物A氏」を襲撃した勇士をかくまっているといえば、話を断わらぬでしょう？

——僕は賛成ですよ、とさきの不謹慎を挽回《ばんかい》するチャンスだからね、「志願仲裁人」は熱意をこめていったさ。しかしかれも実践家だからね、補助的な注意をうながすことは忘れなかったよ。念のためにいえばね、どの大学であれ構内に入って行くことは、尾行しているわが警察の力をあてにできなくなることだから。……この間の乱闘事件に参加した連中が、麻生野さんと「義人」を見つけてスパイあつかいしないかね。

——あの際やられたことの報復やいうて、殴りかかってくることもありえるねえ、といって「義人」はおれと麻生野とを一瞥《いちべつ》したが、それは自分の特殊な闘いを目撃されたのじゃないかという、気がかりからであったろうね、ｈａ、ｈａ。

――まず僕が大学構内に入って、集会の実行委員とコンタクトをとってみるよ。どちら側の集会にも「志願仲裁人」の仕事で顔を出しているから、拒絶反応はおこさないさ。せいぜい、例のとおりのあしらいが繰りかえされるだけだよ。そのうち森が実際にリハビリティションの道場にいると知ってるやつが出てくれば、みんなが乗り込んで来て大丈夫ですよ。

――それじゃ、このまま御茶ノ水の大学に向かうわね。

――尾行している連中が警戒しないうちに、早いとこ構内に入りこまなきゃな。われわれが車ごと大学構内に潜れば、わが警察はついて来ることができないからね。われわれが尾行をたち切ろうとしてると判断して、強行手段に出るかもしれない。

駿河台下の交差点で、おれたちの車が御茶ノ水駅方向へ昇る意志をあらわした一瞬、汚れトヨペットがあからさまに法規を無視してスルスルと追い越すじゃないか！　その車に今朝がた家を訪ねてきた硬軟両様の二警官が乗っていてね、「懐柔的」が器用に運転して。しかも後部座席には、おれの妻・もと妻が、凄い勢いでおれを見すえていたよ！

自分がなにを見たんだか、訝《いぶ》かしみつつのようにさ、その妻・もと妻が頭をめぐらせて「強圧的」になにかいいかけるところしか、おれには見ることができなかった。尾行車の突進に妨げられて曲りかけたままブレーキをかけたわれわれの車がさ、エンストをおこした所へね、脇から三、四台もの車が突っこんできたのでね。

――このまま曲らず、まっすぐ逃げ出せないか?! とおれは呼びかけたが、警笛の鳴りわたる交差点の混雑で、進路修正ができるわけはなかった。

――そこいらじゅう機動隊だらけだわ、三台も警備車が駐車してるよ。連中の前で違反ができる？ と麻生野が叫びかえしてね。エンストで動顛《どうてん》したものだから、交通違反を機動隊がとりしまると信じたかね？

――「大物A氏」襲撃の報告集会は、かなり大規模にやってるね、と「志願仲裁人」が判断をするのと、おれが、

――女房があの車に乗っかってたぜ、尾行警官と一緒にさ、と知らせるのが同時でね。

キョトンとした間をおいてから、麻生野がおれの言葉の特別な意味を把握したよ。日ごろおれの妻・もと妻に脅《おび》やかされてきた経験から、これは厄介なさきゆきだということをさ。

――それで、あの人はどうするかしら？

――「転換」もなんのその、女房がおれをおれ自身だと、気狂《きちが》いのようにいいたてれば、警察はおれを連行するだろうね。女房の前ではおれも、親戚《しんせき》の学生だとかなんとか、家で警官にいったことを繰りかえすわけにもゆかないし。現在のおれが十八歳の若僧よりほかに見えないとして、しかもなお女房がこれこそおれに他ならないと、喚《わめ》きたてる気がするよ。若造りに変装しているんだと、おれの頬から変装パテを引っぺがそうとするんじゃないか?!

そういい終りもしないうちにさ、おれたちは前方左側、大学の門を遠巻きに囲んで、警察の陣型が造りだされるのを見た。車は歩道脇へ寄せて徐行していたが、そこまでは結局わずかな距離でね。

――包囲を突っ切っても、橋の手前でつかまるわ、と未来の映画作家も断念をあらわしたほどさ。

ところが、ずっと固唾《かたず》を呑《の》むようにしていた「義人」が、こう提案したんだよ。

――正門のすぐ手前で車を駐めてやね、集会の呼びかけを配ってはる学生諸君に、私が抗議を突っかけますわ！　反・原発の集会をぶっ壊されたんやからね、私が突っかかっても、侮蔑《ぶべつ》的に挑発したとはいえんやろ?!　そこで当然混乱がおこれば、機動隊はそちらへ注目するやんか？　その隙《すき》にあんたらは大学へ駈《か》けこめるよ……

——僕もそれ一緒にやりますよ！「義人」ひとりでは混乱をおこせないよ。

——いや、いや、ひとりでやりまっさ。私はやな、反・原発の集会を潰《つぶ》された抗議の理由があるよ。そやけどあんたのような戦闘的非暴力を守って仲裁をはかる人間がやね、理由なしの暴力を発揮してどうなりまんのや？　あんたの「志願仲裁人」は、本気やないのんか?!

「義人」が周到に総入歯を取りはずしてデニムの上衣にしまうのを、おれはシンとした気分で見まもったがね、車がとまり、まず「志願仲裁人」が降りてシートを倒す間、「義人」は頭蓋《ずがい》の奥から覗《のぞ》くような眼でおれを見かえすと、皺だらけの口をモグモグさせた。そして麻生野に向けてね、天真爛漫《らんまん》とも照れくさがっているとも区別つけがたい微笑を浮べたのさ。それから「義人」は腰を低くおとし首を突きだし、まっしぐらに駈け出したんだ。それを見送るおれを、

——あんた、奥さんに捕まるつもりか？　と「志願仲裁人」がせきたてていた。

おれもさしせまった気分になってね、足掻《あが》きたてるようにして車を降りたよ。幅十米《メートル》ほどの門の内側、斜め右前方に建物の入口が開いている。そこにヘルメットとタオル・マスクの連中がたむろしているんだ。そのかれらが一斉に振りかえったんだか

ら、「義人」は大声を出したにちがいないがね、そのまま叫びつづけながら連中の前で立ちどまり、両腕をふりまわしてピョンピョン跳びあがっている。まず「志願仲裁人」がそこへ向って駈ける。おれもそれを追いかける。しかしおれたちは門柱に手をかけて半回転するとね、左奥のアーチへ向けて走ったのさ。先頭で見張っていた警官ふたりと妻・もと妻が、「義人」につられて二、三歩向うへ移動する、その鼻先をかわしてね。おれたちはまんまと構内へ駈けこんでいたんだ。もっとも「義人」に背を向けて走ることには、根深い裏切りの気持があったぜ。かれがピョンピョン跳びあがっていたのは、いったんかれに内懐まで入られたが、すぐ追いすがった防衛隊員どもに、鉄パイプで両脇腹を突っつかれていたためだから！　しかし「志願仲裁人」に負けずおとらず、おれの逃げ足は、早かったぜ。硬軟二警官とともどもおれを遮《さえ》ぎろうとした妻・もと妻の眼の、奇態な・厭《いや》らしい・滑稽なものを見る表情が、おれを疾走させたんだよ。全体として妻・もと妻は荒涼たる様子をしていたが、黒い服の胸もとには派手なスカーフを巻きつけていて、新生活への決意をそこに示していたがね、ha、ha。

　おれは中庭へ走り込み、そのまま傍観学生どもの間を走り抜けるつもりだったがね、たちまちタックルされてひっくりかえり、恐怖の叫びをあげていた。おれの叫び声は他ならぬ妻・もと妻の、視線が物質化したやつに一撃された叫び声のようだった、ｈａ、ｈａ。おれともども敷石にしたたかうち倒された「志願仲裁人」が、倒れたままおれに向けた顔にはね、なにより叫び声への驚愕《きょうがく》があったぜ。しかしそんな観察も束《つか》の間《ま》のことさ、おれにタックルしてひっくりかえした大男が、倒れたおれの頭に腹、睾丸《こうがん》まで狙《ねら》いさだめて蹴《け》りつけてきたからね。それにやつの仲間のヘルメット、タオル・マスクの学生が加わって、執拗《しつよう》に痛めつけてくるからね、おれはもう助けてくれるものなら妻・もと妻にさえ、救助をもとめて喚きたかったよ、ｈａ、ｈａ。

3

俘虜《ふりょ》になったおれと「志願仲裁人」とは、学部自治会が合法的だか非合法的だか占拠している部屋に連れ込まれたんだ。殴られ、蹴られてるうちに、水晶体がどうにかなったらしく、昏《くら》かったり眩《まぶ》しかったりする眼にね、四囲の壁面はいうに及ばず、天井や床まで文字で埋まっている部屋が、まず奇態な感じでね。そのように俘虜となる過程でおれをとらえた印象を列挙して、それから先へ進むことにしたい。

1　おれは中庭の敷石に倒れて縮こまったまま、蹴りつけられていたんだが、爪先の強化されてる運動靴の狙いがね、顳顬《こめかみ》にしても、鳩尾《みぞおち》にしても、睾丸にしてもさ、おれが最初の青春で経験した乱闘では粗暴な連中すら避けたところでね。おれは死にもの狂いで防衛せざるをえなかったがね、それでもこの攻撃の仕方には視覚的な記憶があると思いついたんだ。あらためて考えてみると、それはヴィエトナム戦争のニュース映画の一シーンだったよ。肉体的な暴力もメッセージ伝達の方法だと、暢気《のんき》に分析する学者もいるがね、それ式にいえば、マス・メッセージの時代には暴力のスタイルの流行が生じても当然か？　解放戦線の兵士が捕えられて、南政府軍の兵士に軍靴で蹴られるシーンだったが、後手高く縛りあげられ立膝《たてひざ》に坐らせられた俘虜がね、脇腹を膝で守ろうとするのへ、執拗に周りこんではそこを蹴りつけるのさ。怒り罵《ののし》ることが無意味だと知っており、泣訴する意志はなく、ただつづいて加えられる苦痛への嫌悪《けんお》のみがあらわれている顔のクローズ・アップ。顚倒のショックで躰《からだ》じゅう痺《しび》れていたおれは、敷石の上でモゾモゾ身を守りながら、あれと同じ表情をしていたと思うね。暴力をふるう側が、時代の支配的暴力スタイルに影響を受ければ、暴力をふるわれる側もそれに照応するだろうじゃないか？　土埃《つちぼこり》にまみれた頬を敷石におしつけたおれの視覚に、三、四人に囲まれて蹴りつけられる「志願仲裁人」が映ったが、こうしたことには比較的慣れている筈《はず》のかれも、やはり同じ顔をしていたからね。

2　敷石の上で殴られ蹴りつけられた後「志願仲裁人」ともども引ったてられて行く間、これは異様に苦しいだけの夢じゃないかと、おれを放心させるようだったのは、中庭を囲む建物の出入口あたりで歩いたり立ちどまってしゃべったりしている傍観学生諸君がね、おれと「志願仲裁人」のやられていること全体に、いささかの興味も示さぬようだったことだよ。それにもまた、視覚的記憶とつうじるものがあったんだ。敷石に倒れているおれには、積極的に動かせるのは視覚だけだからね、そこで意識も視覚リードの展開だったのかい？　それもいま思い出してみるとコクトオの映画の一シーンなのさ。あるいはサルトルが脚本を書いた別の映画だったかね？　ともかくそんな時代の映画なのさ。死んだばかりの人間を、地獄のオートバイ乗りが連れ去る。ところがその背景には、のんびりした風俗が持続しているわけなんだ。風俗といえばね、傍観学生の色彩豊かな当世風俗は、なんとも美しく感じられたぜ。そのカラフルな世界にくらべては、おれと襲撃者の世界はモノクロだからなおさらに。カラフルな世界の連中から見れば、われわれは「見えない人間」であって、自分の不可視性を確信すればこそ、おれの睾丸を蹴り潰そうとするやつは、そのようにも兇暴《きょうぼう》であることに平気なのだと、おれは恐怖したよ。

さておれと「志願仲裁人」は俘虜となって、やたらと文字の書いてある部屋へ連行された。ありがたいことに十八歳のみずみずしい睾丸は無事でね、ha、ha。窓の留め金をコイルで縛り、ガラスは板で覆い、荷造り用の樹脂テープで目張りまでした部屋のな、正面奥に木椅子《きいす》をふたつ並べて坐らされたのさ。いつの間にこれほど厳重な監禁室を準備したのかね？　ルーティン・ワークとしての査問用の部屋だとすると、当然ながら鼻白むがな。おれたちは腫《は》れた鼻から息をするのがやっとというところでね、従順に坐っていたんだが、俘虜を見に部屋へ入ってくる連中が、いつまでも後をひいてね。そのうち壁にたてかけてあった二、三十本の鉄パイプが床に倒れたんだ。おれは自分と「志願仲裁人」の、同時に叫ぶ**ウワッ**！　という声を聞きとったよ、血が流れ出ている耳に。ルネサンスのイタリアには、見せるだけの拷問というのがあったそうだが、われわれはまさに鉄パイプを見せるだけの拷問にかけられたわけさ。その**ウワッ**！　という自分の声を抑制しようにも、ただそれだけの気力すらないんだから。

その実おれたちは、俘虜として連行される時からはね、あまり手荒くはあつかわれなかったんだ。すくなくとも内臓はズタズタ皮膚はそのままの高等技術で、百回も鉄パイプで小突かれる、そんな拷問はまぬがれたのさ。おれたちは単なる俘虜というのではない、ある疑わしい身分とみられていたわけだ。それも「志願仲裁人」が、殴り倒され・蹴りつけられつつ、鉄の意志で伝達した言葉のおかげで。このおれが「大物A氏」襲撃者の身内であり、勇士自身は「志願仲裁人」のかくまうところであることを、脇腹から睾丸、かと思えば顳顬へと蹴りつけてくる足のしたで、ともかく伝達しえたんだからあいつも相当なものだよ。そういうわけでおれと「志願仲裁人」は、これからなにが始まるかとじっと見つめてくる連中の前で、確かに俘虜でありながらも、「大物A氏」半・殲滅《せんめつ》の記念集会のゲストたりうる存在でもあったんだ。

黙っておれたちを見まもっている連中は、革命党派の活動家というよりこれからどのような状況がつくりだされるのか、それへの受身の期待のままに、子供へと退行してしまった具合でね。赤んぼうを三十人も集めれば、いちいちの見わけはつかぬだろう？　われわれの子供らのような赤んぼうでなければさ、ｈａ、ｈａ。あれと同じことでね、しかもヘルメットをかぶりタオル・マスクをして、眼と鼻としかあらわしていないから、おれを蹴りつけたやつらを見わけえない。やつらに蹴りつけられて転げ、なおも蹴られるのをよけて反転する間じゅう、報復はしてやるぞと思いこんでいたのになあ。こいつらが組織の一員としてやっているつもりでも、暴力は個人の肉体をとおして現実化するんだから、その個人に暴力はかえしてやるぞと、憎悪に燃えていたんだが、それがどいつらだったかをもう思いだせない。悲哀の気分がね、躰じゅうの痺れた痛みにかさなったよ。

「志願仲裁人」はいったん連中に意志をつうじるとね、その言葉が指導部へ伝達されて答が返るまで、もう一言も発すまいと心に決めた様子でね。蹴りつけられながらもいわねばならぬことは、いいたてつづけた態度のね、それは盾の裏側さ。おれは「志願仲裁人」に新しく感心していたね。おれも破けて腫れた脣《くちびる》でものをいう気はなかった。見物している連中もすっかり沈黙してね、しかしかれらの方ではさ、続いて始まるべきスパイの私刑《リンチ》から、勇士関係者の歓迎にいたるまで、大きい幅のお祭りを期待していたんだ。子供じみた眼つきで黙っていても、内面は充実していたんじゃないか？

もっとも黙っているかれらが無意識に発している、メッセージがなかったというのじゃないよ。それは臭気さ、ｈａ、ｈａ。春さきの午後遅く巨《おお》きい建物のなかで冷えている空気に乗って、押しよせるのは凄《すご》いような臭気でね。かれらはいかなる熱き希求を持つ故《ゆえ》に、このようにも臭《にお》いたてる躰を洗う暇もなく奔命するや？　とおれは詠《えい》嘆《たん》した次第さ。

やがて連中をかきわけて入って来た指導部員は、あきらかに悪臭の暈《かさ》に辟易《へきえき》していてね、それを露骨にあらわしていた。もちろんヘルメットもタオルもつけず、さっきの党派の小官僚の、コピイみたいなやつでね、地味な背広を着た小肥《こぶと》り・中背の男。そいつはおれと「志願仲裁人」の前に席をしめると、わざわざ眼鏡をはずして拭《ふ》きながら、眉《まゆ》と眼をしかめて思案顔さ。それからおもむろに「志願仲裁人」へ向けてこういった、かすれたような低い声でね。

――あんたのことは知ってるよ。しかしこちらの若者な、かれはあんたのなんなの、弟子？……直接聞くか、……きみはなに者？　たれだ、きみは？　われわれの戦士の、なににあたる？

それまで黙りつづけていた（おれたちを蹴る間さえ掛け声ひとつかけなかった！）背後の連中がドッとどよめいたぜ、その問いかけに手のこんだユーモアでもひそんでいるように。その愚かしく理不尽な笑いが契機でね、おれは方針を定めた。自分が森の父親であって、「転換」した森はおれの同志であり、おれは同じく「転換」した人間として、森の始めた事業に協同するのだと、そいつにいいはってやる決意をしたんだ。この小官僚にすら「転換」の真実を主張できず、森の従弟《いとこ》だとかいって通りをよくしようとするならば、おれには森ともども「転換」二人組に課せられた使命をはたすことはできないと、おれは予感したのでもあった。「転換」した森について、かれらにいつまでもわれわれの戦士だなどといわせておくかと力みこんだのさ。

——きみらがわれわれの戦士という言葉を使うのは、不当だとおれは思う。「大物A氏」襲撃者の名前すら、きみらは知らぬのだろう？　かれは森というんだ。そしてその名前を軸にして、おれは自分のことを呼んできたよ、森・父と。それほどかれを頼りにしてきたのでもあるが、ともかくおれは森の父親だからな。

——父、とかれがいったのは比喩《ひゆ》的な意味に理解してくれ、とおれの脇《わき》から「志願仲裁人」が介入したよ、腫れあがった唇を不器用にパタパタやって。こいつは本当に生まれつき仲介が好きな男じゃないか。

——比喩的な意味などは、こめていない、とおれはニべもなく一蹴《いっしゅう》してやったがね。森とおれの生涯のいまの段階には、比喩的な言葉をつかったりする余裕はない。おれたちは「転換」後の段階にいるんだ！　この「転換」という新しい言葉は、人類の未来をうらなう言葉として、いまに地球全体を覆《おお》うぞ！　きみたちも革命を考えるほどの人間なら、この言葉に注意していてくれ。……きみらは「大物A氏」の襲撃者が二十八歳の男だと知っているか？

——なにやらわけがわからんことをいいたててるが、と訊問官《じんもんかん》は当惑したふりをしてね、背後の連中をドッと笑わせる間を置いた後、続けたよ。……「大物A氏」の襲撃成功の直後、われわれは戦果の報告を受けている。

――それならきみらもかれが二十八歳の男だと知っているだろう？　それが森。おれは十八歳の肉体を持って、森の父親！　この「転換」の事実を、きみらが理解してからでなければ、生産的な対話はありえない！

――生産的な対話はいいよ。ただきみがたれかと訊《き》いてるだけ！　きみは、たれ？　他のやり方で聞くこともできるけれども、もう充分蹴られたでしょう？　それじゃリーゾナブルにいこうよね。きみは、たれ？

小官僚めはむしろおれに問いかけるより、背後の兵隊どもを煽動《せんどう》しているふうだったよ。そいつの言葉の切れ目ごとに、ドッと笑う柔順な兵隊どもを。

――いまいったとおりおれは森・父だよ。そしてきみらの党派の人間であるのらしい女子学生と一緒に「大物Ａ氏」を襲撃したのが、おれの息子の森だ。おれの方では、最初からリーゾナブルにゆきたいと思ってるよ。

――こちらは頭が悪いので、基本的なデータを整理したいのよね。きみが十八歳で、きみの息子が二十八歳？　それならば、息子さんが十歳の時にきみは生まれてきたわけだが、どんなふうにして生まれたの？　息子さんのヘルニアでも手術した際に、その睾丸の傷口から？

おれはその着想にね、思いがけなくおれの無意識を幸福にするものを認めた。そして小肥り・中背の訊問官が、見せかけほどには凡庸でも、鈍感でもないと見きわめをつけて、ドッと湧《わ》きたった兵隊どもの静まるのを待ったんだ。

——おれはかつて三十八歳で、八歳の森の父親だったよ。基本的なデータ整理がしたいなら、そこから出発してくれ。そしておれと森に「転換」がおこり、おれは二十歳若がえったし、森は二十歳、成熟したんだ。やさしい算数じゃないか？

——革命家というものは、いかなる差別にも反対するからね、この言葉も差別的に使うのじゃないのよ。「癲癇《てんかん》」？　そいつのせいで頭が変になった？　精神病患者一般についてもね、われわれは革命家として差別しないが……

——きみがそのように言葉をとりちがえてみせる、無意識の錯誤じゃなくて、その充分に自覚された意識のな、働き方が差別的だよ。おれも差別についてはいくらか経験があるが。……おれがはっきりさせたいのは、単純なことのはずだよ。もしきみらに理解する意志があるなら！　森はかれの事業の最初の達成にきみらの党派の女子学生を連れて行った。しかしかれの事業は「転換」の使命こそを実現するためのもので、その文脈に置いてはじめて意味を持つ。きみらの党派が敵対党派に差をつけるゼスチュアとは無関係さ。森はきみたちの戦士じゃない、、、、！……現にきみらは「大物A氏」評価を、はっきりさせていたのではないだろう？　「大物A氏」襲撃者をたたえて集会を開くというが、いまになっても「大物A氏」評価がはっきりしてない始末なのじゃないか？　きみらにとって「大物A氏」とは、実際なんだい？　なぜ、かれは襲撃されねばならなかったんだ？　その理由がきみらに意識化されていたのなら、森が実行する前に、**なぜきみらがやらなかったのかね？**

こういいたてる間おれは、訊問官の眼を見つめていたんだ、気力で犬を制しようとすれば眼をそらすなというじゃないか、ｈａ、ｈａ。そいつの小肥りの鼻のまわりがムウッと充血してくるふうだったのがな、いつのまにかおれの眼を偏光グラスで排除した具合にさ、かれの顔じゅうに、冷たい無関心が広がってくるんだよ。それもおれがこれからこうむるはずの酷《むご》たらしさへの、無関心。それにあわせてかれの背後の連中は、笑いに弛緩《しかん》していたのがいまや、おれへの敵意の一枚岩さ。わずかな身じろぎもしない躰から猛烈な臭気を放つだけ。いまにも鉄パイプにとびついて、おれに百箇の内出血斑《はん》をつくってくれそうだったぜ。その時さ、

――森・父を挑発するな、若い連中を煽動するのも止《や》めてくれ、と「志願仲裁人」が、機敏にかれ専門の仕事をした。森・父が、「大物A氏」襲撃者の身内であることは確かだよ。かれがどんな思いこみをしていても、それはそれでいいじゃないか？その思いこみのまま、運動の役にたてば？……森・父は役にたつよ。きみたちがなん

とか権力の眼をくらまして、森を大学構内に連れこんでもね、かれが集会で発言するには、森・父の通訳がいるんだから。森・父だけが、それをやりうる唯一《ゆいいつ》の人間だぜ！

——戦士・森は構内に到着しているさ、と訊問官が、なんでもないことを口にするようにいった。確かに声を出すと頭の傷に響くようだから、演説には協力者がいるだろうね。……戦士・森は、困難な条件を突破して義務をはたし、そしてじつに寡黙《かもく》だ。

——**異議なし！**　と猛烈な合唱がおこって、板で覆ったガラスが音をたてた！

おれにはその鈍器のように粗暴で重い澱《よど》み声を出しつつも、力をこめすぎてキョトンとした眼つきになった兵隊がさ、我慢のならぬ陋劣《ろうれつ》なものに思われた！　そして、……なんという十八歳の無鉄砲さかね、おれはそのように若者たちを誘導する、しかも森を利用してそれをやる小官僚に憤怒を押さえられないで、足もともおぼつかないまま、そいつに殴りかかってしまったんだ！

——**オレノ森ヲカエセ！**　と金切声に叫びたてつつ。オマエラニハオレノ森ノコトヲ、ワ、ワ、レ、ワ、レ、ノ戦士トイワセナイ！　**森ヲカエセ！**

しかしそれを全部叫びえたかどうだか？　おれの拳《こぶし》のめあての頭はヒョイと沈み、その両脇から、相似形の自動人形がふたつ出ておれを弾《はじ》きとばした！　おれはガラス窓を覆った板に後頭部をぶっつけてね、その有効性を証明してから床に転ったよ。気絶はしなかったが、すなわち痛みは豊かにあじわったが、おれは気を失ったふりをしていた。この兵隊どもの暴力には、メコン・デルタのフィルム同様、不機嫌な顔つきに嫌悪をあらわすほか、抵抗を許さぬ巨大なものがエネルギー源にあるようだったぜ。

4

そのままおれは、しばらく気絶の擬態をたもっていた。……ということは気を失っていたのと、他人の眼には等価だがな、ha、ha。しかしおれが酷薄とも執拗《しつよう》ともなんともいえぬやり方で、意識回復を認めさせられ、あらためて本当に気を失わさせられ、そしてついには殴り殺されたかもしれぬ筋みちを踏まずにすんだのは、「志願仲裁人」のかけひきのおかげだったのさ。「志願仲裁人」は的確に状況判断して、すぐさま働きはじめてね。まずおれを床の上にそのまま放置することにさせた。そして、かれ自身は、戦士・森を一時期かくまった人間として、かれに会う権利を主張した。そして結局連中ともども、監禁室を出て行ったんだ、見張りは残してね。おれは耳と鼻から流れる血に旧《ふる》い土埃と新しいのと、重ね塗りにする具合でね、その頭を床に横たえていたんだ。墨と揮発油の臭う汚れたアジビラの上に。もしそれがなかったとしたら、傷ついた頭がじかにくっついている床の様子を見廻して、おれは見張りに感付かれたと思うよ。さてそのうち肉体的苦痛にあわせて、それよりほかのものもおれを追いつめ始めたんだ、ひとつの根本的な疑惑がさ。それは眼をつぶった赤黒い視界に、聖書の改竄《かいざん》された記憶のかたちであらわれた、《にはとり鳴《な》く前《まへ》に、なんぢ三度《みたび》「転換《てんくわん》」せるなんぢ自身《じしん》を否《いな》まん》。なんじというのはおれのことじゃない、森のことさ。森があの女子学生ともども、かれをわれわれの戦士と呼ぶやつらの仲間となって、おれたちのさ、「転換」の使命など忘れたのじゃないかと疑ったんだ！

森の「親方《パトロン》」襲撃を、「転換」の使命達成のためにかれが踏み出した第一歩だとおれは考えてきたが、そして自分もそれに続こうと活動を開始して、いまここに殴り倒されているんだが、しかしそれはおれの一人芝居《はんりよ》にすぎなかったのじゃないのか？森は「転換」して二十八歳になった肉体の性的伴侶を女子学生に見出《みいだ》した故に、ただその性関係の見かえりに、女子学生の指令のまま「親方《パトロン》」を襲ったのではないか？襲撃後すぐ女子学生が報告をいれてきたというのも、それならば説明がつくではないか？

そうだとすれば「転換」の本筋からはずれた行動で、森は傷つき、その上警察には追われ、おまけにかれの行動を追いかけてただ盲動していたおれは、こんなていたらく。これでは宇宙的な意志が「転換」に託した使命などなにひとつ果たせぬまま、「転換」二人組は潰滅《かいめつ》してしまうのではないか？

おれは大きい失墜感のあまり暗闇で宙ぶらりんになった恐怖におしひしがれて、そのまま緩慢に気を失っていったんだ。……かつてもそういうことがあった。森が生まれた翌年の、酷いほど暑い夏の日だったんだが、ベッドカヴァの上にうつぶせに横たわったおれへ妻・もと妻が、幼児の将来の見とおしを医師に聞いたまま報告していてね。それを聴いていたおれはやはり緩慢に気を失っていったんだ。異常に気がついた妻・もと妻がおれの名を繰りかえし呼びかけてきたが、当のおれは汗まみれの腕を動かすことすらできず、もとより妻・もと妻へ向けて顔をあげることはできなかった。今にして思えば、その時おれは死体以上に死んでる状態へと、なおも沈みこみつつあったから。今にして思えば、あのようにおれを死体以上に死なせていたのは、やはり大きい失墜感による、暗闇で宙ぶらりんになった恐怖だったんだよ。

……………………

なお死んだようになったままでいようとする眼のまわりの筋肉に、苦しい力をこめて眼を開くと、いまはあおむいているおれの、顔の正面まぢかに迫って、繃帯《ほうたい》を巻いた森の頭があった、涙にまみれている森の……。急いで意識をはっきりさせようとあがいて過熱した脳コンピューターから、紫色の光のベルトが伸びてきて、こんな文字づらを浮びあがらせた、《『にはとり鳴《な》く前《まへ》に、なんぢ三度《みたび》「転換《てんくわん》」せるなんぢ自身《じしん》を否《いな》まん』と言《い》ひ給《たま》ひし御言《みことば》を思《おも》ひ出《いだ》し、外《そと》に出《い》でて甚《いた》く泣《な》けり。》現に森がこのようにも甚《いた》く泣いている以上、かれは「転換」したかれ自身を三度《みたび》否定したのか？　鶏の鳴く前に！

しかしおれの肉体と精神が、死体よりも死んだ状態を脱してゆき、電話線のように神経のいっぱいつまった管が、うまく連絡しはじめると、おれには自分を凝視する涙まみれの顔のうちに、じつに根柢《こんてい》的なものが洗いだされているのが見えた。それはおれがさきに感じた疑惑を打ち倒し、その残滓《ざんし》を追いちらしたよ。「転換」した森の肉体と精神が新状況に慣れて、しっとりした落着きすら獲得している。凝視する眼に表現された穏やかに澄みわたっているものは、悲しみのようでもあるし憐《あわ》れみのようでもあり、そのまま慰撫《いぶ》の呼びかけのようにも感じとられる。そのうちおれは幼い自分が、辛《つら》い夜道をひとり辿《たど》ってきたところで、いま保護者の膝《ひざ》にすがりつき安心して泣き出そうとしていると感じた。おれはなんとかそれを、嗚咽《おえつ》の最初の深い吸気程度にとどめたがな。

まわりを観察できるまで意識を回復してみると、おれの躰は事務机の上に横たえられていてね、憂《うれ》い顔した女子学生に血や汚れを拭《ぬぐ》ってもらっているのだった。ついで、おれを見まもりつづける森の肩ごしに、すでに俘虜ではないことのはっきりしている立居振舞のさ、「志願仲裁人」が頭を出して、

――「義人」が死んだよ！　殺されたか、事故で死んだか、**ともかく「義人」が死んだよ！**　と荒あらしく告げたんだ……

――殺サレタカ、事故デ死ンダカ？　**アイマイナ事ヲイウジャナイカ！**　とおれは叫びかえしたが、喉《のど》のあたりも死体より死んでいたなごりから五つ、六つのガキのような声になった。

――しかし、……それよりほかいいようはないんだ！……トイレへ行くということで、廊下に出されたんだけど、ところがそのまま走り出してね。「義人」は監禁で躰が弱っていても反・原発デモ年百回の猛者《もさ》だから、監視隊が追いかけたけれども、逃げに逃げて、どうしても捕まらない。そのうち大学裏のコンクリート塀を攀《よ》じ登る「義人」が灯りに浮んだのでね、その時までには五十人にもなっていた追跡隊が声をそろえて、**アー**とどなったって！　あの向う側は国電の線路まで八十米《メートル》の崖《がけ》だから。

しかし「義人」はそのアーにせきたてられるようにして、うしろをうかがいながら塀の鉄条網を踏みこえて、そうして今度は自分からアーという声を発しながら、見えなくなったというんですよ……

「志願仲裁人」は言葉を切ると、眼鏡の渦巻きの層の奥にかすむ眼を細め、三角形の鼻のさきをおののかせて、咳《せ》きこむように泣いた。そしておれは森の涙もまた「義人」の死にむけられていたのだと、悟ったのさ。

——**滅茶苦茶ジャナイカ！**　とおれは粗暴な声をあげて、むなしく喚《わめ》いたよ。四国ノ反・原発ノリーダーガ、大学ノ敷地裏カラ墜落死シタナンテ、地元ノ人ニハ訳ガワカランヨ！　カレガナシトゲヨウトシタコトハ、ミンナ空中分解ダ。滅茶苦茶ダ、**滅茶苦茶ジャナイカ**？　そしておれもひと声ふた声、喉のつまった蛙声《かえるごえ》をだして泣いた。

——そんなにして泣いていてもだめじゃないの？　死んだ人間の遺《のこ》した滅茶苦茶のものは、生き残った人間が滅茶苦茶でなくしなければしかたないでしょ？　と女子学生がうそぶいたがね、それも「義人」の死に怯《おび》えている心をさ、攻撃的に表現しただけだったよ。

しかしそれに応《こた》えて森の発する無言の言葉は、眼をつぶっているおれの脇腹に置かれた森の右手をつたわって、内臓に響いてきたんだ。「転換」前の森が言葉にならぬ呻《うめ》き声を発する時、小さな肥《ふと》った指がおれの躰にまつわりつくとさ、そこから電磁波がつたわって、すべての意味が理解されたように。ソレハソノトオリダ、滅茶苦茶ハ、ダメダ。ドンナ風ニダメカッテ？　凍ルヨウナ寂シサ・恐ロシサニ襲ワレルカラサ、生キ残ッタオレタチガ。シカモコノ凍ルヨウナ寂シサ・恐ロシサハ、地獄ノ坂カラ吹キアゲル風ヲアビテルヨウジャナイカ？　石隠《イハガク》リタマヒテ、ヨモツ枚坂《ヒラサカ》ニ至リマシタ者ガ、上ツ国ニ心悪《あ》シキ子ヲ生ミ置キテ来ヌト、ソレコソ魂ノ凍ル寂シサ・恐ロシサニ後返リタマフ祝詞《ノリト》ガアル。アノ祝詞ヲ作ッタ上代ノ人間ヲ思ウト、ヤハリカレラノ時代・世界ニモ、凍ルヨウナ寂シサ・恐ロシサガアッタンダ。シカモオレタチハ、カレラノヨウナ共同体ノ生キテル時代・世界ニイルノジャナイ。全体ガアモルフニ崩壊シハジメタ時代・世界ニ生キテルンダカラネ。ナオサラ切実ナワレワレノ問題トシテ、滅茶苦茶ハダメダ。オレタチハ、ソノ滅茶苦茶ヲ建テナオシ、全体ヲ蘇生《そせい》サセル人間タラネバナラヌハズジャナイカ？

——森・父、いつまで死んだ真似をしているつもり？　と女子学生がいってね、きれいにした上衣をおれの上躰《じょうたい》に載せたよ。そんなことをしていても死んだ人間とのコレスポンデンスはできないわ。

おれは現にすぐまぢかで生きている、おれの躰に手をふれている森とコレスポンデンスしていたのにな。躰をおこして事務机から降りながら、おれは頭痛に首の根をひきちぎられるように感じたが、しかし節ぶしの痛みは早くも回復しはじめるようだったよ、なにしろ十八歳の肉体なんだから、ｈａ、ｈａ。上衣を着ながら開いているドアをうかがうと、裸電燈のついた薄暗い廊下の壁際《ぎわ》に兵隊どもが見えたがね。かれらは薄っぺらの紙人形になって壁にはりついている。不思議なものだから眼をパチパチやっていて、おれにわかったことはこうさ。左の上瞼《うわまぶた》が腫《は》れあがって眼を覆《おお》い、結局おれは右の眼だけでしか見ることができないために、立体感が得られないんだ。

――それでおれたちはどうするんだ？　このおれはなにをやることを期待されている？……それとも仕事などはなしの、単なる俘虜《ふりょ》か？

――森が「大物Ａ氏」襲撃の報告をするから、あなたに中継してもらうつもりよ！

――おれが演壇に立って、さんざんおれを殴ったり蹴《け》ったりした連中のために、森の言葉を仲介するのかい？　ありがたい仕事じゃないか⁈……しかしな、それにはふたつ条件がある。おれの妻・もと妻が、会場にしのびこまぬよう注意してもらいたい。彼女をしめ出しておかなければ、会場で騒ぎたてて大変だよ。とにかく政治党派の集会には不似合な女だからすぐ見つかるよ。

――大学の門の前で、権力に守られてがんばってた人でしょう？　いますぐ集会の組織班に連絡しておくわ、と女子学生はいって廊下へ出たよ。彼女がわれわれの間でひとり自由に部屋を出入りできる立場だということを誇示して。

——条件のもうひとつは？　と「志願仲裁人」が気をつかってね。

——これは森の考えの中継でなく、おれの見解としての話だがな、まず始めに連中が殺した「義人」という数学者・活動家が、どんな人間だったかを話したいんだ。

おれがそういうと、「義人」の死を悲傷の心にみちてつたえた「志願仲裁人」が、たちまち反対してくるんだよ。

——そういう話から始めれば、連中は森の話自体を聞かない。むしろ僕とあんたを、吊《つ》るしあげにうつると思うよ。……しかしなぜここで「義人」のことを話す必要があるんです？　「義人」が立派な人間であり、殺してはならなかったのだと、連中を説得できますか？　それも殺した党派の集会で？……僕がこれまでやってきたことは、どんなファナティックなやつのそれであれ、あらゆる活動家の生命がかけがえないと説得することだから、僕はその失敗の経験に立って……

こういわれて十八歳の無経験な若僧が、抵抗できるかね？　おれは「志願仲裁人」の勧告にしたがうと誓ったよ。しかし「義人」への情動が嗚咽の発作のただなかより、稀薄になっていたのではなかった。「義人」はそのように滅茶苦茶な死をとげて、かれ自身を大きい幻の凧《たこ》のようにおれたちの頭上に浮びあがらせたのだから！　なお生きている間に「義人」が主張したところからは、じつのところよくわからなかった天皇ファミリィへ抜ける風穴の思想も、「義人」の幻の凧にかさねると、くっきりするようでね。しかも「義人」はその奇態な思想に、命を賭《か》けたというべきじゃないか？　当分この幻の凧から自由になることがないだろうと、「転換」を意味づけるもうひとつの徴《しる》しを見出《みいだ》したように、おれは武者ぶるいしたんだ。そしてそれは、「義人」の死が、あんまり滅茶苦茶であったせいなんだよ。

第九章　「転換」二人組が未来を分析する

1

おれの肉体をアンプ＝スピーカーとして、森の精神の発する静電気を再生増幅した、あの夜の演説。地鳴りのように重く這《は》い進んできておれと森とにおそいかかった、**かれらの異議なし・ナンセンス**の斉唱。それに全身で対抗しつつ、森はほとんど沈黙しているように微細な電流をおれに送ったんだが、それでもなお現実の演説者として語ったところを記録されるのは森だし、具体的に記述するのは、終始沈黙しているきみだ。そしてあの夜唯《ただ》ひとり、躰《からだ》の節ぶしの痛みに加えて喉《のど》が疼《うず》き始めるまで叫んだおれは、叫び声についやされたエネルギーの総量とももども消去されてしまう。まあ、それはそれでもいいんだ、この幻の書き手《ゴースト・ライター》のシステムはおれが発明したんだから。しかしあの夜の演説に関するかぎり、おれも十八歳の自己顕示欲からね、自分の肉声を再び響かせてみたい。そこでおれは演説を再現してレコーダーにふきこみ、カセットをきみに送るよ。それをきみに記述してもらうのは、これまでの基本の手つづきのままだ。

幻の書き手《ゴースト・ライター》は、森・父が郵送してきたカセット・テープを文字におこしてそのまま記述する。意味のあいまいな間投詞、録音機にひとり語っている人間の照れくささ克服策に類する繰りかえし、いいかえ、いいまちがえと訂正などは、剪定《せんてい》をおこなう。この剪定の過程には、幻の書き手《ゴースト・ライター》の文体感覚が影響するかもしれない。しかしこの記述全体のスタイルと、録音された演説のスタイルが同一になってしまっては不自然ではないかと、あの夜の肉声に固執する森・父が非難するとすれば、僕はこう答えたい。幻の書き手《ゴースト・ライター》が記述したもののコピイを各章ごとに受けとって、それを読み、かつあらためて語りかけてきたこれまでの作業によって、森・父自体が幻の書き手《ゴースト・ライター》の文体に影響を受ける、ということはないか？　もし影響があったとするなら、それはこの録音された演説にもあらわれているであろう。逆に、僕自身も森・父の言葉を記述しつつ、記述する手につながる精神と肉体に森・父の影響を見出《みいだ》す。

カセット・テープを再生した声音は、確かに森・父の「転換」後の声であるが、むしろロウティーンまで若がえったほどの稚《おさ》ないキーキー声である。「転換」がなおも進み、すでに声がわり前後の年齢に逆行したかと疑われる。しかしそれは録音に使用した機械の、回転速度の異常によるのらしい。しかし、技術者である森・父がそのような初歩的エラーをおかすだろうか？　かれはそのキーキー声によって、まず幻の書き手《ゴースト・ライター》にショックをあたえようと企図したのではあるまいか？　おまけにそのキーキー声自体が、録音された演説において二様の声音に変化する。あきらかに演出された二様の声を言葉に表現するために、片仮名と平仮名によって幻の書き手《ゴースト・ライター》は記述する。

君タチノ革命党派ノ、ヨク闘ウスベテノ諸君ニ、挨拶《あいさつ》スル。ヨク闘ウ人間ヨリ他ノ、コノ世界ノスベテノ人類ハ、宇宙的視点ニヨレバ、抜ケ殻ニスギナイ。死ンダ抜ケ殻ニ挨拶デキヨウカ？　ワレワレハ無ニ対シテ挨拶スルコトヲ望マナイ。ワレワレハ生命体ニ向ッテコソ、真ニ挨拶スルコトガデキル。宇宙ノアラユル隅ズミカラ、挨拶ヲ希望スル意志ガ、コノ惑星ニ集中スルノハ当然ダ。ココニコソ闘ッテイル生命体ガイルンダカラ。Salute! トコロガワレワレハイマダ、宇宙ニ向ッテ挨拶ヲカエスコトガデキナイ。ナオワレワレハ、宇宙カラノ挨拶ノ、ソノヨッテキタルトコロニ、闘ウ生命体ヲ認識シエナイカラ。真ノ挨拶ニ、同ジク真ノ挨拶ヲカエスコトガデキナイノハ、ナント不幸ナコトダ！

　君タチニ対立シテイル党派ノ、ヨク闘ウスベテノ諸君ニモ挨拶スル。Salute! ワレワレノ挨拶ノ根拠ハイマノベタトオリ。

ナンセンス？　なぜだい？　きみたちの党派におくる挨拶がナンセンスでなければ、きみたちの反対党派におくる挨拶の根拠もナンセンスではないだろう？　根拠をなす論理は、共通の指標だぜ。もしきみたちにおくる挨拶がナンセンスなら、同じナンセンスな挨拶が敵対党派におくられて気に病むことはあるまい？　いまのような無意味な野次を、合唱することのナンセンス！**「志願仲裁人」の融和主義的ナンセンス？**

融和主義批判には賛成。闘いはあくまでも尖鋭《せんえい》化することこそが、唯一《ゆいいつ》の展開なんだから！　しかし「志願仲裁人」にはね、融和主義と片づけては惜しいところがあるぜ？　きみたちの学ばねばならぬところがあるよ。

　諸君ハ闘エ！　殺シアエ！　宇宙ノ視点カラ見レバモットモ人間的ナ武器、棍棒《こんぼう》、金属パイプ、バールニヨッテ！　諸君ト、諸君ノ反対党派ノ、真ノ革命全体ヲアラワス象徴行為トシテノ内ゲバ。君タチノ位相ガ真ノ革命ニ近ヅクニツレテ、諸君ハモット徹底的ニ、オ互イヲ殺シアウダロウ！　親ヲ殺シタ後デハ、兄弟デ殺シアウホカナイ以上、順序ヲカエテ、親ヲ殺ス前ニマズ、兄弟デ殺シアウノモ能率的ジャナイカ？宇宙的視点ニソレハ明瞭《めいりよう》ダ。兄弟デ殺シアッタ後、生キ残ッタ者ニ、ナオ親ヲ殺シニ行ク余力ハナケレバナラナイ。親ニ返リ討チサレテハ、革命モナニモナイカラネ。兄弟ノ殺シアイデハ、生キ残ッタ者ニ、殺サレタ者ノ革命ノ意志ガノリ移ッテイル！革命ハ、生キ残ッタ者ノ、自分ガ撃チ倒シタ者ヘノ義務ダ！

兄弟殺しと、反・革命のゴロツキ殲滅《せんめつ》戦とはちがう？　兄弟を殺すのと敵を殺すのとはちがうって？　どうちがうかね？　党派内部の査問とか、私刑《リンチ》とかいう、官僚的なケチな暴行・殺人のことをいうのじゃないよ。森が語っているのは、宇宙の視点から人類の生き方を透視した、象徴的モデルの分析だぜ？　秀《すぐ》れた兄弟が、誰よりも秀れているゆえに、人類の未来にむけてほとんどあいかさなる路線を進む。しかしその兄弟も異った二人である以上、まったく同じ路線を生きることは無意味じゃないか？モデルの改良のための、両者の統一がありうるとすれば、その肉体と精神を半分に切って、片われずつくっつけるほかにない。医学・生物学が、拒絶反応を克服して手術を成功させるとしよう。「兄プラス弟」と「兄プラス弟′」がそれぞれ生きることになる。しかしかれらが、また新たに真に生きようとすれば、それは新しい組合せの兄弟殺しの続行だよ。仕方がないじゃないか？　かれらが人類の究極の革命をめざして、さきの手術に耐えうるほどの、本当に選ばれた兄弟ならば。そのあらためての兄弟殺しほど明瞭な、人類の未来を伐《き》り出す象徴行為は、宇宙的視点からも多くは見つからないよ。もちろんそれが象徴行為である以上、古代に同じモデルはあるさ。諸君、火の燃えさかる産屋《うぶや》で生まれた兄弟のことを思い出せ。火照命《ほでりのみこと》と火須勢理命《ほすせりのみこと》と、火遠理《ほおりの》命《みこと》。この兄弟のうち真に革命的な二人が、海佐知毘古《うみさちびこ》、山佐知毘古《やまさちびこ》として争ったことを思い出せ。なぜこの二人は、おのおのの佐知《さち》をあいかえて用いる、融和主義を憎んだのかね？　なぜ弟は借りた鉤《はり》を海に失い、海神の宮殿までさまよってゆかねばならず、大いなる歎《なげ》きをしなければならなかったのかね？　なぜその弟に海神が、宇宙的規模の力をあたえるのか？　その兄は弟の力によって貧しくなり追いつめられてさ、荒き心を起して攻めてはみたものの、あえなく溺《おぼ》れてしまわねばならぬのはなぜか？兄の子孫の隼人《はやと》たちは、同じく溺れる所作をいつまでも踏襲しなければならなかったそうだぜ、それこそ古代から現代・未来への象徴行為として！

　兄弟殺シトシテ、正シク位置ヅケラレタ革命ヲ、人類最終ノ革命タラシメルタメニハ、スナワチ兄弟ヲ殺シ、ツイニ父親ヲモ殺シエタ革命家ガ、次ニ殺サレル父親ニナリサガラヌタメニハ、今度コソ全宇宙ニツイテ現状分析ガナサレナケレバナラナイ。ワレワレ地球人ニハ、永久運動的ナ革命ノ時間ガ、スナワチ永遠ガアルノジャナイ！新シイスターリン主義ト、ソレヲ乗リ超エル、ナオ新シイ革命ノ時間スラガ、アルトイウノジャナイ！　カツテハ革命ノ新段階ノタメニスターリンガ死ヌマデ待ツホドモ、悠長ダッタガネ。シカシ諸君ニハソノ革命後、文化大革命ノ時間サエナイヨ。短時間デ、最終的ニ達成サレル究極ノ革命ノタメニ、キミタチハ地球規模ノ革命観カラ自由ニナラネバナラヌ。宇宙的規模ノ革命観ニ眼ヲヒラカナケレバナラナイ！　ワレワレハ、宇宙的ナ意志ニヨッテ「転換」シタ者ダカラ、宇宙的ナ革命観ヲ語ル義務ガアルト信ジル！

諸君モマタ考エテ見レバ、宇宙的ナ方向ニ肉体ト精神トヲ揺サブルヒントニ接シテキタノジャナカッタカ？　タトエバ月衛星ロケットカラアメリカ人ガ月面ニ降リタ時。陋劣《ろうれつ》・滑稽《こっけい》ニ大統領ノ座ヲ去ッタニクソンガ世界ノ平和ト静ケサニツイテ瞑想《めいそう》シ、コレハ天地創造以来、世界史上最モ偉大ナ一週間ダトクチバシッタ、アノ時、諸君ハヒトツノ狂オシイ予感ニオソワレナカッタカ？　モシ月面ニ降リタッタ連中ガ、プラスチック・ドームヲ月面ニスエテ、ボンベノ酸素ヲミタシ、焚火《たきび》ヲスルナラバ……　焚火ガ燃エアガル時、ソコココノクレーターニ、小サナ火ガトモラナカッタロウカ？

ヴィールスホドノ大キサノ月生物ガ、カレラノテクノロジースベテヲ投ジタ「返礼」ノ小サナ火ガ。ソノ大小ノ焚火ニヨル交歓ヲキッカケニ、人類ニハ宇宙ノナニモカモガ、ワカリハジメタノジャナイダロウカ？　宇宙的ナ秩序ニイタル究極ノ革命ノ、契機ヲモトメテ、地球人ハ月衛星ロケットヲウチアゲタノデハナカッタノカ？　コノ予感ハアノツイニ無益デアッタ月面降下ノ日、諸君ノモノデナカッタカ？　ナゼナラ諸君ハ真ノ革命ニツイテモット敏感ナ魂ダカラ！　月ノ……

月の話はやめろ？　諸君のその重く強く地を這ってくる**ナンセンス**や**異議なし**は、君たち相互間では意味があるエール交換にしても、こちら側にはなにも伝達しないよ。しかしいま諸君のうちのただひとりが、甲高く発した叫び声はね、演説が始ってからいっとう重要な反応だったよ。**月の話はやめろ！**　それは実際にこの言葉を発した人間の、意識をはみだす内実をそなえている！　森は、諸君にそのような叫び声こそを喚起するために、月の話をしたのじゃないかね？　いつまでも諸君の肉体と精神が**ナンセンス**、**異議なし**の怒鳴り声同様、地表を這いずりまわるのみでは、森の言葉は諸君の内部に浸透してゆかないから！　しかしかすかな不安のかたちであっても、宇宙的なものに諸君の肉体と精神が開かれるなら、地面から霜柱が滲《にじ》みあがってくるように、宇宙的生物である諸君に内在する、宇宙的なものが表面化するはずだから。諸君、忘れてはいないか、地球という惑星もこれは宇宙の一部なんだぜ？　眼を上げよ！　中天に眼を向けよ！　実際、不安にかられて眼を上げたくなった者の声が、**月の話はやめろ！**　という叫び声じゃなかったか？　せめてひとりふたり、もう一度叫んでもらいたいよ、**月の話はやめろ！**　と。そこにあらわれた宇宙的交感の芽なしでは、森の言葉の意味をつたえうる懸け橋がかかりえない。いかにおれが仲介者として奮闘してもだめだ、**月の話はやめろ！**　今度きみは笑いながら叫んだが、その照れ笑いとともにきみの眼が浮べた、宇宙的なものへの気がかりの色は、きみ自身には見えなかったろう？

「大物Ａ氏」襲撃トハナンダッタカ？　アノ襲撃ハ全体ノ第一段階デアッテ、タダ「大物Ａ氏」ニ問題ノ存在ヲ示シタモノダ。第一段階ノ仕事ハ、「大物Ａ氏」ニ死ノ接近ガ自覚サレルヨウ一撃シテ、マズ問題ヲ提起スルコトダッタ。死ノ接近ニ浮足立ッテ、カレハ生涯ヲカケタ「大物Ａ氏」問題ヲ、手ットリバヤク完成ショウトスルダロウ。ソコデ第二段階ノ闘争ニイタリ、シカモヨクワレワレガ闘イウレバ、「大物Ａ氏」問題ハトリ除カレルノダ。「大物Ａ氏」問題トハナニカ？　ソレハ自分ヨリホカノ人間スベテヲ支配ショウトスルタイプノ人間ノ、人類全体ニ課シテクル問題ナンダ。アラユル「大物Ａ氏」問題ハトリ除カレネバナラナイ！

単純なことをいうなよなあ！　だって？　それでは諸君は複雑な言葉を、ただ複雑だというだけで、単純な言葉より秀れているとみなすのか？　革命家の諸君までもが?!　複雑さをつきぬけているところにこそ、単純な言葉の力が達成されているんだぜ。諸君は、レーニンや毛沢東の言葉を、単純だと嘲笑《ちょうしょう》するかい？……一体この人類の世界に、人間がほかの人間を支配する関係よりも、なお大きい問題があるかね？人間が人間に支配される体制を、打ち壊すのが革命じゃないのか？　諸君は自分の革命という言葉に、複雑な意味構造を封じこめて、はじめて不安をまぬがれているのかい？　諸君は単純な言葉としての、革命という言葉の力が、じつは恐ろしいのじゃないか？　森はあらゆる複雑さをつきぬけた、真に単純な言葉しか話さないよ。そしてその単純な言葉の端的な意味は、宇宙的な意志の感応の、一表現なのさ！

「大物A氏」ハ、ドノヨウナ具体的方法デ、人間支配ヲウチタテヨウトシテイルカ？原爆ニヨッテ。フタツノ少数者グループニヨッテ作リアゲラレ、隠匿《いんとく》サレヨウトシテイル、フタツノ原爆ニヨッテ。諸君ノ党派ガ「大物A氏」ニアタエラレタ役割ハ、ソレラノ原爆ノウチノ一箇ヲ製造スルコトダ。原爆製造段階ノ二党派ガ、憂身《うきみ》ヲヤツシタ内ゲバモ、「大物A氏」ノプログラムニクミコマレテイル行動ダッタ。

いや、内ゲバではない？　「大物A氏」のプログラムに諸君が果たす役割は、原爆の製造においても、反対党派の抹殺《まっさつ》作業においても、確かに内ゲバの域は越えてるね。きみたちの党派の秘密戦闘隊が、オドロオドロしい呼称で自己規定し、独自の情報網、独自の行動法によって、撃ち倒す相手を探し、尾行し、追いつめて殺害する。すでに幾十人もの人間が殺された。幾百人もが大怪我をした。それは革命の原理に立った兄弟殺しだから、そのこと自体を批判はしないよ、おおいに殺傷技術を尖鋭化してくれ！　しかもきみたちはまた反対党派は、数多くの人間を殺しつつ、それをかくすどころか宣伝に励んだ。マス・コミ的報道はそれをなおさら拡大した。諸君が殺害の正当性と綿密な企画、果断な行動を宣伝する時、反対党派は殺人の悲惨、酷《むご》たらしさを告発した。VICE VERSA！　どちらの党派のそれであれ襲撃情報は表裏一体をなして伝達されて行ったわけさ。しかも市民一般に滲《し》みとおるのは、悲惨、酷たらしさの側面のみ！　それはすでにマス・ヒステリアの要因になりうるまで、肥大し、定着しているよ、われわれの社会に。原爆の製造工程の方はどこまで進んでるか知らないが、すくなくとも恐怖の社会教育については、諸君の党派と反対党派がすでに現実になしとげた！

そしてそのなしとげられたことの価値は「大物A氏」こそ、もっともよく評価している！　つづいて東京の街なかに一箇乃至《ないし》二箇の原爆が、個人のグループによって作り出される。ただちにその原爆について、宣伝活動が開始される。原爆による市民一般への脅迫活動がはじまるわけだ。最初に核保有党派となるのが諸君の党派であれ、反対党派であれ、あるいは同時に両派が核保有を宣言するのであれ、党派の核戦略・戦術はまず最初の宣伝活動において、東京とその周辺部から民衆の総待避を要求するのでなければならない。そしてその要求は、きみたちがすでに築きあげた悲惨・酷たらしさの教育によって、すなわちきみたちがどんな兇悪《きょうあく》さも発揮しうる党派だという先入見によって、凄《すご》みを加えるわけさ。ただちに該当地域の民衆は、準備されたマス・ヒステリアの雪ダルマを転がして、大規模な疎開《そかい》を始めるだろう。それだけの前宣伝は行きとどいているからね。もちろん核爆発が避けられぬことになる最終段階までは、すべての都民が去って行くわけにゆかない。とくに消防組織は残りつづけねばならないだろう。移動させることのできぬ重症患者が残る以上、東京都の電気をすべてとめることもできないから、無人の民家の漏電事故が火災をおこすよ。もちろん警察組織も残らねばならない。大疎開が始まれば、その空家を狙《ねら》った略奪が当然行なわれるからね。警察は大疎開後の首都圏をパトロールしなければならない。どのような性格と、どんな規模の警察組織を残すか？　その問題は、核脅迫で首都圏を占拠した作戦本部と、政府側の対策本部とで協議されよう。諸君がこれまでデモを規制されてきた機動隊がその任にあたることになるよ。しかし機動隊のうちに、いつ爆発するかわからぬ素人《しろうと》手造りの原爆ぐるみ首都圏に残って、核による占拠者の支配のもとに秩序を維持することは厭《いや》だと、勤務を拒む者たちが次つぎに出れば、事態は厄介になるね。政府側対策本部はそれを口実に、自衛隊の出動を申出てくるだろう。それをなんとか押しかえす談判が、この核戦略・戦術本部の最初の腕の見せどころだ。おれは諸君がそのためにも、言葉の技術をみがいておくことをすすめる。

さて、核脅迫者たちが政府側対策本部をよく説得しえて、首都圏には消防組織と最小限の警察組織、病院直結の運輸機関などの、わずかな人員しか残さぬ状態にしたとしよう。しかしそれは右翼の組織する民間決死隊はじめ、もろもろの思惑による複雑な決死隊群が、首都圏に潜入しはじめる時でもある。おそらくはハイティーンのノンポリ暴走族決死隊までがさ。またそのような核脅迫者と政府側との協定侵犯者をよそおって、自衛隊からのレインジャー部隊もしのび込んでくるだろう。それらの協定違反者は表向き警察組織が取り締まるにしても、まずきみたち自体でどのように対応するか？　その時こそあらためて、きみたちが血なまぐさい実績をつみかさねた、戦闘団の評判が効果を発揮する！

核脅迫者の革命党派の、冷血で名高い戦闘団は、徴発した車で、首都圏をパトロールする。革命党派の旗をたて、核戦略・戦術本部の発行する登録番号を明記して。そいつが協定事項による消防組織、警察組織そして赤十字マークの輸送車などと出くわしてもなにもおこらない。しかし協定侵犯の非合法決死隊に行きあえば、たちまち市街戦だね。その戦闘の間、これまできみたちの党派や反対党派の築いてきた恐ろしい評判は、相手の戦意をおおいに揺るがせるさ。明治以来、それだけコワモテした民間戦闘団といえば、実際きみたちや反対党派の戦闘団のみだよ！　広域暴力団、ヤクザ組織など、お笑いぐささ。

そのように核脅迫者たちが、事実上首都圏を占拠して三週間もたてば、大疎開に置きざりにされた各種の犬、猫それにゴミをあされなくなった鼠までが、前面に出て来るぜ。大きい飢えと、相手の多少を見きわめうる本能から居丈高になって、首都圏の残留者を誰かれかまわず襲撃するだろう。きみたちの党派あるいは反対党派の戦闘団は、小動物どもに反撃しなければならない。もともときみたちの党派また反対党派の戦闘団は、酷たらしくやっつける相手を小動物の名で呼んだのみならず、その痛めつけ方、殺し方までいかにも小動物をやっつけるようであった。その経験は実際の小動物掃蕩《そうとう》戦に効果をあげるだろう！　このような事態もまた、「大物A氏」のプログラムに書きこまれていることなんだよ。

2

ドウシテ「大物A氏」ノ人間支配ノプログラムニ突ッカカッテ行カズニイラレルカ？　ワレワレ「転換」二人組ノ、「転換」シタ肉体ト精神ノ根本的指向性ガ「大物A氏」打倒ヘト動機ヅケラレテイル以上、「大物A氏」ノプログラムト、ワレワレノ「転換」ノ全構造ノ衝突ハオコナワレルニチガイナイ。相手ハ、ワレワレヲフクメテスベテノ人間ノ支配ヲ計画シテイルンダカラ、ドウシテ衝突ガ避ケラレルダロウ？ソノ結果、ワレワレノ方ガ斃《たお》レテシマウコトニナルトシテモ、シカシワレワレハ宇宙的ナ意志ニヨリ「転換」シタ人間トシテ、ドウシテモ、「大物A氏」ノ人間支配ノプログラム破壊ニムカウ、先達デナケレバナラナイ。イヤワレワレハソレヲ破壊スルダロウ！

よろしい？　おれにはいま諸君が調子をかえて発した唸《うな》り声が、**ゆうろじぶい**と聞こえたぜ。そしてそこから今日のきみたちの合唱の、二度目に意味のあるメッセージを聞きとったんだよ！　宗教狂人《ユーロジヴィ》と、漢字とルビ一組になって、ロシア小説の翻訳に出てくるじゃないか?!　おれはいまきみたちが、森とおれとを宗教狂人《ユーロジヴィ》と呼んだと感じて、ドキリと覚醒《かくせい》したところなのさ。といってこれまでのおれが、半分眠りながら叫んでいたというのじゃないがね。今日はあんまり殴られたり蹴《け》られたりしたので、ここに立って森の言葉を伝達していても、肉体と精神のそこかしこにな、眠っている穴ぼこがあるふうなのさ！

おれはいま、宗教狂人《ユーロジヴィ》と聴いたと感じてドキリと覚醒したんだが、もちろんすぐ自分の誤解に気づいたよ。しかしその聴きちがえの一瞬に宇宙的な意志からの信号を受けとってもいたのさ。心理学者や治療をうける患者がさ、相手や自分のいいまちがえる言葉のうちに、真の意味を表現する契機を見出すというじゃないか？　おれもいま、森とおれの「転換」二人組の他人たちに対する関係を、宇宙的な光で照し出されたんだよ。「転換」した森とおれとの熱狂をあらわして行動する生涯は、その道すがらこのように諸君の革命志向とひとつになる。諸君はわれわれのいま叫びたてることを、正気のものとは受けとめぬが、しかしおれたちの情熱まで否定するんだとすれば、諸君の革命の先行きはあやしくなる！　「転換」二人組の現在の役割は、ドストエフスキーの描くロシアの地方都市の市民が、賤民《せんみん》あつかいはするけれども、決して厄介払いしようとはせぬ宗教狂人《ユーロジヴィ》の役柄じゃないか？　いま諸君も、おれと森とを壇上からひきずりおろし鉄パイプで殴りつけたいと考える時、これは宗教狂人《ユーロジヴィ》のいってることだと考えて自制してくれ、ha、ha! もちろんおれは森の主張を伝達しながら、その正気を疑ってみたりはしないよ。あくまでもきみたちの側に立って、おれたち二人を見ての言葉だぜ!

「大物A氏」ハ人間支配ノプログラムニ、東京都圏ニ隠匿シ政府ヲ脅迫スル武器トシテ原爆ヲ導入シタガ、カレノ人類最大ノ野心ガ、最大規模ノ兵器ヲ要求シタノハ当然ダ。シカシ個人ノグループデ原爆ヲ製造シ政府ヲ脅迫サセル当事者トシテ、「大物A氏」ガキミタチノ革命党派オヨビ敵対党派ヲ選ンダ理由ハナンダ? ソレニツイテ考エ、グループデ討議シタコトガアルカ? ナゼキミタチノ革命党派ト反対党派ニ対シテ、金ノ使イ方ニツイテツネニ合目的的ナ「大物A氏」ガ、原爆製造ノ準備資金ヲアタエ、ナオモ巨額ノ資金提供ヲ約束シテイルノダロウ? マズ諸君ノ科学的ナ実力ガ評価サレタコトヲイワネバナラナイ。シカシソレモ相対的ナ条件ダ。世界デハジメテ核爆弾ヲ開発スルトイウノデハナイシ、シカモ核燃料ハ、スデニ精製サレタモノヲ利用スルンダカラ。ソノ上、諸君ノ製造スル原爆ハ、コンパクトナモノデアル必要ハナイ。ソレハアル地下工場ガ、ソノ機構全体デ一箇ノ原爆デアッテヨイクライノモノダ。ソレヲ造ルニ充分ナ科学的・技術的実力ハ、大学闘争デ理学部ヲ去ッタ学生諸君ニアルダロウ。ソシテソノヨウナ学生タチハ、革命党派ヨリ他ノ場所デモ集メラレルワケダ、「大物A氏」ノ金力ニヨレバ容易ニ。シタガッテキミタチノ革命党派ト反対党派ガ特ニ選バレタ真ノ理由ハ、サキニ森・父ガイッタトオリ、両派ガ、東京デ原爆ヲ爆発サセルコトヲフクム、アリトアルコトヲヤルトイウ印象ヲ、マス・コミ情報デ一般市民ニキザミコンデルコトナノダ。アノ傷害ト殺人ノ泥沼的積ミカサネニヨッテ。サテ個人ノグループガ製造・保有シタ原爆ニヨル、政府オヨビ大都市住民相手ノ脅迫ノ可能性ヲアラタメテ検討シテミヨウ。脅迫ガ成立困難ナ理由ノ第一。本当ニ脅迫者タチガ、大都市グルミ原爆自爆スル覚悟カドウカ、脅迫サレル住民タチガソレヲ疑ウ場合。第二ハ、原爆ガ実際ニ爆発スル状況ヘ想像力ヲ働カセエヌ住民タチノ核脅迫ノ無視。脅迫ニ屈シタ政府側対策本部ヘノ反撥《はんぱつ》。ソレラガカラミアッテ抵抗体ヲナセバ、大都市住民ノ大疎開ハ組織シエナイ。マス・ヒステリアニオチイッタ住民ニ内在スル力ガ、雪崩《なだ》レ現象ヲオコシテコソ、大疎開ガ可能トナルノダ。コレデハ核脅迫ヲ契機ニシタ、大流動状態ハツクリ出セナイ。ソノ状態ニ政府側ハ一応ノ困惑ヲ表明シタ後、実ハ有効ニソレヲ利用シテ、脅迫者ヘノ交渉ノ梃子《てこ》トスルダロウ。

トコロガ「大物A氏」ニヨッテ核脅迫者ニ選バレタ二党派ハ、スデニ永クミナ殺シ闘争ヲ続ケテキタコトニヨッテ、コノ問題点ヲ乗リ超エテイル存在ナンダ。キミタチト反対党派ハ血ナマグサイコトナラナンデモヤル、核自爆デモナンデモ！　コノ恐怖ノ情報ハ、モノゴトニ想像力ヲ働カセヌ無関心層ニコソ、モットモヨク浸透シテイル！　ムシロ「大物A氏」カラ見レバ、キミタチト反対党派ハ「大物A氏」ノ人間支配プログラムノ予備段階ヲカタメルタメニ、日夜、勇猛心ト怯《おび》エニコモゴモ揺サブラレツツ、刻苦精励シテ殺傷ニオモムキ、マタ逆ニ殺サレタリ傷ツケラレタリシテイタンダ。

真面目に考えろ？　当然なことさ、若い、生真面目な死傷者のことだよ、きみたちの党派の、また反対党派の！　おれたち「転換」二人組もまた、現に同志を殺されたところだ、ふざけていられるかね？　同志を殺害した責任をきみたちに糾弾しないのは、結局かれの死も「大物A氏」のプログラムの一環としてもたらされたと、無念な思いで認めるほかはないからだ、そうじゃないか?!

個人ノグループノヒトツ、マタハフタツニヨル原爆ノ開発・保有ト、ソレヲ利用シタ核脅迫ガ、最初ノ段階デ成功シ、首都圏ガ脅迫者ノ一集団、アルイハ二集団ノ権力下ニオサマッタ後、「大物A氏」ノ人間支配プログラムハ、ナオドノヨウニ進行スルカ？　「大物A氏」ノシナリオ第一。原爆ガ一箇アルイハ二箇、コノ首都圏ノナカデ完成サレ、保有サレテイルノハヨイガ、ソレガ事故ニヨッテ爆発シテシマッタリ、核脅迫者ノ政治交渉ノマズサカラ自爆的核爆発ガモタラサレタリスル場合、ソレハ「大物A氏」ノプログラムニオイテ、無益ナ投資ダッタコトニナルノカ？　ソウデハナイ。核爆発ノヨウニ巨大ナエネルギーノヒキオコス社会的流動状態ガ、「大物A氏」ニ有利デナイハズハナイ。カッテノ大戦デノ我ガ国ノ敗北ガ、カレニ有利ナ条件ヲツクリ出シタコトヲ「大物A氏」ハ覚エテイヨウ！　個人グループニヨル核保有ガ言明サレタノチ、右ノ理由ニヨル爆発ノ事態マデニハ、キワメテ早イ時期ノ事故ヲ除キ、アル猶予期間《モラトリアム》ガ生ジル。ダガコノ限界状況ニ突然直面シテ、退行的タラザルヲエナイ首都圏住民ト政府指導者ガ、ドウシテ機敏ニソノ時期ヲ活用デキヨウ？

トコロガ「大物A氏」ハ、以前カラ情報ヲツカンデキタノダカラ、素早ク正確ニ対応スルコトガデキル。カレハマズ直接政府高官ニ、コノ核保有宣言ガ本物デアルコト、カツ爆弾ノ威力ガイカホドデアルカヲ通報スル。ソシテスミヤカナ待避行動ノ実施ヲ勧告スル。大疎開後ノ政府機能ノ代替施設、首都圏住民ノ臨時ノ生活ノ場所、ソレヲドノヨウニ確保スルカ？　ソノプログラムハ数カズノレポーターノ尽力デスデニ練リアゲラレテイルカラ、政府ニ対シテ「大物A氏」ハ有力ナ助言者ニナル。ソシテ天皇ファミリィノ移転。首都圏住民トトモニ避難スル天皇ファミリィトイウ、大疎開ヘノ最大ノ宣伝効果ヲ果タシツツ、天皇ファミリィハ疎開スル。ソシテ核爆発。大戦敗北後ノ乱世ノヨウニ、日本人ノ経験スル第三ノ原爆後アラワレルベキ乱世ノナカデ、

「大物A氏」ノ新シイ肩書キハ天皇ファミリィノ実質的ナ護持者トイウコトニナロウ！

永年の間おれはとおれがいったら、きみたちより若いおれのいうこととして、奇異に思う筈《はず》だがな、「転換」前の中年男としてのおれは、永い間「大物A氏」と交渉を持ってきたんだ。しかしそのおれに、「大物A氏」と天皇ファミリィとのつながりかたの実体を教育したのは、きみたちに殺された数学者、四国の反・原発のリーダーだよ。諸君が、自分の殺傷しようとする人間を前にして、かれが想像するはずのことを想像したり、かれの眼をとおして、襲撃者の自分をふくめた現実世界を見てみることもあるんだろうか？　**ナンセンス**？　そういうものかね?!　そのように一瞬すらも考えてみず、口先だけで自己表現していいのかい、それも闇雲の大声で？　**泣くな**？　よろしい、むしろそのほうがきみたちの真に表現したいことを反映してるよ。**黙れ**？　そうはゆかない！　おれは森のメッセージのきみたちへの伝達者なんだから。諸君は森の報告を受けとめるためにこそ、ここに集ってきた筈じゃないか？　**おまえの言葉はいらない**？　むろんそのとおりだ、森の言葉のみが必要だから、おれが仲介しているんだよ！

シナリオ第二。サキノ事態ガ招来サレヌママニ、核脅迫者タチト政府側トノ間デ政治交渉ガ一応ツヅケラレル場合、「大物A氏」ハソノ状況ヲドノヨウニプログラムニトリ込ムカ？　原爆ガ一箇ダケ開発サレタ場合ト、同時ニ二党派デ一箇ズツ、二箇開発サレタ場合トヲ区別シテ検討シヨウ。シカシ現実ニハ、ソノ二例間ノ差異ハ、初期ニ現象トシテメダツノミデ、ツイニハドチラノ場合モ、同一ノ進ミ具合ヘオサマッテシマウモノダ。対立シテイル二党派ガ、同時ニ核保有ヲトゲタ場合、カレラハトモニ原爆ヲ東京都内ニ隠匿《いんとく》シテイルト公表シ、脅迫作戦ニ移ル。ソシテ原爆トトモニ首都圏ヲ占拠シタ二党派ハ、核爆弾コソハマダ使ワヌモノノ、手ニ入ルアリトアル通常兵器ヲフルッテ、対立党派ヲ潰滅《かいめつ》サセヨウト始メル。ドチラカラ見テモ最終的ナ革命、反・革命ノソノ戦闘ハ、コレマデニハ見ラレナカッタ大市街戦ノ形態ヲトルダロウ、ツイニ一派ガ潰滅スルマデ！

実際ニハ原爆ヲ開発シエタノガ一党派ノミデモ、カレラガ核保有宣言ヲオコナウヤイナヤ、他党派ハ自分タチモマタ核保有シテイルト発表シテ、コノ革命、反・革命ノ市街戦ニ突入スルダロウ。ソシテドチラデアレ市街戦ニ勝ッタ党派ガ、自分タチノ核爆弾ニヨッテ、マタハブンドッタ核爆弾トトモニ、アルイハマタ自分タチノト新シク獲得シタ核爆弾二箇ニヨッテ、核脅迫ヲ続行スルコトニナル。市街戦ノ過程デ追イツメラレタ一党派ガ、屈服シテ反・革命党派ニ未来ヲユダネルヨリハ、ムシロモロトモニ死ヲ！　ト自爆スル際ノ状況ハ、スデニ検討シタシナリオ第一ニフクミ込マレウルモノダ。ジツハ「大物A氏」ノ具体的ナ介入ハシナリオ第二ノ、核爆弾ガ他党派ヲ根絶シタ一党派ノコントロールノモトニ置カレ、核脅迫ガ次ノ段階ニ入ッテハジメテ、明瞭《めいりよう》ニナルコトダロウ。

諸君マタハ反対党派ノ、核兵器ニヨル革命戦争ハ、スデニ都知事トノ戦争デハナイバカリカ、日本政府ノミトノ戦争デモナイ。日本国ト軍事同盟ヲムスブアメリカ、韓国ヲモ相手ニ進行シテイル戦イナノダ。キミタチガ交渉ノ相手ニ、日本政府ヲ選ブノハ当然ダガ、政界ノ黒幕トシテアメリカ、韓国ニ影響力ヲ持ッテキタ「大物A氏」ノ介在ヲ許スコトガ、脅迫者側ニモ便利デアルニチガイナイ。スナワチ誰モガ「大物A氏」ノ登場ヲ期待スルコトニナル。ソノヨウニシテ核脅迫ニヨル革命戦争ガ展開シテ行クノダガ、シカシソノ一瞬一瞬ガ、「大物A氏」ニヨッテ攻守逆転サセラレ、核爆発エネルギーハモトヨリ、キミタチノ造リ出シタスベテノ運動エネルギーガ、「大物A氏」ノ掌中ニ結集サレル危険ガアルコトヲ、覚悟シテイナケレバナラナイ。シカモソノヨウニ結集サレタ力ノ構造的頂点ニ、「大物A氏」ハ天皇ファミリィニ向カウ風穴ヲ抜ケサセテオクンダ！　核武装シタ革命戦ノ筋立テヨリ、オナジ核兵器ヲ梃子ニシタ反・革命戦、徹底シテ反動的ナ王政復古戦争ノ筋立テノ方ガ、全日本人規模デドンナニカ大団円ノシクミヲツクリヤスイカワカラナイノダカラ！　キミタチハワレワレト天皇ファミリィノ関係ヲハッキリ認識シテカラ、革命戦争ヲ始メナクテハナラナイ！

暴動は、民衆の蜂起《ほうき》は？　と諸君は素直な期待をこめて唸《うな》りたてるがな、反対党派へのテロリズムの段階で、きみたちは党派員の絶対数において痩《や》せほそっただけじゃなく、共闘しようという組織はみな切り棄てたんだからね。既成左翼党派はもとより、労働組合もきみたちに呼応して立ちあがりはしないよ。きみたちのつかんでいる労組の一部が山猫ストを始めるにしても、核兵器による革命戦争が現実に起っている以上、いかなるダラ幹も緊張して防衛するからね、少数派の独走は連鎖的に盛りあがりえない。それでは組織されていない民衆の、自然発生的な暴動はどうだろうか？　千五百万を超える民衆がいまにも原爆によって殲滅《せんめつ》されるかと、大きい恐怖と怒りのなかで追いたてられる。財産は放射能だらけの灰燼《かいじん》に帰する所へ放置された。突然に流浪《るろう》の民となった千五百万に、住居や食料の充分な処置がなされるわけはない。いかに「大物A氏」の助言が有効だとしてもさ。こんな巨大な難民キャンプが地上に出現したことがあるか？　そこでこそ**暴動は、民衆の蜂起は？**　と諸君は期待するのであるにちがいない。しかしその暴動が起きるとして、それがきみたちの戦争と同じ革命性をそなえた暴動たりうるか？

民衆ノ暴動ガ、ソノ自然発生的蜂起ガ、首都圏ノ外縁ニ大流動状態ヲ伝播《でんぱ》サセルトシヨウ。イッタン暴動・蜂起ガ運動トナレバ、ソレハタチマチ内部ニ指導層ヲ構成スル。コノ指導層ガ自衛隊ノ大半マデ、指揮系統下ニトリ込ミウルトイウコトモアルダロウ。暴動・蜂起ノ指導層ト、自衛隊内ノ叛乱《はんらん》勢力ノリーダータチガ統合サレテ、核脅迫者タチノ作戦本部ニ交渉ヲ提案スル勢力ニナルカモシレナイ。イマヤ政府側本部ヲスドオリシテ。シカシソノヨウニシテ現実ニ交渉ノテーブルガ囲マレルヤイナヤ、核脅迫者ノ幹部タチハ気ガツクダロウ。ソノ新規ノ交渉相手タチガ、ジツハミナ「大物A氏」ノ傀儡《かいらい》デアルコトニ！　「大物A氏」ノ人間支配プログラムデハ、スデニソノタメノ具体的ナ手モウッテアルニチガイナイ。

3

シカシアクマデモソノ交渉ノ場デハ「大物A氏」ガ表面ニ出ルコトハナク、傀儡レヴェルデ交渉ハオコナワレ、会議ガカサネラレルダロウ。ソシテ会議ガ協定ニ達スレバ（「大物A氏」ノ根回シガスンデイル以上、早晩協定ハ結バレルニチガイナイノダガ）、臨時革命政府ガ首都圏ニツクラレル。核脅迫作戦本部ノ要請ニヨッテ、暴動・蜂起シタ民衆ヲ代表スル者タチハ、民衆ニ対シスミヤカニ首都圏ヘ復帰スルコトヲ指令スル。モチロンソノ段階デ核爆弾ガ撤去サレルコトハナイ。シカシ民衆ハアラタメテ首都圏疎開ノ命令ガ出ルマデハ、核脅迫者ガ原爆ヲ使用セズ、カツ細心ニ管理スルトイウ確約ヲ得テイル！

核兵器ノ威力ガイッタンデモンストレートサレタ後ノ、民衆ノ自発的ナ首都圏復帰ハ、核脅迫者ニトッテ実ニ大キナ勝利ダヨ。カレラハ今ヤ千五百万ノ人質ヲトッテイルコトヲ、国内・国際的ニ明示デキタノダカラ。ソノ展開ニヨッテカレラ核脅迫者ハ進行中ノ革命ニ、国家グルミノ、マタ国際的ナ市民権ヲ持タセタコトニナルノダカラ。

革命の国際的な市民権？ 当然じゃないか？ というがね、諸君は。しかし森がいう革命の国際的な市民権とは、この際切実な話なんだよ。首都圏が核武装グループに占拠され、そこから住民が退去した段階で、国際的な政治地理学上、いったい東京はどんな現象だと思うかね？ 日・米・韓共同防衛機構が行なう状況対応の討論で、韓国代表はなにを主張するだろうか？ 東京の核脅迫者がついに革命をなしとげれば、韓国は南北から共産主義者に挟撃《きょうげき》される。その危機感に立つ韓国代表が、戦術核兵器による東京攻撃をどうして主張しないだろう？ いまや東京は砂漠よりも人口密度の低い巨大ゴースト・タウンなのだし、核脅迫者の原爆に誘爆しても、朝鮮半島まで核の飛び火はないからね。

考えてみればこれは核脅迫者の事業の全過程で、最大の危機だね。しかしこの路線に向って、日・米・韓共同防衛機構がまとまりはじめたことを知れば、そこで**シナリオ第三**だ。「大物A氏」は政府側に残っている自衛隊に、かれが熟知している原爆隠匿場所を通報して、戦術核兵器の使用を不必要にするだろう。通常兵器のミサイル一発で、原爆工場は直撃できるからね。そのようにして「大物A氏」は、東京全体の救助者となるよ！

サテ核脅迫者ト、自衛隊ノ叛乱軍モフクム民衆蜂起・暴動ノ指導層トノ会議ガ、首都圏へ千五百万住民ヲ帰還サセエル場合、「大物A氏」ハソレニソクシテドウ動クダロウカ？　実ハソノ時コソ、「大物A氏」ガ天皇ファミリィへノ風穴ヲ完成サセル時ナノダ、シカモモットモ大規模ナ風穴ヲ。「大物A氏」ハ、ソノタメノ複雑ナ政治技術ヲ必要トスル根回シヲオコナウダケデ、ナオマダ表面ニハ出ナイノダガ。コノヨウニシテ「大物A氏」ガ達成スルノハネ、ソノ根回シニヨッテシカ、ツヅイテノ事態ハ出テコナイニモカカワラズ、イッタンソレガ実現スルトマッタク自然ナ成リ行キニ思ワレル、ソノヨウナ根回シダ。シカモソレガ実現シテシマウト、核爆弾ノヒキオコシタ巨大ナ流動状態ハ、スデニ革命ノ方向ニデナク、「大物A氏」ノ人間支配プログラムノ方向ニ、マルゴトトリ込マレテイルノダガ。

ナンセンス？　森がいま提示したことの具体的理由をのべる前に、全員一致で拒否するのかね?!　おれは承服しかねるよ。諸君は原爆を造りあげえた時点に新展開する、革命のプログラムを本気で検討したか？　核保有後、自分たちがどのような革命の創造を希望するか考えることはなしに、そんなことはリーダーたちにまかせて、きみたちはただ無私の戦闘要員たろうとしてたのか？　しかしきみたちがゲタをあずける、具体的なプランを持ったリーダーたちは、本当に実在するのかね？　この瞬間にも諸君の党派の原爆は、完成に近づいているのだろう？　それで無邪気にもきみたちは、原爆保有後の路線について、後日リーダーから学習を受けるつもりかい？　おれはそんな諸君にこそ、さきの叫び声をそのまま返したいがね。しかし不気味なだけでクスリとも笑えぬナンセンスは、おれはやはりいやだねえ。

「大物A氏」ノ根回シスル最終ノ事業ハ、コウイウコトダ。核脅迫者ト民衆蜂起ノ指導層ガ臨時政府ヲ樹立シタ段階デ、イチ早ク天皇ファミリィヲ疎開先カラ帰還サセルコト。ソノ後、大内山ノ核シェルターガ使ワレルカ、使ワレナイカハ別ニシテ、東京ニ戻ル難民タチトトモニ、天皇ファミリィヲ皇居へ戻ラセル決定コソ、「大物A氏」

ノ生涯デ、最大ノ博奕《ばくち》ニナロウ。ソノ根回シノタメニ、カレガドレダケ数多クノ強敵ト格闘セネバナラナイカ？　ソレハ、全世界的ナ根回シデスラアルダロウカラネ。天皇ファミリィヲ、九州カ四国ドコロカアメリカニマデ導クコトスラ、政府トアラユル保守勢力ガ計画スルハズナノダ。シカシツイニソレヲ押シキリ、千五百万難民ト天皇ファミリィガ核爆弾ト同居スル決意ヲシタ状況下デ、「大物Ａ氏」ハシナリオ第四ニ移ル！

ソノ結果、核保有宣言ト脅迫ニ始ッテ大疎開ニイタリ、再帰還ヘトメグッタ千五百万人ノ流動状態ガツイニ終熄《しゅうそく》スルンダガ、ソレハキミタチノイダイテイル革命ノ夢想ヲ実現シテデハナク、天皇ファミリィヘノ風穴ヲ吹キ上ゲル超大気流ニソッタクーデタトシテナンダ！　ソノ時ハジメテ「大物Ａ氏」ハ、核脅迫カラ大疎開・大帰還、ソシテ仕上ゲノ自衛隊叛乱軍ニヨルクーデタニイタルマデノ、スベテノ構造ノ企画・推進者トシテ表向キニ姿ヲアラワス。スベテノ革命運動ノ夢想ト実践ノ廃墟《はいきょ》ニ立チ、スベテノ民衆蜂起・叛乱ノ鬼ッ子ドモヲ脇ニ侍《はべ》ラセ、ソモソモノ私製原爆スラソノ管理ノモトニ置イテ、「大物Ａ氏」ハクーデタ自衛隊ヲ閲兵スル。天皇ファミリィヘ捧《ささ》ゲ銃《つつ》！　ヲ告ゲテ一万ノ喇叭《らっぱ》ガ鳴リ響ク時……

アホくさ？　それがきみたち全員の意志に立つ、森の啓示の総括かい？　**アホく**

さ?!

「転換」二人組の演説の、森・父による再演テープは、森・父がこのアンチ・クライマックスの言葉を、会場を埋めた数百人の叫喚のコダマとして叫びかえし、突き戻すことで終っている。すなわち森＝森・父の主張がすべて論述されつくしたというのではなく、アホくさ！　というアンチ・クライマックスの反応に、「転換」二人組が演説続行の気力を失ったのだと思える、それとも？

騒動が起ったんだよ。それも森とおれとがね、アホくさ！　の一声に止どめを刺されてさ、泣き出すかなんかして、ｈａ、ｈａ、それをきっかけに騒動が突発したというのじゃなかった。すでに騒動なら「転換」二人組が話し始めた瞬間に起っていたよ。むしろおれたちの演説は、騒動の波間を漂いつつ続けられたのさ、不撓不屈《ふとうふくつ》にも！　大体がおれたちは、終始一貫、演壇に立って叫んでいたのですらない。聴衆諸君の間にひきずりおろされて、小突かれ引っぱり廻され、押したてられつつ演説を行なっていたわけなんだよ。

ところがね、臭気を放ってくる人垣に囲まれての移動演説vs斉唱的野次の道化芝居はな、**アホくさ**⁈　とおれが叫びかえしたとたん、剝《む》き出しの酷《むご》たらしさの暴力場面に移りかけたのさ。それまでは全員一致の野次を発するなりに、こちらへコミュニケイションを開いてた連中が、全身の毛穴ぐるみザワザワと自分を閉じるようにした。そしてそのまま会場じゅうの党派員がな、兇暴《きょうぼう》な力の物質化とでも呼ぶかね、総体で屹立《きつりつ》する拒絶の壁さ。**ザザ、ザ、ザ、ザ、ガーン**！　とね、実際に音がしたのじゃないがその物質に化する音を聴く感覚で。

……次の瞬間、おれたちと殺傷用鈍器に化した党派員たちとの間に、湧《わ》きあがったのか、降っておりたんだか、中年男六人が出現していた。似たような骨格の六人ともおれたちに背を押しつけて防護の輪をつくり、その向うから眼をすえてもみあってくる連中をそれぞれこう詰《なじ》りながら。

——今日はもうひとり殺したじゃないか！　殺すよりほかにきみたちは知らないのか⁈

そのひとりの、日灼《ひや》けがただ衰微をあらわすたぐいの皮膚をした中年男の口許《くちもと》が、痙攣《けいれん》的に動くのをまぢかに見て、むしろおれはかれらこそが、今日自分は人を殺したと切迫して思ってるのを感じたんだ。それも六人の中年男みんなに共通の思いだとわかるんだ。そしていまはみなてんでばらばらに、ただワーワー憤激の声を発する学生どもを押しわけつつ、いかにも非力そうなその六人が、おれたちを集会場から救い出してくれたんだぜ。いつの間にか「志願仲裁人」もその六人に伍しておれと森を守護しつつ、人ごみを小走りに走っていた。おれは救助者たちに直接礼をいうのが気おくれするものでね、そのかわりに森に向けてこういってみた。

――おれたちが現にいま、九死に一生を得る様子なのは、おれたちを「転換」させた宇宙的な意志が、おれたちの行為をずっと見ている証拠のようじゃないか？

森もまた思いつめた顔つきで小走りをつづけていて、かれの耳たぶを咬《か》みそうなおれの歯に横眼をむけただけだったが、しかしその半開きの脣《くちびる》の動きからね、おれはさきの演説においてと同様、微細な電磁波を受けとったよ。

――もちろん、われわれはつねに見られているよ！　だからこそ「ヤマメ軍団」を、救援にさしむけてくれたんだ！

第十章　「ヤマメ軍団」オデュッセイア

1

それがいつもおれの肉体と精神を覆《おお》っていたというのじゃないが、いったん思い出してみると死の想念と同様、無意識の深んどからこちらを見はりつづけていたのがわかった、幻の「ヤマメ軍団」。

その「ヤマメ軍団」によって救出される手続きの進行につれて、加速度的に激しくおれはいま後にした集団への恐怖に焼かれるようだった。それは森も「志願仲裁人」も同じだったと思うよ。そして当の「ヤマメ軍団」の六人もまたおなじなのさ！　かれらは恐怖に痺《しび》れた初老の人間の呼吸というほかにない息づかいでね、それはおれたちにも感染するようだった。初老の、といっても見たところ「ヤマメ軍団」の人びとは、まだ四十代後半の年齢にすぎない様子だがな、われわれを囲んで小走りに急ぐかれらの息の貧弱さと荒さは、それをまともに吹きかけられると死の臭《にお》いまでかぎそうなものだったぜ。その異様な老化は東北山中「長征」のもたらした疲労からかい？

そしておれたちも同様に、逃走する初老の九人という具合でね、つづけさま溜息《ためいき》のような息をしながら、建物の間を通りぬけ、あらためて低いアーチ型の入口から建物にはいり、中二階めいた天井の下を進んで行くと、いつの間にかそこは地下道でね、行きどまりを四、五段、階段を上ると夜の地表さ。そこは大学構内のはずれで、鉄の門をへだてて鋪道《ほどう》に面しているわけさ。「ヤマメ軍団」が力つきたようにしゃがみこむまま、おれも森も「志願仲裁人」もしゃがみこみ、息をととのえていたよ。

そして「転換」した十八歳の肉体らしくまっさきに息切れから回復したおれが、また「転換」した十八歳の精神のおちつきのなさでね、閉じられている門の、暗い門柱脇《わき》へ進み出た。蔦《つた》のまいた鉄柵《てっさく》の間から街路を覗《のぞ》いて見たんだ。おれたちを捕獲すべく先廻りして、警察かさきの集会の参加者か、あるいはその反対党派が、見張っているのじゃないかとね。

折も折、その鼻先のガランとしている街路を、あまりのスピードにいまにも解体されて無数の平ったいトタン板になって吹っ飛びそうなシトロエンが走り過ぎた。車の中には、黒ヘルメットのおれの妻・もと妻がまっすぐ前を睨《にら》んでいた！　ハンドルを握っていたのは、巨人族の血を引く広告マンさ。警察や革命党派、あるいは反・革命党派の見張りが家にかえった後も、おれの妻・もと妻だけはなお、弟を叱咤《しった》激励して大学の周囲を警戒しているんだよ。たとえ当のおれへの敵意によってであれ、そのようにおれの存在ゆえ緊迫して、一晩中疾走している妻・もと妻のことを憐《あわ》れんだ瞬間、おれは彼女とおれと、そして森をめぐる性的なこんぐらかりの意味を解明していた、「転換」後のいまとなっては無用なことだったがね。ここ二年ほどの間、おれたちが暗闇で性交していると、妻・もと妻がなんだか尊大に、イイカ？　チンポコ、イイ気持カ？　と問いかけてね、逆におれはひどく幼児的にさ、チンポコ、イイヨ、モウ、イキタイヨ、一緒ニイッテネといいかえしていた、ｈａ、ｈａ。そこにこんぐらかっていた意味をとけば、それは妻・もと妻がおれに森を転移して、森と性交してるつもりだったのだし、おれはおれで自分に森を転移して、森＝自分こそ妻・もと妻と性交しているつもりだったわけさ！

　さておれたちは妻・もと妻のシトロエンが大学の向う端でＵターンして戻る前に、鋪道の空漠を見きわめてさ、急いで鉄柵を乗り越えたんだ。「ヤマメ軍団」のうち四人だけは後に残して。そのままおれたちは鋪道を横切り、降りの脇道へ急ぎ足に入りこんで行ったんだよ。先導する「ヤマメ軍団」のふたりはな、どちらも肉の削げた躰《からだ》恰好《かっこう》で消耗した様子だが、いったん小休止をとった後は、柵を乗り越えるのも歩くのも、かなりの敏捷《びんしょう》さ堅実さでね、永年の鍛練を感じとらせた。

背の高い方は登山用ヤッケの、目立って清潔なやつを着た洒落者《しゃれもの》なんだが、真丸の頭は禿《は》げあがっていてね。その頸《くび》を旗のようにまっすぐたてているところは、原発を視察に来た官僚によくみたタイプさ、つまり「能吏風」だね。もうひとりは、古レインコートの衿口《えりくち》からネクタイなしのシャツを覗かせた、しかもそういう恰好の似合うことを知ってるやつでね。脂《あぶら》っけのない髪に、脂っけのない青白い皮膚をして大きく口が切れこんだ、犬みたいな目鼻立ち、すなわち「犬面《ドッグ・フェイス》」さ。

――おれたちは何を見つけ出そうと、こうセカセカ小走りしてるんだ？　とおれはそいつに声をかけたんだ。

すぐさま、

――ン？　という反応を「犬面《ドッグ・フェイス》」がむけてきたが、おれの問いに実際に答えたのは「能吏風」の方なのさ。半球状の額に眉《まゆ》のまわりの筋肉をビクビクさせて、しかしニュートラルな眼つきでおれの頭上を見つめながら。

――見つけ出そうとして、じゃなくてね。見つけ出されようとして、セカセカと小走りしている！

この返事を聞くと「犬面《ドッグ・フェイス》」は薄笑いしたが、それはなんとも無邪気なものでね、同志の才幹に我が意を得た、と示したがってるふうさ。

——僕たちが飯を食って眠れるようにしてくれる仲間に、こうして見つけられるのを待っているんですよ、と「志願仲裁人」が説明したがね。

——そんな連中より、「大物A氏」の手下どもに見つかるのじゃないか？

——どうも「大物A氏」を、悪夢に出てくる鬼みたいに惧《おそ》れているらしいなあ、と「犬面《ドッグ・フェイス》」がいったよ。

——夢?! とおれは叫んでいた。**悪夢の鬼**……

実の所おれはね、ワレワレ「転換」二人組ガイマアレホドニ「大物A氏」ノ脅威ニツイテ注意ヲ喚起シタバカリナノニ、ソノアゲクガ、悪夢ノ鬼トイウコトカ？ とぐちりたい思いだったんだ。それは背骨がおののくほどの焦燥感でもあって、「ヤマメ軍団」マデガソウイウ反応ナラ、「親方《パトロン》」ノ超暴力ニイッタイ誰ガ真ニ対抗デキル？ と、おれは茫然《ぼうぜん》としたんだよ。

その時森が、夜の街の光にブロンズみたいに翳《かげ》り、かつ顴骨《かんこつ》や顎《あご》の丸みは輝やいている顔を向けて、メッセージを送って来た。ダカラコソ、ワレワレノ「転換」ガ必要ダッタンダ。「転換」二人組ニヨル認識ナシデハ、「大物A氏」ハ地上ノ誰ニモ、セイゼイ夢ノ鬼ニスギズ、正体ニ気ガツイタ時ハモウ遅クテ、夢ノ鬼ニ喰ワレタ後ダッタ筈《はず》ダ。ダカラコソ、ワレワレハ「転換」シタンダ。ソノヨウニ必要ナ「転換」ノ当事者トシテ、充分ニ奮闘シナケレバナラナイ！

――ほら、車が来た！　と「志願仲裁人」が心底喜びに湧《わ》きたつような声を出した。そしておれたちは、背後から走って来たマイクロ・バスが徐行するのへ、真中で折れる狭いドアめがけて、次つぎに跳び乗って行ったんだ。すぐさまスピードを回復して大通りへ坂を降り、なおも加速するバスは、そのように過度に劇的に車をあやつることが本領の、未来の映画作家が運転していた！　その脇の車掌用丸椅子《まるいす》には、作用子《サ・ヨコ》が附きそってるわけなのさ。

――摑《つか》まっててよ！　森・母の車を振り切るから！

おれたちは坐りこむ暇もなく、そこいらじゅうに躰をぶつけてね、難渋してなんとかそれぞれ座席の支え枠にしがみついていた。

――いま反対車線を行ったでしょ？　急スピードの車が！　方向転換するかどうか覗いて見て！

――……まっすぐ行ってしまうわ。シトロエンもああなると凄《すご》いね、地面にへばりついて素っ飛んで行く！　と女子学生がね、どんな実践的修羅場であれ怯《ひる》みこまぬ気概もあらわに、躰を斜めにしたまま報告した。

そこで麻生野《オウノ》がマイクロ・バスのスピードをいくらか普通に戻したのでね、それまではとうとう通路に倒れこんでいたおれたちも、座席によじのぼることができたわけだ、ha、ha。

――それで、どこへ行こうか？

――ひとまず、どこへでも！

――O・K、と未来の映画作家は了解した。

2

われわれのマイクロ・バスは、臨海工業地帯を抜けそれに続く港湾都市へ、東京を離れる幹線道路に登った。長距離トラックの列に埋れこむように走り始めてからも、おれは追いつき、追い越して行く車の気配ごとに妻・もと妻の黒ヘルメットを思い出して首をすくめたがね。車の性能について「志願仲裁人」が、いかにも誠実なお追従をいう。それを当然のことに受け流してから、麻生野が説明したところでは、このバスはアフリカ・ロケ用にエンジンを強化してあって、並の乗用車では太刀うちできぬ筈だというんだよ。あらためておれは麻生野が映画業界につながっている人間であることと、なんであれ事物の調達の名手であることを再確認したよ。

さて、ありふれた話だが、おれは永い一日の苛酷《かこく》労働におしひしがれた具合でね、空腹は空腹ながら食欲はふるいおこせぬほどさ。ただもうじっと、バスの震動に「転換」疲れの肉体と精神をマッサージさせていたかった。森も同じような気分・体調だったと思うね。「志願仲裁人」も負けず劣らずグッタリしていたが、どうにも麻生野から意識をそらせることができぬふうでね。そして「ヤマメ軍団」の二人はバスの後尾に並んでかけていたが、いまやかれらとは対立する党派の系列の、名高い運動家と同乗している手前、こちらは警戒して黙り込む様子だった。

さて、おれはやはり黙り込んで、運転する未来の映画作家が睨《にら》んでいる、真暗な空を眺めていたんだが、そのうち正面のタール色の雲が裂け、その奥に斜めから月光を受けてギラギラする雲の塔がそびえるのを見た。雲の裂け目はすぐさま閉じたんだが……その一瞬の雲の裂け目をおれが見たことも、おれたちを「転換」させた宇宙的な意志に、森のいうとおりおれたちがつねに見られている徴《しる》しだとおれは思ったね。森もあれを見たか、とふりかえろうとするおれに、前を向いたままの麻生野が声をかけてよこした。

――眠っていないのなら、聞いてもらいたいんだけれど、森・父、……ああ、「義人」が殺されたことを知ってるわね？……どうしてあのように正しくて優しくて、一所懸命な人が殺されなければならないの？　ファシストどもめが！　あいつらがたとえ革命的な人間であれ、「義人」を殺したことは、絶対に正当化できないわ。それより他の百千の殺人をかれらが正当化しえるとして！

――死人が出たことは悲しいけれど、それだけで政治状況をそんなに単純化していいの？　どうしてそのようにひとりの人間を絶対化して、反対の党派はファシストだときめつけるの？

――うるさいっ、小娘！　つべこべいうな！

――そんなに怒鳴る態度こそ、ファシストのふるまいじゃないの？　あんたがそんな姿勢をあらためぬなら、私は糾弾して闘うよ！　このバスに乗りくんでいる人間だけでも、森は私の実践の同志だし、「ヤマメ軍団」は私の党派の戦闘隊だし、「志願仲裁人」はすべてに中立の筈でしょう？……だからあんたは、頭のおかしなあの若い子と二人だけで、闘うほかにないのよ！

――うるさいっ、このガキ！　まだ、つべこべいうか！　おまえが自分たちはファシストの仲間だというのなら、私はバスを対向車線に乗り出して、玉砕するからねっ！　どちらの側の損害が多数か、そちらこそおかしいガキ頭で計算してみろ！　ドカンとやられたいか？　ガキ！

するとそれまで運転席の背もたせに喰いつかんばかりに叫びたてていた女子学生が、たちまち縮みこんだよ。ただケシ粒ほどの声で、

——ファシスト、と罵《ののし》ることしかできない。それだけの迫力が麻生野の運転ぶりプラス叫び声にはあったわけなんだ。それも「義人」の死に根ざす真正な悲哀の迫力が。

——……おれは確かに「義人」のことを聞いたよ。……しかしきみ自身は「義人」が死んだことを、どのようにして知ったんだ？　きみは警察に留置されて、外の情報から切り離されていたのじゃなかったか？

そこで未来の映画作家は、単におれの問いかけに答えるというのじゃなく、マイクロ・バスの全員に向けて彼女の側から事態を報告した。悲しみのショックと憂鬱《ゆううつ》症の最深部にありながら、また幾分酔っているようでもありながら、しかしテレヴィや集会で彼女が見せる語り口で、いまさっきの粗暴な怒鳴り声とは裏腹にさ。

——森・父たちが大学構内へ駈《か》け込むとすぐ、私も車を出したんだけれど、たちまちエンストするじゃないの！　それもよりによって「義人」たちに逃げこまれて地団太ふんでる権力の前へ、ヨタヨタへたり込んでしまったのよ。私の車を制止しようと

半身乗り出した警官のすぐ前へ、そいつの制止の合図にしたがったように！　結局それが権力の心証をよくすることになったんだけどもね。もう逃げられぬ以上、とりあえず私はエンストしたことはオクビにも出さないで、車のドアを開けたわ。すると突然警官の脇から、皮膚がこわばって面をかぶったような森・母が、**悪イ女ガイタ！**と跳びかかるじゃないの。防衛上、私はドアを閉めたわ。そのドアの角に、跳びついた頭がゴツンとぶつかってね、森・母は気絶。警官がやっと抱きとめた森・母を、それはもう凄い、森・母そっくりの眼で睨む大男が受けとって、警察の車に運ぶ騒ぎよ。それで私と森・母の個人的な対決は終ったわけ。けれどもどうしてあの時の森・母は、黒ヘルメットを脱いでたのかしら？　若い警官がこの一幕を笑っていいかどうかへドモドしてるから、あらためて外に降り立ちながら、私はアハハハ！　と笑ってやったよ。警官も安心して噴き出したわ。それもひとりやふたりの警官じゃないのよ。それで私がシラを切って、一体なんだと訊《たず》ねると、大学に走り込んだのはどういう連中かと訊ねかえすから、私はありのままをいったの。「義人」は反・原発集会への殴り込みに、非暴力で抗議に行ったんだし、「志願仲裁人」と十八歳のボーヤは、その側面掩護《えんご》をしたんだって。ただ私は、あのボーヤがどんな氏素姓か知らない。私の所にはいろんな若い子たちが集って、思い思いに仕事を手伝っているんだから、いちいち名前や学校を確かめてられないって。そして名刺を出して警官に渡したわ。私を囲んでいる警官のうちの、いちばん純真そうな感じのやつに。もちろん向うでは「義人」と「志願仲裁人」の身許《みもと》は承知していてね。そして正体不明の残りのひとりは、新左翼シンパのボーヤということで、一応納得したのよ。なぜかといえば、それまでずっと第三の男を、すなわち中年男の森・父のことをもっぱら追いもとめてきたのでしょう？　ボーヤには用無しなわけ。現にかれらはボーヤが走るのを見て、とても中年男だとは考えられなかったんだし、それまであれこそ森・父が若むきに変装していたんだといいたてていた森・母は、いまや気絶して抗弁不可能だしね。そのうち大学構内からスパイが連絡にきて、「義人」もあとの二人もファクシオンに捕まってひどいめにあってると伝えたわ。それまでは半分がた、「義人」たちが襲撃報告集会に参加したのじゃないかと疑いを残していたのが、その必要もなくなったわけなの。そこでただ参考に話を聴きたいからお茶でもどうか、という友好的雰囲気になっちゃったの。あなたたちがひどいめにあってるという以上、気にかかるでしょう？　そこでついて行ったけれど、たいした話もなかったわ。テレヴィに出る私のファンだと、名刺を受けとった若いのがいいだすくらいのもので。そのうち今さっき撮った望遠写真が現像されてきて、やはり中年男じゃなく、走るハイティーンが写っているし、私は森・母と出くわさないように配慮までしてもらってね、すなわち喫茶店の前まで車を廻してきてもらって、無事放免されたの。

――われわれの党派の人間なら、あらゆる権力に完黙するし、もちろんそうである以上、そんなにやすやすとは釈放されないわ。

――うるさい！ 小娘、つべこべいうな！

長距離トラックの荒くれ運転手に伍して走りつつ、そこはヨーロッパで演出を学んだ表現力でさ、麻生野は不連続的に粗暴になって、頭を振りたてては罵るんだ。そこで運転ミスによる生命の危機を回避する手だてを、「志願仲裁人」が考えたわけさ。かしこまった様子で女子学生に声をかけて、こう切り出したよ。

――きみねえ、森の脇に坐って面倒を見てくれない？ かれは頭に負傷をしてるのにずいぶん無理をしたからね。

――個人的な感情を離れて集団で行動している時に、私ひとり森のそばに行くのはアンフェアじゃない？

――うるさいっ、このガキ！ まだ、つべこべいうか?!

これほど怒鳴りたてられてはね、女子学生も決然と立ちあがるほかなくて森の脇に坐りに行った。バスの揺れに対抗して腰をすえおれの脇を通りすぎる彼女の、ジーパンの腿《もも》の張りつめ具合と、ムッとおしよせてくる体臭とに、おれはビクリとおののいたが……それはもちろんエロティックな匂《にお》いじゃない、俘虜《ふりよ》でいた間、ずっと嗅《か》がされた臭いと同じものだったがな。

——それで「義人」が殺されたことをどういうかたちで知ったんだ？　おれたちを摑まえている一方で、あの党派の連中が、虐殺《ぎやくさつ》記念の記者会見でもしたのかい？

——そういうことはしなかった！　と背後から「ヤマメ軍団」の「能吏風」が、大声を張りあげて答えたよ。かれはおれや「志願仲裁人」とちがって、骨も筋肉も痛まぬのだからどんな大声も出せるわけさ。あれは事故なんだよ、じつに不幸な事故だったんだから、それを戦果とはみなさない。しかもこの事故は党派の学生組織レヴェルで、責任が追及されてゆかねばならない事故だ。それは戦術的失敗として起った事故なんだから。その追及がおこなわれていない段階で、記者会見などをするはずはないよ。

——あなた方でも自分たちの運動に、戦術的失敗としての事故を認めることがあるの？　もちろんそんなことが追及されても、死者は生きかえらないけども?!

——エッ？　と「ヤマメ軍団」のふたりとも、本気で不本意がる一瞬の沈黙があって、それからかれらの共同意見としてさ、「能吏風」がつづけたよ。むしろわれわれは、いつでも戦術的失敗としての事故を進んで認めて、自己批判を重ねてきたと思うがな。とくにわれわれの戦闘グループが発足した時分は、単純なミスによる事故つづきで、構成員が幾人も倒れて行ったから、戦術的失敗による事故の追及は、むしろ必要不可欠だった……

——あんたが、われわれのグループといってるのは、「ヤマメ軍団」のことだろう？　「ヤマメ軍団」に関する限り、おれはあんたのいうことを信じるよ。しかし学生の革命党派全体については、かれらが自分たちの失敗を認めるとは思わないよ。

そういっておれは自分の口に出した「ヤマメ軍団」という言葉がね、かれらにショックをあたえているかどうかふりかえって確かめようとしたんだ。しかしシートに沈み込んで真ん前を見つめている森の頭に、愛《いと》しげにかつ真剣そうに指をふれている女子学生を見ただけで、なんとなくあわてて前を向いたよ。

——……そうだ、当然に「ヤマメ軍団」の、ということになるね、と、一呼吸、二呼吸のためらいのあと「能吏風」がきっぱりいった。活動初期ひんぱんだった事故にはじまり、現在の事故にいたるまで、われわれは戦術的失敗の責任の追及をやりつづけてきましたよ。……もちろん同じ方向性・志向性にある革命党派の内部だとはいっても、われわれの組織の「作風」を学生組織レヴェルまで徹底させることは困難だけれども。……今日も経験したとおり現象的にいえば、ほぼ不可能だけれど。——なにを他人事みたいに、のんびりしたことといってるの？それも私たちが殺された当の「義人」について話している時に?!……現象的にどころか本質において、絶対に不可能じゃないの、そんなこと！……どうしてあんなに真面目で頭が良い若い子たちが、誰もかれもみんなすぐファシストになるの？　と麻生野は苛《いら》だっていいたてたよ。そしておれは作用子を怒鳴りつづけた異様な粗暴さが彼女の内部の激甚《げきじん》な悲哀に発していたのを、あらためて了解したんだよ。……夜になってから、警察が電話して来たのね、私の渡した名刺あてに。「義人」が、大学裏の崖《がけ》から墜落して、そこでまた国電に轢《ひ》かれて、二度死ぬ具合に死んだというのよ。だから死体を確認しに来てくれと。それで私がもう血みどろの心になって、「義人」がファシストどもに殺されたと、山へ合宿に行ってる若い子たちへ電話するとね、あの若い子たちの最初の反応がこうだったの。警察にだけは行くな、とくにひとりでは行くな、と私にいうわけなのよ。この事件が党派の現状分析でどう評価されるものか、ファクシオンの上層部が見解をたてるまで、私のように感情的・本能的な人間が警察に出かけて思いつきをいってては困るから、と。とくにブル新からは隠れていろ、というのよ。そういいながら自分たちの思いこみをあらためて思案してるように、エーと喉頭《こうとう》Rみたいにひっぱって……　どうして突然あのようにどの党派も、誰もかれもみんなファシストになるの？　この国の若い子たちは⁈……かわるがわる電話口に出ては説得してくるみんなの言葉に逆らって、私は「義人」の死体を確認に行ったわ。……そして私はバラバラになった「義人」の遺体の、それも両腕だけをはっきり見たの。両腕とも肱《ひじ》関節のすぐ上で真っすぐ截《た》ち切られていてね、しかもその両腕が、硬く掌を組みあわせているのよ。成功した重量挙げ選手が両手を組み合せて頭の上にあげて、歓呼にこたえるじゃないの？　ああいうふうに。その握りしめられた指を見ると、私にはもうそれが「義人」だと信じるほかなかったの。今度は自分も際限なく喉頭Rをひっぱっているように、エー、エーといいながら、引き退がってしまったわ。この間の集会の始まる前に、「義人」がデモや集会の日程でまっ黒の手帳の余白をさがしてね、千万KW規模の原発が出す一日あたりの温排水を計算してくれたの。その時の、短い鉛筆を強く持って角ばってる指のかたちをね、覚えていたのよ……

　涙声でそういいながらな、麻生野は頭を激しく振り立てるのさ。それは湧《わ》いてくる涙を振りとばしているわけなんだ。しかしそれでも充分に涙を払いきれなくなった様子でね、彼女は車を道路脇《わき》に寄せたよ。車を駐《と》めた未来の映画作家は、「義人」の死を言葉で追体験しているうちにあらためて肥大した悲嘆を支えかねて、ハンドルにぐったりもたれて嗚咽《おえつ》するのさ。おれたちはもうどうしようもない。ただ徹底して実際的な性格の「能吏風」の提案に救われてね、泣きじゃくる彼女の肩を支えて後ろのシートに移したあと、たまたまそこからネオンの見えるトラック運転手の終夜営業食堂へ車を動かして行ったんだ。そこの駐車囲いに入れたマイクロ・バスに彼女だけ残して、なお生きつづけねばならぬ者たちのわれわれは、飯を食いに出かけたんだよ。

3

おれたちはまったく異様な風態で、とくにおれと「志願仲裁人」と頭に繃帯《ほうたい》をした森は、およそ日常的でない風態でね、食堂に入って行った。さしあたって仕方ないじゃないか？　こういう奇態な恰好《かっこう》の一行が入って行けば警察に通報されるのじゃないかという危惧《きぐ》は、その時になって盛んに燃えあがった空腹の、いやしかしすべては飯を食ってからという反・論理の声に蹴《け》とばされてしまったから！　ドアを開くやいなや猛烈な光と音に排除されるふうにね、入った所で棒立ちになったおれたちを、たちまち先客たちの視線が囲んだよ。ところがレジスターの小娘は、むしろおれたちが現にそなえている異様さ自体に、先刻慣れっこの態度なんだね。

――事故現場から、引、、、き、、、とり？　トイレに救急箱があるわよ！　ひどかったわねえ?!

――引、、、き、、、とり？　引きとり！　もう大変?!　と「志願仲裁人」が機敏な状況把握の才を見せてね、痛みに眉根《まゆね》をしかめながらの胴間声。深夜放送の交通ニュースで、われわれ恥をさらしてお眼にかけた？　先方はひとり死んだのよ！

「志願仲裁人」もまた、じつに周到・果断な男じゃないか！　かれのように実践活動をかさねてきたやつは、たとえ無益な演説を試みて殴られたり突き倒されたりする実践活動でも、ha、ha、現実世界の生き延び方に甲羅をへているよ。この問答によっておれたちの一行は、むしろその異様さゆえに、幹線道路脇の食堂でさ、もっとも場所をえた客になりおおせたわけなのさ。先客のトラック運転手の一団も、女子学生を囲んで奥の隅に席をとるおれたちへ、口笛ひとつ吹かなかったよ。おれたちの負傷を見て粛然としたような、かつ憐《あわ》れにも暴力の餌食《えじき》になった弱者を見るおかしさを紛らせている眼つきで見送りはしたがね。招き猫と成田不動の護符に並んだ時計は三時をすぎているのに、かれらは酒も飲まぬままキューピーみたいに輝やく頰をした若い衆たちだったが……

さてやっとのことで食物の気配のする所に近づいてさ、ずいぶん永く食事しなかったと遥《はる》かな気分でメニュを開くんだが、関節を踏みにじられた指は凍えたようで、ケバ立ったメニュはまるで雪の球さ。

——中華定食にしようよ。こんな場合そういうのが、いっとう無難だよ、と勢いこんで「能吏風」がいった。

——それにおれはカニタマ！　と「犬面《ドッグ・フェイス》」がこれも熱心にいうと、女子学生がそれに誘われてね、

——私もカニタマをつけてもらう！　ととびつくように続けるのさ、可愛《かわい》いところもあるじゃないか？

そのようにしておれたちは丸いテーブルを囲んで待ち、「能吏風」が如才なくお茶をくんで廻したりもしたが、麻生野の強い悲しみの発露の後では、話のつぎ穂が出やすいはずはない。有線放送から後髪ヒク月明リ！　と鳴り響くと、「能吏風」はパチクリした眼を宙に浮かせて、

——曖昧《あいまい》主義だね、というのさ。

——そうだ、オプスキュランティスム、と「犬面《ドッグ・フェイス》」はやはり生真面目《きまじめ》に応答したがね、演歌の言語表現をいちいち批判したところで、とめどがなかろうじゃないか？　ｈａ、ｈａ。

ところが、「能吏風」はパチクリしたままの眼をおれに向けておろすと、

――「ヤマメ軍団」の存在を、どのようにして知ったの？　と核心に切りこんできた。

――「ヤマメ軍団」が群馬県のクマ川で猟銃を徴発した時、おれはたまたまあの附近に滞在して、ヤマメを釣っていたからね。そんなふうにして「ヤマメ軍団」と擦れちがったもんだから。

――狩猟同好会からの徴発ね、と「能吏風」は禿《は》げあがって広大な額のうち、もともと額だったところに縮緬皺《ちりめんじわ》をよせるとさ、ますます見張った眼を「犬面《ドッグ・フェイス》」と見合せて、お互いに無邪気な笑顔になるんだよ。しかもかれらはね、およそ四十代後半の年齢にふさわしくない、天真爛漫《らんまん》のエール交換の後、たちまち厳粛な表情に戻るのさ。

――あの時ひとまとめに徴発した銃は、それぞれ性能がよかったけれども、旧《ふる》い型もあれば、世界的最新型もあってね。そこが問題点だったなあ。ある銃の操作を覚えても、別の銃では始めからやりなおしでしょう？　そのせいもあって犠牲者がつぎつぎに出たんだよ。戦術的失敗としての、事故による犠牲者ね。あれはわれわれのいちばん辛《つら》かった時期だなあ。

――古い銃でも手入れさえ行きとどいていれば、一集団にはひとつの形式がいいんだね。原理的にも、現象的にも単純なことだけれども、新しい銃器を手に入れると熱中してしまって、冷静な反省はおこらないなあ。

――「ヤマメ軍団」という名前の意味を、時どき考えて来たんだけど、この子のいったヤマメを釣る、あのヤマメとはちがうでしょう？　と女子学生が警戒しながら訊《たず》ねたよ。当の言葉がね、もし革命家及びその予備軍なら誰でも知っている用語だったとしたら、憫笑《びんしょう》される前に切りかえそうとしてさ。

――ヤマメ、硬骨魚目サケ科の淡水魚。釣り師がヤマメを釣って歩く渓流にそって、われわれが移動したからね、岩手の新聞がはじめて「ヤマメ軍団」と呼んだのよ。……しかしその呼び名が冗談じみてるから、権力は重要視しなかったわけね？　もしそれを有力な情報として連中が採用してさ、渓流ぞいをシラミつぶしに捜査されたとしたら、こちらは絶対に辛かったろうね、おそらく……

――「ヤマメ軍団」の公式地図は、『渓流釣り場集』という市販の本だからね。あれを公安が手にいれてれば、向うもシラミつぶしの手間がはぶけたんだ。こちらはそれこそ辛いどころの話じゃなかったぜ、きっと。

「犬面《ドッグ・フェイス》」は、運ばれてきた定食をすぐさま食い終って、いそいそとカニタマの皿に移っていたがね、そんな書生流の食い方から胃をこわしていて、それがかれの顔色や眼つきの理由だと、おれは思ったよ。

――おれたちの行軍の軌跡と「ヤマメ軍団」という名前の端的なつながりを読みとっている連中もいることはいたね、たとえば「大物A氏」。渓流釣りの基地の町の食糧品店を手がかりに、早い時期からパイプをとりつけて来たから。

またしても「大物A氏」さ！

――それならはじめて「大物A氏」に「ヤマメ軍団」の話をしたのは、おれじゃないかと思うよ。……しかしかれはどんな目的で軍団にパイプを開こうとしたんだ？

――「大物A氏」は万物を利用する！　万人を支配しようとする！　と唇《くちびる》のまわりにカニタマの砕片をくっつけたまま顔をあげた「犬面《ドッグ・フェイス》」がいうんだ。

――しかし「ヤマメ軍団」が東北の渓流ぞいに行軍している機関なら、パイプがつうじてもどんな利用法があったかね？

――「ヤマメ軍団」は、確かに中核を渓流ぞいにおいたが、現代のゲリラである以上、都市の民衆のなかを泳いでもいた、と「犬面《ドッグ・フェイス》」が御託宣をたれるのさ。「ヤマメ軍団」が武装して生きいきと移動しつづけて、国家権力の勢力範囲外に実在しつづけていることは、権力構造のなかでも鋭敏な連中には動揺の種だった筈《はず》だがね。しかし中国革命の「長征」とおれたちの「長征」とは当然にちがっていた。結局あれは儀式だったんだよ。象徴的な儀式である以上、「ヤマメ軍団」所属の兵士が、みんな行軍する必要はなかった。ある一時点を切りとって見れば、「ヤマメ軍団」の行軍人員はわずかでね。しかしそのわずかな人員ながら、つねに持続して儀式をおこなっていたのさ。だから軍団の兵士たちは、誰もが集団のなかでの自己のアイデンティティーを信じた。兵士たちは任意に山を下りて都市に潜り、また極秘情報による合流地点で、軍団に戻ったんだよ。人眼をさけるのは比較的容易でね、渓流釣り独行者の恰好で山に入る分には、夜明け前でも日暮でもあやしまれることはないから。「ヤマメ軍団」の経済がうまく運営できたのも、兵士たちが山を下りて働いては、資金を作って戻ってきたからだよ。つまり「ヤマメ軍団」は開かれたゲリラでね、心理面でも閉ざされた集団の、拘禁症状とは無縁だったよ。

——それならば、どうして革命党派がどこでも「ヤマメ軍団」方式をとらないかねえ？　と女子学生が感に耐えぬようにいったがね、「犬面《ドッグ・フェイス》」がそれを無視したものだから、「志願仲裁人」が相手になってやったわけだ。

——一般には、山にこもったゲリラ組織からメムバーを下山させると、そのままかれが裏切るのじゃないかと、疑惑が組織全員にひろがるでしょう。そのような疑惑は、自分自身が持っている逃亡への渇望とセットになって、組織員の心を毒するよ。僕があらゆる党派に反省と和解をもとめる運動をしてきたのは、その毒こそを解毒せよ、ということなんですよ。ゲリラは民衆のなかへ拡散して、民衆にむかって、ゲリラそのものを解放してゆかなければならないから。

――民衆に向ってゲリラそのものを解放してゆく、というのはどういうゲリラ戦略・戦術論かね？　と「犬面《ドッグ・フェイス》」はわざわざ「能吏風」に問いかけてさ、「志願仲裁人」へニベもない反論を提示した。ゲリラが民衆の海を泳ぐということは、粉石鹸《せっけん》のように拡散するのとはちがうよね。そうやってはゲリラが消滅してしまう！……逆にいつも求心的な力がメムバーをゲリラの核心にひきつけて、その力をメムバーが意識しあっているから、わざわざ内部で忠誠心を確かめなくていいし、裏切りもおこらない。それこそが秀《すぐ》れたゲリラの特性じゃないか？　「ヤマメ軍団」の場合、その求心的な力は、小さな数のメムバーにしても、不断につづけている行軍によって生み出されていたんだよ。

――しかし当の「ヤマメ軍団」も、結局は雲散霧消したのじゃないですか？　とさすがにムッとした「志願仲裁人」が問いかえした。

それを聞くと「ヤマメ軍団」のふたりはサッと鎌首《かまくび》をそろえて質問者を見すえ、つづいてお互いの眼を見つめあって満悦の笑いをね、顔じゅう笑みくずれる笑いを浮べた。しかもそれでも足りずついに息も切れぎれな大笑いを始めるじゃないか！　それはおれたちのことを忘れていたトラック運転手たちの関心をひきもどす傍若無人ぶりでね、剣呑《けんのん》な雰囲気になりかけたぜ。

「能吏風」は咳ばらいすると、挑戦的にこちらをうかがう連中の視線をたち切るように、はっきりした動作で坐りなおしてね。もういささかも笑いの名残りをとどめぬ、しらけた鳥みたいな丸い眼を「志願仲裁人」に向けて、こう返答したのさ。

――「ヤマメ軍団」は、雲散霧消していない。だからこそいまも正確には、行軍の模様をきみに話すことができない。……ともかくあの連中の好奇心をひきつけてしまったから、ここは出ましょう。軍団の経済政策が健全にいってることを話したんだし、ここの支払いはわれわれが持つよ。

――いや、その必要はないらしいよ、とかれの相棒がすかさず訂正さ。レジスターの前に麻生野桜麻《サクラオ》が立っていて、いかにも威風堂々と支払いをしているんだよ。「義人」の死への悲しみは悲しみとして自分で始末をつけた後、おれたちの支払いを気にかけて、グループ・リーダーの実践家らしく車を降りてきたわけさ。

4

おれたちが立って行き、なかでも如才ない「能吏風」が礼をいうのを、例のとおり未来の映画作家は受けながしてね、かたわらおれと「志願仲裁人」に顔を洗い用を足してくるようにすすめたよ。コウイウドライヴ・インハ食事ヲスルヨリモ、ムシロソウシタ設備ヲ使ウタメノ場所ナノヨ、とレジスターの娘が腹を立てそうなことをいってね。

「志願仲裁人」は、麻生野の配慮にミーハー的景慕をなおつのらせて、アノ人ハタオルマデ準備シテクレルカラナー、と洗面所の鏡のなかの自分に、讃嘆の同意をもとめる始末さ。決してそれはおれに呼びかけたんじゃないぜ。おれは便器にまたがっていて、ドアの外側の声を聞きつけたんだから。もとより鏡に映ったかれの顔は、おれの顔同様ひどいことになっていて、自分の言葉にもあまり浮きうきとは同意の表情をあらわしもしなかったろうがね。おれたちが洗面所を出るのといれちがいに、森と作用子が一緒に入って来たんだが、女子学生はどのように献身的な身づくろいの手伝いをしたのかね、三十分もたってバスに戻った彼女は紅潮した面もちだったぜ。「転換」して壮年の男であるとはいえ、森もなかなかやるじゃないか？　ｈａ、ｈａ。

ところがね、その女子学生が、それぞれ手前勝手に掛けているおれたち全員を見わたす位置を選んでね、肱支《ひじささ》えに尻《しり》を乗せてシートに腕をまわし、いやに開きなおって論争をいどむんだ。

——これから私たちはどこへ行くの？　あなたたちの何人かだけ行先を知っていて、他のメムバーに黙ってるのは民主的じゃないよ！　私はこれまで連絡係りで働いてきたけれども、われわれの計画についてはなにも教わっていない。そんなのは民主的でないばかりか、メール・ショーヴィニズムでしょう？……あなたたちふたりは、森とあの子と「志願仲裁人」を監視するために、「ヤマメ軍団」から派遣されてるの？　それなら私のことは監視の相手としてあつかわないで！　私も革命党派の人間なんだから。運動歴の長短で私を排除するつもりなら、そんなの官僚主義じゃないの?!

そこで「能吏風」がね、まことに心外な非難に当惑するといった、善良そうな不審声で、女子学生に応答してやったんだ。

——われわれがきみに官僚風を吹かす？　そんなことありえないよ。革命の全体への展望を考えるならば、それはこれまでどれだけ運動を続けたかというより、これからいつまで運動を続けるかが重要でしょう？　すなわち若い党派員こそ重要でね。われわれはきみを尊重しこそすれ、いかなる意味でも排除しないよ。……それにこのなかで少数者の、おれたちが監視の役をやれる筈《はず》もないでしょう？　おれたちは森と森・父「転換」二人組の、次の行動を掩護《えんご》しについてきた志願兵にすぎないよ。

――これまでもこれからも、僕たちは森を中心にして行動を進める筈じゃないか？　最初の襲撃から森と共闘しているきみが、どうしてそこから排除されてると感じるんだい？

「志願仲裁人」にもそういわれてね、女子学生は支援をもとめるように森へ眼を向けたよ。その視線を追いながらおれもふりかえってみたんだが、当の森はシートに躰《からだ》をまるめて睡《ねむ》っている。傷ついた頭は「転換」前のプラスチック板同様、肱でうまく保護しつつ。その森を見ているうちにな、「転換」して年下になってしまったとはいえ、やはりおれは父親なんだから、あきらかにしておかなければならぬことがあると感じた。そこでおれはね、「ヤマメ軍団」のふたりに焦点をさだめて問いかけたんだ。

――しかし、あんたたちはどういうわけで森の掩護を志願したのかね？　あんたたちは、おれと森との「転換」の話を誰よりも信じそうにない年恰好《としかっこう》なのにな。いったいどういう理由からだい？

――理由ははっきりしているさ！　森ときみの二人組の、さきの演説に感銘したからだ。きみのいわゆる「転換」を信じるか、信じないかは別問題として。あの場にいた六人の「ヤマメ軍団」員はみな、森ときみの二人組が合体して叫んだ演説に感銘したよ。そしてきみたちの表明した意見に同意してね、協力を希望したわけさ。

おれは半信半疑のまま、判断を留保しようとしたんだが、加えて「犬面《ドッグ・フェイス》」までが「能吏風」のいったことの、かれらにとっての切実な意味を感じとらせようとつとめてね、おれを睨《にら》みつけるようにして説得したよ。

——あすこで若い連中にまじっていたわれわれが、むしろわれわれだけが、きみたちの話に感銘したといえば、なぜそうなのかと、当然不思議に思うだろう? 端的にいえばおれたちは、「大物A氏」の人間支配の大プログラムの指摘に、根本的に賛成したんだよ。若い連中には思いもつかない、おれたちの経験に立って。「大物A氏」は敗戦直前に軍用機で、上海《シャンハイ》から金・銀・ダイヤモンドを広島に運んで、そして原爆に遇《あ》ったんだよね。仲間は全滅して資産と「大物A氏」だけ助かったんだが、かれは人類のつくりだしうる極限の暗黒をつぶさにあじわった生存者なのさ。かれはそのおしつけられた暗黒と見あう超大構造を逆に自分の力でもつくりだして、返報したいと考えているらしい。そこでかれの人間支配プログラムは巨大なんだよ。おれたちは森ときみの語った「大物A氏」観が、肥大した幻想だとは思わないね。

「犬面《ドッグ・フェイス》」は左翼の運動家が現状分析のさいによくやるように、相手がその事実を知っていることは承知で、しかし共通の基盤を確かめる手続きとして、当の事実のおさらいをする、あのやり方で「親方《パトロン》」の被爆について話したようなんだが、それはおれのこれまで考えてみなかった条件でね、むしろおれを茫然《ぼうぜん》とさせたよ。そのおれの沈黙の隙《すき》をねらって、作用子がもっともらしいことを訊ねた。

——「大物A氏」が広島で極限の大きさの悪を見たのなら、どうしてそれに見あう極限の大きさの、善を構想しないのかしら?

——形式論理ではそうなるね、と「能吏風」がそれを受けとめたよ。そしてそのとおり、ついには「大物A氏」が善の最大のものを実現したと、評価されることになるかもしれない。森たちが演説でのべた「大物A氏」のシナリオは、それが実現しさえすれば、これは巨大規模の善だとみなされておかしくないものだったよ。それもシナリオのすべての局面で。ノーベル平和賞は確実なほどにさ。ただその善の実現は、「大物A氏」の人間支配の完成ということであるんだが。……ただ支配されることに痛痒《つうよう》を感じぬ人間にとってみれば、「大物A氏」は確かに善の巨大機構の、創造者にして管理者となるよ。そしてかれが老衰して大往生をとげれば、その善の巨大機構のみが後に残るわけでね。もう人間の支配者はいない。しかし……

——しかし！　と「犬面《ドッグ・フェイス》」がタッグ・マッチ式にとってかわった。だからといって「大物A氏」が初めから巨大な善をなしとげようとしたのだと、短絡してはならない。もっともメフィストフェレスだったかね、ああいうふうに巨大な悪を企画して、巨大な善をつくり出したというのでもない。かれは自分の実現しようとする人間支配の構造に、倫理的な要素は加えていないよ。そもそもの被爆経験にたちかえっていえば、「大物A氏」は原爆のもたらした状況流動化を、悪だと考えはしなかった筈だよ。もちろん善の経験だと考えるほどお人好しでもない筈だがね。「大物A氏」は原爆のひきおこしたところのことを、人間のなしうる事業の規模の拡大、と受けとったんだよ。他人があれだけメチャクチャの規模のことをやった以上、自分にもその規模に見あう達成が可能なはずだ、おなじ人間のやることじゃないかと、くだいていえば眼を開かれたのさ。原爆に遇ってこういう反応をした人間ならば、それ以後はおよそ考えつきうるなんでもやるよ。大きさの規模において核爆発に見あうものといえば、およそありとある人間の仕業が入るじゃないか？　そこにふくみこまれえぬものは、地球規模を超えてでなければありえない。「大物A氏」も宇宙規模まで野心を拡大しようというのじゃない。地球上の人間をすべて支配しようとだけ希望するんだ。かれは宇宙的な規模の現象を考えにいれていない。

「犬面《ドッグ・フェイス》」がそういった時も時、おれの眼は睡っている森が苦しげに身悶《みもだ》えをするのを見た。おれにはそれが、自己表現の希求をあらわしている身悶えだと了解された。睡っている森の血と肉と膜と筋と骨の全体が、その支えている精神の声を表現しようとムクムク動いたんだ。そこでおれは自分の内部に、その無言の叫び声に共振する声音を聴きとった。ソウカ？　ソレナラバ、ワレワレノ「転換」ガ宇宙的レヴェルノ意志＝カニヨル以上、オレタチコソ「大物A氏」ノ野心ヲ越エル超大規模ノカヲ内包シテイル！

そのように内部の叫び声を意識化したおれは「転換」直後から確実に「親方《パトロン》」に狙《ねら》いをさだめた、森の行動の意味を理解したのであり、それなればおれはあらためて森の揺がしがたい同志でね。いったんその自信に支えられると、歴戦の「ヤマメ軍団」の古参兵士たちが、森とおれ「転換」二人組の掩護を志願してきたことに疑惑をいだく気持はなくなった。そしておれはその時はじめて、これまでは森とおれふたりのみに閉じられていた「転換」を、人類全体へ向けて開いてゆく、その最初の同志たちがあらわれてきたんだと気づいたんだよ。そこでおれはためらわず、あきらかに同志間の戦略・戦術検討の会話をはじめたんだ。

——おれは「親方《パトロン》」に対して、おもに海外の核状況のレジュメを提出する仕事をしてきたが、ヒロシマ・ナガサキ関係のレジュメを提出したこともある。しかしかれはただの一度も、自分の被爆を語りはしなかったよ。あれはどういうことだったんだろうか？　それはこれからの闘いの上でもなんらかの意味を持つことなんだろうか？

――おれがかれと関係を持つようになってからも、「大物A氏」が自分で被爆のあれこれをいったことは一度もなかった、と「犬面《ドッグ・フェイス》」が答えた。他から聞いたところでは、かれも敗戦から占領期間、被爆の経験を押したてていた様子なんだがな。事実おれはしばしばそのことを思い出して話すアメリカ人と会ったからね。ヒロシマ・ナガサキについて報道管制があったその時期に、逆にそれを突きつけて国際利権の取引に機先を制す、ということをやられたらしいよ。そのうちもっとあからさまにね、被爆した人間というかれの条件を運動のエネルギー源に打ち出して、世界的な事業をおこそうとしたようなんだ。その時分の「大物A氏」と交渉を持っていたアメリカ人と、「大物A氏」が利権がらみの商談を再開した時通訳として立ち合って、思い出話を聞いたにすぎないが。

――かれは日本有数の英語使いだからね、「大物A氏」の通訳でしばしばアメリカに滞在したんだ、と「能吏風」が補足してね、お互いに例の満面の微笑をかわすわけさ。「ヤマメ軍団」の兵士として渓流ぞいに武装行軍するあいまに、通訳として外国にまで出向いた、かれのようなメムバーがいたんだよ。もちろん「大物A氏」は、きみが「ヤマメ軍団」に属していることを知っていたんだろう？ きみが「大物A氏」とアトランタに行ってた時、きみをつうじてブラック・パンサーと連絡をつけたものね？

——連中との関係は、結局役には立たなかったがな、かれらはあまり勤勉じゃなくて。……おれが把握したかぎりでは、「大物A氏」の講和前後の計画は、広島と長崎を自由貿易港としてね、スイス・タイプの銀行を世界中からそこに招ぶ仕事だったらしいよ。いったん原爆が投下された以上、この二都市は次の核攻撃目標にはならぬだろう？ 核時代にはスイスの銀行に預金するより、広島＝長崎の銀行の方が安全じゃないか？ そのための下交渉の間には、今にも国籍不明機がスイスを核攻撃したらどうなるかと、脅迫もした模様さ。そこでさきのアメリカ人が、新たな核使用をほのめかしたりしていいのか、きみは現実に原爆を体験した人間なのに、と反問すると、**いや、それゆえにこそ！** と「大物A氏」は答えたそうだ。

——計画自体は失敗したが、しかし現在それが影響をのこしているのは、スイスの銀行の、対核攻撃超大システムだね、と「能吏《り》風」がいった。「大物A氏」のやろうとしたことは、みな途中で立ち消えになったようだろう？ しかし、ひとつの計画が途中で消えるということは、その背後で隠密裡に大きい取引が達成されたということなんだよ。

――あんたが通訳した「親方《パトロン》」とアメリカ筋との交渉はどういう内容だった？

――結果的にはその流産した仕事も、裏取引のカムフラージュにすぎなかったが、たとえば個人住宅用核シェルターを生産するプラント輸入ね。

――それならおれがレジュメをつくった情報と、まっすぐつながってたかもしれないな。

――事実、そうだね。しかもおれときみの間は、「大物A氏」によってブッ切られていたわけだ。そのようにお互いに孤立したまま「大物A氏」のためにおのおの働いていた者らが、その総体でなにをしでかしてしまったかは、追跡調査もしがたいだろうね。

――おれの大学の友人は「親方《パトロン》」のためにヨーロッパ駐在連絡員をしていたが、キューバ危機の直後に自殺したよ。そしておれは永年の友人でありながら、かれが「親《パト》方《ロン》」のためにどういう仕事をやっていたのかわからないんだから、本当の仕事としては……

――おれたちも知ってるよ、かれのことは！　かれは「ヤマメ軍団」のヨーロッパ根拠地を築こうとした男だ。

おれたちはあらためてさらに大きい脅威として、「親方《パトロン》」の影がわれわれみなへ近づいてくるのを感じとった。おれたちはそれぞれに黙り込んで、「親方《パトロン》」についていま新しく判明したことを、あれこれ反芻《はんすう》するほかはなかったね。

運転しながらおれたちに耳をかたむけるようだった未来の映画作家がそこへ声をかけてきた。

——森・父、本当に森と一緒に活動するためには、森が眠る時あなたも眠らなければならないよ。……いままでは森を、「ヤマメ軍団」から守ろうと痩我慢《やせがまん》してたのかもしれないけど、もうお互いに森を掩護しながら闘う人間だとわかったんだから、眼をさまして警戒する必要はないわ。

——そうだよ。みんな眠ろう！　しかしどこで？　このバスのままモーテルに入ることはできないかなあ？　とさすがの「志願仲裁人」も眠気に頭を鈍らせたふうなことをいったがね。

——このバスで寝ればいいじゃないの？　森がいま寝ているように。網棚の毛布を躰に巻いてから。森を起さないように座席の背を倒して、毛布もかけてあげてよ。……車を暖めてなければならないから、このままずっと走ってるけれども、私も眠くて危くなったら暖房のことはあきらめて、そこいらに駐《と》めてしまうわよ。

そこでおれたちがゴソゴソ寝仕度をととのえていると、女子学生は眠る森の躰に毛布を巻きつけて、また運転席の脇《わき》へ戻って行った。運転を側面からたすけ、居眠りでもする気配があれば取ってかわろうという心意気だろう！　こんな小娘にも実際活動をやる人間の基本的姿勢はそなわっていて、おれは単純に感動したね。キリキリ舞いするように眠りのなかへとおちこみながら、いったいおれ自身はそのように地の塩みたいな役割をかつて担《にな》ったか、これから自力で担いうるかと、憐《あわ》れにも不安な思いもしたんだが……

5

そしておれは夢を見たんだ。夢かい？　おあつらえむきに、と疑うかもしれないがね。しかし真実、夢を見たんだ。そしてその夢には、「転換」後のおれと森とが生きる現実世界と、それを超える宇宙的な意志との関係の、暗喩《メタファー》による表現がなしとげられていると思えるのさ。そんな重要な夢を、いまさら隠しておくこともなかろう？　これまでもおれはきみに向けて夢のまた夢みたいなことをいいはりつづけてきたんだから、ｈａ、ｈａ！　こんなふうに笑い声を発したにしても、おれがお笑い種《ぐさ》をくりだそうとしているとは、きみもすでに誤解しはしないだろう？　むしろおれは「転換」ふくみの二重の生涯の、もっとも懸命だった時にもまして、懸命にその夢をつたえたいとねがう自分をもてあまして、ｈａ、ｈａと笑っているんだから。おれが話すのはまったく夢幻しの夢の内容だが、きみが本気で記述してくれることを希望する。

はじめのうち夢のなかの、森とおれの生きている世界は輪郭が明瞭《めいりよう》でね、おれたちの生活の実質も的確に把握できるものだった。それというのは、おれも森も、ほかならぬ「ヤマメ軍団」の兵士だったからだ。しかもいままさに、渓流ぞいの「長征」の途上にあったのさ。おれたちはみな迷彩をほどこした野戦服に、銀色の水中眼鏡という軍装だったが、衣服の迷彩はおれたちを樹木や草にまぎれこませるより、日常的埋没からめざましく浮びあがらせるようだったよ。それは、淡いミルク膜に覆《おお》われた灰黒色と、膜の表へ滲《にじ》みでるような緋色の紋で構成された迷彩で、ミルク色に翳《かげ》りつつも透明な早瀬から一瞬ぬきとったあのヤマメの、胸せまる体色そのままだがね、それがわれわれのすばらしい戦闘服なのさ。見わたすとおれたちの周りはおなじ迷彩の一大軍団なんだから、根釧《こんせん》原野の川の水中写真で見た、桜の花ざかりのようなヤマメの魚影を思い出させたよ。

ヤマメの迷彩の野戦服を着た兵士たちが、渓流の両岸からダケカンバの疎林《そりん》の斜面いったいに拡《ひろ》がって、敏捷《びんしょう》に穏和に行軍するんだ。せせらぎの音よりわずかに高いだけの、リー、リー、リーという歌声を発しつつ。同志たちを優しく励ますために、まだ自分自身のひそかな誇りに応《こた》えるために、リー、リー、リーと。それは草野球に憂《う》き身をやつした少年時のおれを、衆人環視の孤独な塁上で襲った、あのリー、リー、リーの叫喚とはまるでちがっていた！　その新しいリー、リー、リーの歌を唱和するだけで、新入のおれと森にも、「ヤマメ軍団」がいかに理想的な人間の集団かはっきりわかったんだよ。そして自然におれたちも、リー、リー、リーと声を発して行軍した。そのうちおれと森は生涯でめぐりあった様ざまな人間の顔を、共に行軍する兵士の顔に次つぎ認知していったんだ。ア、キミモカ！　という新鮮な驚きと、確カニキミハ「ヤマメ軍団」ノ兵士デアルニチガイナイ！　という深い認識をかさねながら。おれたちの四方八方のスクリーンに立体イメージが映写されるように隊列は動いたから、おれと森は繰りかえしそのような旧知の兵士を見出《みいだ》しつづけたよ。

そして懐《なつ》かしい人びと＝兵士たちは、おれの夢見る魂を重く充実させ、豊かに安定させ、また生きいきと解放する契機だったんだ。かれらの存在の片隅にやどっているおれの過去のいちいちの砕片が、イヤオレノコレマデノ生キ方ハ、ソンナニスベテ悪カッタノジャナイ、と夢を見ているおれを鼓舞したのさ。もちろんその感情は夢のなかの森に共有された。おれと森とは勇気凛々《りんりん》と、しかし粗暴にではなく歩き続けて行ったんだ。立体イメージの奥の奥へ眼をめぐらしさえすれば、桜の花影さながらの魚群に似ている「ヤマメ軍団」の兵士のなかにさ、勇敢に行軍するおれと森の未来像も、とらええるように信じられてさ。

夢の「ヤマメ軍団」の立体パノラマには、パリで縊死《いし》した友達が扁桃腺《へんとうせん》湿布の繃帯《ほうたい》を巻いた頸《くび》を、おとなしい馬みたいに斜めに伸ばしていた。伏眼で歩くかれが、浅瀬のクレッソンの茂みに踏み込む時、かしいだかれの顔にはな、紫色の火花と燃えたつ眼が見えてね。その脇には国際志願看護婦の風情《ふぜい》で、フランス人の妻がつきそっていたよ。もしかしたら彼女のために、友達は野生のクレッソンを摘んでやろうとしたんだろう。その妻はすでにかれが死んでいることを知っているが、いっこうに奇妙にも感じないという態度だった。

「義人」も行軍していたぜ。バラバラになった躰の処置の医者の不手際《ふてぎわ》から、「義人」の動きは関節を木釘《きくぎ》でとめた人形そのままだが、例の両手はしっかりと胸の前に握りあわせていた。おれにはその様子が数学の新しい問題を解きながらの「長征」と感じられたんだ。「義人」の眼の紫の火花にも気づかぬふりをして、甲斐がいしく麻生野桜麻がつきそっていた。彼女の介ぞえなしではね、考え進めつつ歩く初老の兵隊人形はバッタリ前へ倒れたかもしれないよ。もっともその「義人」には、小休止の号令とともにアカメヤナギの株にかくれ、かれらの年齢にしっくりした穏やかな性交をすませそうなところもあったが、ｈａ、ｈａ。

夢見る者にあきらかな洞察に立って回顧すると、ストロボ・フラッシュで照し出されてコマ落し喜劇映画のようだった、あの集会場の混乱も、ありとある局面で大規模に進行する「親方《パトロン》」の人間支配のたくらみを、掘りくずし打ち倒そうとする「ヤマメ軍団」の、大混戦だったのさ。総義歯をカスタネットのように使って闘った、「義人」の勇ましさを思い出してくれ！

そしていまや、あのような象徴的戦闘ではなく、現実の攻略へと、「ヤマメ軍団」は進んでいたのさ。最強最悪の敵「親方《パトロン》」を打ち倒す鬨《とき》の声を、リー、リー、リー、リーとあげながら。

ところがおれは、アッ！　と叫び声をあげて眼をさましたんだ。森とおれの魂がともども解放される夢の、そのしめくくりが突然のデッド・エンドの壁に向った、胸のつぶれる眼ざめだったんだよ。一瞬にかわった悪夢の棘《とげ》は、眼ざめたおれの肉体と精神に、夢の側から現実へと貫通する恐ろしい傷を残していた。森トオレトニ「転換」ヲモタラシタ宇宙的ナ意志ハ、「ヤマメ軍団」ノ「長征」ガ攻略ニムカウ「親方《パトロン》」ノ内ニコソ発シテイルモノデハナイカ？　モシアイツコソガ森トオレトニ「転換」ヲモタラシタ宇宙的意志デアルナラ、ワレワレハドウイウコトニナル？

　寒さとおれをつらぬいたものの衝撃から、硬く眼をつむっておれは震えていたが、そのうち窓ガラスの水滴に湿るカーテンを頬に感じてね、いま自分は宇宙的な地獄のすぐ手前にでなく、森と一緒にマイクロ・バスのなかにいるんだと気がついたのさ。カーテンの隅から外を覗《のぞ》くと、眼下遠く横浜港が浮んでね、おれたちがいるのは丘陵団地群の、老朽したその一郭の打ち壊し現場だったよ。夜明け近く空はあのミルク膜のかかった灰黒色で、港のはるか上方には、やはりミルク膜で覆われた緋色《ひいろ》の気配が滲んでいた。**ゴーゴー**と地鳴りが響くようなのは丘陵の反対側を道路が通っているのだろう。長距離トラックの列を縫って疾走する妻・もと妻と巨人族の弟の車もチラリと意識にのぞいたがね。おれは爪の先でカーテンの端を枠組に押しつけ冷たい闇に戻り、森の寝息と、そしていまはみな僚友にほかならぬマイクロ・バスの仮眠者たちすべての寝息をしばらく聴いていたんだ。……いいわすれたが、「ヤマメ軍団」の夢の「長征」には、きみもきみの息子もまた、健気《けなげ》に加わって歩いていたよ、ｈａ、ｈａ。

第十一章　道化集団の上京

1

さておれはいつまでもこの流儀で、おれの経験の細部にこだわりつつ話をつづけるわけにゆかない。すべての細部が重要な気はするんだが、それをみな語って記述がゆっくり進行するうちに、現実のおれと森とが全速力で「転換」後の世界を生き、きみに向けて報告する口をパタッと閉じてしまうことになっては、きみもおちつきが悪いだろう？

それにおれはね、自分のいうことを逐語的に残らずきみが書きつけるものだとは、思ってなかったのさ。おれのしゃべりたてる言葉の雑木林をね、きみが任意に伐採し風通りをよくし、文体をそなえた林にかえる。そういう仕事としてね、おれの言葉ときみの記述が関係するように、予想していたのさ。それだからこそおれは、きみがまともに記述してはじめて、意味のある細部だとわかるところをおとすのじゃないかと惧《おそ》れては、なにもかもあらいざらいしゃべってきたのさ。ところがきみはいっさい取捨撰択ぬきで、おれのいいはったことはすべて書きつけてきた。

こんな様子では、おれと森との「転換」の、宇宙的な意味を輝やかせる行為にいたるまでに、なお何万字かが必要であるかもしれない。そのようにしておれの言葉ときみの記述がもたつくうち、そのような究極の行為の方が、ついに実現しえぬものとして流産するかもしれないじゃないか？　なぜならおれと森「転換」二人組の実在性は、いまやきみの記述の上にのみ保証されているんだから！

すでに一度のべたことながら、幻の書き手《ゴースト・ライター》は森・父のいいはりつづける言葉を記述することで森・父に影響を受けてきたことを認める。同様に森・父がこの記述から受けている影響も深まりつづけているように思う。たとえば森・父があらわす言葉への関心。それはむしろ言葉に関わる職業の者が、経験によってのみ自分のものにするたぐいの質のものだから。

ともかくここで、このように書かれた言葉をともに担《にな》うわれわれの関係が再確認されたのは有効だ。幻の書き手《ゴースト・ライター》は森・父が森と自分の「転換」の真の意味を、ついに実現しえたといいはる時まで、この記述を終結させることはないだろう。幻の書き手《ゴースト・ライター》は森・父に、かれらの「転換」の真の意味が実現されたといいはる時まで、その口を閉じぬと確約することを求める。それでもなお森・父が一方的に連絡を断ち切ることがあれば、それこそ草の根をわけても森・父を探し出して、「転換」に託された使命はどうなったかと、むりやり口を開かせるのが、幻の書き手《ゴースト・ライター》の新しい義務となろう。

おれはそう約束するよ。しかしついにおれが言葉を発しえなくなった時の、代案もいまひとつ思いついたのさ！　きみがいまや自発的に、書かれた言葉の世界を共同で担っている以上、おれが言葉を発しえぬことになった時、その続きの言葉はきみに自発する声を自分で聞きとり、ひとり記述してゆくべきものじゃないか？　そのようにしておれと森の「転換」の真の意味を、記述に実現してくれるべきだろう？　監禁されるか殺されるかして、近い将来おれが言葉を発しえなくなれば、その原因はおれと森との現実行為にある。当然われわれの行為のあら筋は報道されるんだから、それについてきみがおれのかわりに言葉を発し、かつそれを記述するのは、困難でないだろうじゃないか？　すでに充分そのための習練は積んだのだしさ、ｈａ、ｈａ。

　さて、おれがあらためて眼をさますとね、マイクロ・バスをとりかこんで、眠ってられたと、**ドンガン**、**ドンガン**、**グルルルグルルル**の大騒動なんだよ。よくまあこれで眠ってられたと、茫然《ぼうぜん》とするほどの騒ぎさ！　バスのすぐ傍に移動用の発電装置を据えつけて、そいつにつないだ鑿岩機《さくがんき》でコンクリート基盤を掘りくりかえしているんだろう。

　それでしかもな、おれが眼をさました直接の動機といえば、その騒音からじゃなかった。バスのなかから湧《わ》きおこるもうひとつの音が、醒《さ》めぎわのおれを息苦しくさせていたのさ。他ならぬ「志願仲裁人」が一心不乱につぶやきつづける、祈りの声の憐《あわ》れな声音が。それでも「転換」したおれの若い肉体は、バスのいかなる乗組員より永くその声音に抵抗して眠っていたらしいよ。他の連中はおれよりさきにみんな眼をさましまして、しかし「志願仲裁人」の祈りの声がつづいている間、身じろぎするのもはばかられるような気分だった模様じゃないか。

　おれもいったん眼をさまして、**ドンガン**、**ドンガン**、**グルルルグルルル**に妨害されながらもさ、祈りの意味の脈絡をたどり始めると、この男は真実そんな屈託をひそめていたのかと、「転換」して若い心をおののかせたぜ。平然として突き倒され、平然として殴られ蹴《け》られ、平然として大いに呻《うめ》くあの「志願仲裁人」がさ。それもむしろ、祈りというより陳情かね。かれは宇宙法廷の裁判長に、人類を裁く証人選びには注意してくれと、衷心から申しいれている様子なのさ。例の部品・地球が究極の構造へと撃ち出される日が迫ってね、人類としてはせめて四、五千年、延期してくれと要請するほかはない。そこで上告審がおこなわれることになったらしいんだがな、宇宙のなたから出張して来た連中ときたら、おおざっぱな裁判官たちでね、たったひとりの地球人のみを証人に呼び出すらしいのさ。確かにこういう次第では「志願仲裁人」ならずとも祈りつづけずにはいられないじゃないか？　まちがえて選ばないでくださ
い！　宇宙法廷の証人たるホモ・サピエンス代表を、まちがえて選ばないでくださ
い！　仮にもテレヴィの女性司会者などをまちがえて選ばないでください！
――プフッ！　とついに麻生野が盛大に噴き出して、マイクロ・バスは祈りの呪縛《じゆばく》から解放された。……あなたの祈りの趣旨そのものには共感してたのよ。ただ、まちがえて選ばれると困るといってあなたのあげてゆく人類代表の実例が、しだいに奇態な連中になってゆくもんだから、プフッ！　失礼、私はテレヴィの女性番組に出て、選ばれては困る人類代表を幾人も実際に知っているから！　プフッ、アハハハハ！
――……外はあれだけ凄《すご》い音だから、僕の声は聞こえないと思っていたんだがなあ、と「志願仲裁人」はかれの方で恐縮と羞恥《しゆうち》をあらわしたよ。

――ともかく笑って、ごめんなさい！……それじゃこの際、全員起床にしましょう！　今朝の新聞には、「大物A氏」のことで奇妙奇天烈《きてれつ》な関係記事が出てるわよ。――みんなまだカーテンは開けないで！　と助手席の作用子が急いで呼びかけたよ。バスがここから出るまで……

それがなぜかわからぬまま、しかしなにやら適切な注意に思われてね、おれたちはみなモゾモゾ身じろぎしながらそれにしたがっていたよ。暗いままのバスのなかでエンジンが始動され、実践的にいうかぎり、つねに用意周到な未来の映画作家はね、しばらくエンジンをふかしつづけた後、正面カーテンを女子学生に一挙に開け放たせて、バスを出発させた。大揺れに揺れてのけぞるようなバスに、おれの視角は高く広く開かれてね、そこいっぱいに晴れ渡った空とペンキ絵風の壮麗な富士。この眺めの眩《まぶ》しさと**ドンガン**、**ドンガン**、**グルルルグルルル**との刺戟《しげき》でね、おれは空気をもらすだけの目的のように、ヒッ！　と無意味に笑ったがな。マイクロ・バスが素早く軌道修正して鋪道《ほどう》へ出るのを追って**ドンガン**、**ドンガン**、**グルルルグルルル**の現場から、コンクリートの廃墟《はいきょ》を踏みこえ踏みこえ、作業員たちが小走りしてくるじゃないか？　嵐《あらし》を乗り切る操舵手《そうだしゅ》さながらさ、麻生野は大きい肩を右に左にかたむかせて、ついにバスを鋪道に戻すと、そのまま一挙に加速したよ。そして勇ましく運転しつづける

肩ごしに、勝ち誇った笑顔を一瞬こちらに向けてさ、

——今朝早く工事にやってきた連中がバスを囲いから出すようにいうので、少しばかり策略を弄《ろう》したのよ！　と喚声をあげたんだ。バスのなかで女優たちがひと休みしたならば、瓦礫《がれき》の上を裸で駈《か》けるシーンをロケするといったのよ！　それからは飯場の手洗いを使わせてくれるし、新聞も持って行っていいというし、とても親切だったわよ。女優たちが早く眼をさますように、工事の騒音を倍増させたようだったけれども！

——ブルドーザーから保安帽のやつが二人、カメラまで持って跳び出したものな！と「志願仲裁人」も未来の映画作家に調子を合わせた。

しかし女子学生は、麻生野によく協力しながらも、決して迎合的ではなくてね、とにかく彼女はなんだか原理的なところのある小娘なのさ。

——囲いへバスを駐車しつづけたことは評価するけども、裸の女優が走る撮影だとまではいわなくてよかったわ。現場の労働者をからかうのはプチ・ブル的だし、女性の裸を持ち出すこと自体、メール・ショーヴィニズムにこびてるよ。

——それはあなたのいうとおりね。ただ私は気が滅入って、ひとつ陽気にやりたかっただけだけども、と今朝はまた麻生野が、うってかわってしおらしいのさ。

――いいわ、終ったことだから。……それでみんな新聞見る？　本当に奇妙奇天烈な記事が載ってるよ！

それにすぐさま声を返したのは「ヤマメ軍団」の二人組だったがな、通路をやって来た女子学生は、ためらわず森に新聞を渡したんだ。しかもまず森がそれを読むことが必要だという黙契をただちに生み出すようにね。

新聞に向ってうつむく森の顔は、すでに不精鬚《ぶしょうひげ》というよりも、型を造ってのように頬から顎《あご》へひろがる鬚にかざられて、確実な壮年の個性をあらわしていたよ。それは一瞬の「転換」でできあがった顔じゃないように思われた。エリクソン式にいえばさ、青年期の「アイデンティティーの危機」を様ざまな局面で経験して、そこではじめて自分はいったい何のためにこの地上に生まれ出てきたかを、過不足なく把握してね、ついに自分に課せられた使命をはたそうとする男の、穏やかな悲しみをもまたあらわす顔だったよ。

しばらくしてその森が額をあげてまっすぐおれを見た。おれの方は寝起きでふやけている十八歳の顔を見られてたじろいだがな、しかし森の眼はおれを励ますようだった。それはおれになじみ深い眼でね、わずかに憂《うれ》わしげな茶の虹彩《こうさい》に陽気な興味がモクモクと湧いてくる瞳《ひとみ》。なんだか大変なことになりそうな気配だが、しかしやってくる危機がなんであれ、そいつのなかの面白いところは楽しもうじゃないか、といっている眼さ。「転換」前にもね、まさにこの眼を輝やかせて森は、熱い風呂に墜《お》ちこんだし、大きい犬に咬《か》まれたし、樹の枝から落ちたんだよ。その眼に応《こた》えておれはただちに自分にこういった。森ガアノヨウニ静カナ悲シミノ予感ノ底カラ、ナントカ楽シミノ期待ヲスクイアゲテ、ソノ上デチャレンジショウトシテイルコト、ソノ冒険ヲ今度コソオレモカレト一緒ニヤッテヤル！

おれは手を伸ばして森から新聞を受けとり、声に出してその記事をみんなにつたえた。

――「親方《パトロン》」が病院に入っているんだがね。そこへかれの地方的根拠地から、農民、林業従事者そのほかが、五十人も出てきているそうだ。当然「親方《パトロン》」の病気見舞いにね。連中はそれぞれ道化の扮装《ふんそう》をして、病院の前に坐り込んでいるというんだ。これを書いてる記者はどうも嘲弄《ちようろう》的だね、民俗的伝承に根ざした扮装らしいのもあれば、ヤクザ芝居の衣裳《いしよう》とカツラのがあり、チャップリンと高勢実乗までいるとひやかしてるぜ、しかもこの喜劇俳優風はふたりずつだとさ。ところがこれらの道化群はいまや難民集団にかかわりつつあるそうだ。病院側はかれらを排除したい意向だが、当の「親方《パトロン》」がその地方の「縁起もの」だと弁護して、坐りこみをつづけさせている模様だね。

小さい写真で見るかぎり、これは相当混乱した「縁起もの」だがな、ｈａ、ｈａ！　とおれは笑ったが、しかしさきに森の眼のはっきりあらわした行動への呼びかけはしだいに確かにおれのなかで具体化してきていたのさ。

2

さて新聞をひと廻りさせた後で、あらためて記事の写真をつくづくと見ていた女子学生が嘆声をあげたんだ。

——どうして日本の農民の意識は、こんなに野鄙《やひ》で低いのかねえ？　悲しくて貧乏くさくて、しかもふざけているんだから、厭《いや》だねえ！　およそ革命的な農民像から遠いよ。

——ン?!　と、彼女より他の者は、みな挨拶《あいさつ》に窮する始末でね。

え？　そうじゃないの！　こんなつまらぬ仮装などをしてどうするつもりなの、こんな場合に?!

——むしろこんな場合だから、あえて仮装してるのじゃないか？　と、「能吏風」が教示をあたえたよ、予備校か短大の講師の印象をあらわしてさ。農民的仮装というものは、野鄙なほどいいと思うがね。この写真に映っているかぎりでは、確かに全体がもの悲しいなあ。しかし連中も元気を出して活動しはじめれば、陽気なドタバタ騒ぎで見物を笑わせ、かれら自身も笑い叫んでみせると思うね。これは土着の道化集団だよ。「大物A氏」の地元では、祭りや祝い事のお祓《はら》いにかれらがこのとおり仮装して踊ると、記事に書いてあるよ。連中にしてみれば、かれらの地方の一大保護者のピンチだから、その悪霊を祓いに出てきたのさ。

——それこそかれらは難民みたいに坐ってるだけだと書いてあるでしょう？　踊ったりお祓いしたりすることは書いてないわよ。……仮にそうした儀式をするんだとしても、もちろん悪霊のお祓いなんて科学的な話じゃないけども、私はその時に限って仮装すればいいと思うわ？　こんな気狂《きちが》いじみた扮装のまま、新幹線に乗って東京に出て来たと書いてあるわよ、アハハ、五十人もの一行が！　それにどんな必然性があるの？

——端的に、恐かったからさ。この扮装で道化になってからでなくては、とても素顔では「大物A氏」のように恐ろしい人間には近づけないんだ。それに加えてかれらには、東京へ出てくること自体、また新幹線に乗ること自体恐かったんじゃないの？　だから自分たちを励ますために、現実世界とは別のもうひとつの世界の力を、扮装によって呼び出したんだよ。

――私だって地方から出て来たけれども、こんな風習が残っているほど遅れてるところじゃなかったわ。

――一地方が遅れてるか遅れてないかということは、かならずしも表面から見とおせるものでもないね？　と「能吏風」は「犬面《ドッグ・フェイス》」をふりかえってね、今度は禿《は》げあがった頭頂まで赤くしてプフッと噴き出すんだ。あれを思い出さないか？　われわれがイワナ式と称《よ》んでたあれ。

――「ヤマメ軍団」が行軍の地図に採用していた『渓流釣り場集』の一冊からね、われわれはイワナ式を学んだがな。その本を書いた釣り師は歪《ゆが》んだようにも独特な文章家でね、考え方も独自なものさ。すべての渓流にはその下と横に、地下水の川があるというんだ。ふたつの川をつなぐのは、ゴロという通路。イワナは地下水の川で産卵・成長して、結局はまたそこで死ぬ。表面の川にはイワナ社会の基準数だけ、地下からイワナが出てくる仕組ね。その証拠に山が荒れて渓流が土砂に埋もれても、再び水が流れると、すぐイワナが釣れる。それは地下水の川に生きていたイワナが、表面に出てきたことを意味するというのさ。

――そこで一時期われわれは、この現実社会の下あるいは横に、もうひとつ別の社会を造ってね、そこからゴロを通ってこの社会に出るゲリラとして、「ヤマメ軍団」を定義しようとしたんだよ。……しかしもともと革命は社会に内発するもので、ゲリラはその起爆装置でなければならぬだろう？　それを考えてみて、イワナ式の「ヤマメ軍団」理論は乗り超えられたのよね？

——ここであの考え方を援用すれば、この道化集団は、まさにイワナ式だと僕は思うね。かれらはその地方の小社会の下か横に、地下水的な別社会をいとなんでるのじゃないか？　そしてたまたま「大物A氏」の負傷で、ゴロから大挙出てきたんじゃないの？　おそらくふだんはかれらの地方で、ゴロからひとりふたり出て来ては、必要なだけの道化の数をみたしていたんだよ。一部落にひとりとかさ。この東京のような、それこそ表面の社会が近代化の土砂に埋もれて、道化は絶滅したような時代でもさ、地下水的な社会には、イワナ式の道化の誕生と成長と死の場所があるのじゃないか？「大物A氏」はそれを知っていて、むしろかれ自身が連中を呼んだんだろう。大挙して出てくるのには、第一金もかかるんだしさ。

——なんのために⁈　と女子学生は苛《いら》だって叫んだがね。

——**おれも森も「ヤマメ軍団」のいうとおりだと思うよ！**　とおれは作用子を遮《さえ》ぎらずにはいられなかった。それにまた「親方《パトロン》」が道化集団を呼びよせたのは、「転換」

した森とおれへの暗黙の呼びかけなのじゃないか？「転換」して二十八歳になった森も、十八歳になったおれも、自然なままのその年齢の人間とはやはりちがっているだろう？むしろ森とおれの「転換」二人組は、この道化集団に入ってこそ周りとしっくりする筈《はず》さ。呼びかけられた以上おれたちはそこへ加わって、「親方《パトロン》」に近づく機会を狙《ねら》うよ。

女子学生が今度はおれに喰ってかかろうとするのを、森がほんのわずかな身ぶりだけでね、たちまち封じこめてしまったぜ。それはかれがいまおれの胸に湧いてきた行動計画を、みんなに話すよう望んでいることじゃないか？おれは力を得て説明を始めたんだ。

——「親方《パトロン》」はもちろん実力者だし、この病院は自分の息のかかった病院だし、マス・コミに病状を隠しておくのは易しいことだよ。それでどこにもそんな話はあらわれないが、しかしどうもおれには、森と作用子の襲撃の結果、「親方《パトロン》」が死にかけているような気がするよ。自分でもそれを知っていて、最後の大博奕《ばくち》をうつために、おれと森との「転換」の力を利用しようとしてるのじゃないか？「親方《パトロン》」ほどの千軍万馬の経験を持つ男が、かれを襲撃した森から、なにか超自然の力を感じとらなかったとは思えないよ。おれの妻・もと妻がギャンギャン叫びたててくる情報をそれにあわせれば、「親方《パトロン》」の根本的な勘も働くだろう。そこで森とおれとにおこっているのは、この世界の秩序をひっくりかえすほどの事態だと見当をつけたんじゃないだろうか？　ただ漠然と、おれと森との奇態なありようがこの際利用可能かもしれぬと、やはりその勘で思いついただけかもしれないがな。それでもともかく、「親方《パトロン》」はおれたちをじっと待ちうけているという気がするね。

——確かに待ちうけているかもしれないけれど、あなたと森を捕まえるための罠《わな》を造って待ちうけているのかもしれないわ、と未来の映画作家は冷静さを示した。

——警察にかわってただ罠をしかけるだけなら、その場合こんな道化集団まで使った大きい仕掛けを造るだろうかね？　「親方《パトロン》」はそういう人間ではないと思うよ。しかもそれが罠だろうとなんだろうと、森とおれとはいまそのなかへ入り込まねばならないと、「転換」をもたらした意志にせきたてられるように、おれはいま感じているんだ。……「親方《パトロン》」がおれたちの「転換」をかれのプログラムに利用しようとするのなら、おれたちはそのキッカケを逆手にとって、「親方《パトロン》」最後の人間支配の野望を挫《くじ》かねばなるまいじゃないか？　しかもいま闘いを始める段階で、当の「転換」についてはおれたちふたりがもっともよく知っている点では、まずおれたちが有利だよ。

——そうだ、と「犬面《ドッグ・フェイス》」がなにものかに咬みつくような口つきと眼ざしでいったんだ。もしきみたちの「転換」の力を先方の側にからめとられ利用される事態に追いこまれれば、きみたちは自爆してその力を抹消《まっしょう》もできるしな！　「大物A氏」の楽勝はありえないよ！

――……これは前から考えていたんだけれども、革命党派の連中はハードだからね、かれらが森と森・父の「転換」を本気で信じるようになったら、両派とも二人組を自分の側に囲いこもうとするよ。そして囲いこめぬものならば、敵に渡すより沈没させようと狙いはじめるよ、と「志願仲裁人」もいうのさ。だから森と森・父ができるだけ早く、「転換」の使命にそった本来の仕事を始めるのがいいと思う。あまり猶予《ゆうよ》の時間はないよ。あんたたちがこの道化集団にまぎれ込んで、「大物A氏」と対決することに賛成しますよ。

森はしだいに活気を燃えたたせて、沈黙したまま強く微笑したよ、そしてその微笑は**コノヨウニシテツイニワレワレノ行動ハ認知サレタ**！　と表現していたんだ。

――しかしそうなるとわれわれに掩護活動の余地はなさそうだなあ、と「能吏風」がね、ドライにおれと森の自爆について予想した「犬面《ドッグ・フェイス》」とは対照的に、心底さびしそうにいったのさ。

――いや、おれの妻・もと妻が、われわれを追って病院に現われたら、力ずくでも排除してもらいたいからね、それがおおいに掩護になるよ。あいつの黒ヘルメット姿と来たら道化の扮装と見まがわしくて、道化集団にフリーパスかもしれないぜ?! そこで森よりほかはみんな笑ったのさ。おれは連中をくすぐるつもりでそういったのじゃなく、本気で心配してたんだが……

——森と森・父の場合、そのままでは道化らしい誇張がたりないわ、あなたたちもはっきり扮装しなくては! 私がテレヴィ映画のスタディオに行って衣裳を調達して来るわね、……あなたたちが潜入にそなえて食事したり休んだりしている間に。いま扮装の演出プランをたててみたんだけども、森・父も森もこの際、それぞれの「転換」がおこなわれた方向へ、つまり若くなるのと年をとる方向へと、徹底してアクセントをつけたらどうかしら?!

3

三時間後、道化集団のたむろする病院前へ向った森とおれは、未来の映画作家の想像力に動機づけられて、じつに徹底的な扮装をしていた! 森はかれの「転換」をなお百歳も押しすすめた、超老人の扮装でね。踵《かかと》まである飴《あめ》色《いろ》の汚れ白髪、おなじ色あいの鬢、その上、眉《まゆ》には兎の尾をふたつ。森自身の面影を残しているところはただ、沈んだ色の虹彩に陽気な瞳の輝やきだけさ。そして灰色毛布の長衣、捩《ね》じくれ曲ってガジュマルの気根のような、しかし金属製の杖《つえ》。ズック靴の周りに板をくりつけた模造木靴！　おれときたら、カンガルー大の赤んぼうさ！　鼠色に汚れているがもともとは肌色だったらしい、大きな赤ちゃん人形の縫いぐるみを、スッポリ着こんでいるんだからね。頭にはフリルつきのピンクの帽子、無念なことにハイティーンの顔はむきだしだったがな、ｈａ、ｈａ。

病院の建物脇《わき》に坐り込む道化集団の、いうまでもなくかれら自身異様な扮装をこらしてる連中が、病院の反対側でバスを降り鋪道を渡って行くおれと森を、ギョッと注目したほどだからね。われわれの扮装の徹底ぶりもわかるだろう？　ｈａ、ｈａ。

鋪道をへだてながらの最初の一瞥《いちべつ》で、すぐさまおれには道化集団がね、かれらのかたまりの外側からの圧力で、内側へ凝縮するよう寄り集っていると感じられた。その坐り込んだ一団から、おれと森との出現に応えてね、たちまち警備要員らしいのがふたり、跳び出して来て身がまえたよ。かれらは全身真黒のゴム服に防毒マスクまでしていてね、「武器」としては火焰《かえん》放射器みたいなものを装備している。もっとも防毒マスクの眼鏡が曇りやすいのかね、それぞれ首をあがきたてるように、なんとかこちらをよく見ようとしていたよ、ｈａ、ｈａ。

おれと森の方は車の列を縫って鋪道を半分渡り終えたところで立往生してね、仕方なく道化集団を遠望している始末。超老人の木靴もどきをまとっては歩きにくいのが当然だし、大の男を赤んぼうらしくみせようとこしらえた衣裳というのも、躰《からだ》の運びに自己否定と、その乗り超えの感触をあたえるぜ、ｈａ、ｈａ。春さきの午《ひる》すぎだというのに森もおれも汗みどろでね、ハーハー息をついて車の列が切れるのを待っていた。その車で通り過ぎる連中は、超老人とカンガルー大の赤んぼうに当然眼を見張ったよ。はじめはどいつも異様な不具者を見るような当惑と憤慨のまじっている表情で、それから薄笑いに余裕を示して周りを見わたすのさ。ビックリ・カメラなどというテレヴィ番組をとっているんだと納得して！

やっとのことでおれと森が鋪道を渡るきっかけを見出《みいだ》して、足もとおぼつかない小走りに道化集団の溜《た》まりへ向かうと、いまはもう農薬撒布《さんぷ》用の服装だと見てとれるゴム服ふたりがガードをかためる前にな、連中の外交担当者たちが進み出たよ。ひどく頭でっかちの子供かと一瞬だまされたが、じつは初老の憂《うれ》い顔の男と、立ったまま合成樹脂のカップからなにか摑《つか》み出して喰っている肥満女。かれらは扮装ぬきなんだが、片や侏儒《こびと》、片や病的肥満、連中の地方ではそのまま確固たる道化とみなされてるんだろう。そのように肉体的な障害をそなえていること自体、並の人間の側から見れば、規準の格下げ・引き落しでもあるからね、道化の条件を充《み》たしてるじゃないか？　扮装はもとより、言動での道化ぶりも不要となれば、道化の本質を裏切ることなく外交担当者としてふるまいうるわけだ。

——おい、おい、きみたち！　と侏儒の男がスポークスマンの威厳を示してね、のけぞりながらも悠揚せまらず呼びかけてきた。**おい、おい、きみたち？　そんな恰好《かっこう》でなにしてるか？**

おれは、笑った！　不意の笑いの過剰から赤んぼうの縫いぐるみがなおさら苦しく、キリキリ舞いしながらも笑った！　森もまた、全身を覆《おお》うスダレみたいな白髪を震わせつつ、鬚《ひげ》のなかの口は泥鰌《どじょう》さながらに**ハーンハーン**と笑うのさ。「転換」前もおれと森とは、よくこのように一緒に全身的に笑ったものだったが……

茶色の背広の侏儒スポークスマンは、丸まっちい指でネクタイをなおしながら、笑って答えぬおれたちを見守るようだったがね、突然顔を皺《しわ》だらけにしてクシャミをするような音をたてた。そしてその一声は、非常なエネルギーのこもっている、噴きだし笑いの始まりだったのさ！　あっけにとられて逆にこちらが笑いをうしなうと、笑いに赭黒《あかぐろ》くなった侏儒スポークスマンは、坐り込みの奥の方へ姿を隠した。自分で自分の台詞《せりふ》の滑稽《こっけい》に気づいたわけさ。知的にも相当なレヴェルの男じゃないか、この道化は?!

後に残った肥満女はな、小山のような胸に押しつけたカップから、なんだか指先でこねまわしてつまみ出し、パクッと食っていた。カップ麵《めん》にそこいらの水道栓から水をみたして、柔らかくなった内容を指でまるめて食ってたんだと思うよ。それも鰐《わに》のような眼で、おれと森が笑いを静めた後もわれわれの非礼を咎《とが》めるように見ながら。そして気がついてみると、すべての道化集団のメムバーがシーンとして、こちらを見るような見ないような様子なんだ。

そのうち肥満女は食事に使った三本の指を、刷毛《はけ》台のようにテカテカの肩口になすりつけ、カップの蓋《ふた》のメクレを押さえつけて、それをそのまま懐《ふところ》に突っこんだぜ！

そして、

――まあ一応、お坐りになることですが！　と怒鳴るじゃないか、三重か四重の顎《あご》で傲然《ごうぜん》と坐るべきところを示しながら?!

そのようにしておれたちは、難なく道化集団に参加することができたのさ。森とおれはあの戦後草野球の盛期のころ、夜になれば復員青年たちが熱中したヤクザ芝居の、国定忠治と乾児《こぶん》たち、それに悪代官と酌婦がかたまっている一郭を分けて入った。日光の円蔵のワラジをはいた指を、森の木靴もどきが踏みつけたが、その男はペンキで塗った月代《さかやき》をわずかに揺さぶっただけさ。鬱屈《うつくつ》して、うつむいているままなんだ、憂鬱そうなのはそいつだけじゃなかったぜ。

　コンクリートに敷いた発泡スチロール板に、これは「親方《パトロン》」の秘書が手配したものかと思いながら、やっとこさ腰をすえると、おれと森とは全身繃帯の男女に躰をよせあうことになった。その繃帯の隙間《すきま》から幾本もの毛糸クズがたれさがっている。それでおれは思い出したよ。呉《くれ》の造船所で被爆した徴用工が村に戻ってきたんだが、かれは火傷《やけど》の全身に繃帯を捲《ま》いていた。母親がそれをほどいてやると、肥《ふと》った蛆《うじ》が一升こぼれおちた……　おれの村のあの男と同じく、この男女はその地方の御霊《ごりよう》祭りの、疫《やく》病神《びようがみ》や病害虫の新種、すなわち原爆死した怨霊《おんりよう》の一組だろうじゃないか？　そのように気がついてみるとな、おれたちの周りの扮装した道化のうちには、チャップリンたちやマルクス兄弟たちに平然と伍《ご》して南方の島で戦死した歩兵や、鉢巻きの特攻隊員や、溺《おぼ》れて死んだらしい水兵がいた。全身に煤《すす》を塗った毬栗《いがぐり》頭には半分に割った蹴《しゆう》球《きゆう》ボールをかぶっている、空襲焼死者の御霊もいたぜ。……そのような扮装のいちいちに心を奪われているおれの、いつの間にか毛糸の蛆を引っぱっていた指を、繃帯で包まれた背が弱よわしく振りはらってね。その身ぶりがありありと語っているのは、そいつが暗く怒っていることなんだが、やはりかれひとりがそうなんじゃない。この黙り込んだ集団は、疲れて苛だった、不機嫌さで過飽和状態の集団なのさ。だからといってそこから誰ひとり脱落して行きそうにはない。いったんこの扮装をしたからには、あらためてそれを脱ぐ前にお祭り騒ぎでもしなければ納得するものじゃない、そういう緊迫感で坐り込んでいるんだからね。

おれはすぐさまその雰囲気に影響されるふうだったが、森だけはゆったりしたものでね、躰のまわりで風をはらむ蓬髪《ほうはつ》が周りの迷惑にならぬよう胸にかかえ、鬚で表情の読みとれぬ顔をじっと宙に向けている。その森の存在がな、あらためて頼りがいのあるものに感じられて、おれはこのように森の待機につきそっていさえすれば、森とおれとの「転換」二人組は使命にしたがって、自然に行動の頂点へ向かうのだと信じられた！

さて、いまはおれたちをもふくみこんで道化集団が坐っているのはね、病院の本体をなす長い横棒に短く竪棒《たてぼう》が突起するT字型の、その総ガラス張り竪棒の左側面の奥。おれたちの奇怪かつ汚ならしい風体とは裏腹なガラス壁の向うには、受附の順番を待ちくたびれた子供らが蝟集《いしゅう》している。そのうちおれは意味深い動きを認めたのさ。大勢の子供らを隠れ蓑《みの》に、おれたち道化集団の写真をね、さかんに撮ってるやつがいるんだよ。大型のポラロイド・カメラで、いちいちフィルムを抜きとるのももどかしげな二人がかりで！　そいつらが「親方《パトロン》」の秘書であることは確かなんだ。そしてかれらの仕事が一定時間ごとに道化集団の写真をとり、それまでの写真とつきあわせてチェックすることなのも、やはり確かだろうじゃないか？　そしていまこそかれらは撮ったばかりの新しい写真に決定的な変化を見出す筈《はず》だぜ。「親方《パトロン》」の事務所のマーク入り赤鉛筆で、くっきりとおれたち二人の映像に丸をつけるだろう。道化集団に入りこんでからの確信にみちた森の待機は、理由のないことじゃなかったのさ！

4

そのうちおれたちの周りの道化集団に変化が生じた。それまで雑然としていた道化たちの意識がね、束になって集中する気配がおこったのさ。おれがいま発見し推理したのとはまた別の方向への！　森までが超老人の飴色鬚と飴色眉をまっすぐそちらへ向けている。

道化集団の前方で始ってたのは、おれたちがやってきた時にはなし崩しに終った、あの外来者の訊問《じんもん》儀式の再現だったがな、しかしいま問題になってるのは、外からやって来たというよりはこの道化集団からどこかへ行ってたのが戻って来てということなんだろう。鬼の面をかぶったふたりの道化がね、勇んで引いて来た山車《だし》が焦点なのさ。今どき東京では見かけることもめずらしいリヤカーに、その二倍もの図体の木組みを載せて壇をしつらえて、またその上に大きさも大きいが、なにより間が抜けた目鼻立ちの獅子《しし》のカシラを据えつけた山車。そいつをはさんで鬼どもふたりと盛んに談論しているのは、現役消防士と管理職の同僚という恰好の道化なんだよ。こちらはじつにリアリスティックな扮装だと思っているとね、そのふたりは実際に消防署から来た人間だったぜ、ｈａ、ｈａ。先とおなじく黒いゴム服のガードマンをしたがえて、侏儒スポークスマンと肥満女とが、談論に立ちあっていたよ。

　あらためてハイティーンの好奇心まるだしでね、おれは道化集団を踏みわけて出ていったが、途中からでは談論の趣旨がわからない。なんとか話の脈絡をたどろうとしながらな、おれは問題の山車の構造を仔細《しさい》に見物したわけさ。獅子のカシラは形としていうかぎりなかなか格式のあるものなんだ。ただ間が抜けて見えたのは、下顎がまるごと取れている上に、のけぞらされているせいなのさ。朱も金泥も剝《は》げちょろけの獅子のカシラをそんな姿勢に固定しているのはね、全部裸に剝《む》いた人形の堆積《たいせき》だ。のっぺり白い胡粉《ごふん》の腹の金太郎から、ことごとく藁《わら》スボの胴まるだしの雛《ひな》人形の裸でね。もちろんキューピーはもともと裸だが、ｈａ、ｈａ。そういう旧式のから、汚れてはいるが最近の商品らしいロボット人形まで、雑多きわまる裸の人形が、獅子のカシラの口いっぱいにつめこまれて、むしろ下顎から湧《わ》きあふれ拡《ひろ》がっている様子なんだよ。そして獅子のカシラの周りいっぱいにな、地蔵堂に吊《つ》りさがっているたぐいのボロ幟《のぼ》りに五色の紙の旗、剝ぎとった人形の衣類に小さい布団のたぐいがさ、ゴタゴタかざられて堆《うずたか》い。

さて談論する方ではあんまり話がつうじあわなくて、やってる連中自身苛《いら》だってきたかね、木彫りの鬼の面をかぶっていたふたりは、そいつを棕櫚《しゅろ》の髪の上に押しあげて、汗みずくの農民の顔をあらわした。そこで口跡だけは明瞭《めいりょう》になったがな、論旨はあいかわらず奇怪なんだ。

――こげなことは国家規模の詐欺《さぎ》ですけに、先生に申しあげねばなりませんが！重病の先生をこういう瑣事《さじ》でお騒がせしとうはないがの⁈

――**馬鹿が！**　先生、先生となんべんも、病人の先生の名を出すな**てや**！

――しかし詐欺じゃろうがね？　それとも子供の使いか、われわれは？　正規の選挙で選出された町会議員が？

――それをいうなてや！　こういう恰好《かっこう》をして、東京まで来て、なにが町会議員かの？　馬鹿が！　議事進行！　まじめなことだけお話しやな！　脇道にそれるなてや！

――わしらは先祖代々、もう何百年も燃やしてきたじゃろがね？　黙って自発的に燃やしたらば、それですんだ筈のものやて！　当該地区の消防署に許可を受けに来てくれと、わざわざ親切にいってくれるものやから、山車を引っぱって行ってやね、それで不許可やて?!　詐欺じゃがね。不許可のものならどうして許可をもらいに来いと、いったんはっきりいうたかね？

――そこがおまえは馬鹿じゃ！　不許可もあろうわい。不許可なしの、全部が全部許可ならば、許可を受けに行く必要があるかいや？　遠方まで来て恥さらすなてや！

――そういうことよねえ、あんた、そうでしょう？　と消防署の管理職が良識派の方の鬼にすりよるようにしたよ。ところが当の鬼は、

――だから、てや！　不許可は不許可、われわれは自由に山車を焼け、いうことやて！　というじゃないか。

――なにをいってるのかね？　あんたもなにひとつわかってはおらん！　と消防署の管理職はあらためて忿懣《ふんまん》やるかたないのさ、ｈａ、ｈａ。

——われわれの側からいえば、とそこへ侏儒スポークスマンが介入したよ。あんたがなにもわかっておらん！　なにをいってるのかね？

——われわれは、と肥満女も補足した。みんな、われわれの側ですが！

——しかし東京にはあんた方とはちがう側の者が、一千万規模で生活しているんだなあ。それも考慮してくれよ。一千万規模の側から見れば、あんたたちは常識外れですよ。そういう恰好で大勢集って来て、その上、山車に火をつけられては、一般人はこれはもう、タダごとじゃないと感じるよ。一千万規模の一般人を守るのが、われわれの仕事だとは認めるでしょう？

——われわれも一千万規模の一般人を守るために、こういうことをやっとりますが！

——あんたたち、Aさんの全快祈願をしてるんじゃないの？

——それが誰であれ、たったひとりの人間の全快祈願のために、これだけ大勢の者がこういう恰好で恥をさらせるものかどうか？　あんたこそ良識で考慮してもらいたいですが！

——そういう立派なことをいうのならね、こちらも言葉を返させてもらうが、われわれは一千万規模の側から、その御配慮は辞退したいね！

――あんた本当にそういうことをいっていいのかね？　と侏儒スポークスマンは一挙に凄《すご》みをきかせたよ。地獄へ口を開けておる獅子のカシラを持って来た以上、われわれは東京であれを焼かねばなりませんが！　一千万規模の人間の真ん中で！

――街なかで、山車を焼くなどということはできないといってるんじゃないか！

――おまえはなにをいってるのか？　とそれまで黙っていた消防夫までが大きいヘルメットを突きあげて管理職に唱和したよ。

消防署のふたりがますます昂奮《こうふん》をあらわすとね、侏儒スポークスマンは酔っぱらいでも相手にしているようにふたりを見つめるのみで、品位のレヴェルのちがう印象をかもしだしたよ。そこでかれのかわりに、鬼の面を頭に載っけた擬似良識派が、

――これだけの小さなものを焼くだけてや！　一千万規模が恐怖するやて？　というたよ。

そしてさきほどまでかれに罵《のの》られつづけだったもうひとりの鬼は、図に乗ってというか自暴自棄でというか、躰《からだ》にまとっていた棕櫚の蓑をパッとひるがえして、隠していた携帯用燃料タンクを見せるじゃないか、ESSO とマークのはいった赤いのを！

――燈油ぶっかけて焼くんやて！　ほんの十分も盛んに燃えればおしまいてや！

――なにを、なにを、なにをいってるのか？　燈油を没収する！

管理職の絶叫に呼応して、やにわに消防夫が跳びかかるのへ、躰《たい》をかわしざま鬼の面をちゃんとかぶりなおしてね、疣《いぼ》の突き出した山椒《さんしょう》のスリコギでさ、胴の燃料タンクをボテボテ、ボテボテ叩《たた》きながら、そこいらじゅうを逃げ廻るんだ！……しかしそれまでどこに隠れていたのか、機動隊の一小隊がたちまち湧き出してきてね、先頭のやつの盾のほんの一触が、逃げ廻ってた鬼をコンクリートに叩きつけた。胴に縛りつけていた燃料タンクをとりはずされるのと一緒に、鬼の面も棕櫚の蓑も剝ぎとられたので、男は下着姿で横になっていた。右脇を下に両腕で頭をかかえこんでいたが、肱《ひじ》の間からのぞく日灼《ひや》けした顔がドス黒いほど真蒼《まっさお》なんだよ。

つづいて道化集団の全体が**ウオッ**！　とどよめきの声をたてた。それは怒りと抗議の表明だと思われたが、しかしおれがふりかえって見たところが、連中は笑いざわめいているんだぜ⁈　あっけにとられたおれは森を眼で探すうちに、笑いどよめく道化集団から離れてガラス壁の前に立つ超老人と、かれの脇《わき》に「親方《パトロン》」の秘書を見つけた。

第十二章「転換」二人組、相争う

1

小走りで寄って行く赤んぼう姿のおれから、「親方《パトロン》」の秘書は眩《まぶ》しそうに眼をそむけながらな、

——この気狂《きちが》い集団に、きみたちが加わったことはすぐわかった、と実務的な有能さを誇示したよ、レジュメ提出の際にいつもそうした通りにさ。「親方《パトロン》」がきみたちふたりを病室へ連れて来いといってるんだ。病院じゅう警察が張り込んでるが、なんとかするよ。「親方《パトロン》」がもう何度も、気狂いどもの代表を病室にいれて、お神楽をやらせたのでね。きみたちがその恰好《かっこう》で、おれに先導されて行けば、もひとつ別のお神楽だと思うだろう。

そういったまま返答も待たずに、秘書は玄関と逆方向へ歩きだす。扮装のおれと森

とは難渋しながらついて行ったよ、もちろん「転換」した魂の内部ではいそいそと！　とつい——警察の眼をごまかしておれたちをいれるとなると、後で面倒だろうね？　とつい
おれもお追従をいう始末さ。

——「親方《パトロン》」の命令を忠実に履行するだけだぜ、おれは。……実際「親方《パトロン》」の身になにがおころうと、それはおれの関知するところじゃないんだ！　「親方《パトロン》」はおしまいだよ、もう。なんだか退行した夢想にしがみついているようでね。タフでユニヴァーサルな現実家の「親方《パトロン》」はとっくにいないよ！　気狂いじみた百姓どもを、妙に親切に世話させたりさ……　誰が見ても正常な精神状態とは納得しないのじゃないか？

——それほど正常でない老人に、きみはどういう料簡でつき合ってる？　好奇心《キュアリオシティ》！　と秘書はいってね、突っかかったおれを一瞥《いちべつ》したが、おれはまあヘドだ、と思っただけさ。

おれたちは、ガラス壁のはずれに来て角を曲り、奥へ伸びる病棟にそって進んだ。病棟の反対側には柵《さく》をへだてて通路があり、その向うはまた柵と別の病棟で、その窓から見おろす入院患者たちは、病院前の道化集団をまだ見ていないわけなんだろう、きわだって鋭くおれと森とに眼をそそいでいるようでね、病苦ニナヤンデイルノニ、ワレワレノ前デキミタチハドウシテソンナニフザケラレルノカ？　と詰《なじ》ってるように

も思われた。病棟の通用門に潜りこんだ時には、やはりほっとした次第さ。そこからこそがおれたちの正念場で、「親方《パトロン》」の病室までに三人も警官が詰めていたがね。さておれたちが大きい病室に入ると、五米《メートル》向うのベッドから頭いちめん繃帯《ほうたい》を巻いた老人が、顔はまっすぐ上にしたまま、トロンとした眼だけをこちらに向けたよ、なんとか森とおれとの扮装を視野にいれようと。あのバタくさく男らしい立派な顔をしていた「親方《パトロン》」が、立派は立派ながら明治の老女丈夫の顔つきをして！　その「親《パト》方《ロン》」を見たとたん、おれはテレパシーで森にこうつたえていたのさ、**これは妊娠している老婆《ろうば》だ、いったい全体、なにがおこったんだい?!**

おれと森とはそのまま立ちどまっているほかないし、ベッドの上の「親方《パトロン》」は限界まで瞳孔《どうこう》を脇《わき》に押しさげて、おれたちをうかがっているままだ。おれたちをそこへ導いた秘書と、病室に残っていたもうひとりの秘書は、「親方《パトロン》」がなにかいいださぬ以上、自発的にはどんな処置もとれぬふうでね。その時、**ブルルル**といかにも盛大な鼻音をたてる犬のようなものがいるじゃないか。なんだか低い位置で鼻をならしたそいつは、「親方《パトロン》」の腫《ふく》らんだ腹の向うにね、禿《は》げて逞《たく》ましい大頭を載せる具合にしゃがみこみ、「親方《パトロン》」の痰《たん》の具合をはじめ躰《からだ》のあらゆる兆候に注意をはらっているらしい。おれはその大頭に見覚えがあったんだ。かれは日本でも石油タンカー所有では一番だか二番だかという実業家でね、「親方《パトロン》」ともども政財界の黒暗暗たる領域で戦後成金のチャンピオンとされてる男だよ。そいつが筋肉の束のように大きい脣《くちびる》をねじ曲げてさ、おれと森とを見あげながら、鼻をならしたんだ。そしてその鼻の音が暗黙の合図であるようにね、「親方《パトロン》」はおれと森の到来をはっきり了解して、まずはじめ空気をかすかにもらすように笑うと、つねづねの張りのあった声音からは予想もつかぬ掠《かす》れ声で、こういったんだ。

——ファッ、ファッ、ファッ、ファッ、きみは本当に奇想天外なことをやるねえ。大真面目に考え、考えして、そのあげくが、ファッ、ファッ、ファッ、めずらしい人だねえ。この前わしを殴りに来たのが、変装したきみだと思ってたが、ファッ、ファッ、ファッ、やるもんだなあ、こうしてもっと奇抜な扮装で、それも二人組でやって来られると、本当になにか奇想天外なことがおこったか、超自然なことをきみたちがつくり出すかしたかと思えてくるよ。この前来たのが、きみなのか、きみじゃないほうのこちらなのか？ どうだろう、わからなくなったよ。ファッ、ファッ、ファッ。そんなに遠くに立ってないで、こちらへ来ないかね。きみたちの扮装のような奇想天外なものを、むりやり覗《のぞ》いていると眼が疲れるのでな。しかし持ってる長い杖《つえ》はなんとかしてくれ、また殴りかかって来るのじゃないかと気になるよ、ファッ、ファッ、ファッ。

「親方《パトロン》」はそれだけの言葉を、蚊が鳴くような音声で発しただけなんだが、それでもうパジャマの衿《えり》もとでは赤黒い皮膚が波うつ消耗ぶりなのさ。その言葉の結びを機敏にすくいあげて、タンカー業者がベッド裾《すそ》を大股《おおまた》に廻ってきたが、頸《くび》から肩の筋肉の盛りあがり具合といい、薔薇色《ばらいろ》の血色といい、「親方《パトロン》」とは逆にあれだけ壮健な初老の男を他に見たことはないね。かれは森から杖のかたちの金棒を受け取ると厚い唇をギュッとしぼって、ためつすがめつ調べるんだ。禿げた頭頂までも筋骨たくましい、といいたくなるような大きい頭、大きい顔に憂《うれ》わしげな表情を浮べてさ。その間秘書どもは足音をしのんで右往左往して、二脚の椅子《いす》を「親方《パトロン》」のベッド脇に並べていたが、コレハ近スギル、コレハ遠スギル、全体、コンナニカレラヲ近寄ラセテマズクハナイカ、などとためらうふうでね、実業家にくらべて格段に効率悪い動きぶりだったよ。

——まあ、きみが、こちら側に坐れよ、と「親方《パトロン》」はいうと、おれと森とが腰をおろすのを見とどけてね、眼をつぶり白っぽい舌の先で上側の義歯にさわっていた。つまりおれはそんな歯の裏側まで見える位置に坐ったわけさ。ファッ、ファッ、ファッ、ファッ、声をたてると痛むからな、このまま言葉とは無縁の人間になって、死ぬまで黙っていようかとも思うが。やはり一応のしめくくりの言葉はいるだろう、それになにを選んだもんだか、ファッ、ファッ、ファッ。わしが生涯で発したそもそもの最初の、意味ある言葉はどんなものだったかね。親兄弟が死んで久しいから、確かめるすべもないが、ファッ、ファッ、ファッ。

「親方《パトロン》」の柔らかく閉じた瞼《まぶた》のあわせめから、充血した眼の熱気が湯気を立てそうな具合なんだが、一瞬そこから涙が湧《わ》きおこって亀の瞼のような皺《しわ》に滲《にじ》んだ。するとたちまち、おれと森の頭の間から、輝やくほどみがかれて毛はまったく生えていない骨太の掌が、すばやくなめらかに伸びてね、ガーゼで涙を拭《ぬぐ》いとり、間髪をいれず新しいガーゼで開いた口腔《こうこう》からクモの巣のような痰を拭って引っこんだのさ。この練達の看護人が、疑獄の気配のするところにはつねに影をおとしてきた大立者なんだから、不思議じゃないか？　ザラにはない巨《おお》きさのかれのピンクの掌は、力士の掌、それも宦官《かんがん》の力士の掌という印象なんだが、そいつがじつに敏速・的確に動くんだからね。もし森なりおれなりが「親方《パトロン》」に危害を加える気配を示したとすれば、その掌が背後からただちにおれたちの頸骨をポキンと折るだろう。それを考えると生命全体を脅《おび》やかされる感覚が、喉《のど》もとから睾丸《こうがん》までつらぬいたぜ、ｈａ、ｈａ。

——わしは近く死のうとしているんだが、それはきみかきみの相棒に頭を殴られたからじゃない。ただあれがきっかけで医者が癌《がん》を発見したわけだ。手遅れでなければ、かえって利益をなしたようなものだが、ファッ、ファッ、ファッ、と「親方《パトロン》」はわずかながらクリアになった声でいうとね、片眼を開いておれを見て、そのまなざしを森の方へ流しがてら得意気な光をボヤーッとあらわした。……原爆被災の老人に癌は多いというんだが、わしの場合も肺癌が進行していたんだな、そいつが脊髄《せきずい》にまで転移していて、いまはモルヒネで痛みをまぎらわしている段階だ。この痛みはずいぶん以前からあったが……、と絶句した「親方《パトロン》」の眼からまた涙がうっすらと滲み出し、タンカー業者の手が敏速にそれを拭《ふ》きとり、あわせて的確に痰をとり、そしてこの看護人は大仰にブルルと鼻を鳴らして待機する。……わしはいま死につつある老人として、わし自身の内と外とを見廻すが、眼に入るのは醜悪さと惨《みじ》めさのみだ。……わしはそのように死のうとしている老年の自分がじつに厭《いや》だよ。望みなし、いいところなし。……永年生きてきてこれはひどいことじゃないか？ ファッ、ファッ、ファッ、と「親方《パトロン》」は例の声を発したがね、しかしいまは嗚咽《おえつ》しているのさ！おれと森は黙って坐ったまま、おれたちの頭の間からタンカー業者の腕が伸びて活動するのを眺めていたが、秘書どもはね、さきほど妙にシニックなことをいったやつまでもが、貰《もら》い泣きを始めたぜ。

——ファッ、ファッ、ファッ、……これはひどいことだ。なんとかわしは、この厭でたまらぬ、醜悪な癌死をな、引っくりかえしてやりたい。……もちろん癌は、癌、それも末期症状の癌、わしは助かりはしないよ。……わしはただ、その厭らしく醜悪な自分の癌死を、大規模な花火にかさねて、豪儀なものへと引っくりかえす仕組を考えている。そしてきみのことを思いついたんだよ。そもそもはきみが変装して襲撃にきて、わしの癌の発見のきっかけをなしたと信じていたしな。……ファッ、ファッ、ファッ、今日またきみが相棒と一緒にあらわれたのを見て、わしはますますきみたちの奇想天外ぶりをあてにする気になったんだ。……いったいその恰好やらなにやらのなにもかもはなんだ？　きみたちになにが起ったんだ？　ファッ、ファッ、ファッ。……第一きみが、あるいはきみの相棒がまさにきみの変装したような声と躰のこなしでやってきて、やにわにわしを殴ったのは、あれはいったいどういうことだい？　癌の存在を知らせるためだったか？　ファッ、ファッ、ファッ。……なにが起って、……あるいはなにが起ったと信じるようになって、きみはそんな、ファッ、ファッ、ファッ、奇想天外なことをやり始めているのかい？……病院前に来て坐っているわしの「在」の連中より、きみたちのほうがお祓《はら》い屋の本職だよ。ファッ、ファッ、ファッ、いったいどういうことだ？　これはきみがわしの所へ持ちこんだどんなレジュメより面白そうじゃないか？　ファッ、ファッ、ファッ、……どういうことだ？……なにをやるつもりだ？

そのように「親方《パトロン》」が問いかけて掠れ声の言葉を切った瞬間、あらためておれの背骨を強い酸のような恐怖が灼《や》いた！　突然森がワレワレハコレヲヤリニキタと宣言して「親方《パトロン》」に襲いかかろうとし、背後にひかえている巨きい掌に頸骨を折られることがないよう、おれは超老人の長衣の膝《ひざ》を片手でおさえてね、もう息もつかずしゃべりたてたんだ。

——僕と息子の森とは「転換」したんです。ある朝、じつに困難だった夜が明けたら、「転換」していたんです。現に僕は三十八歳の中年男だったでしょう？　それが夜のうちに二十歳若がえって、十八歳の若僧になっていた！　それは鏡で見てわかるし、自分の肉体にさわってみてわかります。その肉体を自分の生命が担《にな》っている、肉体内感覚ではなおさらに、自分が十八歳の人間だとはっきりしています。僕は自分の生涯でいったん十八歳を通過している人間として、確かな経験がありますから。そして肉体が十八歳になってしまうと、感覚はもとより精神もその方向に洗脳されていきました、十八歳の魂に向けて！　精神にはやはり記憶の慣性が働くから、「転換」の効果に不確かなところがあり、進んだり戻ったりという具合だけれども。……そして重要なのは同時に息子の森が、逆方向に「転換」したことです！　かれは八歳で知恵遅れでもあったが、一挙に肉体も精神も二十八歳の壮漢になった！　それは僕たち親子一組の強い相互関係を梃子《てこ》とした、「転換」だったんだと思います。

（「親方《パトロン》」は、わずかにわずかに頭をかたむけてきてね、赤い霧のかかっているような薄眼で、しゃべっているおれを観察するのさ。そして熱と薬品とに細胞の力がとろけるような脳で、言葉を選ぶ準備をしているふうだ。しかもなかなかうまくゆかなくて、歯がゆそうに眉根《まゆね》をひそめるんだが、もしそれがあの微《かす》かな笑い声とともども、紫色に乾いた脣から発せられたとすれば、それはこんな具合だったろう。キミノ奥サンガナ、イヤ離別シタトイッテイタカラ前夫人カ？　彼女ガ秘書ニ通報スルトコロデハ、キミハタダ若ヅクリニ変装シ、息子ニハ年長者ノ変装ヲサセテイルダケダトイウンダ。ソシテキミガワシヲ襲ッタノダト。イマキミタチガソンナ扮装ヲシテイル以上、ワシニハキミノイウコトノ実地検分モデキカネルガナ。奥サンカ前夫人ハ、キミガナ、彼女ノ兄弟ニ酷《ひど》イメニアワサレルト恐レテ、息子ヲ道連レニ変装サセ、逃ゲ廻ッテイルトイッタソウダ。彼女ノ情報ドオリ、キミガ変装シテワシヲ襲ッタノダッタトシテモ、彼女ニハソノ動機ノ説明ガデキナカッタトイウンダガ？）

――僕と森とは、肉体と精神に起った「転換」のもたらすものにうながされて、もう闇雲に活動して廻っているだけです。……いや闇雲にというのは、十八歳の若僧の僕だけのことでしょう！　壮年の男に「転換」した森は、そもそもの「転換」をもたらした宇宙的な意志の所在はもとより、「転換」した者の果たすべき使命もまたよくわかっている筈《はず》です。「転換」後、すぐさま森はあなたを襲撃に来ました、あきらかに宇宙的な意志の指令によって、「転換」の使命を実現するために！　僕の妻・もと妻は、僕が変装してあなたを殴りつけたんだといいたてているけれども、そしてあなたはそれについて半信半疑らしいけれども、そうではない。森は宇宙的な意志による指令を僕に黙ったまま、あなたを襲撃したのです。僕がこういうのを妻・もと妻が聞きつけるならば、自分の暴力行為の罪を知恵遅れの子供にかぶせようとして、自分同様かれにも変装させ一緒に逃げ隠れしているというにちがいない！　彼女は実際そう考え兄弟と自警団を組織して、僕を追っかけてくる。しかし本当にそんなことではなかった。「転換」後すぐに森が、宇宙的な意志にあたえられた指令を僕にも教えてくれたら、僕もまた襲撃に来ていたにちがいない。……しかし森は、それが「転換」直後の作戦行動である以上、ハイティーンになってしまったばかりの僕を、年長者としてかばう心で襲撃からはずしたんでしょう。壮年の男になった森の親心じゃありませんか？　じつは父親は、かばわれるハイティーンの方だったけれども……

（ファッ、ファッ、ファッ、と「親方《パトロン》」は微弱な笑い声を発したよ。そして皺だらけの瞼の間から赤い眼で笑っている。「親方《パトロン》」が投与されている薬品には、昂揚《こうよう》と沈滞の循環をひきおこす作用があるのじゃないかね？　いまかれはわずかに攻撃的な気力を回復して、こういいたいかのようだった。ファッ、ファッ、ファッ。宇宙的ナ意志ニヨル「転換」トイイナガラ、キミハ宇宙的動機ニツイテドコロカ、家庭ノ事情ニツイテノミ話ヲシテイルジャナイカ？　イッタイキミノイウ「転換」ヲモタラシタ宇宙的ナ意志トハナンダ。ソレガ指令シテ、ナゼワシヲ殴ラセタ？　スクナクトモワシニハソレヲ聞ク権利ガアルノジャナイカネ？　ファッ、ファッ、ファッ。）

——僕はこう考えているんですよ、われわれに「転換」をもたらした宇宙的な意志は、次つぎの指令を森の壮年の肉体と精神に送ってくると。そして森はその指令の根源の宇宙的な意志について確実に知っていると。僕は森のおこす行動に立ち合って、それに協力すればよい。僕がハイティーンの無分別で宇宙的な意志を誤解したり、指令を読みちがえたりするよりは、具体的にはなにも知らず、しかし宇宙的な意志の存在を信じて、森の行動にしたがうのがいい。いまここへ僕が行動計画を知ることはなしに、ただ森について来ているように！

しかし僕は森が宇宙的な意志と明確な交感関係にあると知っているから、かれの行動にしたがうのです。それも森ともども宇宙的な意志に引きずり廻されようというのじゃない。森は根本的に自由だし、僕も結局は自分の意志に立って行動をおこすことになる。そもそもこちらの希望も都合も聞くことなしに「転換」させた上、宇宙的な意志がなおも命令を押しつけるのみなら、それは無礼じゃありませんか？　僕は自分に対しても、森に対しても、そんな無礼を宇宙的な意志に許さぬつもりです！……許さないといっても宇宙的な意志に異議申し立てをする方途があるか、といわれればそれはあるのです。僕と森は宇宙的な意志の裏をかくことができる。われわれを「転換」させるために駆動された、宇宙工学的コンピューターの成果を使いものにならなくすることができる！　すなわち僕と森とは自殺してね、われわれへの宇宙的投資をムダにしてやることができる！

（声を励ましてそういった時、当のおれは突然左手頸に加えられた圧迫の痛みに、あやうく唸《うな》り声をあげるところだったのさ！　誰に圧迫されて？　他ならぬ森によって、その右手の恐るべき握力によって。森がおれの手頸をしめつける、その強さは段階的にエスカレートされたのでね、最初に圧迫が加えられた時、というのはおれが宇宙的な意志について仮定をもうけて、それがわれわれに命令を押しつけるなら、無礼じゃないかといった時さ、その段階ではおれもン?!　というくらいにしか感じなかった。「転換」して筋肉のかたまりとなった森の腿《もも》においているおれの左手頸を、かれの右手が握りしめて力を加えてくるのに、おれは始め羞《はず》かしいような喜びを感じたくらいのものでね。そのままおれは「親方《パトロン》」に語りかけ続けていたんだ。そのうちはっきりしてくる痛みにウ?! と反撥《はんぱつ》してさ、森の手を振りはらおうとしたが、非力な十八歳にはどうすることもできない。宇宙的な意志の裏をかいて自殺することができる、といいきった時にはね、じつはおれにはもう言葉をつづけることはできなくて、脂汗《あぶらあせ》をかいて黙りこむほかなかったのさ。そのまま怨《うら》めしい思いで森をうかがったが、扮装の飴色《あめいろ》の鬚《ひげ》にさえぎられて、かれの表情はわからない。ただおれがしゃべりやめるとね、握りしめていた手の万力は一挙にゆるめられていた。つづいて圧迫の痛めつけたところをね、森の手はこの上なく優しく慰撫《いぶ》するようであったのさ。そこでおれは森の右手の動きに、おれの言葉への批評的表現を発見したわけなんだ。）

――「転換」直後に森があなたを襲撃した行動には、宇宙的な意味があったにちがいありません。それは「転換」がたちまちフイになるような、大きい危険を侵しての襲撃だったから！　あなたを警護している者らに、森が殴り殺されるか撃ち殺されるか、しれたものじゃなかった。逮捕されてしまう危険もあった。

森にとって逮捕されるということは、まったく恐ろしい事態なんです！　森は警察でも黙りつづけていて、それは黙秘権の行使と受けとめられるかもしれない。しかしいったん権力が森の肉体年齢や生活歴を推定して身許《みもと》調べが始まると、それが実証的・科学的であればあるほど、森が当の森であることをつきとめられない！　かれは「転換」した新しい人間なんだから、地球規模の身許調べは不可能です。たとえ僕が父親だと申し出て身許引受人を志願しても、十八歳の若僧が、壮年の確信犯の父親であるなどと、どうして権力を納得させえますか？

しかも僕自身、そのように森が殺されるか逮捕されるかして、僕とかれとの通路がはっきり断たれたとしたら、いったいわれわれの「転換」の使命はどうなるか？　ただ森をつうじてのみ、われわれに「転換」をもたらした宇宙的な意志の呼びかけが聞こえてくるのに。僕はそれこそ宇宙規模の、なにもしらぬ棄て子にされてしまう！「転換」したばかりの十八歳の棄て子になって、いったいこの自分はなにものか、自分はなにものとなるべきなのかと、その答を探し出すためには宇宙の果てまでうろつき廻らねばならない。もしかしたらわれわれ「転換」二人組に、人類すべての緊急な運命がかかっているのかもしれぬ時に？

（こういったおれはね、今度は自分の内部からつきあげてくる憐《あわ》れな不安に絶句してしまった。「親方《パトロン》」はファッ、ファッ、ファッ、と笑っていたし、タンカー業者はなおも不審げに鼻を鳴らしていた。秘書たちは早速もらい泣きをやめてね、おれの饒舌《じょうぜつ》を憫笑するふうだったよ。しかし森の右手のなんと優しく率直な励ましをあらわしていたことか！　それはおれの十八歳の肉体と精神に、あの夢の中でのようなリー、リー、リーの最良の声をつたえた！　そしておれは新たに確信をこめて、そのように「転換」している自分と森こそが、決定的な人類のピンチランナーに選ばれた人間だと主張する意志をかためたのさ。おれたちに向けて笑ったり鼻を鳴らしたりしているすべての他者に！　どのような資格をわれわれが持っているゆえにそのピンチランナーに選ばれたか、そう自問することはない。もしわれわれがひとよりすぐれた選手であるならば、つとにレギュラー・メムバーとして、人類救出の試合に出ていたはずだから。またいまさらわれわれの能力に自信を喪《うしな》って、ためらっていてはならない。すでにピンチランナーに選ばれてチャンスの塁上にあるのだから。森とおれとは宇宙的な意志のコーチャーに指示を受けながら、いま走りだすか、一瞬警戒して待機するかに集中していなければならぬ。しかも最後には自分の勘で撰択し、そしてわれわれ自身が走るのだ！　リー、リー、リー、リー、リー、リー、リー、リー。）

——僕は自分と同じ仕事をする、お互いには知ることのない協力者たちのひとりとして、永い間あなたのために働いてきました！　その間自分のしていることが、どういう現実的なたくらみにつながって行くのか、それを考えることはなかった。あなたが協力者たちに、それを考える気をおこさせない。ところが自分の小さな仕事は、他人の仕事の集積に加わって、具体的な結実をもたらしてしまっていた！　しかも当の協力者としていただく、人間世界への希求からは背反する方向づけにおいて！……そのように僕らを利用してあなたは人間支配の構造をつくり出しつづけて来たんです。しかもあなたのやり方は巧妙でした。たとえば学生の革命党派に核開発をけしかけて、資金を流してやる。しかもそれがたとえ表面化しても、個人的ナグループデ原爆ヲ造ルンダッテ？　オ笑イ種《ぐさ》ノ左翼小児病ダ、と誰も本気にはしないから。しかもついに原爆が造りあげられてしまうと、今度は誰もが愕然《がくぜん》として、状況の急転を追認するほかにない。僕自身知らず知らずのうち、この計画にひとくち嚙《か》んでいた！　そのような人間支配の構造の製作者であるあなたに、宇宙的な意志が抗議を送ってきたんです。地球上にあなたのたくらみをうち滅ぼしうる力がない以上、宇宙的な意志にとっては、直接の工作よりほかに方法はない……　しかし、ここで僕にわからぬことがでてくるんです。あなたはすでに癌で回復不可能だという。放って置いても死につつあるあなたを、なぜわざわざ襲撃しなければならぬのか？　あなたの人間支配の構造を潰滅《かいめつ》させるには、宇宙的な意志はなにもしなくてよかった、ただ待てばよかった！　なぜわれわれを「転換」させ、あなたへの抗議者としてさしむけたのか？　そんな仕組を作るのは無意味じゃありませんか？

――いや、それは無意味じゃない、と喉《のど》にからんだ痰《たん》を自力でふり切る咳《せき》をした後、「親方《パトロン》」はこの日もっともクリアな声でいったんだ。わしはこういう悲惨な状態で死のうとしているんだから、いまさら宇宙規模の問題の、レジュメ検討はできないがね、ファッ、ファッ、ファッ、ファッ。わしにコメントできるのはただひとつ。宇宙的な意志がその「転換」というものを仕組み、しかも矛先はわしに向けられているという。さてどう対処するか、ということだね。宇宙的な意志があるとして、そんなものはもともと、なぜそれが自分を？　というふうに考えては、なにも結論のでぬたぐいじゃないか？なぜわしが、数ある宇宙のうちの、この宇宙の、それも惑星地球に生まれてきたんだ。そんなことを問いはじめてみろ、答の出て来ようがあるか？　ファッ、ファッ、ファッ。その場合、ここにこうして生まれて来ている以上、さてどうするか、ということしかないじゃないか？　そこでこの際わしはな、きみのいうとおり宇宙的な意志の遣わした者に抗議されるとして、さてそこからどうするかと考えるほかにない。ファッ、ファッ、ファッ、現にきみかきみの息子がな、きみのいう「転換」後、すぐさまわしを襲撃に来たわけだ。わしは正直なところ、きみが発狂して、それこそ発狂でもしそうなやつの卓抜な変装で襲ってきたと思ったがな。ファッ、ファッ、ファッ。

……その結果頭を殴られて気を喪《うしな》っているうちに、わしの躰《からだ》を医者どもが検査して、末期の癌《がん》を発見した。これまでは胸や背中が痛む時、鎮痛薬を注射する他は、おれの躰にさわらしてももらえなかった医者が！　ファッ、ファッ、ファッ、（と「親方《パトロン》」はまた泣いたんだ。）……そこでわしはな、きみのいう宇宙的な意志が存在するものとして、それがわしを選んで働きかけて来たのならば、それはそれでな、わしの生涯に総仕上げの時を知らせる信号を送って来たんだとみなすのさ。ファッ、ファッ、ファッ、（と今度かれは笑っていたよ。）そしてその総仕上げを成就させる手だすけに、「転換」したきみときみの息子がここへ来ている。確かに宇宙的な意志にでもみちびかれなければ、地球の人間には思いつきそうにもない恰好《かっこう》で、ファッ、ファッ、ファッ。

すくなくともわしの側に立ってものを見るかぎり、どうしてそうしたことが無意味といえるかね？　わしが最後の総仕上げを考え、その準備をして実際にこの仕事をまかせられる者を選ぼうとしていると、そちらからきみときみの息子があらわれたじゃないか？　**いや、これらすべては、絶対に無意味じゃない！**

そのうち看護婦が「親方《パトロン》」の灌腸《かんちょう》をしに廻って来たんだが、遠慮して立ちあがろうとするおれの肩を、背後の大男が押さえてね。それは頭ほども重くて硬いものがドスンと墜《お》ちかかる激しさだったよ。おれが「親方《パトロン》」を攻撃にかかるのかと警戒しての、予防的一撃じゃなかっただろうか？　おれと森との扮装を一瞥《いちべつ》して、看護婦は緊張をゆるませかけたがね、おれたちの脇に視線をうつすと、怯《おび》えて泣きだしそうになる始末さ。出て行くまで二度とおれたちの方およびタンカー業者の方を見なかったよ。――わしは脱肛《だっこう》しているだろう？　排泄《はいせつ》した後は、濡《ぬ》らした指で肛門を押しこませるように、病院へ徹底してあるのか？

おれと森の耳のうしろでタンカー業者の大頭が動くとね、それはそのまま秘書どもへの指示になって、戦々兢々《きょうきょう》とした秘書がひとり、足音をしのばせて病室を出て行った。おそらくは三分もたたぬうちに病院全体の看護婦が、右手の二本の指を水で濡らしたぜ、ｈａ、ｈａ。

さてしばらく前から病棟脇の通路へ、多くの人間が入りこむ気配が続いていたが、それがいつまでも止《や》まない。しかも通路が袋小路の出口なしとでもいうように、停滞する一方、通り過ぎてゆかないのさ。そこですでに相当な数の連中が、喚《わめ》いたり物音をたてたりというんじゃないんだが、確かにそこに群をなしている。可能な限り声をおし殺している集団の、逆にかえって耳障《みみざわ》りな鈍いどよめき。それがおれの耳について来るのと同時に、これまで外からの物音には無関心だった「親方《パトロン》」の立派な老女の顔いちめんに、癇癖《かんぺき》の徴しが熱のようにムッと湧《わ》きおこったのさ、それは病み疲れの濃い眼尻《めじり》のあたりでは、怯えのようにもうかがわれたんだがな。もちろんタンカー業者がすぐさまそれを受けとめたが、かれとしてはおれと森とを見張らねばならぬ以上、やはり立ってはゆけないわけさ。そこであらためて唸りでも立てかねぬ勢いで大頭が動き、部屋に残っていたもうひとりの秘書が窓から外を偵察に行かされたがね。

——先生の御郷里からのヴォランティアの人たちが、新病棟との境いの通路に移って来ました。あすこでなにかやり始めるつもりなのか、……見物の連中ぐるみで腰をおちつけそうです。退去させるように計らいましょうか？……先生の御指示で、抛《ほう》って甘やかせておきましたから、つけあがってというか、なんというか、ああいうことを……

その秘書のさ、自分が責任を問われる前に、他の弱者へ感情的な言葉を向けておくたぐいのさ、いつもながらのものいい方を「親方《パトロン》」は無視してね、この際おれでなくては話が片附かぬというふうにこういったよ。そのように頼りにされる根拠がどうであれ、さきほどまでの談論の脈絡から離れてな、おれはいくらか良い気持だったんだから、「転換」した十八歳とは無邪気なものじゃないか、ha、ha。

——連中がなにをやるつもりか、現にどういうことをやっているか、具体的に報告してみてくれぬかね？　ああいう扮装をした者らがやることは、きみなんかもっとも仔細に、了解できるところがあるだろう？　ファッ、ファッ、ファッ。

　タンカー業者が油断なく躰を斜めにする脇を、油の粒のように汗の吹きでた大禿頭《はげあたま》を見おろしつつ擦りぬけてね、おれは遺恨を示しているような秘書の脇に近づいて行った。そしておれがじかに眼にした光景はね、ただちに森へ向けて沈黙の叫び声を送らずにはいられないものだった。ア、コノ懐《なつ》カシイ光景ハ見タコトガアル！　ソレモカリフォルニアノ研究所ノ食堂壁面イッパイニ描カレテイタ壁画デ！　メキシコカラヤッテ来タ画家ノ描イタ大壁画！　ソコニハ古代カラノカリフォルニアノインディオノ生活ニ、黄金郷《エル・ドラド》ヲメザシタ征服者《コンキスタドール》、ソシテツイニハアメリカ人ニヨル制覇ニイタル歴史ノ全局面ガ、同時的ニ現前シテイタ。アノ壁画ノ記憶ヲ呼ビオコス懐カシサ、ソシテソレヲ超エテ喚起サレテユクモット広大デ深イ懐カシサ！　イマ充分ナ時間ガアレバ、コノ懐カシサノ全領域ヲ、オレハ森ニ示シツクスコトガデキルノダガ……

　これはメキシコ壁画運動の伐《き》り拓《ひら》いたスタイルの光景だとおれに感じとらせたのはな、その眺めの構図自体に端的な理由があったのさ。「親方《パトロン》」の特別病室の窓はコンクリートの目隠しで囲われているんだが、それによって限られた視野いっぱいに群集が犇《ひし》めくようだったからね。柵にそって視界をまっすぐ横切る通路には、山車《だし》を囲んで道化集団の面々が立ち並び、その両脇を見物人がぎっしり取り巻いている。それもこれから始まるお祭り騒ぎに参加しようと、自分たちまで勢いこんでいる見物人なんだぜ。群集の頭上は向うの病棟の、窓という窓から見下す病人や附添人たちで覆《おお》われているし、柵の手前の芝生にはさ、機動隊員がこちらに向けた背中をつらねて待機している。これなら横長の視野いっぱいに、リヴェラの壁画さながら人間がつまって見えたといっても誇張にならぬだろう？

当の山車のすぐ前には、侏儒《こびと》スポークスマンと肥満女が、新しく荘重な威厳をあらわしてこちらを向いていてね、じつに立派なかれらの両側を全身真っ黒のガードマンが固めていた。こいつら二人もおそろしく緊張しているふうだったぜ。いまやあきらかに指導グループの権威をあらわした侏儒スポークスマンと肥満女の主宰によって、祭りの開始を告げる約束事が取り行なわれているんだろう。扮装した連中は誰もかれも、さきほどの鬱屈《うっくつ》とは裏腹に生きいき張り切って、いやにしゃっきり背を伸ばしているのさ。そのようなかれらを距離をおいて俯瞰《ふかん》すると、おれがそのただなかにいた時には雑然たる道化の寄せ集めに感じられたものが、混沌《こんとん》は混沌なりにある構造をそなえた集団と見えてね、つまりそこには連中の地方の歴史全体が多様な扮装で再現されている感じなのさ。しかもそれはかれらの地方の歴史にちがいないが、それでいてそのまま全人類規模の歴史のようでもあってね、すなわちおれのいった広大で深い懐かしさの直接の源をなしているふうなのさ。

——扮装した農民たち、山林労働者たちが、かれらの地方から持って来た山車を中心に勢揃《せいぞろ》いしています、とおれは、催促するように痰を切る音をたてる「親方《パトロン》」に報告したよ。さいぜんわれわれが参加していた時は、かれらの地方の、戦中・戦後の災厄をおもにあらわす扮装の人間が、国定忠治やチャップリンに並んで眼につきましたが、いまあらためて見ると、猿田彦《サルダヒコ》や天鈿女命《アメノウズメノミコト》に将門《まさかど》や純友《すみとも》らしいのまで、そこに居ますよ。かれらの地方に独自の意味づけをされている扮装でしょうけれども、とにかくかれらが自分たちをふくむ人間の歴史とみなすもの全体が、再現されているように見えますよ。古風土記にでも出て来そうな扮装から、明治天皇に、アインシュタインまでいるけれども……

——古風土記からアインシュタインまでの、虫送りか？　実盛《さねもり》もいるかね？　ファッ、ファッ、ファッ。それだけ徹底すれば、連中の祭りの効果が及ぶ範囲も、相当広いだろうじゃないか、ファッ、ファッ、ファッ、ファッ。

おれは「親方《パトロン》」に話の腰を折られたがね、その時新規の発見に眼を奪われてもいたわけさ。おれは道化集団を囲む群集のなかに、黒ずくめの衿《えり》もとに赤いネッカチーフを巻いた妻・もと妻の寒しげな鳥さながらの顔とね、やはり追跡行に憔悴《しょうすい》した巨人族の弟を見出したから。そして彼女たちを確実に見張りうる場所に、混雑に揉《も》まれながらも足をしっかり踏まえて、麻生野《オウノ》桜麻《サクラオ》が颯爽《さっそう》たる黄色コートの肩をそびやかしていた。「ヤマメ軍団」の二人ともども、その脇に立っている作用子がね、こちらの病棟を見上げるふうなのは森を探しているのだろう。いったんかれらを見つけ出してみると、この見物の群集は、混乱に終った反・原発集会の参加者たちが、ふたつの革命党派それぞれにあらためてここへ集結したのかと感じられたよ。事実そうならな、機動隊も勢いこんで待機せざるをえないじゃないか、ｈａ、ｈａ。

「志願仲裁人」だけが見当らぬが、かれこそこのような際には立ち合っているにちがいないんだがと、おれのキョロキョロ見廻していた眼がな、薄茶デニムの詰衿服に乗っかった、大きい造作のはみ出しそうな小さな顔を、すなわち生真面目きわまる「義人」の顔を一瞬とらえた！　おれは総身がおののくほどの歓喜にひたされたよ。森、「義人」ガ死ンダトイウノハ事実誤認ダッタ、ココデ再ビ乱闘ガオコレバ、アノ初老ノ数学者ハ総義歯ノ遠隔操作デ噛ミツキニ噛ミツクゼ、大イニ勇マシク闘ウニチガイナイ、ホラ、アスコニ！　とおれは内心再び叫んだがね、すぐさま「義人」の姿を見失い、そしてもう再確認することができない。

——それで連中の祭りの効力は、癌ヴィールスを制圧するほどのものか？　ファッ、ファッ、ファッ、きみ自身その扮装をして肌に感じる、かれらの祈禱《きとう》の方向づけはどういうものだ？　ファッ、ファッ、ファッ、ファッ。まさか当のわし自体を害虫かなにかのように、遠方へ送り戻して封じこめようというのじゃあるまい？　ファッ、ファッ、ファッ。

——なにを祈禱するのかはわかりません。それはかれら自身にもよくわかっていないかもしれない。一千万人規模の人間を守る、などともいってましたけど。ただひとつ明瞭《めいりよう》なのは、山車の周囲の扮装した連中が、その扮装の総体で、ひとつの小宇宙を構成していることですよ。……あすこに森と僕の「転換」二人組が加われば、それはもっと緊密な構造になるかもしれないと、そういう気まで起させますよ。それにあなた自身も加われば！　とおれはいってね、あなたはその**妊娠した老婆《ろうば》**の扮装のままで、と続けかねないのをさすがに抑制したがな。

——なにが明瞭だ？　ばかばかしい、癌で苦しんで死のうとしておるわしが、いまさら道化に扮装できるか？　と「親方《パトロン》」は憤慨したよ、当然ながらさ、ｈａ、ｈａ。

そこでおれはもう一度、あれが本当に「義人」だったかを確かめてみることもできずに、ベッド裾《すそ》を通って引返したよ。しかし「親方《パトロン》」の不機嫌はそのまま続いたわけじゃなくてね、ただそのような夢想をぬけぬけと口に出すおれを相手には、長談義は無用と見切りをつけてさ、実際家のかれらしく、「転換」二人組に提案をする汐時《しおどき》だとみなしたにとどまったよ。おれがあらためてタンカー業者の監視下に尻をおちつけたと見てとるや、「親方《パトロン》」はこう具体的に切り出したから。

――それできみときみの息子は、わしの仕事の総仕上げ計画を聞くか？　聞かないか？　話も聞かずに帰るつもりだとすれば、この前の襲撃に関わって、きみらはさきにきみ自身がいった警察での難局に立ちむかうことになるよ、「転換」が事実だとすればの話だがな、ファッ、ファッ、ファッ？

――もちろん聞きます、とおれは答えて、自分の手頸《てくび》にはっきりした森の承認を受けとった。**もちろん聞きますよ！**

――計画というのはな、すでにきみもよく知っているらしい、学生どもの核武装構想に関わってだ、ファッ、ファッ、ファッ。いま終局的に、かれらの党派へ向けて打つ手として、**これがある！**

そして「親方《パトロン》」はアメリカン・フットボールの選手が防具ぐるみ荒い息をするように、嵩《かさ》ばった胸腔《きょうこう》を覆うシーツを動かすんだ。なんとか自分の顎《あご》の先で、腫《ふく》れあがった腹部を指そうとしてるんだね。一瞬おれは、完成シタ原爆ガ、コンナトコロニ匿《かく》サレテイルノカ?! と考えてね、いまにもそこから回収不可能の厖大《ぼうだい》な毒が噴き出して全東京を覆うかと惧《おそ》れた！……その間タンカー業者が「親方《パトロン》」の顎の指示を読みとって、仁王のような背なかをユサユサ揺さぶりベッドの向うに廻りこもうとしたがね、提げている仙杖《せんじょう》もどきの金棒が壁にあたると、その音にアーッと恐縮にたえぬ声を発して床に置いた。そのまま膝行《しっこう》する具合にかれはベッドの向うに進み、旧い写真機の暗箱操作そのままにさ、「親方《パトロン》」の毛布とシーツの下に潜らせた両腕を動かしている。眉根《まゆね》は憂《うれ》いに暴力的なほど盛りあがらせ、脣《くちびる》は硬く瘤《こぶ》のようにつぼめて。そしてかれは瀕死《ひんし》の「親方《パトロン》」の腹部から、**妊娠した老婆**の胎児を出産させるように取り出したんだよ、丸まるふくらんだ鹿皮のボストン・バッグを！

——……**現金で五億ある**。きみたちでこれを持って行って、学生どもの党派に工作してもらいたい。両派の原爆製造工場を統合する線で。この金で党派をひとつ買収し、合併させるか、逆にひとつの党派を強力にして相手を解体させるか。ともかく党派がひとつになれば、工場施設と核物質が統合される以上、四、五週のうちに原爆は完成する。……その段階において、公安首脳とわしの合同指揮でな、**原爆密造人どもを一網打尽にする**！

おれは呆気《あっけ》にとられてね、ペシャンコになった「親方《パトロン》」の腹部を見ていたんだ。それからおれは笑いだした。おれは笑って笑って、椅子《いす》から笑い転げそうだったよ。これが笑わずにいられるか？　「転換」をもたらした宇宙的な意志の指令のまま、悪戦苦闘してついにその前に追いせまった敵の、妊娠した老婆の腹部と見えた所から、人類に大災厄をもたらす鬼ッ子が出産されたか？　出て来たのはアンチ・クライマックスの、五億円の工作費。これが笑わずにいられるかね?!

2

——わしがこの計画にきみを起用するのは、きみが場所がらも時宜もわきまえず、無意味に笑いだしたりする人間だからだ。きみが生まれつきの道化だからだ、となお笑いつづけるおれを鈍く光る赤眼に窺《うかが》って「親方《パトロン》」は嘲《あざけ》ったよ。わしが被爆した広島の場合とはちがって、きみの被曝《ひばく》自体がまた、道化じみたものだった。……あえて注意するまでもないが、きみはいま、癌で死ぬことを自覚した老人の前で、大笑いしているんだからね。

——すみませんでした、とおれはあやまりながらペチャンコになった「親方《パトロン》」の腹を見てね、また盛大に噴きだす始末さ。

——きみのような道化ならば、……「転換」して十八歳になったもと三十八歳の男が、もと八歳、いま二十八歳の息子をひきつれて、人類のために活動しているといいだすほどの道化ならば、わしの所から持ち出した金を洗い出されても、警察はわしとの関係を疑いはしないさ、と「親方《パトロン》」は笑っているおれにじゃなく、金の直接の出所であるにちがいないタンカー業者へ説明していたよ、当の大男は再びおれと森の背後に戻っていたんだが。しかし肝心な時に仕事をやらせるべき人間がこれだからな、じつにまた奇態なやつが、奇怪きわまる扮装をしてあらわれてきたんだな、ファッ、ファッ、ファッ?!

そしてやっと笑いをおさめたおれのかわりに今度は「親方《パトロン》」がもうわずかな声もたてず、微細な泡つぶの笑いを発しつづけるんだ。その「親方《パトロン》」は皺《しわ》だらけの眼をつむっているが、気がついてみるとペチャンコになった腹の上で、肉が落ちて指の長く見える骨太の両掌で合掌している。それがどういうつもりかわからぬまま、おれは「親方《パトロン》」の縁の赤くなった鼻孔、義歯の先が鋭く光る半開きの脣、それに大きく頑丈な耳のあたりから、たえまなく湧きおこってくる笑いを見つめていた。おれはその泡つぶの笑いにね、単におれと森の扮装に向けてじゃなく、「親方《パトロン》」が生涯で出会ってきたすべての人間と事物、ありとある経験を小馬鹿にしている、じつに厭《いや》な笑いを見たからね。そしておれ自身は、もう笑いからもっとも遠い気分だったのさ。

――そのようにしてあなたが警察の大捜査網に情報をあたえ、まるごと押さえこませるのは、原爆製造に不可欠な施設と核物質の全部そろった工場と、大学紛争で地下に消えた理学部秀才たちの一隊に、億の単位の金です。マス・コミはそれを**戦後最大の反・国家的隠謀**と呼んで、たちまち全日本人がこの地下工場グループへの憎悪《ぞうお》において統一されるでしょう。そしてあなたは統一された国論の、頂点にたつ救世主になる！　核脅迫による革命か、この東京と全都民の、それも天皇ファミリィぐるみの大破壊か、どちらかにひとつという隠謀をあなたが粉砕してくれたんだから。歴史に類を見ぬそのような国家的ヒーローとして、われわれの時代の最大の日本人として、あなたは輝やかしく死ぬことになる。醜悪で苦しいだけの孤独な癌死をとげるかわりに。……あなたは国葬になり、あなたの命日は国民祝祭日となり、国じゅうの無垢《むく》の子供たちがあなたを記念する式典で歌い、その全国集会では皇太子妃があなたの写真に菊の花をささげますよ。そしてあなたは、**この国のすべての人間の**「**親方**《パトロン》」になるんです。しかも核時代の決定的ヒーローのイメージは、世界的・人類的に拡《ひろ》がって行くでしょう……

そのようなおれの言葉がむなしく「親方《パトロン》」の微細な笑いの集積に吸いこまれてしま

うとね、さきにおれがその祭りへの全員待機を「親方《パトロン》」に報告した道化集団がな、ついに決定的な御霊《ごりよう》踊りかお祓《はら》いか、ともかく恐ろしく不遠慮に陽気な騒ぎを窓の下で始める具合だったよ。おれが黙ってしまった後も、いまや腹から胸へ引きあげられてあからさまに合掌している手がピクリとも震えぬのでね、この大騒ぎにもかかわらず「親方《パトロン》」は眠ってしまったのかと疑われるほどだった。しかしかれはもうひとつぶだけ笑いの泡つぶを押し出すと、白い舌が義歯の裏にあたる音よりもかすかに、

——それで、やるかね？　と切り出したんだ。党派の資金担当者は、きみたちが手数料に五千万とる分には、嫌な顔をしないよ、ファッ、ファッ、ファッ、それがこの世界の慣行だからな、ファッ、ファッ、ファッ、ファッ。

この最後の微細な笑いに挑発されて、おれはこんなふうに考えた！　ヨシ、引受ケテヤロウジャナイカ！　カレガサキホドマデノ得体ノシレヌ**妊娠シタ老婆**ノママダッタナラ、オレハカレノイダク構想ヲスベテ恐怖シテ、ソノ野望ノ達成ニ協力スルノヲ大キイ罪ニ感ジタダロウ。シカシアノ腫レタ腹カラ出テキタノハ、イカニ多額ダトハイエ、タカダカ金ニスギナカッタジャナイカ？　オ笑イ種《ぐさ》ダ。仕事ヲ進ンデ引キウケテ、ソレカラコノ世界ニイッタイナニガオコルカヲ見トドケヨウジャナイカ？　トドノツマリハ「転換」二人組ノ出番ガクルニキマッテイルノダカラ。コノ癌末期ノ老人

ハ、カレガマッチ・ポンプ式ニ支配シタ核開発計画ガ潰滅《かいめつ》スルノヲ見テ、シカモ栄誉ノウチニ死ヌ。シカシソノ次ガアルノダ。イマヤ「転換」二人組ハ、オレノ技術ト理論ニ加エテ豊カナ資金マデ持ッテイル！　オレタチノ「転換」ガ宇宙的規模ノ意志＝力ニヨッタ以上、人類ニ唯一《ゆいいつ》ノ宇宙的規模ノ力、スナワチ核爆発ノ力コソヲ、「転換」二人組ガ開発スルノハ、マッタク妥当ジャナイカ？

……そのように考え進めるおれの左手へ、森の右手があらためて凄《すさま》じい握力を強めてきた。耐えきれずおれは手頸を捥《も》ぎ離そうとするんだが、鋼鉄の腕がそれを受けつけない。おれは痛みにウーウーと喉《のど》の奥で唸《うな》ったがな、森自身もおれの手頸を攻めたてながら、力をふりしぼってウーウーと唸っているんだよ。

おれは痛みで気が狂いそうになりながら、生涯最初の苦痛の記憶を思い出したのさ。幼児のおれは自分の右手でなんでもできることに気がついたあと、左手にもまたなんでもできることに気がついて、そこで自分の両手を闘わせた。血みどろになった両手を母親が見つけて、おれは両手別々に台所の柱に縛りつけられたがね。アノ時、自分ノ両手ノ闘イニ決着ヲツケサセエナカッタカラ、オレノ生涯ハイツマデモ中途半端デ宙ブラリンノママナノカ？　とおれはもう声に出して痛みに唸りつつ発見したよ。

今は昂奮《こうふん》に真紅の眼をチラリと開けて、返答を待ちかねた「親方《パトロン》」が、唸っているおれを見たよ、自分に屈伏して使い走りをするほかに、おまえにどのような生き延び方があるかと嘲弄《ちょうろう》するように。そこでおれは宇宙的な意志へ向けてか、「親方《パトロン》」へ向けてかともかく声を励まして、

――引受けます！　と叫んでのけぞり、ベッド枠を蹴《け》とばして背後へ突っこんだ！　そのおれの頭が大きい睾丸《こうがん》を直撃したタンカー業者の股座《またぐら》からね、全身もがきたてて頭を引っこぬいて、もいちど正面から頭突きする直前、おれは見事に闘う森を見たよ。おれが背面盲跳《めくらと》びをする瞬間その手頸をパッと放して立ち、床に置いたままの仙杖を摑《つか》みあげて、滅多撃ちに「親方《パトロン》」を撃ちすえている森を。次におれの見た森は、血だらけの棒で窓ガラスを撃ちくだき、追いすがる秘書どもを尻目に、五億円のボストン・バッグをかっさらい跳び出して行く、超老人の勇姿だったぜ！　強大な格闘相手に組みついて「親方《パトロン》」救援に向うのをヨタヨタとはばみながら、おれはいま見たものへの感動におののいたよ。あのようにも颯爽たる森の行動を、一瞬なりと見てとるためにこそ、おれはかれを生き続けさせ、育てあげてきたんだと、「転換」した若僧には不釣合いの父親的な感動に！　そして胸も喉も破けんばかりにさ、リー、リー、リー、リー、リー、リー、リー、リーと喚《わめ》きたてたんだ。リー、リー、リー、リー、リー、リー、リー、リーとおれは喚きに喚いたよ！

そのうちついにタンカー業者の大きい靴に蹴り離されて、窓ガラスの砕片の上にモンドリうってね、それでもあがきたてて起きあがったおれの眼に、群集がどよめきながら後退して開く空間の、その真ん中に据えられている山車《だし》が盛大に炎上するのが見えた。道化集団の総勢が誰もかれも、隠していた燈油を出してぶっかける。その猛然たる火勢の山車へ、機動隊に追われて森が走って行く。半開きのボストン・バッグを振り廻し、全身を覆う蓬髪《ほうはつ》をなびかせ、道化集団はもとより今は群集総体が発している喚声のなかをさ、森は柵を乗り越えざま山車の炎に跳び込んだ！　巨大な火焔《かえん》のただなかへ頭からダイビングした森の、その躰《からだ》がなお宙に浮いてる間に、こぼれおちる紙幣は蓬髪ともども燃え上ったよ。すがりついているタンカー業者の肩ごしに大顎をバックリ開けて死んでいるのが見える「親方《パトロン》」の、最終の野望の手がかりはたちまち灰。そして燃える森。再びガラスの砕片の上に打ち倒され、警官どもにのしかかられながら、おれは生まれたばかりの赤んぼうのように血だらけで、いまはもう声をかぎりに泣き叫んだのさ、リー、リー、リー、リー、リー、リー、リーと！

『個人的な体験』から『ピンチランナー調書』まで

大江健三郎

1

司修によって描かれた、「ピンチランナー二人組」のイメージ。それは作家の言葉によるイメージが、画家の制作をつうじてどのように新しく生きるかを示して、作家自身にも興味深いものだ。

端的に、僕はこの版画を好んでいた。息子も、それを好んだ。しかしそのうち、このイメージの読みとりにおいて、僕と息子との間にある、根本的な対立に、僕は気づいた。僕としては、大きい方が父親、そして眼のありかもさだかでない、小さいのが息子をあらわしていた。

ところが息子にとっては、大きい方がかれ自身、その脇《わき》の小さいやつが、かれの父親なのであった。僕は笑ったが、「ピンチランナー二人組」の「転換」を考えると、むしろ息子に僕を笑う権利があった。

2

七歳の時この息子は、30センチL・P二枚におさめられた、日本の野鳥の声をすべて覚えた。人間の言葉を自発的に申しのべるということでは、かれは鳥の声を聴きわけられるといいだすことができぬのだった。僕と妻としては、かれが野鳥の声のレコードを格別熱心に聴く、と気がついているのみだった。夏、群馬県の高原の山小屋で、ほとんど黙っている息子が、

――シジューカラ、ですよ、といった。

あるいはまた、いま僕として野鳥の分布について不正確な名をあげることしかできぬが、

――センダイムシクイ、ですよ。

――アカショービン、ですよ。

――ヨタカ、ですよ、といったのである。

そこで僕たちは、息子の傷ついた頭のなかで、日本の野鳥の声百種ほどもが、くっきりと分節化されていることを知った。

3

息子が特児室病棟から戻ってはきたものの、まだいかなる意思表示もおこなわなかったころ、かれの聴覚の機能は死んでいるのではないか、という疑いが僕たちをとらえていた。

そこで妻は、朝早くとか真夜中とか、ともかく静かな時間に、赤んぼうのベッド脇で、

――**アッ**！　あるいは、**ドカン**！　と叫んでみている僕を見出すことになった。

無意識のうちに経験した、不愉快な人間の声の攻撃が、息子をしてむしろ鳥の声になれしたしませる動機となったのかもしれない。

4

『個人的な体験』から『ピンチランナー調書』にいたるあいだの、なかばのピークとしての仕事『洪水《こうずい》はわが魂に及び』は、鳥の声を聴きわける息子という基幹となるイメージに支えられた。鳥の声によるなにものかからの通信の解読者。多様にかつ多義的に、僕は息子のイメージに支えられつづけてきた。

メキシコ・シティで教師の生活しつつ、僕は『ピンチランナー調書』を完成したが、最終稿の約二倍あった第一稿の原稿束を、僕は飛行機で運ぶトランクにいれて行った。辞書の類も、必要不可欠である。重量制限を思えば、それより他は着かえのシャツほどのものしかつめられぬトランクで、僕はひとり遠い国へおもむいたのである。そういう事情がなくても、息子と僕とが生活の現場で共有しているものを、半分にわけて携行するなどということはできない話だった。僕は自分から息子が、まるごと剝《は》ぎとられたように感じた。

到着してしばらくたつが、手紙もとどかぬ。そのうち自分で思いつくというよりは、出版社からの電報がヒントになって、僕は東京に電話をかけた。太平洋の向うからの憂《うれ》い声で、息子が発作をおこし眼が見えなくなったと、動顚《どうてん》しているというより思い屈したふうの妻がいう。

その夜僕はいつまでも人びとがざわめいている真夜中の通りを、永い間歩き廻ったが、翌日は、眼をつむってじっとベッドに横たわっていた。そして、まるごと剝ぎとられていた息子が、大きく重く、自分の身ぢかに回復してきたのを感じたのであった。

このように複雑に、支えられている、と僕はいうのだが。メキシコ・シティのアパートで『ピンチランナー調書』を書き終えた時、僕はかってあじわったことのない、身も心もその力を使いつくした思いの底で、もう自分は息子のイメージをとおして小説を書くことはすまいと考えた。それは約束をむすんだようなものだが、誰との約束かといえば、『個人的な体験』から『ピンチランナー調書』にいたる、僕のすべての仕事、つまり息子のイメージに支えられたすべての仕事に対しての、約束であったように思う。

5

しかし僕は『個人的な体験』から『ピンチランナー調書』にいたる、自分の小説のいずれについても、それを「私小説」とはみなさないのである。「私小説」とは、どのような特性をそなえた小説をいうだろう？　文学についての既成概念は、機会あるごとに自分の定義をそれにあたえてみるのがいい。死にかけている言葉なら、より完全にそれを死なしめるために。なお生き延びうる言葉ならば、それを激しく活性化させるために。

僕はいま仕事机のまわりの、本棚を見る。そこには文学の領域内にとどまらず、様ざまな分野の本がある。とくにそこにまとめられているのは、この数年繰りかえしそこに戻って行った本であり、まだなお数年読みかえしつづけるであろう本である。したがって、それらの本のいちいちに、僕はその書き手の「私」を確実に感じとることができる。

しかしそれらの「私」は、どの本のなかでも、直接的に呈示されているのではなかった。ここにあるいずれの本でも、書き手の「私」は、一面的にそのままというのでなく、構造的に表現されていると、それらの本の背を眺めてゆきながら思う。

作家でいえばトルストイとドストエフスキー。かれらのどちらかを一年おきに、一月から一月半、その作品だけを読んでくらすということを、この十五年ちかく繰りかえしてきた。毎年そのように、肉体条件としては風邪をひくことが引金になって、その間もわずかに長篇の第一稿を書きつぎはするが、精神的にも疲弊してしまうからである。その時期、僕はまず、すくなくとも一週間は読みつづけられる長さの長篇小説を読みたいと思う。そのような長篇小説をいくつも書いている作家が、そこでもっとものぞましい。大樹のもとに身をよせる具合に、僕はかれらのかたわらにいたいのである。そこでトルストイ、ドストエフスキーということになる。その意味では、マンもよい。

僕はわが国の作家たちが、躁鬱病《そううつびょう》を自分の経験として口にするのに関心をもっている。いまは躁の時期にあり、いまは鬱の時期にあるとエッセイに書くことのできる作家たちは、基本的にその躁鬱病を乗り越えている人なのであろう。あるいは躁鬱病を自力でコントロールできる人なのであろう。

自分について、僕は躁鬱病的であるとはいわない。そのように認めることに抵抗したい気持がある。自分はいま鬱の時期にある、といったん認めたなら、その鬱の奥底にとめどなく沈みこんでしまいそうであるから。僕は深く気が滅いってくると、医師トルストイ、ドストエフスキー、あるいはマンに救助をもとめる。自分は鬱だというかわりに、これらの巨大な文学作品の前で自分はなにものでもない、と認めるわけだ。それら巨大な文学作品が、ほかでもない自分の想像力を現場として再生する。その昂《こう》揚《よう》を経験しつつ、回復してゆくのである。それはなかば自力で回復の道をのぼっているのだと、僕は自分自身を励ます。

このようにして読むトルストイ、ドストエフスキーあるいはマンの長篇小説から、作家の「私」が直接に立ちあらわれてくることはない。たとえば『戦争と平和』の終りの、トルストイが直接に戦争論を語るくだりにおいても。作家は作品の全域に実在している。しかしその作家は、作品の構造をつうじて働きかけてくるのである。ひとつの有機的な構造として、作家は立ちあらわれるのである。それを作家の「私」というようには、僕は感じない。それはむしろ構造としてたちあらわれる普遍性、あるいは人類そのものである。

6

僕の見る私小説の方法的特徴は、それが想像力の働きかたをストイックに制限していることである。小説を、それがどのようないきさつで語られるか、現実とむすんでみせる手つづき。それを「動機づけ《モーティヴェイション》」と呼ぶ。私小説の「動機づけ」ほど明瞭なものはほかにあるまい。「私」はこの現実の生活を、作家として生きているのであるが、その生活の現場でこのようなことを経験している。またその経験にもとづいてこのように想像した。そのような「動機づけ」をつうじて、私小説が書かれる。

メキシコの大学で、わが国の私小説についてこのように説明した時、ひとりの学生が、

――それならばガリヴァーもロビンソン・クルーソーもおなじではないか？　と質問を発した。

そうだ、その通り。しかもなおわが国の私小説の特徴的なところとはなにか、と考えすすめると、問題はときやすくなる。わが私小説において「私」はかれの日常生活の場にとどまる。ロビンソン・クルーソーのように無人島で生活したりはしない。またわが私小説の作家は、「私」がこのような経験をしたのだという「動機づけ」に立って、ガリヴァーの作者がおこなうように巨人国や小人国の話をすることもない。

しかし年じゅう自分の部屋から出ない「私」にとってすらも、人間の経験する最大の冒険、死をさけることはできない。そこで多くの私小説が、死と対峙《たいじ》する人間の経験と観照を描いて効果をあげる。それは私小説の「動機づけ」を踏みこえず、かつ射

程は大きい。

7

想像力の働きを制限する私小説、と僕が考えるのはこういうすじみちにおいてだ。日常生活の経験が、われわれにあたえるイメージ。その基本的なイメージを、自由につくりかえてゆくのが、想像力の動きである。私小説の書き手は、「私」＝作家の日常生活をはずれぬ限界内に、その自由な運動を規制する。

文章を書く過程で、われわれはひとつ言葉を書きつけるたびに、その言葉から新たに喚起される。そして想像力はジャンプし、新しいイメージがもたらされる。私小説においては、このように言葉に触発される想像力の動きも、やはり私＝作家の日常生活の範囲をこえぬよう自己規制される。

ひとつのかたまりをなすイメージを紙に書きつけ、いったん書きつけられたイメージを読みかえして、自由にそれをつくりかえて行く。その想像力の行為を作家としての生活の中心にすえている僕は、私小説の作家のイメージのつくりかえに関わるストイシズムに驚きをいだく。

8

僕は息子との協同生活の経験に触発されて書いてきたが、僕の書いたものは私小説ではなかった。とくに『ピンチランナー調書』で、僕の書いた父親と息子は、ある夜を期して父親はハイティーンに、息子は壮年の男へと「転換」をとげる。しかしこの「転換」というような構想こそが、じつはもっとも切実に息子との協同生活の経験に根ざすものだ。私小説として書くならば、父親が息子との日常生活において、自分と息子とがいれかわったような錯覚をいだくことがあり、それが父親自身の内的な願望とかさなっているのが自覚される。その心的情景のスケッチとしてのみ小説となるだろう。それに加えて父親が「転換」を夢想する、その感慨もつけ加えられうるであろうが。

しかし僕が日々の経験に立って、いったん「転換」ということを考えると、そのイメージはいかなる制約もない、自由な想像力の展開を呼ぶのである。想像力に関するかぎり、僕は途中で走りやめることはしないつもりだ。

したがって僕の小説の様ざまな細部および全体の構想は、僕と息子の日常生活に発しているが、書きあげられた小説は、むしろ現実の経験からもっとも遠いものだ。その書きあげられた小説の全体について、その構造こそが自分だと、僕は責任をとる。したがって右のようにいうことは、僕が自分の書いたものについて責任回避すると非難されずにすむはずであろう。

9

英訳された『個人的な体験』が送られてきた時、僕はそれが他人の翻訳した英語であるだけなおさらに、この小説を自分の経験と切りはなして読むことができた。その上でのことだが、これは自分が幾年か前に経験した情景を記録フィルムにとったようだと、むしろ驚きとともに発見した情景がひとつだけあった。それは父親になったばかりの鳥《バード》が、異常な出産を告げてきた病院へ自転車で駈けつける情景である。《鳥《バード》は風圧にさからって上体を右にかたむけ、自転車のバランスをとりながら走る。舗道のアスファルトを水の薄い膜がおおっているのを疾走する自転車のタイヤがこまかく波だたせ小さな霧のように飛びちらせる。それを見おろしながら体をななめにかしがせて自転車を走らせているうちに、鳥《バード》は眼まいを感じる。かれは顔をあげた。見わたすかぎり夜明けの舗道にはいかなる人影もない。舗道をかこむ並木の銀杏《いちょう》は濃く厚く葉を茂らせ、それら数しれない葉のそれぞれが豊かに水滴を吸いこんで重おもし

くふくらんでいる。》

この朝についての僕の記憶は、ロシア・フォルマリストの言葉でいえば、異常な出産の知らせによって「異化」されているために、いまもはっきりしている。この朝経験したことで、しかし書かなかったのは、次のような過去と未来についてのにせの感覚についてのみであった。自分は異常児が自分の子供として生まれてくることを以前から知っていたし、またそれに関して今後自分にどのようなことがおこるかをも、この自転車をこいでいる瞬間にすべて予感することができる。そしてその上でしかも自分は、「なべて世はこともなし」と感じる。そのようなことを僕は考えつつ、病院にむかったのである。

10

引用した部分を見てもそういえるように、『個人的な体験』の文章は素直なかたちをしている。作品のしくみも、三人称の主人公の視点で世界を見てゆく、一般的な書き方である。主人公鳥《バード》の視点に、僕はかたく自分をしばりつけていた。しかし小説のなかで鳥《バード》が眠る間だけ、かれを外側から見る視点を採用するという、いまふりかえって微笑を禁じえぬ、「発明」もしている。

もっともこの小説で鳥《バード》が眠るたびごとに、かれの眼よりほかの視点が、鳥《バード》とこの世界を見ていたのではない。「発明」は一箇所にのみ応用された。

《火見子は痛みに涙を流しながら暗がりをすかして、鳥《バード》の不自然に縮こまった苦しげな寝姿を眺めていた。……火見子は檻《おり》のオランウータンのように窮屈に体をおりまげウイスキーの匂《にお》いの燃えたつような息をはいて眠っている男友達を、滑稽《こっけい》かつ憐《あわ》れに感じた。しかし、この眠りは明日の大騒ぎのまえの小休止にはなるだろう。火見子はベッドから降りたち、鳥《バード》の腕と足をひっぱってベッドいっぱいにのびのびと眠ることができるようたすけてやった。……》

11

『ピンチランナー調書』の文章のかたちと記述のしくみは、複雑化している。しかしその複雑さを構成しているいちいちの層は、くっきりしている。それ自体では明瞭《めいりよう》な層が、構造的につくりだす複雑さ。僕はそれをめざして、決定稿をしあげる。小説を書く作業のうちもっとも苦しい労働である、その書きなおしの日々、メキシコ・シティのアパートでも、僕はそのように望んで仕事をした。

小説のイメージに力をあたえるものとして、両義性、多義性は、重要である。しかしその両義性、多義性とは、僕の考えでは次のようなものでなくてはならない。具体的な例をひいて考えをすすめるなら、最初に示した「ピンチランナー二人組」のイメージ。それを僕の視点は、大きい方が父親、小さいのが息子のシンボル化だと受けとめていた。そして僕の息子は、大きい方が自分＝息子自身、小さいやつが父親だと受けとめていた。

この場合、「ピンチランナー二人組」のイメージは、両義性、多義性のあるものということができる。しかし、あくまでも僕の視点で見るかぎり、大きい方＝父親、小さいの＝息子と見えるのであり、息子の視点では、大きい方＝息子、小さいやつ＝父親と、見えるのである。しかも一般にわれわれはそのどちらの視点をも、自由に採用することができる。その一方から別の片方に移る際のダイナミズムが、われわれの想像力を生きいきさせるのである。

われわれの眼が、二重露出した写真のようにあいまいな画像を、大きい方＝父親、息子、小さいやつ＝息子、父親と、両者のにじみあっているイメージを見てとるのではない。このようにそれぞれとしては明瞭ないくつもの層の、構造的にくみあわされた重層化ということが、『ピンチランナー調書』の方法である。

それは魂に直接つなぐようにしながら、しかもその表現するしくみは、「私」を離れて構造として独立したものとすることをねがう、両面価値的《アンビヴァレンツ》な構想に発している。それが僕の創作の、根本の構想である。

12

いま僕と息子とは、まったく同じ体重をしている。数小節を聴いて、息子がそのケッヘル番号をいうことのできぬモツァルト作品は、おそらくいかなるFM放送局からも流れてくることはない。息子のお襁褓《むつ》のために竪《たて》、横とも一米《メートル》をこえるビニール袋を手にいれるために、僕はありとあるデパートの家庭用品売り場を歩く。しかし今後の僕の小説に、息子との現実生活が直接反映することはないだろう。『個人的な体験』ではじめたことはすべて、『ピンチランナー調書』で終えたと僕は考えている。

解説

中野孝次

ひとはだれもがそれぞれのうちに地獄をくわえこみながら、ひとつの同じ時代を生きてゆく。このうちなる地獄は他者による代替不可能なものである。そこには憐愍《れんびん》も同情もとどかない。なぜならそれは、他人がとって代ることのできぬ、一回限りの、当人だけに課せられた宿命――大江健三郎の言葉にいう「個人的な体験」――共通化しえない問題だからだ。

「ねえ、鳥《バード》。こんどのことが、こんな風にあなた個人に限る問題じゃなくて、わたしにも共通に関わる問題だったとしたら、わたしはもっとうまくあなたを力づけてあげられたのに。」

現代のサマリア人、慰める女、火見子が言う科白《せりふ》を、だれもがその愛する者にむかって言うだろう。しかしたとえどんなに愛する者であれひとが他者にむかって言えるのはそこまでである。鳥《バード》の答がこの個人的な地獄の性質を明らかにする。

「確かにこれはぼく個人に限った、まったく個人的な体験だ。(略)個人的な体験のうちにも、ひとりでその体験の洞穴をどんどん進んでゆくと、やがては、人間一般にかかわる真実の展望のひらける抜け道に出ることのできる、そういう体験はある筈《はず》だろう? (略)ところがいまぼくの個人的に体験している苦役ときたら、他のあらゆる人間の世界から孤立している自分ひとりの竪穴《たてあな》を、絶望的に深く掘り進んでいることにすぎない。おなじ暗闇の穴ぼこで苦しい汗を流しても、ぼくの体験からは、人間的な意味のひとかけらも生れない。不毛で恥かしいだけの厭《いや》らしい穴掘りだ。」

脳ヘルニアの疑いのある新生児を授かった直後、苦悩の日々に鳥《バード》がそう信じたことを疑う理由はない。だれもがそれぞれのくわえこんだ地獄を前にしてこれと同じ感想を持つだろう。そして、この共通化できぬ非普遍的な問題をくわえこんだまま、それを解決のつかぬわが運命として黙って引受けて生きてゆくのが通常の人生である。ひとはせいぜい外的に、すなわち制度の上でその保証を要求することができるくらいのものだ。

だれがそれを自分の思想の中核に据えて、世界観そのものの変革を企てたりするだろう。それではまるで狂人ではないか?

だが、『個人的な体験』から『ピンチランナー調書』まで、足かけ十三年、大江健三郎が一途に生きてきたのはまさにそういう、「他のあらゆる人間の世界から孤立している自分ひとりの竪穴を、絶望的に深く掘り進」む、狂気に縁辺を接した仕事だったのである。ほとんど踊るように幼時の小暗い森から歌い出たこの才能ゆたかなヘルメス神は、職業的小説家としての数年ののち、生のさなかでそういう地上の苛烈《かれつ》な宿命につき当り、それを引受けそれを自己の生の中核の問題として生きる道を選んだのである、苦渋の脂汗《あぶらあせ》をにじませながら。彼もまたこう述懐してもよかったであろう。

——ひとの世の旅路のなかば、ふと気がつくと、私はますぐな道を見失ひ、暗い森に迷ひこんでゐた。

ああ、その森のすごさ、こごしさ、荒癈《こうはい》ぶりを、語ることはげに難い。思ひかへすだけでも、その時の恐ろしさがもどつてくる！（ダンテ「地獄篇」寿岳文章訳）

私は、伝記を片手に作品を、作品を片手に伝記を探る式の作家論を信用しないことにしている。それは二重の意味で偽りであるからだが、理由はいま述べる必要があるまい。ただ、それにもかかわらずここでちょっとこの作家の年譜を引かぬわけにいかないのは、彼が文学の上で引受けたこの宿命が、むろんその実生活に根拠を置いているからである。年譜によれば大江健三郎は安保闘争の年に結婚、一九六三年（二八歳）長男誕生とある。

彼が『空の怪物アグイー』で、脳ヘルニアと誤診された子を死なせた父親を想像し、『個人的な体験』でその子の運命を引受けるにいたった主人公を力動的に描いたのは、その翌六四年であった。発表当時この作品は大きな話題となり、その美質はすでにさまざまに論評されているからここで改めて論じないが、いま読み返してみて私は、これは大江健三郎流のもう一つの『歌のわかれ』だったのだということに思い当った。何からの別れか？　青春からの、あるいはすぐれて知的な一般的思考からの。

『個人的な体験』の魅力が、子供が見殺しにされるのを待つあいだの火見子との性的逸脱、とくに火見子という無私な献身者の造型に負うところが多いことは、定評の通りである。私は、半世紀以上になる大学教師生活のあいだその手のインテリ女性を多く見てきたので、「若さとペダントリーと自信にあふれた」女子大生、しかもその後実社会とうまくその才能の歯車を噛《か》みあわせられなかった不毛な人種として、彼女のその無償の知性と無私な優しさをふくめて、風俗的にもこの火見子は典型的な人物だと思うが、結局これは生の実際においては非現実的な抽象的思考者にとどまるのである。自分一個の地獄につき当る前の知識人がすべてそうであるように。彼女は『個人的な体験』につき当る以前の大江健三郎の属する世界の魅力的な代表なのだ。

平野謙はこの女性をさして、彼女は《ひとりの人間の死という「絶対性」を相対化するいかなる理論もないことを内々承知しているにもかかわらず、多元的宇宙論などという形而上的《けいじじょう》思念をつむぎだすことによって、心の疵《きず》を癒《い》やそうとするような女性である。その点、火見子は『空の怪物アグイー』の主人公と共通する心的傾向を持っている》と、鋭く見究めていた。

つまり、発表当時大方の高い評価にもかかわらず、メロドラマふうハッピーエンドとして三島由紀夫などに皮肉られた、その最後の場面にこそ、宿命を引受けた作家の男々しい出発の決意が、すなわち過去への別れがこめられていたのである。

「手術して赤ちゃんの生命を救ったにしても、それがなにになるの？　鳥《バード》。かれは植物的な存在でしかないといったでしょう？　あなたは自分自身を不幸にするばかりか、この世界にとってまったく無意味な存在をひとつ生きのびさせることになるだけよ。それが、赤ちゃんのためだとでも考えるの？　鳥《バード》。」

「それはぼく自身のためだ。ぼくが逃げまわりつづける男であることを止めるためだ。」

火見子の声が理性の立場である。常識的な理性の、一般的思考の、「他のあらゆる人間の世界」の言うことである。それにたいし主人公鳥《バード》の決意は、自分自身の生を引受けた男の言葉である。立派だが、決意だから、この小説ではただそういうものとして記されて終っている。が、書き手大江健三郎にとってはこの瞬間からそういう地獄をかかえたただの人としての実人生と、小説家としての仕事とにまたがる、本物の辛《つら》い生きた時間が始まったのだ。そしてわれわれがいま立っているのは、彼が『ピンチランナー調書』によってこの「世界にとってまったく無意味な存在」と火見子に言わせた人物に、宇宙からの声の聴者という肯定原理を与え終った時点である。これが彼の十三年間の苦闘を通じてにじりよった究極の答である。彼は今後もうこの子のことを書かないだろうと宣言している。

その間の大江健三郎の苦渋にみちた経歴は、ダンテが生の半ばと呼んだ三十五歳の前と後との一連の彼の仕事に見ることができる。彼はある場合には『われらの狂気を生き延びる道を教えよ』と祈り、『洪水はわが魂に及び』に、鳥の声を正確に聴きわける息子というイメージを美しく描いた。鳥、すなわち自然。宇宙からのメッセージの聴者というイメージが、次第にふくれあがって『ピンチランナー調書』の息子の姿に成長してゆく過程は、だれにでも見ることができよう。

一九六三年から七六年まで、これは安保闘争から大学騒動をへて石油ショック後の曖昧《あいまい》社会にいたるまでの期間である。その間大江健三郎が小説家たる一市民の立場から、同時代の政治に積極的に発言してきたあとは、『核時代の想像力』をはじめとする彼の多くの発言に見ることができる。が、天皇制について、原爆について、沖縄と金芝河《キムジハ》について、彼の発言には一貫して、きわめて一般的でありながらつねにそれらの根底に一つの共通する個人的な発想の根のあることが感じられる。それは『壊れものとしての人間』についての徹底した自覚だ。人間の尊厳を最終的に形作るものは何かという執拗《しつよう》な問いかけだ。脆《もろ》い弱い人間というものを肉体として所有していることから発する、自他をふくめての自己救済の希求がそこにはつねにきこえているのである。この作家がつきぬけていったところはつねに明確な判断を提示しているが、私は彼がそこへゆきつくまでのどろどろした暗い部分で、しばしば狂気に縁辺を接することさえあっただろうと想像する。この作家の資質には、ひと中ではひとをよろこばせたのしませずにいられぬ道化のゆたかな想像力とともに、自分ひとりあるときは暗い日常の出来事の細部への執拗な肉体的拘泥《こうでい》があると感じられる。

小説家大江健三郎にとって、こうして、ただあるように存在する暗い世界にたいして、もう一つのまだ存在しないあるべき明るい世界を対置することが、至上絶対の要請となったのだった。かつて小暗い森のやわらかな記憶を本能的にうたえばよかった天使は、このときから、それぞれの地獄をくわえて生きている人間の尊厳のために、意志的にあるべきもうひとつの世界を創造する使命を負った苦役者となった。『個人的な体験』以後、この小説家の提示したものが、詰屈《きつくつ》した、黙示録的混沌《こんとん》を示しているのは、その力業の困難を証明している。もし彼が『空の怪物アグイー』の主人公の道を選んでいたら、彼は自己苛責《かしやく》に駆られた逃亡奴隷《どれい》として、もっとリアルに多くの同情を買うことができただろうに。

想像力、わけてもこの世の仕組を逆転させる希望原理としての想像力が、この小説家の唯一《ゆいいつ》の武器であった。人間を支配する世界の仕組、制度、イデオロギー、人間の手を離れて自動運動し始めた近代産業や近代科学、あらゆるもっともらしい抽象性にたいして、彼にある唯一の武器は、人間の尊厳を守り抜こうとする決意と、そのための想像力なのである。私はこの作家が近年、世界変革原理としての、戴冠《たいかん》と奪冠、転換と交代、死と再生、変化と更新というラブレー式笑いの構造に興味をよせ始めた経過を、もっぱらその一点から納得する。

彼が当初この国でほとんど無視されたギュンター・グラスの『ブリキの太鼓』の最初の発見者の一人となったのも、そこに彼が夢みる逆転の一つの見事な達成を見たからであろう。三歳で成長をとめたオスカルの視点からみた大人の世界の狂気の叙述は、哄笑《こうしょう》とブラック・ユーモアにみち、本質的には大江の目ざす世界と同質のものであったから。

『ピンチランナー調書』はその大江健三郎の苦闘と方法とが達した末の返答であった。この小説における記述、つまり言葉の行使の仕方には驚くべきものがある。彼はその積極的な想像力の行使者として「言い張る男」を設け、その世界と読者が呼吸する現実との媒介者として、疑いかつ共感する記述者を設定し、このダイナミックな仕掛けによって、想像された現実⇅書かれた世界⇅現実に生きる読者という、自在に行交う通路を創《つく》りだしたのだ。そこを一つに貫くものは、言葉だけである。

「他人の言葉にちがいなく、それを他人が発した情況も覚えているのに、あれこそは自分の魂の深奥《しんおう》から出た言葉だと感じられる言葉。」

彼は練達の小説家として、また世界文学のよき読み手として、そういう言葉の動力の秘密を最大限に発揮させることを志す。言葉というものが、一つの全体を構成するその位置によって、状況とシチュエーションによって、いかに生きいかに死ぬかを彼は見事に使いわけてみせる。

この小説全体は、むろん架空の、哄笑とたくましいエネルギーと動きにみちた戯画である。ただ——これは小説という創造物だけがなしとげることができる——その架空の全体を構造的に支える細部の状況、この全体のなかでだけ可能なその個々のシチユエーションは、人間世界の現実をつくるものにひとしい。現実の人間世界ではひとはこのように率直に、こっちの「魂の深奥」にじかにとどく言葉が、羞恥《しゅうち》から、あるいは麻痺《まひ》から、発せられることが稀《まれ》なだけである。大江健三郎の小説にはしばしばそういう、想像された世界の彼方から、いきなりぐさと読み手の心に突き刺さる言葉がある。

現代の中心的な出来事を戯画的にとりあげながら、劇画的哄笑のうちに活潑《かっぱつ》に展開するこの小説は、結局ただ一つの訴えをしている、と私には思われる。——きみ、あるがままにある世界の仕組はこのようなものであり、それは笑いとばすしかない、ぼくらはみなそれぞれの地獄をかかえてこの世界を生きている、だからわれ人ともにはげましあって、希望原理を持ちつづけようじゃないか、これがぼくのきみに贈る笑いだ、と。

その点で、この小説の奥底にひびいている声は、第十一章に記された数行だと私には見える。壮年に転換した主人公・森がおれを見たときのおれの言葉である。

森ガアノヨウニ静カナ悲シミノ予感ノ底カラ、ナントカ楽シミノ期待ヲスクイアゲテ、ソノ上デチャレンジシヨウトシテイルコト、ソノ冒険ヲ今度コソオレモカレト一緒ニヤッテヤル！

静まりかえった深い森のようなこの森の人間像が、動きまわる小説の中心にじっと存在している。かつて『個人的な体験』で「この世界にとってまったく無意味な存在」と火見子に評された存在の、成熟し原理にまで昇化した可能性がここにある。

《「転換」した森の肉体と精神が新状況に慣れて、しっとりした落着きすら獲得している。凝視する眼に表現された穏やかに澄みわたっているものは、悲しみのようでもあるし憐《あわ》れみのようでもあり、そのまま慰撫《いぶ》の呼びかけのようにも感じとられる。》

このように人を見つめることの出来る存在、それは仏教用語に言う「慈悲」の如《ごと》きものではあるまいか。おそらくムイシュキン公爵はこのような魂にしみ透《とお》る目をもっていたのであり、それは白痴《はくち》と呼ばれる彼だったからこそ可能な魂の裸形を示す目だったのだ。この森がつづけて無言のうちに言う言葉こそ、書き手と読み手と双方を貫いて、この小説の祈りの言葉であろう。

全体ガアモルフニ崩壊シハジメタ時代・世界ニ生キテルンダカラネ。ナオサラ切実ナワレワレノ問題トシテ、滅茶苦茶ハダメダ。オレタチハ、ソノ滅茶苦茶ヲ建テナオシ、全体ヲ蘇《そ》生《せい》サセル人間タラネバナラヌハズジャナイカ?

『個人的な体験』は、十三年ののちにこの人間像を創りあげることによって、一つの普遍にまで昇化したのである。

＊「新潮現代文学55」の解説を一部字句を訂正して再録した

この作品は昭和五十一年十月新潮社より刊行された。

大江健三郎著

死者の奢り・飼育

芥川賞受賞

黒人兵と寒村の子供たちとの惨劇を描く「飼育」等6編。豊饒なイメージを駆使して、閉ざされた状況下の生を追究した初期作品集。

大江健三郎著

われらの時代

遍在する自殺の機会に見張られながら生きてゆかざるをえない〝われらの時代〟。若者の性を通して閉塞状況の打破を模索した野心作。

大江健三郎著

芽むしり 仔撃ち

疫病の流行する山村に閉じこめられた非行少年たちの愛と友情にみちた共生感とその挫折。綿密な設定と新鮮なイメージで描かれた傑作。

大江健三郎著

性的人間

青年の性の渇望と行動を大胆に描いて波紋を投じた「性的人間」、政治少年の行動と心理を描いた「セヴンティーン」など問題作3編。

大江健三郎著

空の怪物アグイー

六〇年安保以後の不安な状況を背景に〝現代の恐怖と狂気〟を描く表題作ほか「不満足」「スパルタ教育」「敬老週間」「犬の世界」など。

大江健三郎著

見るまえに跳べ

処女作「奇妙な仕事」から3年後の「下降生活者」まで、時代の旗手としての名声と悪評の中で、充実した歩みを始めた時期の秀作10編。

大江健三郎著

われらの狂気を生き延びる道を教えよ

おそいくる時代の狂気と、自分の内部からあらわれてくる狂気にとらわれながら、核時代を生き延びる人間の絶望感と解放の道を描く。

大江健三郎著

個人的な体験

新潮社文学賞受賞

奇形に生れたわが子の死を願う青年の魂の遍歴と、絶望と背徳の日々。狂気の淵に瀕した現代人に再生の希望はあるのか？　力作長編。

大江健三郎著

同時代ゲーム

四国の山奥に創建された《村＝国家＝小宇宙》が、大日本帝国と全面戦争に突入した!?　特異な構想力が産んだ現代文学の収穫。

大江健三郎著

燃えあがる緑の木
（第一部～第三部）

森に伝承される奇跡の力を受け継いだ「新しいギー兄さん」。だが人々は彼を偽物と糾弾する。魂救済の根本問題を描き尽くす長編。

大江健三郎著

私という小説家の作り方

40年に及ぶ作家生活を経て、いまなお前進を続ける著者が、主要作品の創作過程と小説作法を詳細に語る「クリエイティヴな自伝」。

大江健三郎著
聞き手・構成 尾崎真理子

大江健三郎 作家自身を語る

鮮烈なデビュー、障害をもつ息子との共生、震災と原発事故。ノーベル賞作家が自らの文学と人生を語り尽くす、対話による「自伝」。

大江健三郎
古井由吉 著
文学の淵を渡る
私たちは、何を読みどう書いてきたか。半世紀を超えて小説の最前線を走り続けてきたふたりの作家が語る、文学の過去・現在・未来。

川端康成著
雪国
温泉町の女、駒子の肌は白くなめらかだった。彼女に再び会うため島村が汽車に乗ると……。日本的な「美」を結晶化させた世界的名作。

川端康成著
伊豆の踊子
旧制高校生の私は、伊豆で美しい踊子に出会う。彼女との旅の先に待つのは——。若き日の屈託と瑞瑞しい恋を描く表題作など4編。

川端康成著
掌《てのひら》の小説
自伝的作品である「骨拾い」「日向」、「伊豆の踊子」の原形をなす「指環」等、著者の文学的資質に根ざした豊穣なる掌編小説122編。

川端康成著
山の音
62歳、老いらくの恋。だがその相手は、息子の嫁だった——。変わりゆく家族の姿を描き、戦後日本文学の最高峰と評された傑作長編。

川端康成著
古都
祇園祭の夜に出会った、自分そっくりの娘。あなたは、誰？ 伝統ある街並みを背景に、日本人の魂に潜む原風景が流麗に描かれる。

開高健著

パニック・裸の王様

芥川賞受賞

大発生したネズミの大群に翻弄される人間社会の恐慌「パニック」、現代社会で圧殺されかかっている生命の救出を描く「裸の王様」等。

開高健著

日本三文オペラ

大阪旧陸軍工廠跡に放置された莫大な鉄材に目をつけた泥棒集団「アパッチ族」の勇猛果敢な大攻撃！　雄大なスケールで描く快作。

開高健著

開口閉口

食物、政治、文学、釣り、酒、人生、読書……豊かな想像力を駆使し、時には辛辣な諷刺をまじえ、名文で読者を魅了する64のエッセー。

開高健著

地球はグラスのふちを回る

酒・食・釣・旅。――無類に豊饒で、限りなく奥深い〈快楽〉の世界。長年にわたる飽くなき探求から生まれた極上のエッセイ29編。

開高健著

輝ける闇

毎日出版文化賞受賞

ヴェトナムの戦いを肌で感じた著者が、戦争の絶望と醜さ、孤独・不安・焦燥・徒労・死といった生の異相を果敢に凝視した問題作。

開高健著

夏の闇

信ずべき自己を見失い、ひたすら快楽と絶望の淵にあえぐ現代人の出口なき日々――人間の《魂の地獄と救済》を描きだす純文学大作。

安部公房著　他人の顔

ケロイド瘢痕を隠し、妻の愛を取り戻すために他人の顔をプラスチックの仮面に仕立てた男。――人間存在の不安を追究した異色長編。

安部公房著　壁
戦後文学賞・芥川賞受賞

突然、自分の名前を紛失した男。以来彼は他人との接触に支障を来し、人形やラクダに奇妙な友情を抱く。独特の寓意にみちた野心作。

安部公房著　砂の女
読売文学賞受賞

砂穴の底に埋もれていく一軒屋に故なく閉じ込められ、あらゆる方法で脱出を試みる男を描き、世界20数カ国語に翻訳紹介された名作。

安部公房著　密会

夏の朝、突然救急車が妻を連れ去った。妻を求めて辿り着いた病院の盗聴マイクが明かす絶望的な愛と快楽。現代の地獄を描く長編。

安部公房著　笑う月

思考の飛躍は、夢の周辺で行われる。快くも恐怖に満ちた夢を生け捕りにし、安部文学成立の秘密を垣間見せる夢のスナップ17編。

安部公房著　方舟さくら丸

地下採石場跡の洞窟に、核シェルターの設備を造り上げた〈ぼく〉。核時代の方舟に乗れる者は、誰と誰なのか？　現代文学の金字塔。

ピンチランナー調書《ちようしよ》

新潮文庫　お－9－11

昭和五十七年三月二十五日　発行
平成十九年三月二十五日　六刷改版
令和五年四月五日　八刷

著者　大《おお》江《え》健《けん》三《ざぶ》郎《ろう》
発行者　佐藤隆信
発行所　株式会社　新潮社

郵便番号　一六二―八七一一
東京都新宿区矢来町七一
電話　編集部(〇三)三二六六―五四四〇
　　　読者係(〇三)三二六六―五一一一
https://www.shinchosha.co.jp

価格はカバーに表示してあります。

乱丁・落丁本は、ご面倒ですが小社読者係宛ご送付ください。送料小社負担にてお取替えいたします。

印刷・株式会社光邦　製本・株式会社大進堂

ISBN978-4-10-112611-1 C0193